ミダック横町

ナギーブ・マフフーズ
香戸精一 訳

作品社

ミダック横町

目次

主要登場人物一覧

ハミーダ　二十代前半の娘。生まれてすぐに両親を亡くし、養母に引き取られて育った。浅黒い肌に三白眼の美しい顔、人目を惹く容姿をしているが、気性が荒く、富への憧れがきわめて強い。ミダック横町の住人をことごとく軽蔑しており、外の世界に出ることを夢見ている。

アッバース・ヘルワ　ミダック横町で理髪店を営む二十代後半の独身青年。穏やかな性格で、人当たりがよく、今の人生に満足しており、変化を好まない。ハミーダに恋心を抱く。

キルシャ氏　ミダック横町にある老舗の喫茶店「キルシャ亭」の主人。かつては様々な悪事に手を染めたらしいが、今は夜な夜な仲間と集まりハッシーシを吸うのを楽しみにする程度に納まっている。妻との間に七人の子供がいるが、五十代に入った今はもっぱら男色を好む。

フセイン・キルシャ　キルシャ氏の一人息子。アッバースの親友。肌の黒い、二十代半ばの青年。気性が激しく、喧嘩っぱやい。ミダック横町の生活を嫌い、早くから英軍基地に働きに出て、比較的贅沢な暮らしをしている。

キルシャ夫人　四十代後半の専業主婦。夫のキルシャ氏の男色、それを原因とする横町での噂話に常に悩まされている。気性が激しく、夫との口喧嘩が絶えない。ハミーダの乳母でもあり、フセイン・キルシャと一緒に乳を飲ませて育てた。

ドクター・ブゥシー　歯医者。とは言っても大学で歯学を学んだわけではなく、奉公先で見様見まねで身につけた技術で歯科医を名乗っている。治療費は安価で、義歯なども破格の値段で作っている。独身。

カミルおじさん　横町で砂糖菓子屋を営んでいる。頭には一本の髪の毛もない巨漢で、子供のような高い声で話す。アッバースの親友で、アパートの部屋をシェアしている。何でも信じやすく、いつも人々にからかわれている。独身。

ラドワーン・フセイニ氏　敬虔なイスラム教徒。慈愛に満ち溢れ、横町の人々に深く尊敬されている。息子が三人いたが、いずれも逆縁で早くに病死している。聖地メッカに巡礼に出ることを夢見ている。

オルワーン社長（サリーム・オルワーン）　ミダック通りにある貿易会社の社長。住宅街にある家から毎朝馬車に乗って通勤してくる。あらゆることに強欲で、支配的であり、ミダック横町の住人とはなるべく関わらないようにしている。

ウンム・ハミーダ（ハミーダの母）　ハミーダの養母。結婚仲介業を営むかたわら、ハマームで垢すりをしているが、ハミーダとの生活はなかなか上向きにならない。義理の娘であるハミーダに対する愛情は深いが、二人は常に口喧嘩をしている。

スナイヤ・アフィーフィ夫人　ミダック横町にある三階建てのアパートの大家。五十代半ばの未亡人。アパートの一階にはドクター・ブゥシーが、三階にはハミーダ親子が住んでいる。吝嗇家で、小金を貯め込んでおり、他人を信用しないが、最近になって再婚願望が芽生えてきた。

ホスニーヤ　ミダック横町で夫のガアダと共にパン屋を営んでいる。豊満な肉体を持ち、腕っぷしが強く、夫ガアダを完全に支配している。

ガアダ　ホスニーヤの夫。大男で醜い顔をしているが、パンを焼くことにかけては他の追随を許さない。何かにつけてはホスニーヤに叱られ、容赦ない暴力の的になっている。

ザイタ　ホスニーヤとガアダのパン屋の奥にある小部屋に住む男。両親はいずれも物乞い。物乞いたちのために人工的に不具を作り出す。生まれて一度も風呂に入ったことがなく、強烈な悪臭を放っている。

ダルウィーシュ先生　かつてはミッションスクールで英語の教師、さらに宗教省で公務員をしていたが、政府の方針を受け入れられず、仕事を辞め、家族を捨てて、さすらい人となる。ミダック横町の人々に愛されている。

イブラーヒーム・ファラグ　ミダック横町にある日現れた、容姿が良く西洋風のスーツを着こなす男。

第1章　キルシャ亭に集う人々

ミダック横町が過ぎ去りし時代の偉大なる遺産で、かつてはカイロの街に真珠のごとく光り輝いたであろうことは間違いない。かつてのカイロとはどの時代のカイロのことか。ファーティマ朝、マムルーク朝、それともスルターン時代のカイロか、それはアッラーと考古学者のみが知る。とにかく、ミダック横町は古き良き時代の傑作、貴重な遺産だ。歴史が行き交ったサナディキーヤ通りにまっすぐに延びた石畳、横町に面した喫茶店「キルシャ亭」の多彩なアラベスク模様が施された壁はもはや崩れかけている。横町全体には、今日の医学の基礎となった古代医術の薬が発する強烈な匂いが立ち込めている。それらすべてがこの横町の年季の深さを物語っている。

ミダック横町は袋小路なので周りの世界の喧騒からは無縁なのだが、横町独特の人間的なけたたましさはあった。基本的にそれは生活そのものに結びつく音だが、同時に過ぎ去りし世界の秘密をも保ち続けているものだ。

陽が傾いたミダック横町は茶色を帯びた夕闇に包まれ始めていた。まるでサナディキーヤ通りに口を開いた罠のように三方を壁に囲まれているので周囲よりもずっと暗かった。ミダック横町はサナディキーヤ通りからデコボコの上り坂となっている。片側に店が一軒、さらにキルシャ亭とパン屋があり、反対側には店舗と事務所が一軒ずつあった。そしてその先には三階建ての家二軒が立ちはだかっており、そこでミダック横町は急に行き止まりになっていた。まさにそれはこの横町の栄光がある日、急に終わりを告げたのと似ている。

いまや昼間の喧騒は静まり、代わって夕方の営みが始まってあちこちから人の声がする。

「おお、偉大なるアッラーよ」

「みなさん、こんばんは」

「さあ、夕涼みの時間だよ」

「カミルおじさん、もう店仕舞《みせじま》いの時間だよ」

「サンカル！　水煙草《みずたばこ》の水を替えとくれ」

「ガアダ！　パン焼き窯《がま》の火を落としとくれ」

「このハッシーシはちょっと胸に痞《つか》えるねえ」

「政情不安に空襲、そんなこんなで五年にもなる。非があるのはわが国のほうじゃないのかね……」

そんな中、ミダック横町の入り口右側にあるカミルおじさんのお菓子屋と、左側にある理髪店の二軒だけは日没後もしばらくは店を開けていた。お菓子屋の店先に椅子を出して膝に蠅叩きを置いたまままうつらうつらするのはカミルおじさんの習慣、というより特権であった。彼は客が来るか、理髪店のアッバースにちょっかいを掛けられて起こされるまでそうやってうとうとしていたのだ。とにかく図体の大きな男で、脚は木の幹のよう、尻は回教寺院の丸屋根のように大きくてまるまるしており、そのごく一部だけ椅子の上に乗っかってはいるが、ほとんどは椅子の外にはみ出ている。腹はまるで樽のようで、胸も豊か、首などほとんどなかった。肩の真ん中にはまん丸で血色のいい、膨れ上がった顔がくっついているが、それが息をするたびに皺が出たり消えたりしている。顔にはほとんど線も点もなく、目も鼻もないように見えた。天辺《てっぺん》にある頭は小さくてツルツルで、赤みを帯びた顔とまったく同じ色だった。おじさんはいつも駆けっこをした後のようにハアハアと息をしており、客にお菓子を売り渡すやいなや、またすぐに眠気に襲われるという始末。「いつの日かカミルおじさんは自分自身のあの巨大な肉塊に心臓を押しつぶされて急にあの世に逝《い》ってしまうんだろうよ」と皆が言っていたが、彼自身、本当にそうなるのだろうと思っていた。とはいえ、眠りの延長としか思えない彼の人生に死が訪れたところで何の損失があるといえようか。

一方ヘルワ理髪店は小さな店ではあったけれど、ミダック横町にあっては斬新な存在だった。普通の理髪用具のほかに大きな鏡と背もたれのある椅子があったのだ。主人は中肉中背の青年で、顔色はあまり良くなく、目が飛び出ていたが、その浅黒い地肌に対して黄身を帯びてクセの強い髪はいつも丁寧《ていねい》に撫《な》でつけてあった。そしてセンスのいい理髪師を真似《まね》てか、いつもヴェストを着て、前掛けなしでは人前に出ることはなかった。

この二人がまだ店を開けているころ、理髪店の隣の大きな会社の事務所は扉を閉めて、従業員が次々と家路につくのである。最後に事務所を出るのは社長のオルワーン氏で、カフターン〔訳註：アラブ風のゆるやかな男性用ワンピース〕と外套をはおり、ミダック横町の入り口に待たせた馬車に向かって歩いていった。気取って馬車に飛び乗るとき、彼の立派なサーカシア風の口髭《くちひげ》が風を切る。馭者《ぎょしゃ》が脚で鈴を蹴って大きな音をたてると、馬車はヘルミーヤ地区を目指してグーリーヤの方へ消えていった。

さて、ミダック横町の一番奥に立ちはだかっている二軒の家では夕方の冷たい空気に鎧戸《よろいど》を閉ざし、カンテラの灯りがその隙間から漏れていた。キルシャ亭を除いてミダック横町はすでに静まりかえっていた。この喫茶店の電灯からは明るい光が立ち上り、そのコードはまさに蝿の巣になっている。そろそろ夕涼みの客が増え始める時間だ。

キルシャ亭の中は真四角の部屋で、なんとも荒れ果てた感じだが、その壁には薄汚れてはいるもののアラベスク模様が施されている。かつての栄光を語り伝えるものといえば、その年季の入った雰囲気と店の中に置かれた何脚かの長椅子のみだった。店の入口では、職人がラジオを壁に取りつけているところで、店の中にはまだ数人の男たちがのんびりとお茶を飲み水煙草をくゆらせているだけだ。

入口からさほど遠くないところの長椅子に、上着を着て上流階級の外国人がするようなネクタイを締め、いかにも高そうな金縁の眼鏡をかけた五十がらみの男が座っていた。サンダルは脱いで足元に置いてある。この男、まるで銅像のように身動きひとつせず、死人のように黙ったまま、周りに誰一人として存在しないかのように右にも左にも振り向かなかった。

そこへよぼよぼの老人が店に入ってくる。長い人生を生き抜いた彼には何ひとつとして完璧な身体機能は残されていなかった。左手を少年に引かれ、右手にはルバーブ（二弦の弦楽器）と本を抱えている。老人は店に居合わせた人らに挨拶をすると、少年の助けを借りて真ん中にあるやや大きな長椅子に腰かけた。少年はといえば、老人の横にちょこんと座った。老人は二人の間にルバーブと本を置くと、自分の存在を知らしめるがごとく、周りをぐっと見据えた。その血走った眼は、やがて、ボーイのサンカルを捉えた。明らかにサンカルは老人を無視しているのだが、意を決したかのように静けさのなか老人は叫んだ。

「サンカル！　コーヒーをくれ！」

ボーイはちらりと老人の方を見やってちょっと戸惑いを見せたが、結局老人の注文を無視して一言も口にせず背を向けた。老人はすでに諦めの状態に入った。無視されてしまっては老人としては何もできない。

しかしここで天からの手が差し伸べられた。このとき店に入ってきた客がサンカルの態度を見かねて命令口調で言ったのだ。

「おい！　こちらの詩人にコーヒーをお持ちしろ！」

老人は感謝のまなざしを彼に向けると、まだ打ちひしがれているという口調で礼を述べた。

「やあ、ドクター・ブゥシーありがとう」

ドクターと呼ばれたその男は老人に挨拶をして、横に腰かけた。彼はガラビーヤ〔エジプト風の民族衣装〕を身につけ、トルコ帽をかぶり、木靴を履いている。ドクター・ブゥシーは歯医者なのだ。医者とはいえ、医学部出身というわけでも専門教育を受けたというわけでもなく、昔日にガマリーヤ地区にある歯医者の手伝いをしながら見様見まねで技術を習得したに過ぎない。その医者が治療を行うのを注意深く観察し、自分自身もその術をものにしたわけだ。ともあれ、ドクター・ブゥシーの治療は効果的ということで知られていた。ただ抜歯を最良の治療法としてはいたのだが……。正直に言ってドクター・ブゥシーの往診治療は、それはそれは手荒いものであった。しかしなにしろ安いのが魅力だ。貧乏人からはたったの一ピアストル〔一ピアストルは一エジプトポンドの百分の一、当時のレートで数十円というところ〕、ミダック横町の住民を含むお金持ちからは一回の治療につき二ピアストルを受け取っていた。

　血がなかなか止まらないということも珍しくはなかったが、そんなときは止血の措置もそこそこに、すべてをアッラーの神の手にゆだねるのであった。そんないい加減な歯医者ではあったが、なにせ、喫茶店の主人であるキルシャ氏にたったの二ポンドで金歯をひと揃い作ってやったこともあるほどで、ミダック横町とその周辺の地域では、「ドクター」ブゥシーで通っている。おそらく彼こそは患者から「ドクター」の称号をもらった最初の医者ではなかろうか。

　そのドクター・ブゥシーに言われたのでしかたなくサンカルが老人にコーヒーを持ってきた。老人はカップを口元に持っていくとフゥフゥと息を吹きかけて冷まし、ゆっくりと最後までコーヒーを啜《すす》った。そして空《から》のカップを脇に置いたのだが、そのときになってまたボーイの態度を思い出して腹が立ち、軽蔑のまなざしをサンカルに向けるとこう唸《うな》った。

「礼儀知らずの若僧よ！」

　それに対するサンカルの反撃の視線をかわすかのように、ルバーブを手に取ってボロンと弾くと、続けてもう二十年以上も毎晩変わらずこの喫茶店で弾いてきた曲のイントロを弾き始めた。よぼよぼの老体はルバーブの奏でる音につれて左右に大きく揺れる。やがて咳払いをして唾を吐くと、しわがれた声で吟《ぎん》じ始めた。

偉大なるアッラーの御名《みな》において……

さあ、まずは預言者ムハンマドに祈りを捧げよう……

われらアラブの預言者、アドナーンの息子よ。

アブー・サアダ・ザナーティはかく語りき……

が、そのとき突然、荒々しい叫び声に老人の歌は遮られた。

「やめろ！　やめろ！　もうたくさんだ！」

老人は弱々しいまなざしをルバーブからもたげ、眠そうで陰鬱な瞳をした声の主を見た。そこには背が高く、痩せて、浅黒いキルシャ亭の主人が老人を見下ろしていた。老人はいま耳にした言葉が信じられないという様子でちょっと躊躇したが、かまわずまた吟じ始めた。

アブー・サアダ・ザナーティはかく語りき……

だが、キルシャ氏はもう我慢がならぬといった声色でこれを制した。

「あんた、まだ歌う気かね。やめろ！　やめろと言ってんだよ！　もう先週からずっと言ってるだろう！」

老詩人の顔に失望の色が広がった。そしてぼそぼそと反論した。

「あんた、最近、金持ちになって偉そうにしとるがのう、わしにばかり辛く当たるのはやめてもらえんかね」

キルシャ氏は憤懣《ふんまん》やるかたないといった表情で怒鳴った。

「この老いぼれ。他人のことをとやかく言うな！　その汚い舌でわしを罵《ののし》っておきながらまだこの店で歌おうというのかい」

老人はキルシャ氏の怒りを抑えようとして口調を和《やわ》らげた。

「この店はわしの店ではないが、もう二十年以上もここで歌わせてもらっとるじゃろうが」

キルシャ氏は、いつものように帳場の椅子に腰かけながら答えた。

「あのな、あんたの吟じる歌の筋はもう全部知ってるし、ほとんど暗記してしまっとるんだよ。そんな何度も何度も聞きたかねえよ。それに吟遊詩人なんて時代遅れもいいとこだ。客はみんなラジオを聴きたがってさ。だからあそこの壁にいまラジオを取りつけてもらってるんだよ。さあ、わかったらとっとと失せな。アッラーのお恵みがあるさ」

この言葉で老人はすっかりしょげ返ってしまった。なにしろキルシャ亭は老詩人にとってたったひとつ残された舞台だったのだから。ここがなくなればもう食い扶持が完全に断たれてしまう。二日前にもカラア地区の喫茶店を追い出されたばかりなのだ。歳は取るし、食い扶持はない。いったいどうやって生きていけばいいのやら……

それにこの仕事が今後なくなってしまうのであれば、苦労して息子に芸を教え込んだのもすべて水の泡になる。親子ともどもあわれなものだ。二人の将来はどうなってしまうのだろう。絶望の淵に追い込まれつつキルシャ氏の頑固な顔を見上げると、少し気を取り直して言った。

「キルシャさんよ、もうちと落ち着いて話そうじゃないか。わしら吟遊詩人だって捨てたもんじゃないぞ。ラジオにわしらの代わりはできんさ」

しかしそう言われて引き下がるキルシャ氏ではなかった。

「それは爺さん、あんたの勝手な言い分さ。うちの客はそんなこと思ってない。あんたに商売の邪魔をされてはたまらんね。時代は変わったんだよ、爺さん」

老人はそれでも食い下がった。

「預言者ムハンマドの時代からずっと人はこの話を飽きることなく聞いてきたじゃないか……」

「だから時代は変わったと言っただろう！」とキルシャ氏は帳場の机を叩いて怒鳴った。

このときになってやっと、金縁の眼鏡を掛けてネクタイを締め、銅像のように黙りこくっていた例の男が身体を少し動かした。そして天井を見上げると、内臓の一部が飛び出してしまわないかと思うほどの深いため息をついて、囁《ささや》くように独り言を言った。

「そうさなあ、時代は変わったなあ……。まったく変わってしまいましたよねえ、姫君。変わらないのは王族を愛する我が心のみです」

そう言うと彼は頭《こうべ》を垂れて右に左に揺らしたが、その揺れは徐々に小さくなり、また元の位置に止まると、再び忘我の状態に入った。店の客はみなこの男の妙な行動に慣れているのか、誰ひとりとして振り向かなかったが、老詩人は助けを乞うように彼の方を向いて言った。

「まったくえらい時代になったもんじゃのう、ダルウィーシュ先生……」

だが、先生と呼ばれた当の人物は忘我の状態からもう戻ることはなく、何も答えなかった。

そのとき、また別の人物が入ってきた。キルシャ亭の客はみなその人物に向かって尊敬と親愛の情に満ちた挨拶をし、その人もまた丁寧にこれに応えた。

この人物、ラドワーン・フセイニ氏は堂々とした体格をしており、黒いマントを羽織《はお》り、その顔は色白だがやや赤みを帯びていた。赤茶色の顎鬚《あごひげ》をはやし、額は幸福と寛大さと神への深い信仰に満ちて明るく輝いていた。そして人間愛にあふれた微笑《ほほえ》みを唇に浮かべ、少し前屈《まえかが》みになってゆっくりと歩いてきた。

ラドワーン・フセイニ氏が自分の横の椅子に腰を掛けるや、老詩人は、今度は彼に向かって不満を聞いてもらおうとした。ラドワーン氏は老人の不満の内容をよく承知しているのだが、それでも愛想よく話を聞いた。実はラドワーン氏はこれまでに何度も、老詩人を追い出すようなことはしないようキルシャ氏を説得し続けてきたのだが、うまくいかなかったのだ。ともあれ、不満を最後まで聞いてやると、慰めの言葉とともに、息子にはきっといい仕事を探してやると約束をし、さらに老人の手にいくばくかの小銭を握らせて耳元にこう囁いた。

「われわれはみなアダムの子孫、すなわちみな兄弟なんです。だから困ったときは、あなたの兄弟に助けをお求めなさい。われわれの生活の糧《かて》はみなアッラーがお与えくださったものです。だからアッラーに感謝を捧げることだけはお忘れにならないように」

こう言ったときのラドワーン氏は、高貴な人々が善行を成したときに輝いて見えるように、普段よりも一層明るく輝いて見えた。彼は毎日必ずひとつは人に施しをする、または恵まれぬ人々をうちに招くように心がけていた。彼のそういう振る舞いを見ていると、かなりの財産家のように思いがちだが、実際にはミダック横町にある借家一軒と、マルグ地区にほんの数エーカーの土地を持っているに過ぎなかった。その借家の三階の住人であるキルシャ氏も、一階の住人であるお菓子屋のカミルおじさんも、理髪店のアッバースも、みなラドワーン氏のことを親切で物分かりのいい大家だと思っていた。なにしろ、暮らし向きのあまり良くない彼らに同情して、一階の家賃を上げるようにという軍の特別命令を無視していたぐらいだから。とにかくラドワーン氏の行くところはどこも思いやりの心で満たされていた。

しかしラドワーン氏の人生、とくにその若い頃は、痛みと失望の連続だった。アズハル大学〔エジプトだけではなくアラブ全体の中の名門大学でイスラム研究の総本山〕での学究生活も日の目を見ることはなく、長年の修業にもかかわらず学位を得るにも至らなかった。さらに子供運にも恵まれず、数人いた子供たちに次々と先立たれたのである。こうして彼の心から絶望が溢れ出て、それがまさに彼自身を窒息させようとした。そうした彼を悲しみの深淵から救い出したのが神への深い信仰であった。今や彼の心は愛で満たされ、かつての悲しみや心痛は跡形もなく消え、博愛と善意と忍耐に満たされている。悲しみを鮮やかに脱したラドワーン氏は、人々に対する愛の光をもって天へ一歩一歩と近づいて行った。

それからも多くの悲劇が追い打ちをかけるように襲ってきたが、そのたびにラドワーン氏は忍耐強く、愛情深くなっていったのだ。息子の一人が息を引き取った日、ラドワーン氏は息子のそばに添い寝をしてコーランの一節を唱えていた。人々が集まり彼を慰めようとしたのだが、彼の表情は幸せそうだった。口元には微笑みさえ浮かべながらラドワーン氏は天を指さしこう言ったのだ。

「アッラーは私に息子をお授けになり、そして今またお連れ戻しになられました。すべてのものはアッラーのものであり、その秩序のもとにあります。嘆き悲しむべきことではありません」

その言葉に、その場に居合わせた人々は逆に慰められたのである。

ドクター・ブゥシーもこう言ったことがあった。

「病を患ったらラドワーン・フセイニ氏のもとへ行ったらいいさ。落ち込んだときにはあの人の無垢な瞳を見つめてごらん。きっと希望が湧いてくるさ。悲しいときにはあの人の話を聞いてごらん。きっと幸せな気持ちになれるさ」

確かにラドワーン氏の顔にはその心の中がはっきりと表れていた。彼こそは慈悲と平穏のまことの化身と言えよう。

さて、かの老吟遊詩人も慰められて多少は落ち着いたのか、長椅子からゆっくりと立ち上がった。横についていた少年もそれに従って立ち上がり、本とルバーブを持った。老人は気持ちを込めてラドワーン氏の手を握り、店にいる人々にも挨拶をしたが、キルシャ氏の方には振り向かなかった。そして少年に手を引かれながら店を出ていくとき、職人がもうほぼ備えつけ終えたラジオを悔しげに一瞥した。そうして二人の姿は闇に消えていった。

自分の世界に浸りきっていたダルウィーシュ先生がまた息を吹き返したように、去っていった二人の方を見てこう呟《つぶや》いた。

「老詩人去りて、ラジオ来《きた》るか……。これがアッラーの摂理なのです。遠い昔からこれは『歴史』に語られてきたことなのです。『歴史』それは英語で“history”、その綴《つづ》りはH・I・S・T・O・R・Y……」

と単語の綴りを言い終えたところに、店を閉めたばかりのカミルおじさんとアッバースが揃って店に入ってきた。先に入ってきたのはアッバースで、髪を洗ってきれいに櫛を入れていた。その後ろにカミルおじさんが神輿《みこし》のような身体をゆさゆさと揺さぶりながら大儀そうにゆっくりと足を運んできた。二人は周りの人たちに挨拶をすると席について紅茶を注文した。

二人は席に着くやいなや周りの人を相手におしゃべりを始めた。

「みなさん聞いてくださいよ。このカミルおじさんがもう自分は先が長くない、だけど死んだところでちゃんと弔《とむら》ってもらえるほどのお金もないなんて言い出すんですよ」

誰かが答えた。

「おやおや、それはたいへんだ」

別の一人が、カミルおじさんはお菓子を売りまくって儲けているだろうからエジプト中の人の葬式を出せるほどのお金を貯めているさ、と言った。

そこでドクター・ブゥシーが笑いながらカミルおじさんに言った。

「あんた、まだ懲《こ》りもせず、死ぬ死ぬなんて言ってるのかい。アッラーに誓って、あんたまだまだその手でわしらを何人も弔ってくれるさ」

カミルおじさんは、子供のように高く無邪気な声で答えた。

「いやいや、あんた言葉には気をつけて。アッラーを軽んじちゃいけないよ。わしなんて哀れなもんで……」

最後まで聞かずアッバースは続けた。

「カミルおじさんの言うことには驚きましたね。とは言っても、カミルおじさんの作ってくれたお菓子にわれわれもずいぶんとおいしい思いをさせてもらっているわけですよね。そのお礼と言ってはなんですが、おじさんのために経帷子《きょうかたびら》を買いましてね、その時が来るまで大事にしまってあるんですよ」と、カミルおじさんの顔をじっと見て、「でもこのことは今までずっと内緒にしてきたことなので、今ここでみなさんに証人になってもらいましょう」

キルシャ亭に居合わせた人々は、カミルおじさんが何でも信じてしまうタイプの人間だということをよく知っていたので、口々にアッバースを持ち上げ、経帷子を買い置きしておくとはまるで血肉を分け合った兄弟のようだと囃《はや》し立てた。ラドワーン・フセイニ氏までが楽しそうな表情をするので、カミルおじさんは子供が驚いたときにするような眼差しでアッバースの顔を覗き込んだ。

「本当かね、アッバース？」

ドクター・ブゥシーが代わりに答えた。

「疑うなんて失礼じゃないか、カミルおじさん。アッバースが冗談を言ってるんじゃないことはこのわしがよく知っている。なにせ、わしはこの目でその経帷子を見たんだから。すごく上等な生地だよ。わしだってあんな立派な経帷子が欲しいもんだ」

そのときダルウィーシュ先生がその夜三度目に動きを見せて言った。

「幸せなるかな、経帷子は来世での掛け布となるものです。経帷子にくるまれる前にそれを着て楽しみなさいよ、カミルおじさん。あなたの身体はウジ虫たちのご馳走となり、その肉をついばんでやつらはどんどんと肥《ふと》ってゆく。そしてついに『蛙ども』のように丸々とするのです。『蛙ども』を英語でいうと“frogs”、その綴りはF・R・O・G・S……」

アッバースの話をすっかり信じこんでしまったカミルおじさんは、どんな種類の、どんな色の、どんなサイズの経帷子を買ったのかと尋ね出した。そしてこの親しき友人のために長い祈りを唱え、アッラーを賛美した。ちょうどそのとき、前の通りから若い男の声が飛び込んできた。

「こんばんは」

声の主は喫茶店の主人の息子フセイン・キルシャで、ちょうどラドワーン・フセイニ氏の家を訪ねるところだった。フセインは二十代の青年で、父親に似て浅黒い肌をしていた。ほっそりとした身体つきをしているが、それが彼の若々しさ、健康さ、力強さを表してもいる。青いウールのセーターを着てカーキ色のズボンを穿《は》き、帽子をかぶってアーミーブーツを履いていた。それはまさに英軍基地で働く身入りのいい者の格好だった。彼が英軍のアルニス基地から戻ってくるのはいつもこの時間で、キルシャ亭にいる人々は羨望の眼差しで彼を見ていた。親しくしているアッバースが店の中に入るように言ったが、フセインはこれを丁重に断って先を急いだ。

いまやミダック横町はすっぽりと闇に包まれ、キルシャ亭から漏れる電灯の光は地面を這《は》って細く長く向かいの事務所の壁にまで伸びていた。また、横町の突き当たりにある家の鎧戸の後ろでぼんやりと灯されていたランタンの光も一つ一つ消えていって真っ暗になった。

キルシャ亭の客はみなドミノやトランプに興じていたが、ダルウィーシュ先生は相変わらず自分の世界に浸りきっていたし、カミルおじさんは頭をうなだれて深い眠りに落ちていた。ボーイのサンカルだけが忙しく動き回り、小銭を帳場の箱に投げ入れている。キルシャ氏はそれを重そうな目で追いながらハッシーシの煙で夢心地になっていた。もうずいぶんと夜も更《ふ》けてきたので、ラドワーン・フセイニ氏がまず店を出た。続いてドクター・ブゥシーもミダック横町の入口から二番目の建物の二階にある部屋に戻り、それを追うようにアッバースとカミルおじさんも店を出た。

他の客たちもぽつぽつと減り始め、夜中過ぎになっても店に残っていたのは、キルシャ氏とサンカル、それにダルウィーシュ先生の三人だけだった。しばらくして幾人かの男たちがやって来たが、それはみなキルシャ氏の仲間だ。彼らはキルシャ氏を伴って、ラドワーン・フセイニ氏の家の屋上に拵《こしら》えた木の掘っ立て小屋に上がっていった。そこで火を焚くと、白い糸と黒い糸の区別ができるほど外が白み始めるまで延々と『二次会』をするのである。

サンカルは「もう夜中過ぎですよ」と優しくダルウィーシュ先生に声をかけた。先生はその声に頭をもたげ、眼鏡をはずしシャツの端で汚れを拭き取って掛けなおすと、ネクタイをまっすぐに締め直し、木のサンダルを履いて立ち上がった。そして一言も口にせず店を出ていった。

石畳を打つサンダルの音がミダック横町の静けさの中に響いた。店の外は完全に静まりかえっている。暗闇は重く、人っ子ひとりいない横町は陰鬱な空気に満ちていた。

ダルウィーシュ先生は足の赴《おもむ》くままに歩いていく。

帰る家も、希望もないダルウィーシュ先生の姿はそうして暗闇の中に消えていった。

若かりし頃、ダルウィーシュ先生はミッションスクールで教師をしていた。英語の教師である。たいへん勤勉な教師だったそうで、財産にも恵まれ幸せな家庭の長であった。しかしその後教育省の方針でミッションスクールが公立化してしまい、同僚の教師たちとともにダルウィーシュ先生も、高く評価されていた元の地位を失ってしまった。結局、彼は宗教省の一公務員に成り下がり、給料も六等級から八等級に格下げされた。当然のことだが、突然身に降りかかったこの災難に衝撃を受け、ダルウィーシュ先生は反抗し始めた。

ときには堂々と抵抗を試み、ときには惨めな気持ちになって反抗心を隠した。とにかく、ありとあらゆる抵抗手段を試みてみる。嘆願書を出したり、大家族を抱えた身とその貧しさを上司にせつせつと訴えたりもした。しかしどれもこれも失敗に終わった。ついにダルウィーシュ先生の神経はずたずたに引き裂かれ、絶望のどん底に突き落とされてしまった。やがて役所でダルウィーシュ先生の顔を知らない者はいなくなる。石頭の癇癪《かんしゃく》もちの反乱者としての顔である。一日たりとて彼が口論やもめごとを起こさない日はなかったのだ。

我の強さと、好戦的な態度という悪名はどんどんと広がっていった。口論が激しくなってくると英語で切り返すということもしょっちゅうで、不必要に外国語を使うことを相手に咎《とが》められた日には鼻先で笑ってこう言うのだった。

「私に大きな口を叩く暇があったら、もうちょっと勉強してくるんだな！」

ダルウィーシュ先生のそういう態度は上司の耳にまで伝わったが、上司は同情してか、あるいは彼の荒い気性を恐れてか、いつも寛大だった。しかして、彼は自分の思うがままに振る舞っていたにもかかわらず、ほんの数回の警告と二、三日の減俸を受けたに留まっていた。こうしてダルウィーシュ先生のエゴは留まるところを知らず、ついにある日のこと、自分が担当する公文書をすべて英語で書き始めてしまった。その理由も、自分は他の公務員たちとは違う「芸術家」なのだから、という始末だ。

これにはさすがに寛大な上司も見かねて、以降は厳しい態度で接しようと決心した矢先のこと、上司よりも先に運命がダルウィーシュ先生に手を下した。

ダルウィーシュ先生が突然、副首相に面会したいと申し出たのである。言い出しただけではない、ダルウィーシュ先生は副首相の部屋に真面目《まじめ》くさった顔をして入っていくと、紳士的な握手を交わして、尊大な態度でこう言ったのだ。

「副首相閣下、アッラーは今、僕《しもべ》をお選びになりました」

副首相がその言葉の説明を求めると、ダルウィーシュ先生は威厳をもって答えた。

「つまり、私こそが神に遣わされた者です。神よりあなたに使命を授かってまいりました」

これを最後にダルウィーシュ先生は役所から追い払われた。多少は親しくしていた同僚とも縁が切れてしまう。最終的には家族も友人も捨てて、彼曰《いわ》く神の世界へフラフラと入り込んでいったのだ。金縁の眼鏡だけを形見に、友人も、金も、家も家族もない新しい生活が始まった。もちろんいろいろと苦い思いをすることはあったが、家も金も友人もないということは、心配も悲しみも欲望もない生活をこの世で送ることができるということだ。ダルウィーシュ先生のルンペン生活がそれを証明していた。なにせ、ただの一日でさえ、飢えたり着るものがなかったり人々に追い払われたりする日はなかったのだから。

ダルウィーシュ先生は以前には知り得ることのなかった、平穏で、満足と浄福に満ちた世界にどんどんと足を踏み入れていった。家を失ったかわりに、この世のすべてが自分の家になった。お金がなくなったかわりに、お金に頼ることもなくなった。家族や友人を失ったかわりに、出会う人すべてが家族となった。上着を着古したら、誰かが新しいのをくれたし、ネクタイがぼろぼろになったら、これもまた誰かが新しいのを与えてくれた。

彼は行くところどこでも温かく迎え入れてもらった。あのキルシャ氏でさえ、一日でも彼が店に姿を見せないと心配するほどだったのだ。もっとも、店に現れたところで例によってぼんやりとしているだけだったのだが。ダルウィーシュ先生は奇蹟を起こしたり、未来を予言したりできるわけではない。ただぼんやりとして黙っているか、何をしゃべっているのかわからないほどべらべらとまくし立てているかのどちらかだった。にもかかわらず、人々は彼を愛し、尊敬し、吉兆としていつも温かく迎え入れた。彼こそは気高く、敬虔にアッラーの世界を全《まっと》うする人だと言う者さえいた。

ダルウィーシュ先生にはきっと二つの言葉で神からの啓示が下るのだろう。

アラビア語と英語で。

第2章　ハミーダの母と大家のアフィーフィ夫人

悪くないんじゃない、いやむしろ上出来じゃないの……彼女はそんな表情で鏡に見入っていた。鏡の中には、ほっそりとした顔に、化粧という奇蹟がもたらしたまつ毛、眉、唇が映っている。顔を左右に向け、指で髪を掻きあげながら囁いた。

「うん、悪くないわ。とてもいいわ。最高よ、絶対に！」

とはいえ、鏡の前にある現実は、五十近い中年の女の顔で、半世紀の時を経る間に意地悪な自然の女神は何一つとして彼女の顔に健やかな部分を残さなかった。

顔同様、身体もほっそりとしていた。ミダック横町の人々の口を借りればギスギスだったが、その胸に至ってはさらに貧弱で、服でなんとかその貧弱さを隠している。

この女性、スナイヤ・アフィーフィ夫人は、ミダック横町の入口から二番目にある借家の持ち主だった。その借家の一階にはドクター・ブゥシーが部屋を借りている。スナイヤはこの借家の三階に住んでいるハミーダの母親を訪れるこの日のために、いろいろと心がまえをしてきた。スナイヤは自分の店子を訪れるということは滅多にしない。月初めに家賃を集めに回るときぐらいのものだ。しかし、この日ばかりは、スナイヤは胸の鼓動を抑えがたく、どうしてもハミーダの母を訪ねなければならなかった。

スナイヤは部屋を出て階段を下りて行きながら独り言を言った。

「ああ、神よ。どうか私の願いを叶えたまえ」

汗を握りしめた手でドアをノックすると、娘のハミーダがドアを開いた。ハミーダはスナイヤに愛想笑いを浮かべながら客室に通すと、母を呼びに行った。

客室は狭くて、古びたソファが向い合わせに置かれ、真ん中のテーブルには灰皿があり、床には藁のマットが敷かれている。

待たされることもなく、普段着から着替えたハミーダの母がすぐに飛んできた。二人は親しげに握手を交わし抱擁して腰かけた。ハミーダの母は言った。

「まあ、ようこそスナイヤ・アフィーフィ夫人。まるで預言者ムハンマドが訪れたかのような光栄ですわ」

ハミーダの母は六十半ばのグラマーな女性である。まだ健康そうではあるが、眼が少し腫れていて、頬にはあばたが多い。その声は太く、地鳴りのように響く。近所の人と一悶着《ひともんちゃく》あったときには、その太く大きな声が彼女の最高の武器になった。いうまでもないが、大家がわざわざやって来るなんて、どうせろくでもない話に決まっているので、本当は嬉しくも楽しくもなかった。ただ彼女は、良いことであれ悪いことであれ、常に平静を装って対処する術《すべ》を心得ていた。

ハミーダの母は風呂屋の垢すりと、プロの仲人を生業《なりわい》としていた。抜け目なく、弁もよく立つ。彼女の舌は一瞬も止まることを知らず、隣近所の噂話も決して聞き逃したりするようなことはなかった。言い換えれば、ハミーダの母こそはあらゆる悪い出来事の使者であり、あらゆる災いに関する生き字引だったのだ。

いつものように、ハミーダの母は客に媚び、必要以上のお世辞をスナイヤに与え、さらにミダック横町の噂話をあれこれ話し出す。

……キルシャさんの今度の「あちら」の恋人のこと知ってらっしゃる？　これがまた奥さんの耳に届いちゃってね。カンカンになった奥さんたらカレと取っ組み合いして、カレの服を引き裂いちゃったんですって。

……おととい、パン屋のおかみのホスニーヤがね、旦那のおでこをあんまり強く殴り過ぎたんで、おでこから血が出てきてしまったんですってよ。

……あの善良で信心深いラドワーン・フセイニ氏が奥さんに散々な罵声を浴びせたらしいのよ。外ではあんなにいい人なのにね。きっと奥さんがよっぽどのあばずれ女なのよ。

……ドクター・ブゥシーが、この間の空襲のときに防空壕の中で若い女の子にちょっかいを掛けましてね、それを見た正義感溢れる人にどぎつい一発を食わされたそうよ。

……材木屋のマワルディさんの奥さんが店の男と駆け落ちしたんですよ、それで奥さんのお父さんが警察に捜索願を出したんですって。

……タブーナ・カファウィーは小麦粉百パーセントで作ったパンをヤミで売ってるそうよ。

などなど。

ところがスナイヤの方は、自分が持ち出したい話で頭がいっぱいの状態で、次々と出てくる噂話は上の空で聞いていた。きょうはどんな苦労を買ってでも、ずっと胸に秘めてきたその話を切り出さねばならないと思っていた。その機会を得られるまでハミーダの母をしゃべらせておくつもりだった。

長いおしゃべりの後、やっとその機会がやってきた。

「ところでアフィーフィ夫人、このところお元気になさってたんですか」

スナイヤは少し顔を赤らめて答えた。

「いえ、奥さん、正直言って最近ちょっと疲れ果ててるという感じなんですよ」

ハミーダの母はわざとらしく眉をひそめて、

「お疲れですって、それはいけませんわ」

そのタイミングで娘のハミーダがコーヒーを盆にのせて入ってきたので、スナイヤは口をつぐんだ。

ハミーダが出ていったのを確かめて、スナイヤはちょっと苛立《いらだ》った口調で言った。

「そうなのよ、店子《たなこ》から家賃を集めるなんて大変なことだと思いません？　だって考えてもみてください よ、私のような か弱き女が怪しげな男どもの前に行って家賃を払ってくれって言わなきゃならないんですよ」

家賃の話が出てきたのでハミーダの母はドキリとしたが、同情を装って言った。

「そのとおり。大変ですよねえ。アッラーのお助けがありますように」

ハミーダの母としては、スナイヤはこんなことを言うためにわざわざ訪ねてきたのだろうと訝《いぶか》しんだ。というのは、このところすでに三度もこうして大家の訪問を受けているのだ。だが、まだ家賃を支払う月初めではない。んん？　もしかして。いやきっとそうだ。スナイヤはハミーダの母の仕事の方に用があってやったきたのではあるまいか。こういうときの彼女の洞察力はきわめて優れている。

そこで彼女は徐々に話題をそちらの方向へ移していく魂胆で、意地悪そうにスナイヤに尋ねた。

「アフィーフィ夫人、あなたずっと独り身でいらっしゃるのはよくありませんわ。ほんとにずっとお独りでいらっしゃるもの。お家《うち》でも、街でも、そしてベッドでもたった独りでしょ、寂しくありませんこと？」

スナイヤはまさにこの言葉を待っていたのである。それこそ彼女が切り出したい話なのだから。とはいえスナイヤは胸の高鳴りを押し殺し、落ち着き払って答えた。

「とんでもありませんわ。身内の者はみんな片づいてそれぞれに家庭を持ってますし、私もおかげ様で、自分の持ち家に誰にも気遣うこともなく住めて、ほんと幸せです」

ハミーダの母は、抜け目ない眼差しでスナイヤの目を見ながら話題の中心へと駒を進めた。

「それこそアッラーのおかげ、よろしゅうございますこと。でも、奥様、正直におっしゃって。どうして独身を通されているの？」
スナイヤの心臓はいよいよ高鳴った。いまや話題はその核心に触れようとしている。
スナイヤはため息をつくと、結婚なんてというような振りをして呟いた。
「もう結婚なんてこりごりですわよ」

アフィーフィ夫人は若かりし頃、香水屋の男と結婚した。しかしそれは恵まれぬ結婚だった。この男はスナイヤを虐待し、惨めな思いをさせたばかりではなく、虎の子の貯金まで使い果たしてしまったのだ。その夫も十年前に先立ち、以来ずっとスナイヤは独りでいる。それはまさに彼女の言葉どおり、もう結婚生活なんてこりごりだと思っていたからである。

結婚なんてこりごりだというのは、異性がスナイヤに対してまったく無関心であるという事実を隠そうとしただけではない。実際、スナイヤは結婚生活というものに辟易《へきえき》していたので、十年前に平穏と自由を取り戻したときには意気揚々としていた。そんなわけで、これまでは再婚を嫌って自由の身を満喫してきたのだ。しかし、だんだん結婚に対するそういう偏見が薄れてきたこともあり、もし誰かが再婚の手を差し伸べてくれたら、今のスナイヤなら迷うことはなかっただろう。まだ少しでも希望があった頃はよかった。だが歳を重ねるごとに再婚などということはいよいよ絶望的に思えてきた。スナイヤは自分にとって叶いそうにもない希望を夢見ることは許せなかった。人生の満足はありのままに受け入れるというのが彼女の性分だから。

幸い、スナイヤは他の未亡人たちから非難を受けそうなことは何もなく、楽しみといえば、コーヒーを飲んで、煙草を吸って、紙幣を貯め込むことだけだった。スナイヤは新札を小さな象牙の箱に入れて、箪笥《たんす》の底に五つ六つとまとめて隠しており、折に触れてはそれを眺めたり、数えなおしたり、箱の場所を置き換えたりして悦に入っていた。なんといっても紙幣は、硬貨とちがって音を立てないから、耳ざといミダック横町の連中に気づかれる恐れもなかった。スナイヤは人生この方ずっと強欲な女であり、銀行から見てもずいぶん以前から預金をしてくれているお得意様だったのだ。

　不幸な結婚生活の代償として、スナイヤは財産を貯め込むことに心の平安を求めていた。死んだ夫がスナイヤの長年貯め込んだお金を瞬きひとつで使い果たしてしまったように、世の中の男という男はみな財産を掠奪しようと狙っているものだと自身に言い聞かせてきた。にもかかわらず、スナイヤの再婚願望は徐々に根を広げてゆき、結婚生活で味わった恐怖や、結婚しないことの逃げ口上もその影をひそめていった。

　このようにスナイヤの心境に変化があったのは、多少なりともハミーダの母のせいでもある。前に一度、ハミーダの母はスナイヤに、ある初老女性の結婚を世話した話をして、スナイヤにも同様にいいお話を持ってきたいと軽く申し出たことがあったのだ。その話を聞いた途端、スナイヤの頭の中は再婚のことでいっぱいになり、今となってはもうその考えに屈服せざるを得ないところまで来ていた。自分がいかに人生を無駄に過ごしてきたか、もう五十近くになるまで、たった独りでいかにこの十年を過ごしてきたかをじっくり考えてみれば、死んだ夫のせいにして二度と結婚するまいと思ってきたのがいかに馬鹿げていたことかと悟り、あんな夫のことなどすぐにでも忘れてやれと思えるようになってきた。

　さて、プロの仲人を生業にしているハミーダの母にとって、スナイヤの結婚に対する嫌悪感が単なる見せかけであることは百も承知だったので、心の中ではスナイヤを軽蔑していた。〈なにもかもお見通しよ、アフィーフィ夫人……〉。そしてわざとちょっと怒ったような口調でこう言った。

「奥様、何もそこまでおっしゃらなくても。たとえ一度目の結婚が不幸に終わったとしても、幸せな結婚なんてものはいくらでもありますのよ」

スナイヤ・アフィーフィ夫人はコーヒーカップを盆に戻して礼を言い、さらに続けた。

「一度ひどい目に遭ったことにまた手を出すほど馬鹿じゃありませんわ」

「そんな、奥様ほどの賢い方がなんてことをおっしゃいますの！」

スナイヤは手のひらでその貧弱な胸を叩きながら、そんなお世辞など信じないわよという調子で答えた。

「人ってどこの人のことをおっしゃってるの。奥様よりずっと齢《とし》のいった女の人が毎日のように結婚しているんですよ」

「あなた、私が人に小馬鹿にされるところを見たいのかしら」

スナイヤはこの「奥様よりずっと齢のいった」という言葉が気に入らず、思わず言い返した。

「あらっ、わたくし、あなたが考えてらっしゃるほどお婆さんでなくってよ」

「あらいやだ、そんな意味で申したのではありません、アフィーフィ夫人。もちろん奥様はまだお若い部類に入ってますわよ。ただそういったことが再婚に対する逃げ口上になっているのではないかしらと思いましたの」

この指摘はスナイヤには嬉しかった。にもかかわらず、結婚はしてもいいが、どうしてもしたいという意志はないのだという女を装いながら、ちょっとためらう振りをしてこう言った。

「私のような長年独りでいた者が今さら再婚なんておかしくないかしら」

ハミーダの母は心の中で呟いた。

〈じゃあ、アンタ何の用があってのこのこやって来たのよ？〉

しかし口に出してはこう言った。

「法律上も宗教上も正しいと認められていることをするのがどうしておかしいのですか。奥様は誰もが知っているとおり尊敬すべき賢い女性です。だって『結婚によってイスラムの教えの半分を全うしたことになる』とコーランにもございますでしょう。私たちのアッラーが結婚を正しき道とし、預言者ムハンマドがそれを説いたのです。サッラー・アライヒ・ワサッラム〔預言者ムハンマドに言及するときに言うアラビア語の決まり文句〕」

「サッラー・アライヒ・ワサッラム」

とスナイヤ・アフィーフィ夫人も口を揃えた。

「なぜ奥様あなただけが！　神も預言者もその教えに忠実に従う人々をよしとするのですよ」

スナイヤの顔はその濃い化粧の下で真っ赤になり、胸は喜びで高鳴った。そして煙草を二本取り出して言った。

「でも、私などと誰が結婚してくださるのかしら」

するとハミーダの母は人差し指を曲げてスナイヤの額に向け、よくもそんなこと言うわよねという表情をして言った。

「千人の殿方が……」

そこでスナイヤは大声で笑って言った。

「一人で十分ですわよ！」

ここでハミーダの母は強く後押しするべく追い打ちを掛けた。

「心の底ではね、世の中の男の人はみな結婚願望を持っているのです。ただ結婚なんてどうのこうのと文句を言っているのは既婚の男性だけです。世には結婚したいと思っている寡《やもめ》が山といるんですよ。その中の一人に私が『ちょっといい縁談があるんだけど……』と声を掛けるだけでいいんです。『え、ほんと？　相手はどんな人？』ってすぐ飛びついてきますよ。男というものはね、奥様、完全に耄碌《もうろく》してしまうほどの歳になっても女の人が必要な生き物なんですよ。だってそういう風にアッラーがお創りになったのだから」

スナイヤも嬉しそうに大きくうなずいて答えた。

「全能の神に栄光あれ！」

「そうです、奥様、そのようにアッラーがこの世をお創りになり、知恵を授けて、そのご意志をお伝えになった。結婚というのは避け得ぬことなのです」

スナイヤは微笑んだ。

「ハミーダのお母さん、あなたのお言葉はまるで蜂蜜のように甘いわ」

「奥様の人生も、すばらしい結婚生活によって蜂蜜のように甘くなりますように」

スナイヤはすっかりご機嫌になり、ハミーダの母に同意した。

「ええ、神がそう望めば。そしてあなたが助けてくれれば……」

「もちろんですとも。そうさせていただければ幸いですわ。私が取り持つ縁談は絶対に破談になりませんのよ。今までいったい何組のカップルがゴールインし、家を持ち、子供を育み、幸せに暮らしていることでしょう。どうぞ私にすべてお任せくださいな」

「ええ、ただ……ご満足いただけるほどのお礼ができるかどうか……」

この言葉にハミーダの母はまたしても心の中で呟いた。

〈何をおっしゃる、アフィーフィ夫人。お礼はたんまりいただくわよ。たんまりね。銀行にまでついて行くからこの際けちけちしたことはなしよ〉

しかし口に出してはこう言った。それはまさに切口上を終え、いよいよ本題に入っていこうとする商売人のようにきっぱりした口調だった。

「えっと、奥様だとやはり、ずいぶん年上の男性のほうがよろしいのかしら」

スナイヤはなんと答えていいのかわからなかった。自分には釣り合わない若僧と結婚するのはいやだったが、といって「ずいぶん年上の男性」というのも抵抗のある言葉だ。それまでの会話の流れで、ハミーダの母に対する緊張もだいぶん解《ほぐ》れてきたので、照れ笑いをしながら冗談を言った。

「あら、長い断食の後にタマネギ爺《じじ》いを食べろとでもおっしゃるの？」

これを聞いてハミーダの母は大声をあげて笑った。そしてこれから取り掛かろうとしてる仕事は儲かる話だという確信を得たが、ドライな口調でこう答えた。

「確かにそうですわね、奥様、私の経験から言えば、妻が夫より年上の方がうまくいっているケースが多うございますのよ。だから奥様には三十代か、あるいはもう少し年上の男性がお似合いかもですね」

スナイヤは心配そうに尋ねた。

「でも、こんなお婆さんとねえ……」

「何をおっしゃいますやら。奥様はおきれいだし、お金持ちですし」

「あらまあ、恐れ入ります」

ハミーダの母のあばただらけの顔はいよいよ真剣味を帯びてきた。

「お相手の男性にはこういいますわ。アフィーフィ夫人は中年の女性で、お子様もお姑さんもおらず、物腰やわらかで、健やかで、そしてハムザーウィ地区にある二軒の店とミダック横町にある二階建てのアパートの持ち主でいらっしゃると」

スナイヤは微笑みながらハミーダの母が間違えた部分を訂正した。

「アパートの方は三階建てなんですけど……」

ところがハミーダの母はこの訂正を受け入れなかった。

「いいえ、奥様、二階建てですわよ。だって私たちが住んでいるこの三階部分のお家賃は、私が死ぬまでただにしてくださるでしょう？」

スナイヤは快く同意した。

「わかりましたわ。お約束いたします」

「よろしゅうございますわね。あとはアッラーがことをうまく運んでくださいますように」

スナイヤは我に返って驚いたかのように頭を激しく振りながら言った。

「どうしましょうわたくしったら！　ちょっとあなたの顔を見ようと立ち寄っただけなのに、あれよあれよという間にこんな話になってしまいましたわ。しまいには、すっかり誰かの奥さんになったかのような気分で家に帰っていくなんてね」

ハミーダの母も、それは驚いたというような顔をしてスナイヤと一緒に笑った。だが、心の中では馬鹿にしていたのだ。

〈恥知らずな女ね！　あんたの作戦なんか始めっからお見通しよ！〉

しかし口に出してはこう言った。

「これはアッラーの思《おぼ》し召《め》しですわ。すべては神のご意志に従うものでしょう」

こうしてスナイヤ・アフィーフィ夫人は意気揚々と自分の部屋に戻っていった。

しかし心の中ではこう呟いていたのである。

〈なんですって！　死ぬまで家賃をただにしろですって！　どこまで強欲な女なのかしら〉

第3章　ハミーダ

スナイヤ・アフィーフィ夫人が部屋を出ていくやいなや、娘のハミーダがパラフィンの匂いがぷんぷんする髪を梳《と》きながら入ってきた。膝のあたりまで伸びた黒く光るハミーダの髪を見つめて母親は悲しそうに言った。

「哀れなことね、その美しい髪に虱《しらみ》を住まわせておくなんて」

マスカラを分厚く塗ったハミーダの瞳は怒りに燃えて母親をキッと睨んだ。

「虱ですって？　預言者ムハンマドに誓って、いま櫛についた虱はたったの三匹だったのよ」

「二週間前にアンタの髪を梳いてやったときには二十四匹も虱を潰してやったのをもうお忘れかい？」

娘は母の言うことなどまるで関心がなさそうに、

「そうね。もう二カ月も髪を洗ってなかったものね」

そう言うと、母の横に腰かけて髪を一所懸命に梳かし始めた。

ハミーダは二十代の中背でスリムな娘だ。肌は銅色で、顔は少し面長だが痣《あざ》もなく美しい。最も特徴的なのはその目で、黒く美しく、瞳の部分と白目の部分のコントラストが魅力的だった。しかし、その可憐な唇を閉じて、眼を細めたときの表情は力強く、頑固そうで、とても女性のものとは思えなかった。このミダック横町にあってさえ、誰もが彼女のきつい性格には一目置いていた。

荒々しい性格で知られている母でさえ、彼女と一戦交えるのをできるだけ避けていたほどだ。ある日、二人が争ったとき、母親がこう言ったことがある。

「アンタなんか絶対に結婚できやしないよ。どこの男がアンタみたいな燃えさかる薪《まき》のような女を抱いてやろうという気になるものか」

　またあるとき、娘の生意気な口の利き方に堪忍袋の緒が切れたとき、夏の初め急に襲ってきてエジプト中を吹き荒れる砂嵐にたとえて「ハマシーン」と呼んだこともある。

　とはいえ、母はハミーダを心から愛していた。彼女は実は、ハミーダの育ての親に過ぎなかった。ハミーダの本当の母親は、彼女がかつて一緒にお菓子や「肥え薬」〔かつてのエジプトでは太っていることが美人の基準のひとつとなっていた〕を売っていた仲間のひとりである。二人ともたいへん貧しかったので、このミダック横町の部屋を分け合って住んでいたのだが、産みの母親はハミーダがまだ乳飲み児《ご》のときに他界してしまったのである。そこでハミーダの現在の母は彼女を養女にし、喫茶店のキルシャ氏の妻に乳母《うば》になってもらった。だからハミーダとキルシャ氏の息子のフセイン・キルシャは乳兄妹《ちきようだい》の関係となるわけだ。

　ハミーダは髪に櫛を入れながら、いつものように母が客の話を始めるのを待っていたのだが、普段とはちがい、いつまで経っても母がその素振《そぶ》りを見せないので、もう待ちきれず、

「お客様長かったわね。何のお話をしていたの」と尋ねた。

　母は鼻先で笑って言った。

「わかるでしょ」

　ハミーダはますます興味を掻き立てられて、

「お家賃を上げたいって言ってるの？」

「そんなこと言わせないわよ。そんなこと言ったら救急車に迎えに来てもらう羽目になるわ。その逆よ。家賃を下げたいって言ってるのよ」

「なんですって？　あの人頭が変になったのかしら」とハミーダは言った。

「そうよ、完全にいかれちまってるのよ。当ててごらんなさいよ。ほら、わかるでしょ」

ハミーダはため息をついて言った。

「何よ、じれったいわねえ」

母は眉を寄せ、目くばせしながら答えた。

「大家サマはね、ご結婚なさりたいんですってよ！」

ハミーダは思わず息を飲んだ。

「結婚ですって！」

「そう、それも若い男をご所望よ。アンタのように誰も結婚の手を差し伸べてくれない可哀そうな娘もいるっていうのにね」

ハミーダは納得がいかぬという表情で、髪を編みながら言った。

「とんでもない。相手なんていくらでもいるわよ。お母さんこそ自分の失敗を隠そうとばかりしてるヘボのくっつけ屋のくせして。私には悪いところはないのよ。お母さんがヘボなだけ。『大工の家は扉が壊れている』とはよく言ったものだわ」

母はにんまりとして言った。

「でもさあ、スナイヤ・アフィーフィ夫人がもし結婚できたら、どんな女にだって希望が持てるってものじゃない？」

しかし、これを聞いた娘の目にはまた怒りが戻ってきて、きつい口調で答えた。

「あのね、私べつに結婚を追い求めているわけじゃないの。結婚の方が私を追いかけてくるのよ。それもたくさん追ってくるのよ」

「そりゃあ、アンタほどのお嬢様だものね」

ハミーダは母の巻き返しをものともせずやり返した。

「このミダック横町なんかに私にふさわしい人がいるとでも言うの？」

実際のところ、ハミーダの母は娘が売れ残るのではないかと心配などしたことがない。娘が美しいことに疑問の余地はない。ただ、その自惚《うぬぼ》れやプライドの高さだけは相当なもので、その点はいつも気がかりだった。母は噛みつくように言い返した。

「ミダック横町をそうやってけなすものじゃないよ。住んでいるのはみんなこの世でいちばんいい人たちなんだから」

「自分が住んでる場所を『この世でいちばんいい』なんてよく言うわね。みんな死んでるに等しい人たちばかりじゃないの。生きていると言えるのはお兄さんだけだわ」

「お兄さん」とはフセイン・キルシャのことを言ったのである。それが母を余計に苛立たせた。

「何を馬鹿なことを！　なんでフセインがアンタのお兄さんなのさ。アンタには兄さんも姉さんもいないのよ。フセインはアッラーの思し召しによって単にアンタの乳兄妹となっただけなの」

ハミーダはふてくされてしまった。

「あら、でもフセイン兄さんも私もいつも同じ方の乳房を吸っていたとは限らないでしょ」

これを聞いた母親は、汚いものを吐き出すかのように自分の背中をきつく叩いていった。

「アッラーよ、この娘の口を罰し給え」

ハミーダも吐き捨てるように言った。

「なによ、ミダック横町なんか！」

「そう言うんなら政府の高官とでも結婚するんだね」

「お役人は神様だとでも言うのね」

ハミーダの減らず口にはさすがの母もため息をついた。

「ああ、願わくはアンタのその自惚れの熱が早く冷めますように」

母の口調をまねて、ハミーダも言った。

「願わくはお母さんがちゃんと現実を見つめられるようにならんことを」

「アンタ、私に食べさせてもらってるっていうのによくもそんな口が利けるものね。着るものにだってどれだけあれこれと文句を言ってきたことか」

ハミーダは驚いて尋ねた。

「服がそんなつまらないものだとでも言うの？　新しい洋服がないのなら生きている意味などどこにあるの？　若い娘にとって自分を着飾るための新しい洋服がないくらいなら生き埋めにされたほうがましだってことぐらいわかるわよね！」

ハミーダは悲しそうな声で続けた。

「工員の女の子たちを見てよ。働きに出てるユダヤの娘たちを見てよ。みんなきれいな洋服を着て歩いているわ。好きな服も着られないで、生きてる意味などないわよ」

母は遮った。

「工員やユダヤの娘たちを眺めているとそういう感覚になるのかい？　馬鹿も休み休みにしておくれ」

ハミーダは何を言われても気にとめる素振りさえ見せず、髪を編み上げるとポケットから小さな手鏡を取り出してソファの背に立てかけた。そして少し屈み込んで鏡の中の自分に哀れみをもって語りかけた。

「ああ、なんてかわいそうなハミーダ。こんなミダック横町なんかになぜ燻《くすぶ》っているの。どうしてお前のお母さんは泥と砂金の区別もつけられないの」

そして横町に面したたった一つの窓に寄り掛かって腕を伸ばし、隙間が数インチになるよう鎧戸を引き寄せた。それから窓枠に肘をつくと、横町を眺め渡して独り言を続けた。

「至福に満ちたミダック横町さん、こんにちは。横町さんとそこに住む善良な人々に幸あれ。それにしてもなんという素晴らしい眺めなんでしょう。なんて素敵な人たちなんでしょう。あら、あれはパン屋のホスニーヤね。パン焼き窯の前でズダ袋みたいに座り込んで、片目でパンの塊《かたまり》を、片目で旦那のガアダを見張っているわ。ガアダはホスニーヤに怒鳴られたり殴られたりするのが怖くて一所懸命に働いているんだわ。おやおや、あれは喫茶店のキルシャさんね。頭をうなだれて居眠りしてるように見えるけど、あれは狸寝入りよ。でもこっち側にいるカミルおじさんはぐっすりと眠っているの。売り物のお菓子にあんなたくさん蠅がたかっているというのにね。おや、まあ、あれはヘルワ理髪店のアッバースだわ。格好つけてこの窓のほうを見上げてくるんじゃないわよ！　あなたそうやってそのいやらしい目でずっと私を見ていて、いつかは私をこの窓から自分の足元に引きずりおろして言いなりにさせようという魂胆でしょ。ああ、早く誰か私を助け出してちょうだい。そっちにいるサリーム・オルワーン社長、いま一瞬こっちを見て目を逸らしてまたもう一度見たでしょ。一度目は偶然かも知れないわね。でも二度目に見上げたのはどうかしら。あ、ほらほらまたこっちを見ているわ。社長さん、あなたは一体何を考えてらっしゃるの。もうおじいさんで先も長くないっていうのにさ。毎日この時間になると私の方を見てるのよね。まああなたがもし独身で子供もいないのなら目を見て挨拶ぐらいはしてあげるけどね。ざっとまあこんなところかしら、これがミダック横町の現実なのよ。ああそれにしてもハミーダ、なぜ虱が湧くまで髪を洗わなかったのよ。あら、木靴をこつこつとならしてダルウィーシュ先生のお出ましよ」

ここで母が皮肉たっぷりの口調で娘のモノローグを遮った。

「ダルウィーシュ先生なんてアンタにぴったりじゃない！」

ハミーダは母の方を振り向かず、尻を振りながらこう答えた。

「そうね、素晴らしい人に違いないわ。サイダ・ザイナブ〔ムハンマドの孫娘、聖ザイナブのことと思われる〕を敬愛するあまり十万ポンドものお金を費やしたというじゃないの。ダルウィーシュ先生なら最低でも一万ポンドは私にくれるでしょうね」

そう言い終えるともう外を眺めるのに飽きたかのように、すっと窓際を離れた。そしてまた鏡の前に立っては自分自身を見つめてため息をつくのだ。

「ああ、ハミーダ、あんたってなんて哀れなの……」

第4章　アッバースとフセイン

午前中のミダック横町は冷たく湿った空気に包まれていた。太陽が空高く昇るまで横町には陽は射し込んでこない。しかし、横町の生活は朝早くから始まっている。まず、喫茶店のボーイのサンカルが椅子を並べ、ストーブに火を点ける。やがて会社の従業員が三々五々やって来る。ガアダはパン焼き窯にくべる薪を運んでいる。あのカミルおじさんまでが、忙しそうに店を開けて眠そうに朝食をとっている。カミルおじさんとヘルワ理髪店のアッバースはいつも一緒に食事をとっていた。二人の間に置かれた銅の大皿にはレンズ豆のペースト、ネギ、胡瓜《きゅうり》のピクルスなどが載っており、二人それぞれのやり方で食べている。アッバースはパンをものの数分で飲み込むようにして食べてしまい、一方カミルおじさんは一口ずつ口の中で完全に溶けてしまうまで噛みしめて食べている。彼に言わせれば「食べ物はまず口の中で十分に消化しなければならない」そうである。なのでアッバースが食べ終わって紅茶をすすり、水煙草を吸っている頃、カミルおじさんはまだネギをしがんでいるのだ。カミルおじさんはアッバースに自分の分まで取られないように、いつも食べ物をきっちりと半分に分けていた。彼は巨体にもかかわらず決して大食漢の部類には入らなかったが、甘いものに対しては貪欲で、お菓子づくりの腕は大したものだった。

とはいえ、その腕前を発揮できるのはオルワーン社長やラドワーン・フセイニ氏、それにキルシャ氏などが注文する特注のお菓子を作るときだけである。ともあれカミルおじさんのお菓子作りにかけての名声は、ミダック横町の壁を越えてサナディキーヤ通りやグーリーヤ、サーガ地区にまで及んでいた。だが彼の収入はたかが知れたもので、質素な生活をするのにやっと足りるぐらい、死んだ後に弔ってもらうお金がないとアッバースに漏らしていたのもまんざら嘘ではなかったのだ。その朝も、食後にアッバースにこう言った。

「お前さん、わしの経帷子を買っておいてくれたと言ってたね。なんともありがたい話だねえ。ただ、今それをわしにくれようという気にはならんかね」

いつもその手の作り話ばかりしているアッバースは、経帷子の話などすっかり忘れかけていたのだが、

「なぜ今欲しいんだい、カミルおじさん？」と調子を合わせた。

カミルおじさんは子供のような高い声で答えた。

「いや、ちょっと一儲けさせてもらおうと思ってね。ここのところ生地の値段がずいぶんと上がっているのを知ってるだろう」

アッバースは笑いながら言った。

「おじさん、あんたはほんとに単純で素朴なくせして、そういうところだけはちゃっかりしているねえ。ついこの間は弔ってもらうだけの金もないと言ってたじゃないか。それが、僕が経帷子を買い置いてあるという話をした途端、もうそれを売って金に変えようというんだから。そうは問屋が卸《おろ》さないさ。僕が経帷子を買ったのは、おじさんが長い人生を終えたときに、その屍《しかばね》を労《ねぎら》ってあげようと思っているからだよ」

カミルおじさんは照れ笑いをすると椅子を持ち上げて言った。

「長生きし過ぎて、また物の値段が戦前のようになっちまうかも知れんよ。そうなったらせっかくの

高価な経帷子も台なしじゃないか。そう思わんかね」

「そうかな。反対に明日にでもあの世に行ってしまうかも知れないよ」

「ああ、くわばらくわばら」

　アッバースは大声で笑った。

「だめだよ、カミルおじさん。僕の考えは変わらないよ。経帷子はソノ時が来るまで僕が大切にしまっておくんだから」

　アッバースはそう言ってまた大声で笑い、それにつられてカミルおじさんも笑った。

「おじさんは僕にとって一文の得にもならない男なんだよ。これまでにあんたから一ミリーム〔一ポンドの千分の一〕でも稼ごうとしたことがあるかい？　とんでもない、顎鬚も口髭も生えてこないし、頭だってツルツルじゃないか。あんたが『からだ』と呼んでいるその巨大な物体には僕が刈ったり剃ったりしてやれる毛が一本もないんだから。いやいやまったく……」

　しかしカミルおじさんは笑いながらやり返した。

「わしの身体は禊《みそぎ》をしてもらわなくてもいい清い身体なんだよ」〔イスラム教では祈りの前に沐浴をし、体毛を剃り落とすのがよしとされている〕

　そのとき、二人の会話は誰かの叫び声で遮られた。

　ミダック横町の入口あたりで、パン屋のおかみのホスニーヤが夫のガアダをスリッパで殴りつけている。ガアダはなす術もなく、妻の前で身を丸めながら叫び声をあげ、これが横町中に反響している。カミルおじさんとアッバースはそれを見てまた大笑いをする。

「奥さん、もうそのくらいで許してやってくださいな」

　とアッバースが大声で言ったが、ホスニーヤはとめどなく、足にすがりついて許しを請う夫を殴り続けている。アッバースは笑いながらカミルおじさんの方を向いてこう言った。

「あのスリッパで殴られたら、おじさんの身体も多少はましになるかも知れないね。その脂肪がだんだんと溶けていくだろうからね」

　ちょうどそのとき、ズボンをはいて白いシャツを着て、麦わら帽子をかぶったフセイン・キルシャがやって来た。これ見よがしに金の腕時計をかざして見るその眼は誇りに満ちていた。この日フセインは仕事が休みで、友人のアッバースに愛想よく挨拶し、髪を刈ってもらおうと店に入ってきて椅子に腰をおろした。

　アッバースとフセインの二人はこのミダック横町で一緒に育った。二人は同じ建物、すなわちラドワーン・フセイニ氏の持ち家で生まれている。アッバースのほうがフセインより三年先に生まれたにすぎない。アッバースはカミルおじさんと知り合ってアパートをシェアするようになるまでの十五年間、両親と一緒に暮らし、フセインともずっと親友だったが、やがて仕事をするようになって二人の距離は遠くなった。アッバースはゲディーダ通りにあった理髪店に見習いとして入り、フセインはガマリーヤ地区にある自転車の修理屋に働きに出た。

　もともと二人の性格は根っから違っていた。とはいえ、性格が違うがゆえに彼らの友情は深まったのだろう。アッバースの性格は穏やかで、温厚で、寛大で、親切であり、喫茶店でトランプをしたり、友達とあれこれ噂話をしたりするのが最大の娯楽だった。喧嘩や言い争いが嫌いで、常に相手をなだめたり仲裁に入ったりした。また、イスラム教の断食や祈りも怠《おこた》らなかったし、フセインモスク〔カイロ旧市街カラア地区にある大きなイスラム寺院〕での金曜礼拝も欠かしたことがなかった。もっとも最近はあれこれとお務めを怠りがちであったが、それとて不信心になったからというわけではなく、単なる怠慢からきているものだった。しかし今でもラマダン月〔イスラム暦九番目の月で、この間二十八日間、イスラム教徒は夜明けから日没まで飲み食い、喫煙などが禁じられている〕の断食や、金曜礼拝だけは忠実に守っていた。フセインと口げんかをすることも珍しくはなかったが、フセインが完全に頭にくる前にいつもアッバースが折れて、本当の争いになることなどなかった。

このようにアッバースは簡単に物事に満足する性質《たち》の男で、ゲディーダ通りの理髪店で丸十年間も見習いをしたあと、やっと五年前に小さな店をミダック横町にかまえたのである。その時点ですでに彼は、自分が目指していた以上のものを手に入れたと言える。穏やかに輝く瞳、健康そうな身体、いつも明るい性格などに彼の満足感を読み取れることができた。

一方で、フセインはミダック横町では利発な人物として知られており、何事にも積極的で、勇敢だったが、喧嘩を売られたときにはその性格の激しさを剥き出しにした。しばらくは父の喫茶店で働いていたのだが、父とは反りが合わず自転車屋に働きに出るようになった。そのうち第二次世界大戦が勃発して、英軍キャンプの仕事に従事するようになり、自転車屋では三ピアストルだった彼の日当は今では三十ピアストルになっている。フセインがもともと是としていた「早起きは三文の得」とはずいぶんとかけ離れた出世だ。こうしてフセインの懐具合はよくなり、夢にさえ見なかった楽しい生活を享受していた。新しい洋服を買い、レストランに行って肉を食べる。それぐらいが彼の思い描いていた金持ちの生活だった。今やそうした夢の生活などとうに超え、映画館や劇場に通い、女にうつつを抜かす。そして酒を飲むと大風呂敷を広げて友人たちを家の屋上に招いては食事に酒にハッシーシなどを振る舞うのであった。あるとき彼はちょっと酔っぱらったときにこう言った。

「イギリスではさ、俺のように人生を謳歌している者のことを“large”と呼ぶそうだ」

それからか、彼を羨《うらや》ましくてしかたのない者たちがラージ・フセイン・キルシャと呼び始めたのだが、やがてそれはなぜかガレージ・フセイン・キルシャになっていた。

アッバースはバリカンを握りしめ、フセインの髪の裾をきれいに揃えていったが、その性格を表すがごとくビンビンと立ち上がっている天辺の髪はそのままにしておいた。こうやってフセインと顔を合わすことは、今はアッバースにとってたいてい苦々しい結末となる。二人を取り巻く環境はすでにずいぶんと違っていて、アッバースにとってはフセインがまだ父親の喫茶店で働いていた頃の夕べが懐かしく思い出されるのだった。そもそも最近は二人が会うことも少なくなっていた。アッバースのフセインに対する羨望が少なからず二人を遠ざけているのも事実である。その羨望の気持ちが表に出ないよう、間違ってもフセインと諍《いさか》いを起こさないように気をつけていた。フセインに対して決してつれない態度を取らないようにしていたが、同様にフセインからもそういう扱いを受けることを望んでいなかった。フセインに憧れても羨ましがることはないよう、自分にこう言い聞かせていた。

「もうじきこの戦争も終わる。そうすればフセインは出ていったときと同じように一文なしになってまたミダック横町に帰ってくるさ」

多弁で知られるフセインは、基地の生活や、仕事仲間、素晴らしすぎる待遇や、コソ泥が出た話やイギリス兵たちと交わしたいろんなジョーク、誉め言葉などをべらべらと話し始めた。

「ジュリアン伍長が言うことにはね、俺とイギリス人の違うところは肌の色だけだって。そしてくれぐれも無駄遣いをするなよと諭すんだよ。でも、この腕はね（と、腕を大きく振ってみせ）この戦火の下、平和なときの倍を稼ぎ出すんだぜ。いったいいつこの戦争が終わると思う？　たしかにイタリアは負けてしまったけどね、そんなのどうってことないさ。ヒトラーはあと二十年闘い続けるね。なんせジュリアン伍長は俺の勇気を高く買ってくれていて、俺を盲目的に信用してくれているんだよ。だから煙草や葉巻、チョコレート、ナイフ、ベッドシーツ、靴下や靴なんかを捌《さば》く商売仲間に入れてくれたんだよ。すごいだろう」

「ほんと、す、すごいな」

とアッバースは吃《ども》りながら答えた。

フセインは鏡に映った自分の姿をまじまじと覗き込んで言った。

「これから俺がどこに行くと思う？　動物園さ。誰と行くと思う？　蜂蜜クリームのように甘い顔をした女の子と行くんだぜ」と、チュッと音を立てながら投げキッスをしてみせて、続けた。「そして猿の檻を見せてやるんだ」

　と大笑いをして、アッバースの方を振り返り、さらに続けた。

「なんでまた猿の檻だと思う？　猿回しの猿しか見たことのないあんたにはわからないだろうな。猿ってのは檻の中で集団生活をしてるだろ。あいつらは人間とまったく同じような行動を取るんだよ。あけぴっろげに喧嘩《けんか》したり、セックスしたりするんだぜ。そんなところを女の子に見せれば、きっと俺に対して心を開いてくれると思うんだよね」

　アッバースは散髪の手を止めずに吃りながら答えた。

「そ、そりゃいいなあ」

「女って生き物は複雑でね。俺のこの波打つ髪の毛だけではなかなかうまくなびいてくれないのさ」

「そ、そっか、僕は奥手で何も知らないものだから……」とアッバースは笑いながら鏡の中のフセインの髪を見た。

　フセインはここぞとばかり、鏡の中のアッバースを見つめて尋ねた。

「じゃあ、ハミーダはどうなんだい？」

　アッバースの脈拍がはね上がった。まさかそこでハミーダの名前が出てくるとは。彼女の顔が目に浮かんでアッバースは赤面した。

「ハ、ハミーダって？」

「ハミーダだよ。そこに住んでるあのハミーダさ」

　アッバースは当惑して黙り込んだ。しかしフセインは容赦なく続けた。

「ほんと、あんたって恥ずかしがり屋なんだから。あんたの瞳は眠っているよ。店だって眠っているよ。あんたの人生すべてが眠ってるんだよ。俺が一所懸命こうやって目を覚まさせてやろうとしているのにさ。あんたはまるで土左衛門だよ。こんなことしていていつの日かあんたの望みが叶うとでも思ってるのかい。あり得ないよ、絶対。いくら必死にやっても、これじゃその日暮らしがせいぜいさ」

　アッバースの目はなにかを考え込むときのように曇った。そして少し声を上ずらせると、

「我々の人生を決めるのはアッラーだけだよ」と言った。それを聞いたフセインは嘲《あざけ》るように言った。

「カミルおじさん、キルシャ亭、水煙草、トランプ！　これがあんたの人生のすべてだろ！」

　アッバースは戸惑った。

「どうして、どうしてそうやって僕の人生を馬鹿にするんだい」

「ふんっ、そんなの人生とも言えないよ。このミダック横町に住んでるやつらは皆、半分死にかけばかりさ。あんただってここにずっと住んでりゃ葬式なんてしてもらう必要はなくなるね。ああ、アッラーのお恵みあれ」

　アッバースは躊躇しながらフセインに尋ねた。もっとも、答えは聞くまでもなかったのだが、

「じゃあ、僕にどうしろと言うんだい？」

　フセインは声を荒らげた。

「何度も何度も言ったじゃないか。こんな惨めったらしい生活なんか振り捨てるんだよ。店を閉めて、この臭いミダック横町を出ていくんだ。カミルおじさんのあの図体から目を逸らすんだ。そして行くんだよ、英軍キャンプに。あそこは尽きることのない金鉱だ。ハサン・アル・バスリー〔『千夜一夜物語』に出てくる人物、莫大な宝物を得たという〕の宝物そのものだ。この戦争は人が言うように不幸などでは決してない。これこそがアッラーの恵みだよ。アッラーが俺たちを貧困から救ってやろうと与えてくれたお恵みなんだよ。空襲は俺たちに金の爆弾を落としていくんだ。さあ、英軍キャンプに行くんだよ。たしかに、イタリアは負けちまった。でもドイツはまだまだ頑張っている。その背後にはまだ日本が控えているじゃないか。つまり、この戦争は最低でもあと二十年は続くぜ。さあ、これでもう最後だ。テレル・ケビール基地

に行けば仕事がある。さあ、船出の時だよ」

アッバースは気が動転してしまってフセインの髪を仕上げるのに苦労した。それはフセインの辛辣な言葉のせいではなく、その前に彼が発した言葉のせいである。アッバースはもともと面倒くさがりな性格で、生活の変化を嫌い、新しいことに嫌悪を覚えるのだ。遠くへ旅したりするのは苦手だった。だからたとえ一人きりになったとしてもこのミダック横町に残っているだろうと常々思っていたし、ここで一生暮らすことができたら自分はとても幸せだとも思っていた。このミダック横町をこよなく愛していたのだ。

だが、今はハミーダの顔が目に浮かんでいた。アッバースがこよなく愛するこのミダック横町での人生と、ハミーダの思い描いている人生とが交わることは決してないだろう。アッバースはハミーダへの思いをなかなか表に出そうとはしなかった。でもいつかはそれについて考え、計画していかなければならないと感じてはいたのだ。彼はフセインの言葉にあまり興味がない風を装って言った。

「テレル・ケビールなんて、そんな遠いところに行くのは考えるだけでうんざりだよ」

するとフセインは両足で床を蹴って叫んだ。

「まったくあんたにはうんざりするね。テレル・ケビールに行くほうが、こんな横町で燻ってるよりよっぽどましさ。カミルおじさんと一緒にいるよりよっぽどましさ。神を信じて、さあ、出かけるんだよ。今までのあんたは死人同然だ。これまでいったい何を食べて生きてきた？　何を飲んだ？　何を聞き、何を見てきたんだよ。ほら、アッバース、あんたはまだこの世に生まれてきていないも同然だよ。ほんと、そのみすぼらしい形《なり》は何だよ？」

アッバースは悲しそうに言った。

「たしかに金持ちに生まれなかったのは惨めなことだよ」

「というか、あんたが女に生まれなかったことに同情するよ。もし女に生まれてさえいれば、女中の婆さん連中の仲間入りでもできただろうに。あんたの人生はいつも家さ、家に始まって家に終わる。映画にも行かなけりゃ動物園にも行かない。せめてムゥスキー通りまででも出てみたことがあるかい？　出てみりゃいいさ。ハミーダが毎夕あそこを歩いてるんだから」

またハミーダの名前が出てきたのでアッバースはさらに混乱した。友人であるはずのフセインがなぜこんな侮蔑的な口の利き方をするのだろう。彼は弱々しく言い返した。

「君の乳妹《いもうと》のハミーダはとても性格のいい娘だ。たまにムゥスキー通りをぶらぶらするぐらいかまわないじゃないか」

「いや、そういうことじゃない。ハミーダは理想の高い娘なんだ。だからあんた自身が変わらない限りハミーダの心を勝ちとることなどできやしないんだよ」

アッバースはむっとしてしまった。フセインの髪を刈り終えて、黙って櫛を入れ始めたが、顔は赤面し何もかもが上の空だった。

フセインは椅子から立ち上がり散髪代を払ったが、店を出るや、家にハンカチを忘れてきたことに気づき、あわてて取りに帰った。

アッバースは黙って彼を見送ったが、フセインが本当に希望に溢れて幸せそうなのを見て、あたかもそういう彼を初めて見たかのように強い衝撃を受けていた。

「あんた自身が変わらない限りハミーダの心を勝ちとることなどできやしない」

確かにフセインの言うことは正しかった。今の生活はまさしくその日暮らしだ。この苦しい時代に少しでも貯金しようと思えば、何か新しいことを手掛けなければならないのも明らかだ。

ハミーダに対する夢も希望もいったいいつまで抱き続けることができよう。他の男たちのようにどうして自分は運試しをしてみようとしないんだ。フセインはハミーダのことを「理想の高い娘」だと言った。確かに自分よりフセインのほうが彼女のことをよく知っているはずだ。フセインのほうが冷静な目で彼女を見ているのだから。心を寄せる人が理想の高い娘なら自分自身も高い理想を持たなければならない。もう少しすればフセインは「アッバースの目を覚ましてやったのはこの俺だ」と得意げに言いふらすに違いない。しかし自分のほうがずっと分別があるのだ！　愛するハミーダがいなければ、この人生を掻き立てるものは何もない。

アッバースは愛の力、その不思議な魔力に我ながら驚いていた。神が人間に愛する力を与え給《たも》うたことはすばらしい。そして、その愛を成就するために人生を賭けるということも……

アッバースはなぜテレル・ケビールに働きに行こうとしないのか自問してみた。もうかれこれ四半世紀このミダック横町に住んでいるが、ここに住んでいて何か得をしたことがあっただろうか。この横町をこよなく愛し続けるとどんな見返りがあるというのだろう。いや、それどころか、ミダック横町はここで悪どい商売をしようとしている者たちに微笑みかけるばかりではないか。たとえばアッバースがなんとかその日その日を食いつないでいる一方で、オルワーン社長の元へは洪水のように金が流れていくではないか。オルワーン社長の手には香りが漂ってきそうなほどの札束が積まれていくというのに、アッバースの手には辛うじてパンが買えるほどの金しかないのだ。なぜ新天地を求めてここを出ようとしないのだ。

いろんなことがアッバースの頭の中を駆け巡った。店の外に出るとカミルおじさんが膝の上に蝿たたきを置いたまま大いびきをかいて眠っている。そのとき横町を下って来る軽やかな足音が聞こえてきた。それは家から大股で引き返してきたフセイン・キルシャだった。アッバースは彼を、まるで回るルーレットを見つめるギャンブラーのような目つきで見つめた。

フセインが前を通り過ぎようとしたとき、アッバースは心を決めたかのように肩に手をかけ話しかけた。

「フセイン、折り入って話があるんだ」

第5章　夕方の散歩に出るハミーダ

夕方ちかく。ミダック横町は、次第にまたセピア色の世界に包まれ始めていた。

外套をはおったハミーダは、アパートの階段に靴音を響かせて外に出た。

四つの目が自分を盗み見しているのを知っていたので、背筋を伸ばしてゆっくりと横町を歩く。彼女の出て行く姿をこっそりと見ているのは、オルワーン社長の目とアッバースの目である。

ハミーダは自分の洋服の着こなしをまんざらでもないと思っていた。実際は色褪せた綿のワンピースに古びた外套をまとい、底の擦り減った靴を履いていたのだが、豊満な臀部とはちきれそうに豊かな胸の線がよく目立つように、うまく外套をはおっていた。外套から出ているのは、アンクレットをつけた脚、黒い髪、そしてあの魅力的な顔だった。

ハミーダは、わき目もふらずただまっすぐに、サナディキーヤ通りからグーリーヤ地区、ゲディーダ通りを抜けて、ムゥスキー通りを目指して歩いていくのだ。

例の四つの目が届く範囲から逃れると、やがて唇からはかすかな微笑みが漏れ、美しい瞳は賑やかな通りの喧騒を追いかけ始めた。

ハミーダは実の親に死に別れた孤児なのだが、決してプライドを失わない強い性格の持ち主でもあった。それはもちろん、その美しさゆえともいえるが、そればかりでもなかった。

彼女の内部からこみ上げてくるこの強さは、ときにその瞳にも表れたが、そういうときのハミーダをより美しいと思う者もあれば、その逆であるという者もあった。他人と競いあったり、他人を支配することに憧れをもつタイプで、わざと異性の目を惹《ひ》きつけるような素振りをみせたりすることもあった。

また、養母であるウンム・ハミーダに対しては、なんとか自分の言い分を通そうと、普段から対決姿勢を崩したことがなかった。

養母ばかりにではなく、ミダック横町に住む女たちにも、いつも喧嘩腰で臨んだ。それゆえ当然のこと、常日頃から憎まれ、陰口を叩かれていた。

横町の女たちは、とにかくハミーダは女性にあるまじきほどに子供嫌いだと悪態をつく。だが乳母であるキルシャ夫人だけは、残忍で無慈悲な夫の虐待を受けつつフセインとハミーダに乳を与え育てたという背景からか、いつかハミーダが母親になる日を夢見ていた。

さて、ハミーダは、通りの店のショーウィンドウを覗きながら、いつものように夕方の散歩を楽しんでいた。ウィンドウの中の豪華な洋服に、彼女の野心に満ちた心は掻き立てられた。彼女の野心が、おもに財力への羨望に偏っているというのは誰の目にも明らかである。ハミーダにとっては、財力こそが新しい世界への扉を開く鍵となるものだった。心に描き得るあらゆる贅沢をすべて手に入れることこそが人生の幸せであると信じて疑わなかった。

一方で、自分がどのような身分の娘であるかということも、しっかり現実として捉えてきた。そう、サナディキーヤ通りに住んでいたあの娘のことを知るまでは。

その娘はハミーダのように貧しい家の娘だった。ところがある金持ちの建設業者に見そめられて結婚し、サナディキーヤ通りのあばら家からお伽噺《とぎばなし》のような世界へ移り住んだのである。

しかもその娘は、ハミーダのように美しい娘というわけではなかったのだ。そんな奇蹟は、この辺ではもう二度と起こらないものなのだろうか。なんとかハミーダにもそういう幸運が巡ってこないものだろうか。

ともあれ、ハミーダのそういった野心も、家からマリカ・ファリーダ広場までの狭い世間を越えて行くことはなかった。彼女はそこから向こうのことは何ひとつ知らなかった。この広い世界にどんな人々が住んでいるのかも、どんな幸せが隠れているのかも、また自分のように哀れな人々がどれほどいるのかも、彼女はなにも知らなかった。

向こうから工員の娘たちが歩いてきた。ハミーダは足を速めて娘たちの方へと近づいていき、にっこり微笑んで挨拶を交わした。あれこれとおしゃべりをしながら、ハミーダは、自由で金回りのいい彼女たちの服装を憧れの目で見つめた。彼女らはダッラーサ地区に住む娘たちで、戦時の人手不足に乗っかって、古い慣習や伝統などというものをかなぐり捨て、人前に出て働いているのだ。

戦前までは、外に出て働いたりするのはユダヤ人の女性たちだけであった。工場に働きに出始めたばかりの頃のダッラーサの娘たちは、生活からの窶《やつ》れをはっきりと宿していた。だが、しばらく時が経つと、大きな変化が現れた。栄養失調気味の身体はふくよかになり、顔色も健康そうに輝き出した。

そしてユダヤの女性のように、服装に気を遣うようになり、身体をスリムに保とうと努力するようになった。中には、これまで女性の口にはタブーとされてきた言葉さえ操り、男と腕を組んで歩いたり、夜な夜なアバンチュールを求めて通りを徘徊したりする者さえいた。彼女らはいつも大胆で自由で、大人びた雰囲気を漂わせているように見えた。

一方で、ハミーダは、まだまだ未熟で無知だった。愛想笑いを浮かべていても、心の中ではただただこの娘たちのことが羨ましくてしかたがないだけなのだ。あのフロック・コートは丈が短すぎるとか、あちらのは趣味が良くないとか、また男をいやらしい目で眺めているとか、首筋に虱が這っていたとか、冗談半分に彼女らの悪口を言うこともあったが、ハミーダにとって、この工員の娘たちと会ってちょっと話をするときだけが、養母や他人との言い争いの絶えない退屈な日々の生活から逃れることのできる貴重な時間であった。


ある日のこと、彼女は養母にこう言った。

「本当の人生というものを知っているのは、ユダヤの娘たちだけね」

「アンタって娘は、ほんとうに！　まあ、しかたないわね、アンタの身体の中には私の血はただの一滴だって流れていないんだからね」と、母は嚙みついた。

「そうね、私の身体の中には、ひょっとしたら、王家の血が流れているのかも知れないわね。たとえば王様の非嫡出子だったりして……」

ウンム・ハミーダは大きく首を左右に振って答えた。

「いいえ、とんでもない。アンタの父親はマルグーシュに住んでいたただの八百屋のおっさんよ」

ハミーダは、自分でもしっかりと意識しているその美貌と、いざというときには最大の防御手段となるその鋭い舌を武器として、ダッラーサ地区の工員娘たちと通りを闊歩《かつぽ》するのだった。通り過ぎる人々の目が、娘たちにではなく、自分に向けられていることが心地よかった。

ムゥスキー通りの半ばにさしかかったとき、アッバースが自分たちの後を少し距離を取って歩いてくるのに気づいた。彼は、いつものあの視線でハミーダを見ている。

こんな時間になぜアッバースは店を離れているのだろう。もしや自分をつけてきたのだろうか。彼の視線に対してハミーダがいつも冷たく返している意味を汲み取っていないのだろうか。

とはいうものの、ハミーダのアッバースに対する感情はなんとも複雑なものであった。

たしかにアッバースは貧乏な散髪屋ではあったが、自分の知っている男たちの中では、まあまあの男ぶりだと言える。いや、むしろ気に入る範疇にあった。彼女の知り合いのうちで、唯一、結婚しても悪くないと思えるのはアッバースだけであった。

ミダック横町では結婚相手として適当な男はアッバースぐらいしかいないとうすうす認めている一方で、サナディキーヤ通りの貧乏娘が嫁いだあの土建業者のような金持ちと結婚したいという望みも決して捨てたことはなかった。

要するにハミーダは、アッバースを愛しく想うこともなかったが、かといって、放っておくということもできないのである。もしかしたら、あの情熱的な眼差しがハミーダの心を乱していたのかも知れない。

ハミーダはいつも、工員の娘たちとダッラーサ地区の入口まで一緒に歩き、そこから一人引き返すことにしていた。アッバースが彼女をつけてきたというのは、もはや、明らかである。その証拠に、ダッラーサの娘たちに別れの挨拶をし、踵《きびす》を返すやいなや、アッバースが足を速めてこちらに近づいてきて、おどおどしながら声を掛けてきたのだ。

「こんばんは、ハミーダ」

彼女は、そのとき初めてアッバースに気づいたという素振りをして、その顔を睨みつけると、一言も口にせずに歩調を速めた。

アッバースはその反応に一瞬、赤面して困惑したような表情を浮かべたが、すぐに追いついてきて、吃りながら、また声をかけてきた。

「こ、こんばんは、ハミーダ……」

ハミーダは、このままアッバースを無視して歩き続ければ、彼が彼女に伝えたいと思っていることを何ひとつ言うことができないままにフセイン広場までたどり着いてしまうと考えた。そこで、急に立ち止まって、きつい口調で言った。

「何なのかしら。近所の人間が、まるで見知らぬ者のように通りの真ん中で声をかけてくるなんて！」

「い、いや。確かに僕は君のご近所さんだが、なにも見知らぬ者のように声をかけたわけじゃないよ。近所の者同士、挨拶もしてはいけないって言うのかい？」

ハミーダは顔をしかめて答えた。

「ご近所さんなら、そんなおどおどしながら声をかけてこないわ。公衆の面前で話しかけて私に恥をかかせる気なの？」

「そんな……恥をかかせるなんてとんでもない。ちょっと君に話があったんだよ。僕と口をきくのがそんなに……」

「なんて人なの。こんな通りの真ん中で声をかけてきて、変な噂でも立ったらどうするのよっ」

アッバースはこの言葉にすっかり怖気《おじけ》づいてしまった。

「変な噂？　どうしてそんなことを言うんだい。聖フセインに誓って、僕はとっても真面目な気持ちで話しかけているんだ。遊び気分で君に声をかけていないことは、このあとの僕の話を聞いてくれればちゃんとわかるよ。さあちょっとアズハル通りの方へ行って話そう。アズハル通りならご近所さんの目からも逃れることができるだろう」

ハミーダは、精いっぱい顔をしかめて、声を荒らげた。

「ご近所さんの目から逃れるですって！　あなたは一体なにを考えているの！　ほんとにあなたってステキなご近所さんねっ！」

アッバースは、ハミーダが怒りを表しながらも、口をきいてくれているという事実にちょっと自信が湧いてきて、さっきよりもはっきりとした口調で言った。

「ご近所さんのどこがいけないって言うんだよ。ご近所さんなら、言いたいことも伝えずに我慢しろっていうのかい」

「あらまぁ、お耽美なお言葉だこと……」

アッバースはとても残念そうにため息をついた。広場はもうすぐ目の前である。

「僕は半端な気持ちで君に話しかけているんじゃないよ。さぁ、そんなに急がずに、ハミーダ。アズハル通りの方へ行こう。本当に大切な話があるんだ。僕が何を言いたいのかもうわかっているだろう。わからないなんて言わせないよ。この気持ちは絶対にもう君に届いているはずなんだから」

「もうたくさんよ。さあ、私から離れて」

「ハミーダ、聞いておくれ。僕はね……」

「いい加減にして！　恥をかくわっ」

ついに二人はフセイン広場にたどり着き、彼女はさっさと一人で広場を渡ってグーリーヤ地区の方へ去っていった。

その唇には自己満足の笑みがこぼれていた。アッバースの口からついにその本心を聞き出したのだ。彼の目はハミーダに対する想いで輝いていたではないか。

いつかアッバースから愛の告白を受けるであろうということは、彼がハミーダの家の窓を見上げるようになったとき以来、十分に予測できていた。経済状況こそまったく魅力のないアッバースではあったが、その人格は従順で謙虚だ。それは彼女の支配的な性格にぴったりのはずである。しかしこれまで、自分の相手としてこれといった魅力を感じなかったのは、やはりその貧しさのせいなのであろうか。自分は一体なにを望んでいるのだろう。この青年以外に誰がハミーダを満足させてくれるだろう？

ハミーダの支配的な性格は、争いごとを好むという性格から来るものであって、その逆ではない。平穏なこと、平和なことというのが彼女は嫌いで、またなにごとも簡単に勝ち得てしまうというのはつまらなかった。このように彼女はきわめて複雑な感情に左右されているのだった。

さて、アッバースのほうは、人に見られるのを怖れて、それ以上ハミーダを追うことを思いとどまった。ミダック横町に向かうその足取りは重かったが、心が完全に打ちひしがれているというわけではない。

〈少なくともハミーダは口をきいてくれたではないか。それも一言二言にとどまらず。もし自分のことを完全に拒《こば》みたかったなら、そうすることもできたのに〉

と、自分自身に言い聞かせた。ハミーダが彼を嫌いではないということは明らかだ。たぶん若い娘というのは、みんなああいう風なのだろう。恥ずかしくて、逆に噛みつくような態度をとったに過ぎないのだろう。

アッバースはこれまでに感じたことのなかった不思議な力によって心地よく陶酔している自分を感じていた。彼は心からハミーダを愛している。その気持ちだけは千年を経ても変わらないだろう。

最終的にアッバースは、その日の行動は失敗ではなかったという結論に達した。やがてサナディキーヤ通りまで戻ってくると、フセインモスクの方からダルウィーシュ先生がやってくるのが見えた。

通りの端のあたりで、アッバースのほうから声をかけて先生に挨拶の手を差し伸べた。しかしダルウィーシュ先生は、金縁眼鏡の奥からこちらをじっと見つめ、人差し指をたてて諭すような口調でこう言った。

「帽子もかぶらないで出歩いてはいけませんよ。こんな天気の日に、こんな時代に、こんな世の中に、帽子もかぶらずに出かけてはいけません。若者の脳みそは、すぐに融けて霧となり、飛んでいってしまうものなのです。すなわち、それこそが『悲劇』なのです。それを英語で言えば“tragedy”、その綴りはT・R・A・G・E・D・Y……」

第6章　キルシャ氏のアバンチュール

　喫茶店の主人キルシャ氏は、またしても例の件でそわそわしていた。毎年、毎年、同じようなトラブルに見舞われながらも、懲りずにまたそれを繰り返す。諸悪に抵抗しようとする意志は、ハッシーシによって完全に挫《くじ》かれてしまっていた。

　キルシャ亭はそこそこ繁盛していたものの、キルシャ氏は大変な浪費家だった。店からあがる利益はすべて、彼のありとあらゆる欲望を満たす手段に費やされてしまう。そのありとあらゆる欲望の中でも、とくに不健康で、陰湿な、例の欲望だけに対しては、彼にはまったく抵抗する術がなかった。

　陽がほぼ沈みかけた時刻、キルシャ氏はボーイのサンカルに行き先も告げず店を出た。黒い外套をはおり、杖に寄りかかりながら、ゆっくりと重々しく足を運ぶ。濃い眉に覆い隠された陰鬱な瞳で行く手を見定めるのは容易ではない。しかし胸は高鳴っていた。おかしな話だが、キルシャ氏は社会の汚泥にまみれてずっと人生を歩んできたので、その汚泥が完全に身に染みついてしまった今となっては、このような怪しげな生活も彼にとってはまったく当たり前のことにしか思えなかった。

　喫茶店の主人という表の顔に隠れて、麻薬の売り買いを長年してきたこともあり、キルシャ氏の善悪の基準はことごとく破壊され、ついには、いわゆる倒錯の世界の生け贄《いにえ》になってしまったのだった。

邪悪に屈するその姿は、完璧としか言いようがない。彼は、ただの一度でも、自分の罪を嘆いたり、悔やんだり、また後ろめたくさえも感じたことがなかった。自分やその仲間たちを取り締まろうとする行政機関をあからさまに非難し、倒錯の世界を軽蔑しようとする人々を恥ずかしげもなく罵っていた。

たとえば、「政府は、アッラーが禁じた酒を合法だとし、アッラーの認めたハッシーシを禁じている。暑苦しくて息が詰まりそうな酒場を擁護し、身体にも心にも良薬となる一服を目の仇にしている」と嘆き、ときには悲しそうに首を振って、こう言うこともあった。

「いったいハッシーシの何がいけないんだ！　心に平安を与え、苦しい人生を慰めてくれるではないか。それに何より、最高の媚薬じゃないか」

そして倒錯の性癖についても、いつも決まってこう言い張るのである。

「他人《ひと》には他人の、わしにはわしの信じるところがあるんだよ」

こうやって彼は、いくど回を重ねても、新たな恋のアバンチュールが始まる兆しが見えたときには、心臓の高鳴りを抑えることができなかった。

その夜もキルシャ氏は、グーリーヤの方向に向かってゆっくりとした足取りで歩いていた。

〈さて、今夜はどんないいことがあるだろう〉と心を躍らせている。

心はうきうきとしていたが、それでも道の両側にある店々には注意を払い、ときどき知り合いの店主たちに挨拶を返している。

知り合いたちのそういった挨拶とて、本当に単なる挨拶なのか、それともなにか探りを入れているのかわかったものではない。なにせ人間というのは、その貪欲な口で他人を罵ることしか考えていないのだから。だいたい、飽きもせず自分を噂の種にして、何の得になるというのだ。と、このように、キルシャ氏は、自分なりに他人を非難しつつ、思うがままの人生を歩んできたのである。

さて、この夜のキルシャ氏は、グーリーヤ通りを下り、アズハル通りにさしかかる手前にある一軒の店の前で足を止めた。

胸の鼓動はいよいよ激しくなる。知り合いの店主たちへの挨拶もそこそこに、その陰鬱な眼差しは悪魔の目に似た光を放ち始めた。とうとうこの店の前までやって来てしまった。だらしなく開いた唇から薄気味悪い笑みを漏らしつつ、キルシャ氏はその店の敷居をまたいだ。

そこは小さな店で、真ん中の机に老人が一人座っており、その奥の商品が高く積まれた棚にもたれて、二十歳《はたち》前ぐらいの元気そうな少年が座っていた。

少年は、客が入ってきたのを見るとすぐ商売人らしい愛想笑いを浮かべて立ち上がった。

キルシャ氏は濃い眉を上げて彼をじっと見ると、丁寧に挨拶をした。

少年もやはり丁重に挨拶を返したが、そのとき、ふと、そういえばこの人を見るのは今日でもう三回目だということに気づき、なぜこの人は一回で必要な買い物を全部済ませてしまわないのだろう、とやや訝しく思った。

「いいモノが入っているかね」とキルシャ氏は尋ねた。

少年は、二、三の品物を出してくると、机の上に広げて見せた。キルシャ氏はそれらを注意深く吟味するふりをしつつ、こっそりと少年の顔を盗み見た。少年のほうも視線を感じて別段恥ずかしがる様子がないので、キルシャ氏の唇には微笑みが浮かんだ。十分に時間をかけて品物を調べてから、キルシャ氏は静かに言った。

「すまないんだがねえ、お兄さん。わしは目が悪くってねえ。わしの代わりにあんたが、これぞ逸品と思うものを選んでもらえんかね」

そしてわざと少年の顔をじっと見つめながら、薄気味悪く微笑んで続けた。

「そう、ちょうどお兄さんのその整った顔のような逸品を……」

少年は、その褒め言葉にはなにも反応を示さず、さらに別の品をもって来ようとしたが、キルシャ氏がその手を止めた。

「そいつを半ダースほど包んでおくれ」

そこで少年が半ダースを包み始めると、こう言いなおした。

「いや、やはり一ダースにしておくれ。どうせ金は余っておるんだから」

少年は言われたように一ダース包み、それをキルシャ氏に手渡しながら小声で言った。

「いい買い物をなさいましたよ」

キルシャ氏は微笑んだ、というより、唇が自然に緩んだ。そして眉をちょっと寄せながら、いたずらっぽく言った。

「ありがとう、お兄さん。アッラーのお恵みあれ」

キルシャ氏は代金を払って、入ってきたときと同じような胸の高鳴りを隠しつつ店を出た。そして通りをゆっくり横断すると、店の向かい側にある街路樹の下に立った。

日はどんどんと暮れていく。片手で杖にもたれかかり、片手で包みを握り締め、その距離から店の様子をうかがうと、あの美少年はさっきと同じ位置に腕を組んで座っているようだ。ぼんやりとした影にしか見えないが、キルシャ氏の記憶と想像力は、その弱い視力では見えない部分をも充分に補っていた。そしてこう呟いた。

「まちがいなく、あの子はわしのこの気持ちをわかってくれたはずだ」

そうして少年のあの腰の低さ、年長者をいたわる気持ち、礼儀正しさを思い浮かべ、さらに「いい買い物をなさいましたよ」と言ったときの声を思い出し、キルシャ氏はぞくぞくと身体を震わせるのであった。

そうやって、しばらくその場所に立っていると、やがて店を畳み始めるのが見えた。老人と少年は店の前で別れ、老人はサーガ地区の方に向かって歩いていき、少年はアズハル通りの方にやって来た。

キルシャ氏はおもむろに身を隠していた街路樹の下を離れ、少年の歩いてくる方向に行く。

彼は通りを三分の二ほど横切ったところでキルシャ氏の方をちらっと見たが、何も気づかずそのまますれ違いかけた。と、そのとき、キルシャ氏が愛想良く声をかけた。

「お兄さん、また会ったね」

少年はこちらを見て、目に少し微笑みを浮かべながらも、ちょっと戸惑い気味に答えた。

「あ、こんばんは」

キルシャ氏は、そこで会話が途絶えてしまわないように続けた。

「もう店は閉めたのかね」

少年は、キルシャ氏がもう少しゆっくり歩いてくれと言わぬばかりに腕を引っ張っているのに気づいたが、それでも歩調を緩めずに答えた。

「はい、閉めました」

キルシャ氏はしかたなく歩調を速め、一緒に歩道を歩きながら、少年から目を離さずに言った。

「お兄さんは長い時間働くねえ、かわいそうに」

少年はため息をつきながら答えた。

「しかたありませんよ。働かざる者食うべからずですから」

キルシャ氏は、少年が思ったより親しげに口をきいてくれることに気をよくした。

「神がその勤勉さに報い給うことを」

「ありがとうございます」

そこでキルシャ氏は語気を強めて続けた。

「人生はまことに徒労の連続だよ。にもかかわらず、その徒労が報われることなど、滅多にないんだから。この世には、なんと多くの恵まれない労働者が溢れていることか」

少年の敏感な神経はキルシャ氏のこの言葉に反応した。そして吐き出すように言った。

「まったくそのとおりです。この世にはなんと多くの恵まれない労働者がいることでしょう！」

「『忍耐こそが喜びの扉を開く鍵となる』〔エジプトの諺〕。しかしこの世には、計り知れぬほどの恵まれぬ労働者がいる。そして神のご慈悲により、慈悲深い人々もまた、この世にはたくさんいる」

美少年は尋ねた。

「いったいどこに、そのような慈悲深い人がいるのでしょうか」

キルシャ氏は「たとえば、わしがそうだよ」と、言いそうになったが、さすがにそれは思い留まって、諭すようにこう言った。

「まずは、他人を中傷するようなことだけは言ってはいけない。聖家族に栄えあれ」そして声の調子を変えるとこう尋ねた。

「お兄さんは、なぜそんな速く歩くのかね。急いでいるのかい」

「早く家に帰って、服を着替えたいんですよ」

「着替えて、それから？」

「喫茶店に行くんです」

「どこの喫茶店に？」

「ラマダン亭です」

ここでキルシャ氏が大口を開けて笑ったので、闇の中で金歯がキラリと光った。

「じゃあ一度、わしの喫茶店にも遊びに来てくれんかね」

「どちらの喫茶店ですか」

キルシャ氏は、かすれ声で答えた。

「ミダック横町にあるキルシャ亭。わしはそこの主人のキルシャだよ」

美少年は驚いて、ありがたそうに言った。

「それは、それは。とても名高い喫茶店ではないですか！」

キルシャ氏は嬉しそうに、

「じゃあ、来てくれるかね」と尋ねた。

「はい、そのうちきっと。イン・シャー・アッラー」〔in shaa' Allah アッラーの神が思し召しがあれば、という意味のアラビア語で、「きっと」、「必ず」という意味に使う一方で、「たぶん」、「おそらく」、または「気が向けば」という意味にも使うアラブ民族独特の表現である〕

キルシャは、ちょっとうずうずしながらこう言った。

「たしかに、すべてのものはアッラーの支配のもとにあるがね。あんたは『そのうちきっと』と言うが、本当に来てくれるつもりだろうね」

少年はやさしく笑って答えた。

「もちろん、僕は本当に寄せていただくつもりで言っています」

「じゃあ、今晩！」

少年は答えに困っている。キルシャ氏は胸をわくわくさせて、さらに強く誘った。

「きっと来ておくれ、間違いなく」

少年は言いよどみながら答えた。

「は、はい、おそらく……」

キルシャ氏は、大きなため息をついて尋ねた。

「あんたはどこに住んでいるんだね」

「ウィカーラ通りです」

「じゃあ、わしらは近所同士じゃないか。で、結婚はしているのかね」

「まさか。両親と一緒に住んでいます」

キルシャ氏は口調も柔らかに言った。

「あんたはきっと良家のご子息なんだろうね。わしにはわかるよ。『良い水は、良い水差しから注がれる』というではないか。お兄さんはこれからの将来をもっと大切に生きなければ。いつまでもあんなちっぽけな店にいたんじゃあねえ」

その言葉を聞いたとたん、少年の美しい顔にさっと翳《かげ》りができた。

「僕のような者が、今以上の生活を望むことなんてできるのでしょうか」

キルシャ氏は、まるで馬鹿にされたかのような表情を作って言った。

「『わしら二人』に、もう残された手だてはないとでも言うのかい。偉大な者たちもみんな、はじめは小さき者だったんだよ」

「もちろん、そうですとも。だけど、小さき者が必ずしもみな偉大な者になれるとは限らないではありませんか」

「運がなければね。わしらの出会ったこの日を偉大なる幸運の日としようではないか。さあ、今宵、わしの店に来てくれるかね」

美少年はちょっと躊躇したが、にっこり笑って答えた。

「このように親切なお招きを断るのは馬鹿しかおりません」

こうして二人はムタワッリー門のところで握手をして別れた。キルシャ氏は少しよたつきながら闇の中に消えていく。ちょっと前まで寒々としていた彼の心は、今や僥倖《ぎょうこう》に満ちて、帰り道には、さっきまで少年が働いていた店を熱い瞳で眺めた。

ミダック横町にたどり着いた頃には、界隈《かいわい》の店はみな闇に包まれており、キルシャ亭からだけ煌々《こうこう》とした灯りが漏れていた。外の冷たい空気にくらべ、キルシャ亭の中は、水煙草の煙や、人々の吐息、あかあかと燃えるストーブの火のせいで暖かかった。

客は長椅子に座り、おしゃべりをしながら、紅茶やコーヒーを啜っている。その横でラジオが雑音を立てているが、人々はそれをまったく気に留める様子もない。まるで下手くそな弁士が聾者を相手に演説をしているかのようだ。

サンカルは働き蜂のようにばたばたと動き回って、絶え間なく叫んでいる。キルシャ氏は客の視線を避けるかのようにこっそりと店に入って、いつものように帳場の椅子に腰掛けた。

カミルおじさんが、その夜もまた、例の経帷子の話をしていたが、誰もその話を聞いている者はいない。歯医者のブッシー先生だけが諭すようにこう言った。

「あの世で着る衣装なんか心配することたあないさ。とは言ってもねえ、この世じゃ人は裸でいることもたまにあるが、あの世に行くときぐらいは、いくら貧しい者でも裸で行くわけにもいくまいしねえ」

単細胞のカミルおじさんは、何度も同じことばかりを繰り返し言っているのだが、そのたびに馬鹿にされて笑われるので、ついには黙ってしまった。

一方、アッバースは、英軍基地で働く決心をしたことを仲間たちに話し、その意見を聞いていた。みんなは口を揃えて賛成し、成功と幸せを祈ってくれた。また別の席ではラドワーン・フセイニ氏が長い説教めいた話をしていた。そしてその相手に、次のように訓戒を垂れた。

「退屈だなんて、そんなことを口にしてはなりませんよ。退屈だと思うことこそ神に対する背徳です。神を信じる心を蝕《むしば》む病です。それは神の与えてくれた人生に対する不満以外のなにものでもありません。私たちの人生は、全能の神によって祝福された贈り物です。それを、どうして退屈だとか不満だとか言うことができるでしょう。あなたはあれこれ不満を言うけれど、その不満はどこから来ているのですか。すべては、邪悪をも善に変える偉大なる神によってもたらされたものです。決して神の為《な》せる業《わざ》に反するようなことをしてはいけません。我らの人生は美しさに満ち溢れているのです。悪しき魂がそのいちばん美しい部分を蝕もうとするのです。信じなさい。痛みは喜びをもたらします。ただ、絶望は至福を連れてくるでしょう。そして死は教訓を与えてくれるでしょう。こんなに空が青く、こんなに大地は豊かで、花はこんなに素晴らしい香りを放っているというのに、なぜ退屈などと言えましょうか。悪魔から逃れ、アッラーに助けをお求めなさい。そしてもう二度と退屈だなんて言わないことです」

ラドワーン氏はここで、シナモン紅茶を一口啜り、あたかも自分自身の心を試すかのように、こうつけ加えた。

「人生にはさまざまな悲劇があります。そういう悲劇が訪れたとき、神への愛を持つことで常に怖れ知らずでいることができます。神への愛こそが最高の良薬です。絶望の深淵には、幸福がダイヤモンドの鉱脈のように潜《ひそ》んでいることでしょう。我らの心に、神への愛の素晴らしさを刻み込みましょう」

彼の薔薇色を帯びた色白の顔は、慈悲の光で輝き、赤茶色の顎鬚は月にかかる笠のように見えた。ラドワーン氏の見せる落ち着きとは対照的に、この風采にはどう見ても一種混沌とした雰囲気がある。だが、その口調はあくまでも透明で、自身の敬虔さ、愛の深さ、私欲のなさを物語っていた。

彼はアズハル大学の試験に失敗したその日から自己の尊厳というものを失い、さらに子供たちまで逆縁で失って、霊魂不滅の考えなどは完全に捨ててしまったという話であるが、そのうちに、どういうわけか、他人の心を隣人愛の深さと寛容さで勝ち取って、自分の心の損失を埋めようとしはじめたのだ。

ラドワーン氏のように辛酸を舐めつくした人の中で、いったいどれだけの人が信仰の道を辿《たど》ることができただろうか。いったいどれだけの人がこれほどまで悪魔の犠牲にさらされたことがあるだろうか。どれほどの人が自身の怒りや嘆きを信心によって鎮めることができただろうか。とにかく彼が心から神を信じ、人を愛し、人に対して親切だという事実は、誰一人として疑う者はいなかった。ただ不思議なことには、こんなに心優しく、敬虔なラドワーン氏もいったん家に帰ると亭主関白で、妻に対しては絶対に妥協することはなかった。

おそらく、この世でのすべての権威を捨てたがゆえに、この世でたった一人自分に仕えてくれる人間である妻に対して、独裁的な態度を取ることによってのみ、わずかながらに権力への欲望を満たしていたのであろう。とはいえ、この時代の、このアラブの地における男尊女卑の伝統を抜きにしては話ができない。

いわゆる彼らの階層において、女性というものは、幸せであるためには、あたかも子供のように取り扱われるのがいちばんであるというのが大方の意見であったのだ。

したがってラドワーン氏の妻も亭主関白に対してほんの少しの不満も漏らしてはいなかった。それどころか、子供たちに次々と先立たれるというこの世で最悪の不幸を経験したことは別にして、自分と夫の来し方については、誇りに思うことができる、それだけでも幸福な女に生まれたとまで思っていたのである。

さて、キルシャ氏はと言えば、立ったり座ったりして落ち着かなかった。ほんの少しの間でさえじっとしていることができず、数分ごとにミダック横町の入口の方を覗き見ていた。

「きっとあの子はやって来る。必ず来るさ。これまでだってわしが誘ってこの店にやって来なかった子はいないんだから……」

ふと、少年の顔が視界をよぎったような気がして、帳場とダルウィーシュ先生の座っている椅子の間に置かれた空の椅子をじっと見つめた。

キルシャ氏の心の目には、あの美少年が自分の腕に身を委《ゆだ》ねる姿がはっきりと見えた。かつては、「その手の」男の子を店に呼んだりするようなことまではしなかったのだが、今やキルシャ氏のその趣味は、ミダック横町の住民には周知の事実となっていたので、堂々と倒錯の世界に耽《ふけ》ることを少しも恥ずかしいと思わなくなっていた。

そのことが原因で、夫人との間で激しい争いが起きることもあったが、それとて、ドクター・ブゥシーとかハミーダの母に格好の噂話の種を提供するだけのことであり、キルシャ氏自身としては一向に気に留める気配はなかった。

なにせ、ひとつの恋愛沙汰が終わったかと思ったら、もう次のターゲットを絞り始めているという状態で、むしろキルシャ氏は他人の噂話の種になることのほうに喜びを感じているのではないかとさえ思えた。

キルシャ氏の落ち着かない様子を見て、ドクター・ブゥシーがアッバースにそっと耳打ちした。

「どうやら、また始まったようだな」

ここでダルウィーシュ先生が例のごとく忘我の状態から息を吹き返し、古い詩の二節を引用して言った。

「あぁ、サイダ・ザイナブよ。愛は幾百万ポンドにも値する。あなたを敬愛する余り、私は十万ポンドを費やしたが、それとて実にささいな額だ」

と、そのときドクター・ブゥシーは、キルシャ氏がさっと立ち上がってにっこり微笑むのを目にした。キルシャ亭の入口に、あの美少年の顔が現れた。彼の無邪気で怯《おび》えたような瞳は、店にいる人々をじっと見つめている。

第7章　不具づくりのザイタ

キルシャ亭の隣、スナイヤ・アフィーフィ夫人のアパートのすぐそばにパン屋がある。ほとんど正方形の建物だが中は左右対称ではない。窯は入口から向かって左側にあり、壁はすべて棚になっている。そして窯と店の入口の間に長椅子が置かれており、そこでここの住人ホスニーヤと夫のガアダが寝起きしているのだ。

もし窯から漏れる火の明かりがなければ、一日中真っ暗だっただろう。入って真正面の壁には、薄汚い小部屋に通じる木戸があり、そこからは埃《ほこり》と土の匂いがする。小部屋には隣のあばら家の中庭側に向けてごく小さな窓があるだけだ。その窓の近くの棚にはランプが置いてあり、ぼんやりとした灯りに照らし出された床には埃や砂に混じって、いろんなゴミが散らかっている。部屋全体がまるでゴミ捨て場のようだ。ランプの置かれている棚は壁の端から端まであり、大小さまざまな瓶や道具類、包帯などが乗せられていて、もしもっと清潔だったなら薬屋の戸棚にも見えなくはなかっただろう。

小窓のほぼ真下の床にはゴミと区別がつかない「なにか」が転がっている。汚れて悪臭を放っているが、よく見れば手足があり、血も通っているようで、要するにまあ人間には違いないのだ。この男、ザイタという名前で、ホスニーヤからこの穴ぐらのような小部屋を借り受けていたのである。一度でもこの男を目にしたら、その姿を決して忘れることはないだろう。痩せこけた黒い肌をしており、その上に黒い服を着ていた。その恐ろしい目つきの白く小さな目がなければ、それこそ真っ黒だっただろう。しかしザイタは黒人ではない。褐色の肌をしたエジプト人である。しかし長年ためた垢や埃が皮膚の上に黒く厚い層を成し、さらに元は黒ではなかった服も真っ黒に汚れていたのだ。その黒色こそがザイタの生活そのものであった。

ザイタは自分の住んでいるミダック横町ではほとんど何もすることはなかった。誰かの家を訪ねることもなければ、誰かが訪ねてくることもない。誰に会う必要もないし、誰も彼には用がない。ただドクター・ブゥシーと、自分の子供に彼の姿を見せて怖がらせては言うことを聞かせようとする父親たちは別である。彼の仕事が何かはみんなが知っている。それは「ドクター」と呼ばれるにふさわしい仕事なのだ。ただ、ドクター・ブゥシーの手前、ザイタはその称号を使ったことがない。ザイタは、不具者をこしらえることを生業としていた。つまり生まれつきの不具ではなく、人工的に新しく不具を創り出すのである。

物乞いになりたい者がザイタのもとにやって来る。ザイタは棚の上に並べられた道具を使って、その巧みな技術でその人に合った不具を創り出すのだ！　健康な身体でやってきた者たちが、盲目になり、または傴僂になり、または鳩胸になり、あるいは手足が短くなってザイタのもとから帰っていくのである。ザイタは長年、曲芸団と旅するうちにこの技術を修めたのである。さらに、やはり物乞いであった両親と暮らしていた頃からの乞食仲間ともよく通じ合っていた。はじめの頃は、曲芸団で教わった「扮装術《メイキャップ》」を暇つぶしに手掛けていたが、いよいよ暮らし向きが悪くなってきたので、それを職業とするようになったのである。

この仕事の具合の悪い点は、夜に、正確にいうと真夜中に始まるという点であるが、それとてザイタにとってはもはや完全に慣れてしまったことである。昼間は滅多なことでパン屋の片隅の穴ぐらから出ることはなく、あぐらをかいて、何かを食ったり、煙草を吸ったり、パン屋夫婦の様子をこっそりと窺《うかが》って楽しんでいた。二人の話を盗み聞きしたり、昼といわず夜といわず夫を虐待しているホスニーヤを木戸の穴から覗き見したりしては悦に入っていた。そんな二人も夜遅くなると急に仲良くなって、ホスニーヤは、猿のような顔をした夫のガアダにすり寄って、ふざけあったりいちゃついたりするのである。

ザイタはガアダを心底嫌っていた。ものすごく醜い顔の男だと思っていた。にもかかわらず牛のように豊満な肉体を持つ女性を、神が妻としてガアダに与えたことについては、この上なく羨ましく思っているのだ。ホスニーヤの身体つきは、男でいえばカミルおじさんに匹敵する。ザイタはいつも人にそう言っていた。

ミダック横町の人々がザイタを避けているのは、その耐えがたい悪臭のせいもある。なにしろ顔であれ、身体であれ、ただの一度も水で洗ったことがないのである。

しかしザイタのほうも、横町の人々が気持ち悪がっていることをむしろ喜んでいるようなふしがある。人が死んだという話を耳にすれば飛び上がって喜び、まるでその死人に話し掛けるかのようにこう言うのだった。

「さあ、今度はアンタが土の味を味わう番だ。俺の身体にこびりついているこの土！　その色、その臭いがゆえにアンタが心底嫌っていたこの土の味をな！」

きっとザイタは拷問を人に与えている場面を想像して、一人悦に入っているのだろう。

その想像の的はたいていガアダに絞られていた。数十丁もの鉈《なた》がガアダの身体に振り落とされ、身体がバラバラの肉の山になっていくという情景をザイタはいつも想像するのだ。

またあるときは、サリーム・オルワーン社長が地面に伸びて、その上を地ならし用のスチームローラーが何度も行ったり来たりし、身体から搾《しぼ》り出された血がサナディキーヤ通りにまで流れていくという情景を思い描くこともあった。ときによっては、ラドワーン・フセイニ氏が赤茶色の顎鬚を引っ張られながらあかあかと炎の揺れる窯に投げ入れられ、灰の塊となって出てくるという想像をすることもあった。

そういった阿鼻叫喚の絵図を、他の取るに足らない人々にさえも当てはめて、ザイタの想像は留まるところを知らなかった。そしていったん、客の求めに応じて不具者を作る仕事にかかると、限りなく残忍に、醜悪になり、その秘めた技術に徹するのである。客が痛みに耐えられず悲鳴をあげたときには、その狂気に満ちた恐ろしい目でグッと睨みつけるのであった。

こんなザイタにとって最も親しみを持てる人種が物乞いたちであり、人類のほとんどが乞食で占められるようになればいいとさえ常日頃思っていた。


その日のザイタも、例によって地獄のような想像の世界をさまよいながら、仕事に取り掛かる時間が来るのを待っていた。

真夜中近くになるとスッと立ち上がって、ランプを吹き消した。深い闇が周りを包む。手探りで木戸を探しあて、静かに開けると、パン屋を抜けて表に出た。

ちょうどそのとき、ダルウィーシュ先生がキルシャ亭を出て行くところであった。この二人は夜中にしょっちゅう出くわすことがあったが、一言も口をきいたことはない。ザイタにとっては、挨拶さえ交わしたことのないダルウィーシュ先生でさえも格好の阿鼻地獄の妄想の材料になっていたのである。

ザイタは素速い足取りで、なるべく家並の壁伝いに歩きながら、フセインモスクの前を横切って行く。ほとんど暗闇とはいえ、まだ少し灯りはともっており、歩いている人も皆無ではない。闇の中に光る警官のベルトの留め金のような彼の瞳に気づかず、人がぶつかってきそうになることもある。

通りを歩くザイタは、息を吹き返して歩き出した死人のようである。彼は、自分の絶大な尊厳が通じる物乞いたちのうろつき始めるこの時間帯にしか外を歩き回ることはない。

フセイン広場を横切ると、彼はアフダル門を抜けて、古代の水道橋の下にたどり着いた。その両側に横たわる夥《おびただ》しい数の物乞いたちを見渡すそのとき、ザイタは至福に満たされるのである。それは自らの富の力に酔いしれる領主の喜びや、金になる商品を目の前にしたときの商人の喜びにも似ていた。

あぐらをかいて頭をもたげ、大いびきをかいている手前の乞食に近づくと、狸寝入りかどうかを調べるかのように、ザイタはしばらくそばに立ってじっと見据えたが、そのうちに汚らしい頭を蹴ってその男を起こした。もちろん思い切り蹴とばしたのではなく、小さな蟻の目を覚ますように軽く蹴ったのである。男は頭をゆっくりともたげると、横腹や背中や頭をボリボリと掻いた。そして自分を見下ろしている視線を感じ取った。男は盲目だったが、すぐに誰なのかわかった。その乞食は地鳴りのような大きなあくびを腹の底から絞り出すと、胸のポケットをまさぐって小銭を取り出し、ザイタの掌《てのひら》に載せた。

こうしてザイタは次から次へと乞食の間を渡り歩き、橋のアーチ一つ分の乞食たちを全員片づけた。さらに次のアーチに取り掛かり、それも終えると寺院の周りの横町やニッチ〔寺院などの壁にある彫刻などを据えるための窪み〕の方へ足を向けた。乞食たちは誰一人としてザイタから逃れることはできない。こうして彼らから熱心に寺銭を集める一方で、ザイタは自分の作ってやった「不具の具合」を尋ねることも決して忘れなかった。

「どうだね、あんたの盲の具合は？」

「どうだい、その跛の調子は？」

といった風に一人ひとりに聞いていった。

乞食たちもそれに応えてこう言うのだった。

「いや、おかげ様で……」

　さらにザイタはモスクを反対方向に一周すると、集めた金で帰り道にパンやお菓子、タヒーナ〔胡麻のペースト〕、煙草などを買って、ミダック横町に戻った。横町は完全に静まりかえっていたが、時折、ラドワーン・フセイニ氏が所有する建物の屋上から笑い声や咳の音が聞こえる。キルシャ氏とその仲間たちがまたハッシーシ・パーティーをやっているのだ。

　ザイタはパン屋夫婦を起こさないようにそっと店に入り、奥の木戸を押して穴ぐらに戻った。ところが、彼の穴ぐらは、出ていったときのように真っ暗ではなかった。そこにはランプが灯り、三人の男が床に座っていたのだ。それでもザイタは驚いた様子を見せなかった。鋭い眼差しでよく見ると、ひとりはドクター・ブゥシーであることがわかった。三人は立ち上がって丁寧に挨拶を済ませ、ドクター・ブゥシーがこう切り出した。

「こちらの二人はかわいそうな人らでね、わしにあんたを紹介してほしいと言ってきたんだ」

　ザイタは関心のなさそうな風を装って答えた。

「こんな時間にですかい、ドクター」

　ドクター・ブゥシーはザイタの肩に手をかけて言った。

「夜は四方暗闇でいいじゃないか。アッラーのくださった静かな時間だ」

　だが、ザイタは大きくため息をつきながら言った。

「でも、あっしだって疲れてんですよ」

　ドクター・ブゥシーは縋《すが》るように言った。

「なあ頼むよ。いつだって俺の頼みは聞いてくれるじゃないか」

　二人の男も、よろしくお願いします、と言った。そこでザイタは、あまり気乗りはしないが折れてやったという風を装い、買ってきた食べ物やたばこを棚に載せた。そして男たちの正面に立って、じっくりと時間をかけて観察した。彼の視線はまず背の高いほうの男に向けられた。その男はものすごい大男で、ザイタは不思議そうに尋ねた。

「あんた、馬のような立派な体格をしてるじゃないか。なんで物乞いなんかになって苦労したいんだね」

「何をやってもうまくいかないんです。今までいろんな仕事をしてきました。物乞いもやりましたよ。でも運がないんです。脳みそだって腐ってるんです。何を言われてもわからないし、何も覚えられないんですよ」

　ザイタは憎悪を込めて言った。

「ほお、そうか。じゃ金持ちにでも生まれりゃよかったな！」

　しかし男はザイタの言おうとしていることを理解できず、なんとかザイタの哀れみを勝ちとろうと泣くふりをして弱々しく言った。

「ほんとに何をやっても失敗するんです。乞食になることさえ失格でした。力があるんだからまともに働くべきだ、と皆が言うんです。そう言って俺を罵るんです。俺にはなぜなのかさっぱりわかりません」

　ザイタは頷きながら言った。

「なんと、そんなこともわからんのかね」

「どうかお願いです。助けてください」と大男は懇願した。

　男を舐め尽くすような目で見て、その手足に触れながらザイタは言った。

「まったくもってあんたは立派な身体をしとるよ。立派な腕に、立派な脚さ。いつも何を食ってるのかね」

「パンです。ただし手に入ればの話ですが。ないときには何も」

「あんたの身体はまるで巨人の身体だ。もしあんたが動物のように飯を食ったらどうなるかね」

「何のことですか？」

「いやいや、あんたにそんなこと言っても無駄だな。俺のいうことを理解できるほどの頭を持ってりゃ世話はないさ。いいかね、よく聞くんだ。あんたの手足を少々捻《ね》じってみたところでどうしようもないんだよ」

失望の色が大男の騾馬《らば》のような顔に広がり、今にもワッと泣き出しそうになった。ザイタは続けた。

「あんたの腕や脚を折ってやるのは大変だ。いくら俺が一所懸命になってやったところで、あんたは誰の哀れみも受けられるようにはならない。それどころか、あんたのような阿呆は人を怒らせるだけだ。だがな、まだ絶望してはいかんよ」ドクター・ブゥシーは、ザイタのその言葉を我慢強く待っていたのである。「まだ他に方法はあるわけだ。たとえばな、痴呆のふりをする方法を教えてやろうじゃないか。あんたにはぴったりさ。その阿呆な感じが役に立つぜ。アンタに預言者ムハンマドを讃える歌をいくつか覚えさせてやるよ」

大男は満面の笑みでザイタに礼を言った。だが、ザイタはそれを遮って尋ねた。

「しかし、なんで追いはぎにでもなろうと思わなかったんだい」

男はムッとして答えた。

「俺は貧乏でも善良な人間なんです。人を傷つけようなんて思ったこともありません。俺は人が好きなんです」

ザイタは軽蔑したように言った。

「おいおい、あんた、俺を改心させようって気かい」

次にもう一人の男のほうを見た。その男は背も低く、華奢《きやしや》な体つきをしている。

「こいつはいい」と嬉しそうに言った。

男も微笑んで答えた。

「ありがとうございます」

「あんたは盲で、躄の物乞いになるために生まれてきたようなもんだ」

男は喜んだ。

「偉大なるアッラーのおかげです」

しかしザイタは首を横に振り、ゆっくりとした口調でこう言った。

「だが、手術は難しくて危険も伴う。聞いておくが、万一、最悪の事態が起きた場合にはどうするかね。つまりちょっとした失敗で本当に視力を失うことにでもなったら……」

男は一瞬戸惑ったが、平静を装って答えた。

「それが神の思し召しであれば。それに、これまでにこの目を持っていたことで何か得したことがあったでしょうか」

「あんたほどの心臓を持ってりゃ、どんなことにでも正面から立ち向かっていけるよな」

「はい、神のご加護があれば。そして先生のご恩は一生忘れないでしょう。人々が恵んでくれるお金の半分を先生に差し上げます」

ザイタは、しかしながら、鋭い眼差しで男を睨むと、語気を荒らげた。

「何を言い出す！　そういう話には興味ないね。手術代の他には、一日二ミリームもらうだけさ。ついでに言っておくが、もしそれさえ払わずにトンズラしようなんて思ったら、ひどい目に遭うってもんだぜ」

ここでドクター・ブゥシーが口を挟んだ。

「お前さん、パンの取り分の話を忘れてるんじゃないかい？」

ザイタは続けた。

「いや、そのとおりです、ドクター」

そして男の方に向きなおると、

「さあ、そろそろ仕事のほうに話を戻そう。この手術は難しいんだ。あんたの忍耐力が持ち堪《こた》えられるかどうかにかかっている。痛くても必死に我慢するんだ」

この後、弱々しく華奢な男の身体がザイタの手に掛かってどれほどの痛みを味わうことになったかは想像さえできないだろう。

色の褪せたザイタの唇に悪魔のような笑みが現れた。

第8章　オルワーン社長の秘められた欲望

サリーム・オルワーン氏の会社の建物は一日中ミダック横町に影を落としている。昼食時にわずかな休みを取るだけで、たくさんの従業員が一所懸命に働いていた。商品の出入りは激しく、荷を積んだ大きなトラックがガタガタと音を立ててサナディキーヤ通りに出ると、グーリーヤ通りやアズハル通り方面に向かう別のトラックと合流する。もちろん、客や商人たちの出入りも絶えることがなかった。

この会社は香水類の卸しと小売りを商いにしていた。戦時のため、インドからの輸入が削減されて商売は大きく影響を受けていたが、それでも会社は評判も地位も失っていなかった。むしろ、戦争のおかげで以前の倍ほども忙しく、利益も倍に膨れ上がっていた。なにしろ商才に長《た》けたサリーム・オルワーン社長のことゆえ、戦時の需要を見込んで、以前はまったく見向きもしなかった茶などの日常必需品も取り扱うようになっていたので、闇市場《ブラックマーケット》での取引が増え、それによってしこたま稼いでいたのである。

建物の中庭に通じる廊下の端に置かれた机の前に、サリーム・オルワーン社長はいつも座っていた。中庭の周りには倉庫が並んでいる。つまり社長の位置はすべてのものの中央になり、商売の成り行きも、従業員も、荷役も、客の出入りも同時に監視することができるのである。そんなわけで、オルワーン社長は、普通の社長連中のように、社長室に一人でふんぞり返っているより、この場所に座っているほうが好きだった。「本当の商売人は常に目を光らせていなくてはならない」という信条を裏切ることなく、商売人の理想を極めようとしていた。商売に長けていたし、実行力も兼ね備えていた。いわゆる、戦争成金などではなく、まさに「商人《あきんど》の息子は商人」を地でいく人である。もともと金持ちだったわけではなく、第二次大戦が始まってから頭角を現した。第二次大戦のおかげで商売はどんどん膨れ上がり、気づけば大金持ちになっていたという次第である。

だが、オルワーン社長とて何の心労もないわけではない。社長は自分自身を孤軍奮闘する戦士のように思っていた。彼はきわめて健康で精力的で、体力に関する心配事はなかったのだが、遅かれ早かれ自分がこの世を去り、この会社が指導者を失ったときのことを考えると不安が募った。不幸にも、三人いる息子たちは誰一人として父の仕事を手伝おうとはしなかった。息子たちは言い合わせたように商人になることを拒み、オルワーン社長がいくら説得を試みても無駄に終わった。そんなわけで、もう五十以上にもなるのに、一人で会社を切り盛りするほかなかったのだ。

だが、そういった不幸は自分自身が招いたともいえる。というのも、オルワーン社長は商売ではなかなかのやり手だったのだが、実は親切で寛容な面も持っており、特に家族に対してはそうであった。社長の家はまるで瀟洒《しょうしゃ》な城のようだった。豪華な家具や調度品が並び、使用人も数人いた。結婚後まもなくガマリーヤ地区にあった以前の家を離れ、商売人の環境からかけ離れたところで子育てをするためにヘルミーヤ地区の一軒家に移ったのである〔ガマリーヤ地区はカイロ旧市街の中心部にある商業地域、一方ヘルミーヤ地区は郊外に近い〕。新しい環境で育ったことで、子供たちが商売や商人を蔑《さげす》むようになったことは間違いない。仕事に勤《いそ》しむ父親をよそに、豊かで快適な生活を送った結果、息子たちはどんどん新しい理想や考え方を吸収していったのである。当然ながら、商業学校に入ることは強く拒んだ。父親の策略に引っ掛かることを恐れていたためである。それぞれに法律や医学を学び、一人は裁判官に、一人は法廷弁護士に、もう一人はカスル・エル・アイニー〔カイロ大学医学部付属病院の通称〕の医者になった。

そういった悩みこそあれ、社長の人生は、その丸々と太った身体、血色のいい顔、若々しいバイタリティーに象徴されるように、幸福に満ちた人生である。何に対しても希望を持てるというのが幸福の証ではないか。商売はうまくいっていたし、健康にも恵まれている。家族は幸せだし、息子たちも成功して自分の選んだ職業に満足している。だから、もし会社の将来について時折悩むことさえなければ、四方八方うまくいっていると言えただろう。

無論、息子たちも大人になるにつれ父親の悩みがわかってくるようになったが、この問題については少し異なる角度から見ていた。息子たちが恐れていたのは、いつか父親が支配しきれなくなった会社経営が自分たちの手に回ってきて、どうしようもなく途方に暮れてしまうということだった。そういうわけで、息子の一人、裁判官のムハンマド・サリーム・オルワーンは、会社を解体して隠居生活を送ることを父に勧めたのだが、オルワーン社長は息子の心配を慮《おもんぱか》るどころか、激怒して声を荒らげた。

「お前はわしがまだ生きているうちに遺産相続をしたいとでも言うのか！」

この言葉にムハンマドはショックを受けた。ムハンマドもその兄弟たちも心から父親のことを心配していたのである。それ以降、彼らはもう二度とこの難題について口を挟むまいと思った。ただそれで問題が解決するわけでもないので、今度は父の気に障《さわ》らないよう、現金を貯め込んでいるよりは土地を買ったり、アパートを建てたりするほうが得だと進言し続けた。もちろん、オルワーン社長も金に関わる問題については鋭い感覚を持っていたので、息子たちの言うことが正しいということは十分に理解していたし、今のこの大きな幸運の反動で、いつか繁栄にも終わりが来ることくらいは承知していたのである。また、将来のことを本当に気遣うのなら土地を買うのが賢いとも思っていた。特にそれを息子や妻の名前で登記しておけば、このジレンマから、大金を損することなく抜け出すことができるだろう。それによってさらに財をなすことができるかも知れないが、一文なしになるかも知れない。莫大な金を動かしていた大店《おおだな》の主《あるじ》たちが、ちょっとしたミスで一文なしになり、ひどい場合には自殺したり犬死にしたりしたという話はあちこちで聞いて知っていた。息子たちの言っていることは確かに正しいし、彼自身にもそれに代わる真新しい考えがあるわけでもなかった。なにせ戦時下の多忙で、ゆっくりと考えを巡らせる余裕もなかったので、いざ実行に移さなければならなくなるまで、オルワーン社長は自分の具体的な考えは温存しておこうと思っていた。しかし、そう決心した矢先にまたムハンマドが、今度はベイ〔戦前のエジプトにあった爵位〕の称号取得を目指してみてはどうかと言い出した。

「お父さんほどに金も地位も名声もないベイやパシャ〔同じくエジプトの爵位。ベイよりも上位〕が、国中に溢れているというのに、お父さんほどの人がなぜベイも名乗れないでいるのですか！」

ムハンマドのこの進言はオルワーン社長を喜ばせた。分別ある商人にはあるまじきことに、彼は社会的地位というものに弱かった。単純な彼はいかにしてベイの称号を獲得しようかと模索し始めた。やがてこの課題は、野心家の家族全員の懸案となって皆で父親を励ましたが、獲得方法についてはそれぞれに意見を異《こと》にしていた。ある者は政界入りしてはどうかと言った。だが、問題は、オルワーン社長は商売以外にはほとんど無知であるということだ。彼の持つ意見や信条のレベルは、例えば理髪店のアッバースのそれと五十歩百歩だった。彼のような人は聖フセイン廟の前にひれ伏すなり、ダルウィーシュ先生を仰ぎ見るなりしているのがちょうどよいのだ。要するにまったくの無学無知だということである。とはいえ、政治というのは何も知識ばかりが重要なものでもない。そのあたりをオルワーン社長は真剣に考え始めたのだが、そこに法定弁護士をしている息子アーリフ・サリーム・オルワーンが水を差すように警告したのである。

「政治に手を出せば、私たちの暮らしも商売もきっと駄目になってしまいます。自分や家族、商売に使う分の倍の金を政党に吸い取られてしまいます。だってお父さん、議員に立候補した場合のことを考えてみてください。勝ちとれるとも限らない議席のために、数千ポンドものお金を選挙に費やすのですよ。それにエジプトの国会なんて死に損ないの集まりじゃないですか！　第一、お父さんはどの政党に入るつもりなんですか。今、ワフド党以外の政党に入れば、お父さんの評判は悪くなるでしょう。かといってワフド党に入れば、たとえばシドキー・パシャ〔Ismail Sidqy Pasha、一九三〇年から一九三三年、及び一九四六年にエジプトの首相を務めた〕のような首相がお父さんの会社に圧力を掛けて、木っ端みじんにしてしまうかも知れませんよ」

アーリフの言葉には説得力があった。きちんとした教育を受けた息子の言うことには信用がおけるし、自身の政治や政界に関する無知と無関心も手伝って、政治に手を出すことをあっさりと諦めることにした。彼の政治に関する知識といえば、サアド・ザグルール〔Saad Zaghloul Pasha bin Ibrahim、弁護士・ジャーナリストなどを経て第一次大戦後、国民党党首となる。エジプトの英国からの完全独立に大きく貢献した。マルタ島やセイロン島への流刑にも処されたが一九二四年に再びカイロに戻り首相となった近代エジプトの国家的英雄〕の時代以降に良かれ悪しかれ話題となったごく数人の政治家の名前だけである。

また家族の中には、何らかの慈善団体への寄付を勧める者もいた。そうやってベイの称号を得ようという意見である。しかし、この考えには同意しかねた。というのは、彼の持つ商売人の本能が金を無為に使うことを拒んだからである。これは一見彼の寛容さと矛盾するように見えるが、そうではない。寛容さは自分と家族に対してだけに限られているのだ。

しかし諦めるのはまだ早い。どうしてもベイの称号は獲得したいと願いつづけていた。そのために五千ポンドぐらいは使ってもしかたないだろうと考えていたのである。では、一体どうすればいいのだろう。息子たちの意見には賛成できなかったものの、彼自身も五千ポンドをポンと出す決心もつきかねていたのだ。だが結局、オルワーン社長は、商売や土地購入などに必要な経費に加えて、ベイの称号を得るための費用を上乗せすることにした。あとは運を天に任せるしかない。

ベイの称号獲得は重要な問題ではあるが、それとてオルワーン社長の揺るぎない人生を掻き乱すほどのものでもない。特に、昼間は一日中仕事に精を出し、夜は夜で本能を満足させているような男の人生が乱されることはない。実際、彼は仕事に集中しだすと他に何も考えることができなくなる。たとえば、ユダヤ人のブローカーを相手にしているときなど、オルワーン社長は全身全霊をもって交渉にあたるので、何も知らない人の目には二人が仲の良い友達同士だと勘違いすることだろう。彼はまさに攻撃直前の虎のようであった。つまり相手を掌握するまでは、いくらでも媚びへつらい、いったん掌握すれば、完全に鬼のようになるのである。これまでの経験によって「敵だとわかっていても仲良くしておかなければならない」者たちを本能的に見抜くことができた。そういう者たちをオルワーン社長は「儲けになる悪魔」と呼んでいた。

当時、莫大な儲けをもたらすと見られていた茶の購入契約を結んだときなどは、口髭をいじりながら仏頂面《ぶっちょうづら》をして、損をしたときのことを考えるたびに叫び声を上げた。ユダヤ人のブローカーはオルワーン社長が土地を手に入れたいと考えているのを知っていたので、茶の契約を結び終えると、今度は不動産を買うよう説得を試みたのだが、オルワーン社長は戦争が終わるまでは不動産購入を見合わせようと決めていたのでまったく聞く耳をもたなかった。結局、このブローカーは茶の契約一つだけでも取れたことに満足するしかなかった。

このユダヤ人ブローカー以外にもいく人かの取引相手がやって来て、オルワーン社長は持ち前の商才をフルに活かして交渉に当たったが、そのうちお昼になった。彼は自分の部屋で昼食をとることにしている。部屋は快適で、昼食後に昼寝のできる長椅子も置かれていた。昼食はおおむね、野菜とポテト、それに椀に入った燕麦《えんばく》である。食べ終えると、長椅子に横になり、一、二時間眠ることにしていた。この時間、会社は活動を停止し、またミダック横町全体も静かになった。ところでこの燕麦については裏話があり、ミダック横町の住民は皆そのことを知っていた。この麦は食べ物であると同時に精力剤でもあり、番頭のひとりがいつも手に入れてくるのである。初めのうち、この麦の秘密は二人の間だけのものであったが、当然ながら、ミダック横町で隠しごとがそう長続きするわけがない。

オルワーン社長が食べているものは燕麦に鳩麦《はとむぎ》とナツメグの粉を混ぜ合わせたものである。昼食にそれを食べた後、お茶を二時間おきぐらいに、二、三杯飲む。その素晴らしい効用は夜になって現れ、たっぷり二時間はもつのである。この調合方法は、長い間、社長と番頭とパン屋のおかみのホスニーヤの三人だけの秘密であった。だが、そのうちこれを聞きつけたミダック横町の住人たちは、なんと素晴らしい食べ物かと羨ましがった。ある者は「喜びをもたらす夢の薬だ！」と言い、またある者は「あんなモノ、きっと身体に毒だよ」と陰口を叩いていた。

そうしたある日のこと、ホスニーヤは興味本位で、この薬の効き目を夫のガアダに試してみようと思い、オルワーン社長の皿からかなりの量を掬《すく》い取って、減った部分に普通の麦を足しておいた。まさか社長がそれに気づくだろうなどとは思わなかったのだ。ガアダへの初回の実験の大成功に気をよくしたホスニーヤは、それからも何度かまた秘薬を失敬した。だが、オルワーン社長がそのことに気づくのに時間はかからなかった。つまり「夜の仕事」の突然の衰えに、これは何かがおかしいと気づいたのである。最初は番頭に文句を言ったのだが、番頭ではないとわかると、ホスニーヤに疑いを持ち始め、いとも簡単に彼女が秘薬を失敬して普通の麦を足していることを見抜いたのである。

彼はホスニーヤを呼んできつく叱責し、以降、彼女のところから麦を買うのはやめ、ゲディーダ通りにある西洋人のパン屋から調達するようにした。このような経緯《いきさつ》で、この燕麦の秘密が暴露され、やがてハミーダの母の耳に入ったのである。そうなればもう秘密は秘密ではなくなったも同然で、あっという間にミダック横町全体にこの話は広がり、皆それを試し出したのである。秘密がばれた当初のオルワーン社長は憤慨したが、間もなく気にもしなくなった。それもそうである。オルワーン社長は長年このミダック横町に事務所をかまえてきたが、一日たりともここの住人らしくあったことはない。実際、挨拶に手を挙げたことがあるのはラドワーン・フセイニ氏とダルウィーシュ先生の二人だけだった。

それからしばらくの間、この特別な燕麦はミダック横町では欠かせない食事となっていった。もし高価なものでなかったら、皆ずっと食べ続けていたことだろう。キルシャ氏も、ドクター・ブゥシーも試した。あのラドワーン・フセイニ氏さえも、シャーリア〔イスラム法〕で禁じられているものが何一つ入っていないことを確かめた上で試してみたのである。

サリーム・オルワーン社長はこの燕麦を規則正しく食べていた。だが、それは実のところ、彼の人生そのものに面白みが欠けていたということでもある。つまり毎朝、会社へ勇んで出かけていくのだが、夜はといえば彼のようなタイプの男にしては珍しく楽しみらしい楽しみはまったく何もなかったのだ。喫茶店にも行かないし、ましてやクラブやバーに行くこともない。結局、妻を相手にするしかなかったのである。というような次第で、オルワーン社長は夫婦生活の喜びに、なんとも節度を越えた方法で耽っていたのだ。

午後のまだ早い時間、オルワーン社長は昼寝から目覚め、沐浴を済ませると祈りを始めた。そして上着とコートを羽織ると、二回目のお茶が待っている机に戻った。時間をかけてお茶を楽しんだあと、中庭全体にこだまするほどの大声を出し、また午前中と同じ精力で午後の仕事に臨もうとした。しかしそわそわと何か心に引っ掛かるものがある。横町を臨む窓際に行くと、大きな金時計で時間を見たが、鼻が妙にむずむずした。

太陽がミダック横町の壁の縁まで沈んだ頃、回転椅子を表の方に向けた。重苦しい数分が過ぎる間、オルワーン社長の視線は横町の方にずっと向けられている。

そしてゆるい坂になった敷石の上を這う靴音が聞こえてきたとき、彼の瞳はキラリと輝いた。足音の主ハミーダは早足で会社の前を通り過ぎていく。彼は口髭を注意深く撫でつけると机に戻った。目には満足げな表情が現れていたが、気持ちはなぜか落ち着かなかった。ハミーダを見ることができるのはこの時間帯だけである。それ以外では会社の建物を出て、気分転換に少し歩き回るふりをしながら、そっと彼女の家の窓を盗み見しなければならない。社長は当然ながら、自尊心と権威を維持することにはいつも気を配っていた。なんといっても彼はサリーム・オルワーン社長であり、ハミーダは巷《ちまた》の貧乏娘に過ぎない。その上、ミダック横町は口さがない人や詮索好きの眼をもった人でいっぱいだ。オルワーン社長は仕事の手を止めて、人差し指で机をトントンと叩いた。そうだ、まったくそのとおりだ。ハミーダなんて貧しく卑《いや》しい娘なのだ。なのに自分のこの欲望はいったいどこからくるのだろう。

確かにハミーダは貧しくて卑しい。だが、あの小麦色の顔、瞳の輝き、それに美しくすらりとした身体、すべてが階級の違いなど超えてすばらしい。正直に言って、オルワーン社長はあの美しい顔、官能的な身体、そして敬虔な老人さえも興奮させるような形のいい尻に憧れを抱かざるを得なかった。入荷するインド製の商品全部をひっくるめても彼女の価値には届かないであろう。

オルワーン社長はハミーダを小さな頃から知っていた。よく母親の遣いで、マスカラや香水などの化粧品を買いに来ていたのである。だから、その胸が小さな出っ張りからごく普通の大きさに膨らみ、さらに現在の豊かな状態にまで隆起するのをずっと見てきたわけである。また、まだぺたんこだった尻が丸く熟れていき、ついには女らしさではち切れんばかりとなるまでを目の当《ま》たりにしてきたのである。彼の憧れはやがて大きな欲望へと変わっていった。この欲望への変化を彼自身はっきりとさとり、今やもうその感情を否定しようとはせず、よくこう独り言を言った。

「ああ、もしハミーダがスナイヤ・アフィーフィ夫人のように未亡人であったなら……」

そう、もし彼女がスナイヤ・アフィーフィ夫人のように未亡人であったなら、オルワーン社長は取るべき手をとっくに取っていただろう。しかし現実にはハミーダは生娘《きむすめ》なのだから、このことは十分すぎるほどの注意を払って考えなければならない。こうして社長はいつものように、いろいろと策略を練り始めたのだ。

　しかし、妻や家族に知られないところで彼に一体何ができよう。オルワーン社長の妻は立派な女性だ。男なら誰もがそう望むような良妻賢母だ。若いころはたいへん美しく、子供もたくさん産み、彼はなにひとつとして文句を言ったことがない。その上、彼女は非常に高貴で、家柄にしても階級にしてもオルワーン社長自身よりもずっと上のクラスであった。だから社長はこの妻を心から愛していた。ただ残念なことと言えば、彼女のそういった美しさも若さも、今は色褪せ、夫について行くことにも、夫に振り返ってもらうことにも興味をなくしてしまったということだ。それとは対照的に夫の方は、異常なほどの性欲を持て余している若者のようだった。

　そういう現実がハミーダに対する欲望となって現れているのか、それとも逆にハミーダに対する欲望によって妻の衰えがどんどんと目立ってきているのか、オルワーン社長自身よくわからなかった。ともあれ、抑えがたいほどに新しい血が沸きたっていることは否定できず、こう呟くのだった。

「神が許し給うたことを、なぜ望んではならぬのだ」〔イスラム法では一夫多妻が認められている。すべての妻を同等に扱うという条件で四人まで妻をめとることが許されている〕

　とは言うものの、オルワーン社長は自尊心の強い人間で、人々の敬意を集めることを常に望んでいたので、噂話の中心人物になることなど考えただけでもゾッとした。「自分の身の丈《たけ》に合うものを纏《まと》い、食せよ」と昔の人はよく言ったものだ。だからオルワーン社長も例の燕麦を食べていたのである。しかし、ハミーダの件はどうだろう……。ああ、神よ！　それこそもしハミーダが高貴な家柄の娘であったなら、彼は少しも迷わず彼女に結婚の手を差し伸べたであろう。だが、現実はどうだ。逆立ちしてもあのハミーダはオルワーン夫人になどなれない。あの卑しい養母が、亡くなったアリファト夫人のように彼の姑《しゅうとめ》になどなれるものか。あの娘がいったいどんな顔をして裁判官のムハンマドや、法廷弁護士のアーリフ、医者のハサンの義母となりえよう？　もちろん、その他にも問題はいっぱいだ。彼女を妻に娶《めと》ろうとすると新たに家計を設けなければならなくなり、支出はおそらく倍になるであろう。それに、相続権を持つ親類が新たに増えることになる。そうすれば現在の家族の緊密な関係は弱くなり、平穏だった日々に波風が立つことは必至だ。なぜそうまでしてオルワーン社長はそんな困難を買って出ようというのか。その原因は、この夫であり父である五十男の単純な欲望だけでしかない。

オルワーン社長は、金銭や見栄に関わる問題にはきわめて敏感な人である。だから自分のそういった考えがいかに馬鹿げているかは百も承知であり、抑えつけられるかどうかは不安ながらも、これまでは心にしまってきたのである。しかし、このやり場のない欲望が今や、彼の人生の悩みの種になっていた。それは一連の悩み、すなわち会社の経営と将来、不動産を買うか買うまいか、アパートを建てるか否か、いかにしてベイの称号を勝ちとるか、そういった問題と肩を並べるほどに彼の心を悩ましていた。いや、むしろ、この問題が最大の懸案と言っても間違いではないだろう。

一人きりになったときには、こうしたさまざまな悩みで頭の中がいっぱいになったが、それらに対してオルワーン社長はじっくりあれこれと考えを巡らすことができた。ただ、ハミーダが目の前を通り過ぎたとき、あるいは彼女の家の窓をそっと盗み見したとき、彼の頭の中ではたったひとつの答えしか浮かばなかったのである。

第9章　憤懣やるかたないキルシャ夫人

　キルシャ夫人の心配は募るばかりだった。夫が大好きだった夜遊びをぴたりとやめてしまったのである。過去にもそういうことはあったのだが、それは必ずあの邪悪な行いに結びついていたからだった。あの蝙蝠《こうもり》のような夫が夜遊びをしなくなったということは、そこには必ず危険な匂いのする理由《わけ》がつきまとうのだ。ついこの間まで、いつものチンピラ連中を連れてきては、夜明けまで屋上の小屋で騒いだりしていたのが、このところは家から遠く離れたところで夜を明かしているようなのだ。夫人は悲しく、苦々しい思い出に苛《さいな》まれている。なぜ外泊したりするようになったのだろう。また例の病気が始まったのだろうか。あの男のことだから、退屈しのぎをしているとか、冬の間の気分転換だとか、きっとそんな適当な弁明をするにちがいない。そんな弁明に惑わされている場合ではない。誰もがもう知っているのだ。それが彼女にとっていちばん嫌なことだった。そういうことならば、どんな結末をも恐れず断固たる態度を見せてやろうではないかとキルシャ夫人は心に決めていた。

　キルシャ夫人はもう五十近くになっていたが、負けん気の強い女性だった。ここミダック横町では、パン屋のホスニーヤ、ハミーダの母と並んで、気性の激しい女として知られている。とくに夫が例の汚らわしい病に罹《かか》ったときに彼女の口から発せられた罵声は想像を絶するほどのものだった。その鼻は大きく、幅の広い獅子鼻で、それもまた有名であった。子宝には恵まれ、一人息子のフセインの他に六人の娘がいる。六人とも結婚しているが、いつも何かといざこざが絶えず、辛うじて離婚せずに留まっているという状態だった。とくに末娘に起きた悲劇はしばらくの間ミダック横町では語り草となっていた。結婚して一年も経たないうちに嫁ぎ先から失踪し、やがてブーラーク地区の男と駆け落ちしていたのが判ったのだ。その結末は悲惨で、彼女はそのブーラーク地区の男とともに監獄送りとなってしまった〔当時のエジプトには姦通罪があった〕。このことはキルシャ家に大いなる汚点を残したが、不名誉なことはそれだけに収まらない。家長であるキルシャ氏自身が次から次へと問題を持ち込み、不幸は留まるところを知らなかった。

　キルシャ夫人は情報収集の方法を心得ていた。まずはカミルおじさんやボーイのサンカルにあれこれと質問して、ここ最近キルシャ亭に通い始めている少年の存在を知った。ご丁寧にもキルシャ氏自身がその少年にお茶を出しているという。夫人はキルシャ亭の客をそっと観察し、ついにその少年を割り出した。少年はキルシャ氏の大歓迎を受けながら、その右側にちょこんと腰かけている。これを見たキルシャ夫人の胸の内にめらめらと炎が燃え出し、古い傷口がまた開き始めるのがわかった。その夜はまんじりともしなかったが、朝が来るとより憂鬱な気分になった。腹の中は煮えくり返っていたのだが、この事態にどのように対処していいのかがわからなかった。過去には強硬な手段に出ていたのだが、うまくいった試しがない。といって、ここで躊躇《ためら》っているわけにはいかない。躊躇したのは込み上げてくる怒りのせいではなく、いい笑い者になるのではないかと恐れたためである。

　ちょうど息子のフセインが仕事に出かけようとしているところだったので、鼻息荒く叫ぶように声を掛けた。

「フセイン、お父さんがまた新しいスキャンダルを抱え込んできたのを知ってる？」

　無論、フセインは母親が何を言いたいのかすぐにわかった。その言葉の意味するところはひとつしかないのだから。フセインの小さな瞳は父親に対する侮蔑と怒りで鋭い光を放ちはじめた。ああ、なんという人生だ！　苦労や噂話から一日たりとも解放されたためしがない。それこそが、彼を英軍キャンプの仕事に向かわせた理由のひとつなのだろう。だが、フセインの新しい生活は、慰めや安らぎになるどころか、かえって家族に対する不満を大きくした。彼は自分の家も、家族もみな嫌いだった。それどころかミダック横町にあるものすべてが嫌いだった。なので母親の言葉はただ単にフセインの感情を逆撫でするだけなのだ。彼は母親に言った。

「俺にどうしろって言うんだ。俺に何の関わりがあるって言うんだよ。もうあんなことはやめるようにって前にも忠告したし、立ち直らせようともしたさ。でもそれで殴り合い寸前にまでいったんだよ。俺に親父を殴れとでも言うのかい、母さん」

フセインにとっては父親の倒錯の性癖などどうでもよかった。ただ嫌だったのは、そういう行動がもたらす醜聞や不名誉、それに家庭内での激しい争いのほうだった。なので、父親の「罪」そのものはまったくフセインの心を悩ませなかった。事実、そういう噂話を初めて耳にしたときも、関心なさげに肩をすぼめてこう言った。

「親父だって男だから。男なんて他人にどう思われようと気にしないものさ」

しかし後になって、そのおかげで家族が噂や冗談の格好の材料にされているのを知ってから、フセインは父親に対して激しい憎悪を覚えるようになった。それでなくとも、もともとフセインとキルシャ氏はあまり反りが合わなかった。同じような性格の持ち主が二人、角を突き合わせているようなものだ。父子ともにがさつで、陰険で短気な性格だ。だからそういう事件が起きてからは二人の摩擦は余計に激しくなって、まさに長年の宿敵同士が戦闘状態に入ったり、時に休戦したりするのに似ていた。いずれにせよ、この二人の間にある憎悪の火が消えるということはなかった。

キルシャ夫人はフセインに何と言葉を返せばいいのかわからなかった。彼女とて、夫と息子の確執という炎にあらたに油を注ぐつもりはない。しかたなく、機嫌を損ねた息子をそのまま送り出した。

キルシャ夫人自身もその日一日中最悪の気分だった。

　こうして長年惨めな気分を味わってきた彼女だが、決して泣き寝入りするような女性ではない。罪に蝕まれた夫を改心させてやろうと心に決めていた。たとえ、そういう行動に出ることによって新たな醜聞をばら撒くことになったとしても……

　行動を起こすなら、まだ血が煮えくり返っているうちがよい。キルシャ夫人は客がみんな引いて、夫が店を閉める真夜中まで待った。そこで窓から店を見下ろして夫を呼んだ。キルシャ氏は明らかにうっとうしそうな顔で見上げると叫んだ。

「なんだ、かあさん、何か用か」

「ちょっと上がって来てちょうだい。大事な話があるのよ」

　キルシャ氏は「彼氏」にその場で待つように合図をすると、重い足取りで階段を上がってきて、玄関のところで喘《あえ》ぎながら荒々しい口調で言った。

「何の用だ。明日まで待てんのか」

　キルシャ夫人は夫の足が玄関前でぴたっと止まってしまい、敷居を跨《また》ごうとする意志がないのに気づいた。まるで他人の家に遠慮して入り兼ねているという感じだ。それを見ると、抑えていた怒りが急に込み上げてきて、寝不足と興奮で充血した目で夫をじっと見据えた。ただ激怒しているところをすぐに悟られてはまずいので、必死にそれを抑えつつ静かに言った。

「まあ中に入ってくださいな」

　用があるのなら、なぜすぐに切り出さないのだろうとキルシャ氏は訝しんだ。

「何の用なんだ。さっさと済ませてくれ」

　なんと短気な男なのだろう！　一晩中夜遊びしても退屈しない男が、ほんの数分、妻と会話することにも耐えられないのだろうか。とはいえ、こんな男でもアッラーと親族や知人に誓いを立てて彼女の夫となった人であり、七人の子供の父親なのである。ここまで酷《ひど》い扱いを受けていても、夫を恨むことも蔑むこともできない自分が不思議であった。彼は自分の夫でありこの家の主人なのだから、あの「罪悪」に連れ去られそうになったときには、彼を取り戻すためにいかなる努力も惜しんではいけないのだ。事実、彼女は夫のことを誇りに思っている。その男らしさ、ミダック横町における地位、仲間たちへの影響力、それらすべてを誇りに思っていた。だからこそ、あの忌々《いまいま》しい欠点さえなければ、夫にはこれといった不平はない。なのに、今目の前にいる夫はどうだろう。悪魔の呼び掛けに応え、少年のもとに一刻も早く戻りたいがために、彼女との会話を手短に切り上げようと必死になっている。ますます怒りが込み上げてきたキルシャ夫人は鋭い口調で言った。

「とにかく、まず中に入りなさいよ。そんな所に突っ立って、何してるのよ！」

キルシャ氏は、苛立ちと嫌悪感の混じりあった息をフーッと吐くと、敷居を跨いで居間に入って来て、かすれ声で尋ねた。

「一体何の用なんだね、かあさん」

キルシャ夫人は後ろ手にドアを閉めながら言った。

「ちょっとそこに座ってちょうだい。時間は取らせないわ」

キルシャ氏は訝しげに妻を見た。〈こいつ、何が言いたいのだろう。またわしの邪魔をする気なんだろうか〉そして、叫んだ。

「じゃあ、早く話せ！　わしに時間を無駄にさせる気か」

夫人は皮肉っぽく尋ねた。

「あら、あなた、何かお急ぎの用でもあるの？」

「急いどるのが見てわからんかね」

「何をそんなに急いでいるのよ？」

キルシャ氏はますます不審に思い始めた。そしてなぜこんな女にかまってやる必要があるのかと思うとますます腹が立ってきた。彼の妻に対する気持ちは複雑で一貫しなかった。ときには妻を恨み、ときには愛おしく思うこともあった。しかし、例の悪しき習慣が芽吹いたときには、一貫して妻を毛嫌いし、妻がそれを邪魔しに出てきた日にはさらに憎悪を募らせるのだった。そして心の中では、妻がただただ思慮深く、自分のやることには一切口出ししなければいいのにと願っていた。

不思議なことだが、キルシャ氏自身はいつも自分が正しいと思っているのだ。だから、妻がなんの正当性もなく自分の前に立ち塞《ふさ》がろうとするのが理解できなかった。どうしようと自分の勝手ではないか？　十分に養ってもらっている限り、文句を言わずに従順であることが当然ではないか？　キルシャ氏にとって妻は、睡眠とか、ハッシーシとか、家と同様、いわば必要不可欠なものだったので、離縁しようなどとは考えたこともない。そうしようと思えばできない理由は何もなかったのだが。だが実際には、妻は自分の面倒をよく見てくれた。とにかく、キルシャ氏は彼女を妻として必要としていた。しかし腹が立っている今は、なぜこんな女の相手をしなくてはならないのだと考えざるを得なかった。そして妻にこう叫んだ。

「うだうだ言っとらずに、早く話をしろ。用がないならもう出ていくぞ」

「あなた、それしか言うことがないの？」

キルシャ氏は顔を真っ赤にして怒った。

「ほんとは用らしい用もないくせに！　分別のある女ならさっさと寝りゃいいだろうが！」

「あんたこそ、分別ある男ならさっさと寝りゃいいでしょう！」

キルシャ氏は両手をパーンと打ち合わせて怒鳴った。

「こんな時間に眠れるか！」

「じゃあ何のために夜があるのよ」

キルシャ氏は妻の反撃に驚いて大声を上げた。

「いつからわしは夜に寝るようになったんだ！　わしは病気ではないぞ！」

夫人は、夫がその含むところを容易に理解できるようにとっておきの口調で答えた。

「アッラーの前で改心なさい。そしてアッラーがあなたの悔悛《かいしゅん》を受け入れてくださるよう祈るのね。まあもう遅すぎるかも知れないけれど」

キルシャ氏には妻の言わんとしていることがわかってきた。思っていたとおりである。しかし何も気づかぬふりをしてさらに語気を強めた。

「ちょっと夜更かしして話をして、そのどこが悪い？　なぜ改心などせねばならんのだ」

キルシャ氏が白《しら》を切ったので妻はいよいよ激怒した。

「その夜更かし自体も、夜更かしをしてやっていることも、すべてが悪いのよ！」

「わしの人生のすべてを取り上げようというのか？」

怒りで完全に我を忘れたキルシャ夫人は大声で反撃した。

「あんたの人生のすべてですって？」

「そうだ。ハッシーシはわしの人生すべてだ！」

夫人の目が鋭い光を放った。

「じゃあ、もう一方のハッシーシは？」

キルシャ氏は嫌味ったらしく答えた。

「わしが火を点けるハッシーシは一種類だけだ！」

「あんたは私の頭に火を点けているのよ。だいたいなんであんた、屋上の小屋で集まるのをやめてしまったのよ？」

「どこに集まってハッシーシをやろうがわしの勝手だろう？　屋上だろうが、モガンマア〔政府の総合庁舎〕

だろうが、ガマリーヤ警察署だろうが……。お前に何の関係があるっていうんだ！」

「いつもの慣れ親しんだ小屋からなぜ場所を変えたりするのよ？」

キルシャ氏は激しく首を振ってうなり声を上げた。

「神よ、この始末をご覧あれ！　わしは今まで辛うじて裁判所送りを免れてきた。そして今こうやってやすらぎの場所であるはずの我が家に落ち着くことができたのだ」キルシャ氏はうなだれつつ続けた、「ところが、その我が家さえ疑心に満ちて、これじゃまるで四六時中、刑事に嗅ぎまわられているみたいじゃないか！」

そこに夫人が苦々しい口調でつけ加えた。

「じゃあ、その恥知らずの少年もあんたの周りをうろついている刑事の一人だっていうのね！」

ついにキルシャ夫人の「ほのめかし」ははっきりとした言葉になった。キルシャ氏の浅黒い顔は翳り、口調はいよいよ激しい苛立ちを帯びてきた。

「誰のことを言っとるんだね？」

「あの破廉恥《はれんち》なヤツよ。あんた自身がまるでサンカルにでもなったかのように、いそいそとお茶を出してやってる子のことよ」

「それのどこがいけないんだね。喫茶店の主人として当たり前のことだろうが」

キルシャ夫人の声は怒りで震え、とぎれとぎれになってきた。

「じゃあ、たとえばカミルおじさんにも同じようにしなさいよ。なぜ、あのガキばかり接待するのよ！」

「新規の客にはそれなりの気を遣うのが賢明なんだ！」

「よくもいけしゃあしゃあとそんなことが言えるわね。とにかく、あんたのやってることは、いやらしい、不道徳なことなのよ！」

キルシャ氏は、妻に指先を向けると叫んだ。

「黙れ、この馬鹿野郎！」

「人は誰だって歳とともに分別ができてくるっていうのに……」

キルシャ氏は歯軋《はぎし》りをしながら夫人をあれこれと罵ったが、夫人は一向におかまいなしだった。

「人は誰だってみんな歳とともに分別ができてくるっていうのに、あんたの脳みそときたら歳とともにだんだんと縮んでいくのね！」

「お前はただ単に御託《ごたく》を並べているだけだ！　預言者の孫、聖フセインに誓って、お前の言っていることはすべて戯言《たわごと》だ！」

キルシャ夫人は、激情に声をかすらせながら罵った。

「あんたのようなヤツは刑務所送りだわ！　また私たち家族に恥をかかせる気なのね！　これでまたいい噂話のネタができたというわけよ！」

「戯言だ、戯言だ……」

怒りと絶望で自制を失ったキルシャ夫人は、大声で警告した。

「今夜はまだ、この四方の壁が私たちの口喧嘩に耳を欹《そばだ》てているだけよ。でも明日になったら世間が皆この話を知ることになるのよ！」

「なんだお前！　わしを脅迫する気か？」

「警告してるのよ。あんたのことも、あんたのあの可愛らしいご家族のことも」

「その空っぽの頭をぶん殴ってやろうか！」

「ハハハ……ハッシーシを吸ってふしだらな生活をしてるあんたのその腕には一オンスの力だって残っちゃいないわよ。ほら、腕を上げることさえできないでしょ！　もうおしまいよ、あんた！　年貢の納め時よ」

「こうなってしまったのも全部お前のせいだ！　女を嫌いになるのは女が悪いからじゃないか！」

「哀れなものね！　女の前じゃまったくの『役立たず』な男なんて」

「なんという言いがかりだ！　流産と中絶を別にしても息子を一人、娘を六人も宿してやったじゃないか！」

キルシャ夫人は腹が立ちすぎてもう何を言っているのか自分でもわからなかった。

「子供たちのことを、よくも恥ずかしげもなく口にするわね。子供たちのことを考えただけでも、あんな汚らわしい行為を恥じるのが普通よ！」

キルシャ氏は拳で壁をドンと叩くと、くるりと踵を返して、扉の方へ向かいながらこう言った。

「お前はもう完全にいかれちまってるよ」

夫人もその背中に捨て台詞《ぜりふ》を吐いた。

「もう痺《しび》れが切れたのね？　そんなにあの子のところに戻りたいの？　覚えてらっしゃい、今に泣きを見るわよ、この豚っ！」

キルシャ氏は扉をバタンと閉めた。その音がミダック横町の静けさを破る。夫人は悔しさと遣り切れなさで拳をぎゅっと握りしめ、復讐を心に誓った。

第10章　アッバースの愛の告白

理髪店のアッバースは鏡の中に物《もの》憂《う》げな姿を映した。だが、その少し飛び出た目にはだんだんと満足の色が現れる。癖のある髪を注意深く撫でつけ、上着の埃をはらって羽織り、店の外に出た。夕方前はアッバースの大好きな時間である。空は澄み切って深い碧色《へきしょく》、さっきまで降っていた小糠雨《こぬかあめ》のせいか空気は少し暖かい。ミダック横町の路面はしっとりと濡れている。こんなことは一年に二、三度あるかないかだ。サナディキーヤ通りの窪《くぼ》みには、まだ濃灰色《のうかいしょく》をした水たまりが残っている。

カミルおじさんは店の中。椅子に座って居眠りをしている姿を見てアッバースの顔には笑みが浮かんだ。そして心から溢れ出そうとしている恋慕に掻き立てられ、小声で歌い始めた。

「ああ、わが心よ。ずいぶん長い間待ったもんだね……
あこがれ続けたその日がついにやって来たよ……
わが心よ、君の傷は癒え始める……
何かが君の傷を癒し始める……
どうやって、いや、わからないよ。
お偉い方がその諺《ことわざ》を教えてくれたのさ……
幸せへの鍵は耐えること〔六六頁参照〕だってね」

カミルおじさんが目を覚まして大きなあくびをした。そして店の前に立って笑っているアッバースを見た。アッバースは道を横切っておじさんのところにくると、自分の胸をトンと叩いて嬉しげに言った。

「僕たち二人は愛し合っているんだ。世間の人たちも皆、僕たちと一緒に微笑むんだよ」

「そりゃあ、おめでとう。でもその前に、例の経帷子を早くわしにくれんかね。結納金を作るために売られちまったらかなわんからね」

アッバースは大声で笑って、そのままた表通りに歩み出た。今日は一張羅《いっちょうら》のグレーのスーツを着ている。一年前、生地を裏返しにして穴を繕《つくろ》い丁寧に洗ってプレスしたので、なかなか立派なものだ。アッバースの顔は興奮と自信に満ち、秘められた想いが溢れ出そうする寸前の緊張を味わっている。その想いは、優しい愛情と真心、それに飢えた欲望が混じりあったものだった。言い換えれば、ハミーダの神秘的な眼差しに酔いしれつつ、その乳房のぬくもりに触れていたいと思っていたのだ。豊かな胸を、そして熱い身体を愛撫し、その黒い瞳を追い求めたい憧憬にとらわれていた。

アッバースは先日、ダッラーサ地区の入口までハミーダを追いかけて話しかけたときに勝利の喜びを味わった。単に彼の想像に過ぎないのだが、ハミーダが口をきくことに抵抗するのは、本当の想いを隠すための女性特有の素振りだということに気づいたのである。そういう彼の陶酔はそれから数日続いたが、だんだんと自信は色褪《いろあ》せて消えていった。そして、なぜハミーダの抵抗を愛情の裏返しだと決めつけるのかという疑問に囚われ始めた。ただ単にアッバースを避けているだけかも知れないではないか？　ハミーダは冷酷で不愛想な娘である。生涯の伴侶になるかも知れない人から、あんなひどい扱いを受けるものだろうか。

ハミーダが朝の光を入れるために窓を開けないだろうかと期待しつつ、アッバースは毎朝、店の前に出て立った。鎧戸の向こう側に彼女の美しい姿を追い求め、毎晩のようにキルシャ亭の前に座って水煙草を吸った。しかしもうそんな空《むな》しい待ちぼうけには飽き足らなくなり、またダッラーサ地区でハミーダに近づいていったのだが、初回と同じように一蹴され、三度目もまた同じ結果に終わった。

こうして、その日、アッバースは四度目、希望と欲望と自信に溢れ、また出掛けたのである。ハミーダとダッラーサの女工員たちがやってくるのを見て、彼はまず道路の反対側に渡り、彼女らをやり過ごしてから、後をつける。アッバースは女工員たちが興味ありげにこちらを見ているのに気をよくした。最後の娘がハミーダと別れて道を曲がったのを確認すると、アッバースは早足で、腕を伸ばせば届くほどの距離まで近づいた。すこし丁寧に、やや気取った口調で、しかし吃りながら、用意してきた言葉をかけた。

「こ、こんばんは、ハミーダ」

ハミーダはアッバースが近寄ってくることは予期していた。しかしまだ彼のことが好きなのか嫌いなのかよくわからなかった。完全に無視したり、冷酷に突き放したりできなかったのは、おそらく彼がミダック横町では唯一彼女にふさわしい結婚相手だったからだろう。そこで、その日もまた、アッバースがハミーダの行く手を塞ぐのを許し、軽く往《い》なせばいいと思っていた。無論、彼を完全に無視しようと思えば、そうすることもできたのだが……。

ハミーダはまだ世間のことをよく知らなかった。とはいえ、このしがない青年と欲深い自分の野心との間には深い隔たりがあることぐらいはよくわかっている。この野心こそがもともと攻撃的な彼女の気性に火をつけ、さらに暴力的で残忍なハミーダをつくり出しているのだ。だから、挑戦的で自信に満ち溢れた瞳の人を見れば、彼女は余計に奮い立って喜んだかも知れない。だが、アッバースの素朴で謙虚な瞳を見ても何も感じとるところがなかった。そういうわけで、彼に対しては愛情も敵意も感じないのであった。一方で、彼こそはミダック横町では唯一結婚相手としてふさわしい青年だ。当然の運命としての、その「結婚」という問題さえなければ、彼を冷たく突き放すことに一瞬の戸惑いも見せなかったであろう。だからこそ、彼が本当はどういう人間なのか、何を望んでいるのか、それを知りたいがために、ハミーダはある意味、アッバースを勇気づけていたのである。そうすることによって、自分自身にあるジレンマからも抜け出せることを期待していた。

さて、アッバースは、通りの終わりまで行ってもハミーダが口をきいてくれないのではないかと恐れ、縋るように繰り返した。

「こんばんは……」

ハミーダの小麦色をした美しい顔にかすかな微笑みが現れた。そして歩調を緩めると、苛立っている素振りをしてため息をつきながら尋ねた。

「何の用なのかしら」

アッバースは彼女のかすかな笑みには気づかなかったが、一方で明らかに見せた苛立ちにも気づかずに、嬉しそうに答えた。

「アズハル通りの方へ折れよう。あちらのほうが静かだし、そろそろ暗くなり始めている」

ハミーダは無言のままアズハル通りの方へ足を向けた。アッバースは彼女の後を追いながら、嬉しさで眩暈《めまい》がしそうなほどだった。「あちらのほうが静かだし、そろそろ暗くなり始めている」というアッバースの言葉が彼女の中で反響し、もし本当に誰かが二人のことを見ていたらどうしようかと恐れた。唇は残忍な微笑みに歪《ゆが》み、負けん気の強い心には倫理の欠片《かけら》さえなかったのである。彼女はもともと倫理観というものの枠外で育ったので、倫理観によって自身が制約されるということはなかった。もちろん気まぐれな性格であることや、養母が滅多に家にいなかったということが彼女の倫理観への無関心を助長したという面もある。こうしてハミーダは、いつも自身の最も原始的な感情に従って、倫理観どころか何事にもまったくかまうことなく、人と闘い、争い続けてきた。

ハミーダに追いついたアッバースはそのすぐ隣りを歩く。彼の声は喜びに満ち溢れていた。

「いや、ハミーダ、よく僕の言うことを聞いてくれた」

ハミーダはふつふつと沸き立とうとする怒りを抑えながら言った。

「だから、何の用なのよ」

アッバースも必死に興奮を抑えつつ言った。

「我慢は美徳だ、ハミーダ。どうか僕につれなくしないでおくれ」

彼女はアッバースの方を振り向き、外套の襟で頭を半分隠しながら冷たく言い放った。

「一体、何の用なの？」

「が、我慢は美徳だ。そのう、僕は美しいものはすべて好きなんだ」

「あなた、本当は何も用がないんでしょ？　何なのよ！　こうやって帰り道を外れて、家からどんどん遠くなってしまうわ。私、遅くなったら大変なのよ！」

アッバースも時間を無駄にしていることを悔いて、すまなそうに言った。

「いや、すぐに戻るよ。心配しなくても大丈夫だ。お母さんへの言い訳なら一緒に考えてあげるよ。君はここ数分のことばかりを考えているが、僕は一生のことを、僕たち二人の一生のことを考えているんだ。僕が君に話したいのはそういうことなんだ。僕たちの住むこのミダック横町を祝福してくれる聖フセインに誓って、そういう話なんだ」

アッバースは心底、素朴な気持ちで語っている。そこにハミーダは新たな興味を覚えた。彼の並べる言葉を耳にするのが心地よかった。とはいうものの、彼女の冷え切った心は感動を覚えるところまではいかない。ともあれ、ハミーダは自分の中にある苦悶をしばし忘れ、アッバースの言うことに耳を傾けてみようと思った。しかし、どんな言葉を返せばいいのかわからなかったので、ただ黙っていることにした。一方、アッバースは自信を得て、揚々と話し始めた。

「僕を毛嫌いせず、もうその『何の用なの？』という問いかけはしないでおくれ。僕が何を言いたいのか君は知りたいと言うが、本当にわからないのかい。なぜ、こうやって道の真ん中で君に声を掛けているんだい、なぜ僕の目は君の行くところを追いかけているんだい。もうわかっているだろう、ハミーダ。僕の目に書いちゃいないかい。信じる者は誰の目にも明らかだよ。誰に聞いても知っているよ。みんなわかっているさ」

ハミーダは無意識のうちにしかめっ面をしてこう言っていた。

「あなた、私を辱《はずかし》めようとしてるのね！」

この言葉に驚いたアッバースは大声で言った。

「僕たちの人生に、他人を辱めることなど一切ない。僕は君のことだけを思っているんだ。この聖フセインモスクに僕が今から口にすることの証人になってもらおう。僕は君が好きだ。もうずっと前から君のことが好きだったんだ。君のお母さんよりも僕は君を愛しているよ。聖フセインに誓って、預言者ムハンマドに誓って、アッラーに誓って……」

ハミーダはアッバースの言葉が嬉しかった。いつも粗暴で支配的な感情は、プライドと見栄に押されて影を潜め、愛の囁きの心地よさを味わっていた。しかし、それが必ずしも心に響くものではないということもわかった。鬱積した感情を解き放つに過ぎない。しかしハミーダの心はどうしようもなく、過去から未来へと跳躍し、もしアッバースの願いが叶って結婚した日には、一体どんな生活が始まるのだろうと自問した。彼は貧しくて、その日暮らしがやっとだ。ハミーダは今住んでいるスナイヤ・アフィーフィ夫人のアパートの三階からアッバースの店があるラドワーン・フセイニ氏のアパートの一階に移り住むだけではないか。養母が持たせてくれるものといえば、せいぜい中古のベッドとソファー、それに銅製の壺や鍋ぐらいだろう。その上、ハミーダを待つものといえば、炊事、洗濯、掃除、子育てぐらいしかない。着るものも継ぎ当てのある洋服ぐらいか……。その想像に、ハミーダは何か見てはならない恐ろしいものを見てしまったような気がした。洋服への強い執着心と、ミダック横町の女性たちの間では悪名高い彼女の子供嫌いが、心の中で待ってましたとばかりに現れた。そういうさまざまな気持ちがいろんな苦悶に形を変えて現れる。果たしてアッバースとこんなところまで歩いてきてよかったのだろうか？

かたやアッバースは夢見心地でハミーダを見つめていた。ハミーダの寡黙に考え込んでいる様子が彼の希望と欲望をよりいっそう掻き立てる。

「どうして黙っているんだい、ハミーダ。たった一言口をきいてくれるだけで、僕の心は癒え、この世は薔薇色になるんだよ。たった一言でいいんだ、ハミーダ。さあ、黙ってないで」

しかしハミーダは何を口にしていいのかわからず、黙り続けた。

「君の一言で僕の心は幸せと希望に満ち溢れるだろう。君を愛し始めたことで僕がどう変わったか、多分、君にはわからないだろうね。これまでこんな気持ちになったことはなかったよ。僕は人が変わったんだ。何事も恐れることなく、積極的に人生を験《ため》してみようという気持ちになったよ。何を言おうとしてるかわかるかい。僕は自分の馬鹿さ加減から目覚めたんだ。もうすぐ君はすっかり変わった僕の姿を目にすることだろう……」

アッバースは何を言いたいのだろう。ハミーダが問いかけるように頭をもたげたのでアッバースの心は弾んだ。そして自信たっぷりに宣言した。

「そうだよ、ハミーダ。僕も、アッラーのお導きにより、みんなと同じように運を験してみようと思う。もうすぐ英軍キャンプに働きに行くんだ。そうすりゃ、君の乳兄《にい》さんのフセインと同じように僕もきっと成功するさ」

ハミーダの瞳は急にらんらんと輝きはじめ、自分でも気づかぬうちにこう尋ねていた。

「え、本当に？　いつ行くの」

アッバースとしてはそういう現実的なことよりもっと感情的な言葉をハミーダに期待していた。ずっと待ち焦がれてきた甘い言葉を彼女の口から聞くことを望んでいたのである。だが、それさえも、彼女も本当は彼と同じ気持ちであるのに、それを謙虚に隠しているのだろうと自分なりに解釈した。アッバースの心は喜びと興奮ではち切れそうになり、にっこりと微笑みながらこう言った。

「もうすぐ、テレル・ケビール基地に行くんだ。そして日当二十五ピアストルで働き始めるんだよ。二十五ピアストルでも、英軍で働くにしては安いほうなんだそうだ。だから、できる限り節約してお金を貯めるよ。そして戦争が終わったら……それはまだまだ先のことかも知れないけど……僕は戻ってきて、ゲディーダ通りかアズハル通りにでも新しい店をかまえ、贅沢な暮らしをするんだ、君とね。さあ、僕のために祈っておくれ、ハミーダ」

これはハミーダにとって大きな驚きだった。予想だにしなかったことである。彼が成功した日には、自分が憧れているもののほとんどすべてを彼は与えてくれるだろう。いかに勝気できつい性格でも、ハミーダは金によって大きく動かされる心の持ち主なのである。アッバースは少し不満げに繰り返した。

「僕のために祈ってくれないのかい」

ハミーダの声はその姿の美しさとはちがいあまり魅力的ではない。しかしその低い声でさえもアッバースの耳には甘美に響いた。

「あなたの成功をアッラーがお助けくださいますように」

喜びのため息をついてアッバースは応えた。

「アッラーよ、彼女の願いを叶え給え。アッラーのご慈悲で私たち二人には薔薇色の世界が開けるのです。ハミーダ、君がもし僕に優しくしてくれれば、世界のみなが僕に優しくしてくれるのと同じだ。僕は君の幸せのことしか考えていないんだよ」

ゆっくりとではあるが、ハミーダはこれまで苛まれてきた苦悶から抜け出せそうな気がした。暗闇の中を照らす一筋の光、それも輝く金の光である。仮にアッバースが彼女の情熱を掻き立てるような人物ではないにしても、彼女の憧れる力や富に対する欲望を満たしてくれるであろう光が、アッバースのいる方向から射し込んできているのだ。そもそもハミーダにぴったりの結婚相手はアッバースしかいないのである。これは否定できないことだ。嬉しさが込み上げてくるハミーダにアッバースは語り続けた。

「ね、ハミーダ。僕が考えているのは君の幸せのことだけなのさ」

微笑みがハミーダの薄い唇いっぱいに広がり、やや口ごもりながらこう言った。

「神がお助けくださいますように」

アッバースは続けた。

「もちろん、戦争が終わるまで待たなくたっていいさ。ああ、僕たちはミダック横町一の幸せ者だ」

が、この言葉にハミーダは顔を歪めて、吐き捨てるように言った。

「ミダック横町ですって！」

アッバースは戸惑ってハミーダの顔を見たが、だが世界中でいちばん好きな場所であるミダック横町をあえて擁護しようとは思わなかった。乳兄妹のフセイン同様、彼女もミダック横町を毛嫌いしているのだろうと理解した。何しろ同じ乳を吸って育った二人なのだから……。とにかく今はハミーダに悪い印象を抱かせないようにアッバースは必死だった。

「もちろん、どこでも好きな場所を選べばいいさ。ダッラーサでも、ガマリーヤでも、ベイト・エル・カーディーでも、君の好きなところに家を持てばいいさ」

ハミーダはすこし恥ずかしくなった。言葉が自分の意志を裏切ってつい出てしまったのである。そこで、唇を噛みしめながら、驚きを装って尋ねた。

「家ですって？　家って何のこと？　それと私とどういう関係があるの？」

アッバースは諭すように言った。

「どうしてそんなことを言うんだい。君はまだ僕をいじめ足りないのかい。家の意味がほんとにわからないのかい、ハミーダ。もちろん君と僕の二人が選ぶ、いや、君が選ぶ家のことだよ。誰のものでもない君の家だよ。今、言ったように僕はその『家』のために遠くまで働きに出るんだよ。ハミーダ、君が神に僕の成功を祈ってくれた。この世にそれ以上すばらしいことがあるものか。これで話はついたね。これですべて決まりだ」

これですべて話がついたのだろうか？

そう話はついたのである。それもすべて、ハミーダがアッバースの求めに応じて帰り道を外れ、将来の夢を聞かされたおかげである。そうなればハミーダにとって何の不平もない。そもそもアッバースこそが彼女の夫となるべき人ではなかったのか。にもかかわらず、なぜかハミーダは不安と戸惑いを感じている。私は今までの気の強い女から打って変わって、おとなしい女になってしまうのだろうか……。

ハミーダの考えがここまで達したとき、アッバースが手を握ってきた。彼の手の温かさが冷たいハミーダの手の指に伝わってくる。ここで、「やめて。私とは何の関わりもないことよ」と言って彼の手を振りほどくべきなのだろうか……。

ハミーダは実際そう口にした。でも手を振りほどくことはなかった。二人は手を握り合ったまま歩いた。ハミーダの手はアッバースの温かい手にしっかりと握られている。アッバースはハミーダの掌を熱く指で押しながら囁いた。

「これからもしょっちゅう逢おう、いいね？」

ハミーダは何も返事しなかったが、アッバースは続けた。

「これからもしょっちゅう逢って、将来の計画を立てよう。それから、君のお母さんに会うよ。基地に行ってしまう前にちゃんと婚約しなくてはならないからね」

ハミーダは彼の手を解《ほど》き、不安げに言った。

「はい、もう時間切れ。遠くまで来すぎたわ。さあ帰りましょ」

二人は一緒に踵を返した。アッバースの心には幸せが潮のように満ちてくる。彼は屈託のない笑みを浮かべていた。そのままグーリーヤ通りを下り、アッバースは再びアズハル通りに戻ってフセイン通りを回り、ミダック横町に帰るのである。

第11章　相談を受けるラドワーン・フセイニ氏

「ああ、神よ、我にお慈悲と祈りを」

キルシャ夫人はこう唱えながら、ラドワーン・フセイニ氏のアパートに入っていく。苦しみをもたらしている自身の絶望と憤怒《ふんぬ》について、アッラーの慈悲と許しを乞うているのである。夫をなんとかあの邪悪から目覚めさせようと決心したのだが、夫を縛りつけておくには余りにも非力である。そこでついに、ラドワーン・フセイニ氏に相談することに決めたのである。ラドワーン氏の高潔さと説得力をもってすれば、キルシャ夫人ではどうにもならないようなことでもうまくいくのではないかという希望があった。これまでにただの一度もこの件についてラドワーン氏のところへ相談に来たことはなかったが、今回ばかりは、絶望のあまり、そして噂が広がるのを恐れるあまり、ラドワーン家の、善意に輝く扉を叩かざるを得なかった。

キルシャ夫人を招き入れたのは、フセイニ夫人だった。二人はしばらくの間座って話をした。フセイニ夫人は四十代半ばである。四十代と言えば、最も尊厳があり、また女性としても円熟期を迎える年齢であるが、彼女に限って言えば、痩せて、やつれた様相だった。それも意地悪な運命に子供たちを次から次へと奪われ、心に深い傷を負っているからであろう。そのせいか家の雰囲気も活気がなく陰鬱な感じで、それはラドワーン・フセイニ氏の深い信仰心をもってさえ拭い去れないものだった。

まさにフセイニ夫人のそういう痩せて弱々しい雰囲気は、満足感に光り輝く夫のそれとは対照的であった。彼女はもともと弱い女で、信仰心は深く心に根ざしているとはいえ、まだまだ深淵にある悲嘆を消し去るには及ばなかった。キルシャ夫人もそういうことはよく心得ていたので、迷わず彼女を慰めにかかり、情け深い聞き手という印象を植えつけようとした。やがて、フセイニ夫人は中座したが、その数分後に戻ってきてキルシャ夫人を夫の部屋に案内した。

ラドワーン・フセイニ氏は火鉢を前にして座布団の上に座り、片手に茶のポットを持って、「スブハーナ・アッラー」〔「全能で偉大なるアッラーと」という祈りの決まり文句〕と唱えていた。

部屋は小さく、きちんと片づけられている。部屋の四隅には肘掛け椅子が置かれており、床にはシーラーズ〔Shiraz、イラン南部の都市。絨毯の名産地〕製のペルシア絨毯《じゅうたん》が敷かれている。部屋の真ん中には丸テーブルがあり、黄色の本が山積みにされ、その真上には天井から大きなガスランプが吊るされていた。ラドワーン氏はグレーのだぶだぶのガラビーヤを着て、黒い毛糸のトルコ帽をかぶっており、その帽子の下の顔には赤い斑点があり、まるで輝く満月のようであった。彼は普段からよくこの部屋でコーランを読んだり、神を讃える祈りを捧げたり、瞑想に耽っていたりするのだ。また、彼のように宗教を深く学んだ仲間たちやイスラム僧を集めてハディース〔Hadith、預言者ムハンマドの言行録〕を読んだり、講話を交えたり、また議論をしたり、意見を交換したりしていた。しかしラドワーン氏はイスラム法やイスラム教に精通しているイスラム学者などではなく、自身でもその知識の限界を心得ていた。彼は単に敬虔で、畏敬の念に満ちた一信仰者にすぎない。彼の寛大、寛容で、慈悲に満ちた心が、仲間たちの、ともすれば学術的指向になりがちな心を捉えたのであろう。とにかく誰が見ても彼は聖人のように神の道に生きる人であった。

キルシャ夫人が入ってくると、ラドワーンは立ち上がって迎え、視線を謙虚に落とした。キルシャ夫人は近づき、外套を脱ぐと、掌の端で軽く握手をした。彼の汚れのなさを侵さないように配慮したのである。

「ようこそ、キルシャ夫人、我が家へよくおいでくださいました」

と、ラドワーン氏は挨拶をして、席に着くよう促した。キルシャ夫人は反対側の席につき、ラドワーン氏もまた座布団の上に座り込んだ。

「神が預言者ムハンマドの寛大さによってあなたに栄光を与え、永遠の命をお授けになりますように！」

と、キルシャ夫人はまず彼を讃える言葉を唱えた。

一方、ラドワーン・フセイニ氏は夫人がわざわざ訪ねてきた理由についてだいたいの推測はできたので、普通ならば当然キルシャ氏の健康状態について尋ねるところを、あえてこれを差し控えた。ミダック横町の他の住人同様、ラドワーン氏も、キルシャ氏のその行動については知っていたし、夫人との間に激しい言い争いがあったということもすでに耳にしていた。彼としては尽きることのない二人の争いに、不幸にもついに巻き込まれるのだという覚悟はできていたので、温かく迎えたのである。彼は慈悲深い笑みを満面に浮かべ、話を切り出す勇気を夫人に与えようとした。

「キルシャ夫人、ご機嫌はいかがですか」

キルシャ夫人は躊躇《ためら》うということをほとんど知らなかった。彼女にとって恥じらいとは弱さを見せていることにはならない。恐れも恥も知らない、そういう女性であった。ミダック横町でキルシャ夫人以上に手懐《てなず》け難《がた》い女といえば、パン屋のホスニーヤぐらいである。しわがれた声でキルシャ夫人は答えた。

「ラドワーン・フセイニさん、あなたはとても寛大で親切なお方であり、このミダック横町ではあなたほど善良な方はいらっしゃいません。だから、私、恥を忍んで、うちの淫乱亭主のことで相談に伺ったのです」

キルシャ夫人の声は語尾が泣き声の高さになった。ラドワーン氏はやさしく微笑みながら悲しい声で言った。

「キルシャ夫人、すべてをお聞かせください」

夫人は大きなため息をついて続けた。

「慈悲深いお方、ありがとうございます。夫は恥知らずで、立ち直る気配もありません。いやらしい、あの癖をやめたと思ったら、またすぐに次の恥を私たちに持ってくるのです。まったく破廉恥極まりない夫で、妻である私も、息子や娘たちも、夫の淫行をどうしてもやめさせることができないのです。もうお耳に入っていると思いますが、あの厚かましい少年は毎晩のようにうちの店にやって来るのですよ。私たちはまたしても辱められました」

ラドワーン氏の澄んだ瞳に悲しみの色が広がり、深く考え込むように黙り込んだ。自分の身内に起こった不幸にさえ正気を失わなかったラドワーン氏も、この話を聞いたときには言葉をなくし悲しんだ。そして自分の魂もそういった悪に侵されることのないように祈った。一方、キルシャ夫人はその悲しい表情を見て、自分がこのように憤慨するのももっともだとラドワーン氏が同情してくれていると勘違いし、語気を強めた。

「ほんとに、あの恥知らずで色情狂の夫は、私たち家族全員に恥をかかせているのです。もし、子供がいなくて、こんな歳でもなかったら、私はきっととっくの昔に家を出て、二度とあんな男のもとには戻らなかったでしょう。ラドワーンさん、この不名誉をどう思われますか。あの人の汚らわしい行いをどう思われますか。何度も警告したのです。でもまったく相手にもされません。だからあなたのもとにやって来るしかありませんでした。こんな不快な話でご迷惑を掛けるのはまったく申し訳ないのですが……。ラドワーンさん、あなたこそはこのミダック横町で最も尊敬され、慕われている方ですから、あなたのお言葉になら誰もが従います。私も含め、誰の言うことにも耳を貸さないあの人でさえも、あなたのおっしゃることなら聞いてくれるかも知れません。ただ、万一それさえも無視するとなれば、私にも考えはあるのですが……。今日まではその気持ちをなんとか抑えております。でもあの人にまったく改心する見込みがなければ、わたくし、このミダック横町を嘗《な》め尽くすほどの怒りの炎を吐いて、あの人の汚れた身体をバラバラにしてやります」

ラドワーン氏は批判的な視線をちらりと投げかけたが、いつもの静かな口調で言った。

「元気をお出しなさい、キルシャ夫人。そして神を信じなさい。怒りで我を失ってはいけません。あなたは立派な方です。誰もがそう思っています。あなたやご主人が噂話の対象となっては困るでしょう。良き妻というのは、内密にしておくべきことを上手に覆い隠しておくものですよ。さあ、自信を持っておうちに帰り、平静を取り戻し、すべてを私にお任せください。神に助けを求めましょう」

キルシャ夫人は感激を抑えきれなくなり、ほとんど叫び声になって言った。

「アッラーよ。この方を讃えたまえ！　この方に至福をもたらし給え！　祝福し給え！　ラドワーンさん、あなたこそは誠に私たちの頼りとなる方です。私は安心してすべてをあなたに委ね、じっと耐えます。神よ、私とあの破廉恥な夫の件をよろしくお取り計らい給え」

ラドワーン氏は必死に慰めの言葉をかけてキルシャ夫人の興奮をおさめようとした。だが、優しい言葉をかければかけるほど、とめどもなく夫人はキルシャ氏への恨みの言葉を吐き、その忌むべき行為を罵るのであった。ラドワーン氏の忍耐もついに限界に近づいてきたので、慇懃《いんぎん》にキルシャ夫人を送り出して、フーッと深いため息をついた。

そして自分の部屋に戻ると、座って考え込んだ。ラドワーン氏とて、こんな問題から逃げ得るものなら是非ともそうしたいと思っている。しかし、他人の不幸を見て見ぬふりはできないし、任せろといったからには放っておくこともできない。そこで、使用人を呼んで、キルシャ氏を捕まえてくるように言った。待っている間、ふと、あんな放蕩家《ほうとうか》をこの家に呼ぶのは初めてだなと思った。これまでは、貧しい人々か、宗教を学ぶ者しかこの部屋に来たことはないのだ。大きなため息をついて、自分に言い聞かせるように言った。

「放蕩家を招く者は、信心家を招く者よりも徳を積むことになる」

とはいえ、あの男を改心させることなど果たして自分にできるだろうか？　ラドワーン氏は大きな頭を振ってコーランの一節を唱えた。

「汝《なんじ》は何人《なにびと》をも導けるというわけではない。何人をも導くことができるのはアッラーのみである」

そして人間を拐《かどわ》かそうとする悪魔の絶大な力に脅威を覚えた。人間はその力によっていとも簡単に神の望む道から外れてしまうものだ。

彼の思考はそこで遮られた。キルシャを連れてきたと使用人が告げに来たのである。背が高く痩せているキルシャ氏は、部屋に入ってくると濃い眉毛の下から尊敬と畏敬の眼差しでラドワーン氏を見つめた。そして握手をしながら頭を深々と下げた。ラドワーン氏も返礼して、座るように促すと、キルシャ氏はついさっきまで自分の妻が座っていた肘掛け椅子に腰を下ろした。紅茶が注がれ、キルシャ氏は、ラドワーン氏がどうして自分を招いたのかということを詮索もせず、ゆったりと落ち着いた気分になっている。彼のように混乱しきった人生を歩んでいる者には、慎重さも勘もほぼ消え失せてしまっているのだろう。

ラドワーン氏は、相手の半分閉じかけた瞳の意味を読み取って、慎重かつ丁寧に言葉を選んだ。

「ようこそ、ようこそいらしてくださいました、キルシャさん」

キルシャ氏はターバンに手をやって挨拶を返した。

「アッラーの恵みがあなたの上にあらんことを、ラドワーンさん」

「お仕事の時間中お呼び立てして申し訳ありません。と言いますのも、あなたの兄弟として、どうしてもお話ししておきたい大切なことがありまして。それにはここまで来ていただくしかありませんでしたので」

キルシャ氏は謙虚に頭を下げて言った。

「いえいえ、ラドワーンさん、何でもおっしゃってください」

ラドワーン氏はいつまでも話題を避けていると、ただ無駄に時間を過ごしてしまい、キルシャ氏の仕事に差しさわりがあると懸念し、まっすぐに言うべきことをぶつけてみようと思った。ラドワーン氏にはそうする勇気も率直さも備わっている。そこで、真剣な口調でこう言った。

「私はあなたの兄弟としてお話をします。大切な兄弟であるからこそ、お話しするべきことなのです。兄弟同士ならば、もし一人が落ちようとしてたら腕を摑み、苦しみにあがいていれば救い上げ、必要と見ればあえて忠告を与えるものです」

この言葉を聞いてキルシャ氏の落ち着き払った気持ちは縮みあがった。この場に至って、罠にかかったことに初めて気づいたのである。陰鬱な目に焦りが走った。そしてほとんど無意識のまま、吃りながらこう言っていた。

「そ、そのとおりですとも、ラドワーンさん」

ラドワーン氏はキルシャ氏が明らかに動揺したのを見ても怯《ひる》まず、目には控えめな誠実さを浮かべながら、しかし厳しい口調で続けた。

「率直に、誠実にお話をさせていただきますが、どうか決して気分を害したりしないでください。私は心からあなたのことを思って、正しいことを申し上げたく思っているのです。つまり、私の申し上げたいことは、あなたのなさっていることで、私が非常に心を痛めていることがあるのです。あれは決してあなたのような方にふさわしい行為だと思えません」

キルシャ氏は眉をひそめて、声には出さなかったが、〈あんたと何の係わりがあるっていうんだ！〉

と呟いたが、表面上は驚きを装って大きな声で答えた。

「わたしのやっていることであなたが心を痛めていることですって？　そんな！」

ラドワーン氏は相手の見せかけの驚きなどにはまったくかまいもせずに続けた。

「若い人たちの心の扉というものは、悪魔によっていとも簡単に開けられてしまうものなのです。悪魔はそっと若者の心の中に忍び入り、やがて大っぴらに暴れ始めるのです。だから私たち大人は若者たちが悪魔に侵されないようできる限りのことをしてやらなくてはなりません。断固として彼らを守ってやるのです。私たちは尊敬という鍵を与えられる年齢に達した初老の人間です。徐々に悪魔の手に掛けられようとしている若者がいたら、私たちは何をすべきでしょうか？　キルシャさん、私が心を痛めているということがわかっていただけたでしょうか」

若者だとか初老だとか、扉に鍵だとか、悪魔だとか、いったい何を言ってるんだ！　なぜこの男は他人のことなど放っておいて、自分のことだけにかまっておれないんだろう、とキルシャ氏は心乱れてきて頭を左右に振り、低い声で言った。

「何のことをおっしゃっているのかよくわかりませんが、ラドワーンさん」

ラドワーン氏は意味ありげな視線を投げかけ、非難的とも言える口調で訊《き》いた。

「本当に？」

キルシャ氏は苛立ちと恐怖を覚えつつ口ごもりながら答えた。

「ええ、まったく」

ラドワーン氏は意を決したかのように続ける。

「わかっていらっしゃるんじゃないですか。それなら言いますが、私はあの不良少年のことを言っているのです」

キルシャ氏の顔からさっと血の気が引いた。激しい怒りがこみ上げてくる。しかし、罠に囚《とら》われた鼠が必死にバネを外して逃れようとするように抵抗を試みた。だが、その声はすでに敗北をほぼ認めてしまっている。

「ラドワーンさん、どの少年のことなのでしょう？」

ラドワーン氏はキルシャ氏を興奮させないよう努力しつつ静かに答えた。

「キルシャさん、あなたを怒らせたり、恥をかかせたりするつもりは毛頭ないのです。私はただ、あなたのためになる忠告を申し上げたいだけです。そのように否定ばかりされては話が先に進まないではないですか。誰もが知っているし、誰もが噂しているではないですか！　あなたのような方が醜聞や噂話の種となる、それが何よりも私の心を痛めているのですよ」

キルシャ氏はついに堪忍袋の緒が切れ、膝をパーンと叩いて大声を上げた。抑えてきた怒りが唾《つば》とともに飛び出してくる。

「自分のことさえちゃんと面倒見切れないのに他人のことにばかり鼻を突っ込んでくるような連中が何だって言うんですか！　ラドワーンさん、あなたは本当に連中が噂話をしているところを見たんですか？　アッラーがこの世を創り給うた時から人間というものはずっとそうなんです。本当にいけないと思っているから批判するんじゃない、他人《ひと》を軽蔑したいから批判するんです。文句をつけようがないときには無理やり欠点を作り出してくるんだから！　あの連中だって、本当にわしのことを心配して噂話をしているとでも思ってるんですか？　とんでもない！　わしを羨んでいるんですよ。それこそ人間の心を食い尽くす妬《ねた》みというもんですよ」

ラドワーン氏はキルシャ氏のそういう考え方を聞いてゾッとし、驚きを露《あら》わにして言った。

「なんという恐ろしい考え方をなさるのですか！　あなたのあの汚らわしい行為を人々が羨んでいるとでもおっしゃるのですか！」

キルシャ氏は大声で笑って蔑むように言った。

「疑う余地もなくそうですよ、ラドワーンさん。まったくどうしようもない連中ですな。自分のことだけかまってりゃいいものを」

しかし、この時点で、これ以上反駁《はんばく》すれば相手の言い分を認めてしまいかねないと思い、修正を試みた。

「あの少年がどういう子がご存じですか。貧しいかわいそうな子で、私は慈悲深くも救ってやろうとしているんですよ」

「キルシャさん、あなたはわかっていらっしゃらない。なにもあなたを裁こうとか説教をしようとか思っているわけではないんです。慈《いつく》しみ深いアッラーの前では我々はどちらも罪人にすぎません。そうでしょう？　もしその少年が貧しく、かわいそうな子なら、その子のことは神にお委ねなさい。もし、あなたが慈悲深くありたいというのなら、世間には不幸な人々が山といるではないですか」

「なぜあの子を救ってやることがいけないのか、私にはわかりませんね。私を信じていただけなくて残念です。事実無根ですよ」

ラドワーン・フセイニ氏は不快感を押し隠しながら、キルシャ氏の浅黒い顔をじっと見つめて諭すように言った。

「あの少年はどうしようもない子です。評判も最悪ですよ。私を騙《だま》そうとしても無駄ですよ、キルシャさん。それよりも私の忠告を聞いて、本当のことをお話ししてくださるほうがずっと賢明だと思うのですが……」

顔にこそ表さないがラドワーン氏がかなり苛立っていることを見て取ったキルシャ氏は、黙り込んで怒りを押し殺し、席を立とうとした。しかしラドワーン氏はまだ話し続ける。

「私はあなた自身のためとご家族のためを考えてこんなことを申し上げているのです。あなたを真っ当な道に引き戻すことを私は諦めません。さあ、もうあの少年のことはお諦めなさい。彼は悪魔の使者です。神のもとへお戻りなさい。神は慈しみに満ち溢れていますキルシャさん。あんたはたいへん良い方なのに、今は罪深き人になっています。このままでは何もかもが駄目になってしまう。お金も家族も。そうじゃありませんか？」

キルシャ氏はどこまでも白を切るのをやめた。何をどうしようと、わしの勝手ではないか！　たとえラドワーン・フセイニ氏とはいえ、自分に対しては何を言う権利もないのだ。ただ相手をこれ以上怒らせたり苛立たせたりするつもりもない。そこで濃い眉で陰鬱な瞳を隠すとこう言った。

「すべてこれはアッラーの思し召しですよ」

ラドワーン氏の慈悲に満ちた顔に悲しみが走り、強い口調で言った。

「とんでもない！　すべて悪魔の仕業です。恥を知りなさい！」

「神よ、正しき道を示し給え、か！」

「悪魔に従うのをやめたとき、神はあなたを本当の救いにお導きになられます。さあ、あの少年から手を引きなさい。でなければ、私があの子を引き離してやってもいい！」

この言葉を聞いたキルシャ氏は怒り心頭に発した。そしてあまりにも大きな不安を感じたため、もうそれ以上本当の気持ちを隠しておくことができなくなった。

「いいや、ラドワーンさん、そんなことはしないでくれ！」

断固とした口調である。ラドワーン氏は軽蔑の視線をキルシャ氏に投げてこう言った。

「あなたの罪が神の救いをどんどん遠ざけているのがわからないんですか」

「そんなことは神の勝手に過ぎんですよ！」

この時点でもはやラドワーン氏は相手を更生させることを諦めた。

「もう一度だけ言います。あの子のことは諦めなさい。さもなければ、私が引き離します」

キルシャ氏は椅子の背もたれに背中を押しつけて立ち上がる素振りを見せながら、言い返した。

「いいや、ラドワーンさん、この件は神が手を下すまで放っておいてください」

ラドワーン氏はキルシャ氏の執拗なまでの頑固さに驚くしかなかった。

「キルシャさん、そのような行いをして恥ずかしいと思いませんか」

キルシャ氏はラドワーン氏の説教にもう飽き飽きして立ち上がった。

「人間は誰でも汚いことをするんです。これだってそのうちの一つに過ぎません。だから私のことはもう放っておいてください。どうか機嫌を悪くしないで、私の気持ちをわかってください。自分の欲望を制するなんてできようもないでしょう？」

ラドワーン氏も悲しい笑みを湛《たた》えて立ち上がった。

「望みさえすれば、人間は何でもできるのです。あんたは私の言いたいことをどうしても理解してくださらない。あとは神に頼るのみです」

二人は手を差し伸べた。

「さようなら」

キルシャ氏はしかめっ面をして、ぶつぶつ独り言を言いながらラドワーン氏の部屋を出た。心の中で人々を、とくにミダック横町の住民を、中でもラドワーン・フセイニ氏を罵りながら……。

第12章　ついに反撃に出たキルシャ夫人

キルシャ夫人は、一日そして二日と、我慢強く待った。キルシャ亭を見下ろす窓の鎧戸の陰に立って、あの少年がやって来るのを見ていた。少年は昼間ふらりと現れ、再び夜中に姿を見せると、夫と一緒にグーリーヤの方へ消えていく。それを見てキルシャ夫人の瞳は怒りで白く燃えた。

〈ああ、やっぱり。ラドワーン・フセイニ氏の説教なんて上の空ね！〉

そこで今一度、ラドワーン氏を訪れたが、彼は悲しそうに首を横に振りながらこう言った。

「アッラーがお裁きを下されるまで放っておくしかありません」

キルシャ夫人は激昂して家に戻り、復讐の計画を練った。もはや、他人の目を気にしてなどいられない。辛抱強く、夜の帳《とばり》が下りるのを待った。

ついに少年が店に現れたので、キルシャ夫人は外套に身を包むと、狂人のような形相で部屋を出てアパートの階段を下りていく。そしてキルシャ亭の前で一分間ほど立ち止まって態勢を整えた。ミダック横町の店々はみな静まりかえり、人々はいつものようにキルシャ亭に集まっている。キルシャ氏は帳場に突っ伏して居眠りしているようで、夫人がやって来たことに気づいていない。夫人は目ざとく茶を啜っている少年を見つけると、何も気づかない夫の前を通って近づいて行った。そしてパーンッと平手打ちで少年の持っているカップを叩き飛ばした。少年はびっくりして叫び声を上げながら飛び上がった。その顔にキルシャ夫人は雷鳴のような怒声を浴びせかける。

「さあ、お茶を飲んでごらん、この淫売の息子！」

客全員の目が二人に集中する。ミダック横町の住人も、そうでない客たちも、皆が見ている。キルシャ氏は冷や水を浴びせかけられたかのように目を覚まして立ち上がりかけたが、夫人に胸をドーンと突かれてまた座り込んだ。その顔に向けて、キルシャ夫人は怒号を浴びせかけるのだが、怒りのあまり何を言っているのか本人さえもわからない。

「このド助平おやじ！　さあ、立ち上がれるものなら立ち上がってごらんよ！」

そしてまた少年の方に向き直ると、

「何を怖気づいているの、お坊ちゃん！　ええ！　このオカマがっ！　なんでキルシャ亭くんだりまでやって来るのか教えておくれ！」

キルシャ氏は蒼ざめた表情で、帳場に突っ立っている。怒りのあまり舌が動かなくなってしまったのである。夫人はキルシャ氏に向かって叫び続ける。

「あんたっ！　この『お連れ合い』を庇《かば》おうものなら、みんなの前で骨がバラバラになるまでその身体を打ち砕いてやるからね！」

そしてまた少年の方を向き、恐ろしい形相でにじり寄っていったので、少年はどんどんと後ずさりをして、ダルウィーシュ先生の座っているところまで下がった。夫人は怒鳴り続ける。

「この恥知らずの阿呆が！　あんたはうちの家庭を滅茶苦茶にするつもりかい！」

少年は声を震わせながら答えた。

「奥さん、あなたは、ど、どなたですか。ぼ、僕がいったい何をしたと……」

「私が誰かだって？　え、あんた私を知らないのかい？　私やね、あんたの旦那の側女《そばめ》じゃないか！」

　こう言うや、キルシャ夫人は嵐のように少年に襲いかかっていく。彼のトルコ帽は脱げ落ちて、鼻からは血が流れ出した。さらに、ネクタイを摑み、ぐいぐいと首を絞めつけたので少年は息も絶え絶えにゼエゼエと声を上げた。店の客たちはみな、一言も発せず、その様子を驚きの眼差しで眺めているように見えるが、実のところは、皆その劇的なシーンをわくわくどきどきしながら楽しんでいたのである。やがて、キルシャ夫人の雄叫《おたけ》びを聞きつけて、パン屋のおかみのホスニーヤが駆けつけてくる。少し離れてその後ろを、ガアダが口を半分ぽかんと開けて走ってきた。間もなく不具づくりのザイタまでも現れたが、彼は少し離れた場所で、まるで土から吐き出された小悪魔のように半分身を隠して様子をうかがっていた。そのうち家々の窓も全部開かれて、いくつもの顔が下を見下ろしている。キルシャ氏は痛みに喘ぎ苦しむ少年を見て、怒り心頭に達した。そして腕力のあるキルシャ夫人から少年をなんとか救出しようとして、まるで盛りのついた種馬のように口から泡を吹きながら二人を引き離しにかかった。夫人の両腕を摑み、怒鳴りつける。

「もういいだろう。見世物になるのはもうたくさんだ！」

　キルシャ氏の強い力で少年を摑んでいた夫人の手は解かれ、外套が地面に落ちた。しかし彼女はいよいよ激昂し、叫び声はさらに大きくなった。そして今度はキルシャ氏の襟を摑みながら怒鳴った。

「あんた！　この子を庇うために私を殴ろうってのかい？　皆さん、どうか、この肉欲のかたまりをよーく見てやってちょうだい！」

　一方少年は、この機会を逸してはならないと、なりふりかまわず、あたふたとキルシャ亭から逃れていった。キルシャ夫婦の争いは続く。夫人は夫の襟をますます力を込めて締めつけ、夫は必死にそれをふり解こうとする。ついに、ラドワーン・フセイニ氏が間に入って二人は離れた。キルシャ夫人はハァハァと肩で息をしながら、地面に置いた外套を拾い、店の壁にズゥーンと響くほどの大声で夫に罵声を浴びせかけた。

「この麻薬中毒！　出来損ない！　老いぼれ！　死に損ない！　ボケナス！　色情狂！　その薄汚れた顔に唾をひっかけてやろうか！」

キルシャ氏も怒りに身を震わせながら、夫人をキッと睨みつけて罵声を返す。

「うるさい！　黙れ！　その便所のような口からわしに汚物をばらまくな！」

「何を言ってんだよ！　あんたこそ便所そのものじゃないか！　この役立たずのインポ！　恥知らずの病気持ちっ！」

キルシャ氏は拳を振り上げながら言った。

「この減らず口が何を言う！　うちのお客さんに襲いかかるなんて……」

「うちの客だって？　ええ？　もう一度おっしゃって。私はうちのお客さんには指一本触れやしないよ。私やね、あんたのとっておきの『あのお方』に用があったんだよ」

ここで再びラドワーン・フセイニ氏がキルシャ夫人を宥《なだ》めにかかり、まずはとにかく落ち着いて、うちに帰るように乞い願った。しかし彼女はきっぱりとした口調でこう答えた。

「いいえ、私は二度とあんな悪魔の根城などに帰るもんですか！」

ラドワーン氏は必死になって夫人を宥め、カミルおじさんも救援を申し出るがごとく、あの子供のような甲高い声で話しかけた。

「おうちへお帰りなさい、キルシャ夫人。ラドワーンさんのおっしゃるようにすべてを神に任せて……」

ラドワーン氏は必死に夫人を説得してミダック横町から出ていくのをなんとか思い留まらせた。そして彼女がぶりぶり言いながら家に入っていくのを見届けた。その頃にはザイタも姿を消し、ホスニーヤとガアダも家に戻った。戻りながらホスニーヤはガアダの背中をドーンと突いてこう言った。

「あんたいっつも自分ばかりがどうして嫁に殴られなきゃならないのかってよそで文句言ってるそうだけど、ほら今見ただろう？　あんたなんかよりずっとお偉い方だって、ああやって奥さんに殴られてんだからね」

この大騒動の後には重い沈黙が残った。店の客たちはみな、いたずらっぽい視線を交し合っている。中でもドクター・ブゥシーがあの光景をいちばん楽しく鑑賞していたのである。ドクターは首を左右に振りながら、わざと悲しげな声で言った。

「アッラーのほかに力はなし。神よ、我らを救い給え」

さて、キルシャ氏はといえば、争いのあった場所に突っ立ったままであったが、少年が逃げてしまったことにやっと気づき、渋い顔をした。そして彼を追いかけていこうとしたとき、近くにいたラドワーン・フセイニ氏が片手をキルシャ氏の肩に置き、静かに言った。

「キルシャさん、まあお座りになって」

キルシャ氏は唸り声を上げて一歩二歩後ずさりし、激しい口調で毒づいた。

「あの雌ライオンめ、あの売女《ばいた》め！　しかしわしにも手落ちはあった。こうなってもしかたあるまい。もっとあいつを脅しておくべきだったな……」

カミルおじさんがまた甲高い声を出した。

「みなさん、神を信じよう」

キルシャ氏はいったん椅子に身を投げ出した。だが、その時になって沸き返るように怒りがまた襲ってきて、拳で自分の額を叩きながら叫んだのである。

「わしは昔、人殺しだったんだ！　このあたりの連中はみな、わしが昔、血の海を泳いでいたということを知っている。わしは獣《けだもの》同然なんだぞ！　食人鬼だ！　今はもうこうやって足を洗ってまともな生活をしているのに、相も変わらずみんなわしを軽蔑しているではないか！　あのアマ、覚えていろよ。今晩こそ昔のキルシャを見せてやるからな！」

ラドワーン氏はポンッと手を打って〔一件落着というときにするアラブの習慣〕長椅子に腰かけ、キルシャ氏に言った。

「神を信じましょう。我々も平和にお茶を飲みましょう」

ドクター・ブゥシーはアッバースの方を見て耳打ちした。

「二人の仲を取り持ってやらねばなあ」

アッバースがいたずらっぽく尋ねる。

「二人って、誰と誰？」

ドクター・ブゥシーが必死で笑いをこらえ、鼻息をシュッシュと鳴らしながら言った。

「ついにこういう事態になってしまったわけだが、あの若僧がまたここに戻ってくると思うかね？」

アッバースは口を尖らせて、おどけながら答えた。

「あの子が戻って来ようが来まいが、そのうちまた別の若いのがやって来ますよ」


こうして店はいつもの雰囲気を取り戻し、客たちもいつものようにおしゃべりやトランプに興じ始めた。激しい争いごとがあったという事実など、ほとんど忘れかけられようとしたそのとき、キルシャ氏がまた急に大声を上げたのだ。それはまるで捕らえられた獣の唸り声のようだった。

「いいや！　とんでもない！　あんな女の言いなりになってたまるものか！　わしは男だ。自由だ。何をしようとわしの勝手じゃないか？　あんな女、出ていきたきゃ出ていきゃいいさ。乞食たちと一緒に街をうろうろすりゃあいいんだ！　どうせわしは人殺しの食人鬼なんだ！」

するとと今度はダルウィーシュ先生が頭をもたげて、キルシャ氏の方を振り向くことなくこう言った。

「キルシャの旦那、奥さんは強い女性です。今の男たちに欠けている男らしさというものを持っています。あの人は実は女ではなく、男なんじゃないでしょうか？　なのに、なぜあんたはあの人を愛することができないのでしょう？」

キルシャ氏はダルウィーシュ先生をするどい視線で睨みつけて叫んだ。

「うるさい！」

客の一人が言った。

「ダルウィーシュ先生にまで……」

キルシャ氏はダルウィーシュ先生に背を向けた。先生はさらに続ける。

「これは古《いにしえ》からある罪悪のひとつです。英語ではそれを“homosexuality”と呼ぶのです。その綴りはH・O・M・O・S・E・X・U・A・L・I・T・Y、これは本当の愛ではありません。本当の愛は、預言者ムハンマド一族のためだけにあるものです。ああ、わが愛しの婦人よ。我らすべて弱き者たちの母よ……」

第13章　婚約、そしてアッバースの旅立ち

アズハル通りでの逢い引きがアッバースの人生を大きく変えつつあった。彼は今、恋に落ちている。心には熱い炎がめらめらと燃え、欲望が体中の神経にいきわたり、夢見心地の脳を溶かしていく。彼はまるで悠長な吟遊詩人気取りの騎士か、はたまた、行きつけの飲み屋でくつろいでいる大酒飲みであるかのように、ご機嫌で、怖いもの知らずという感じだ。たびたび逢瀬《おうせ》を重ねるようになった二人は将来についての話も弾んだ。いや、二人の将来というより、それは一つの将来である。ハミーダは、アッバースの前にいるときもそうでないときも、「一つの将来」という言葉に抵抗を覚えることがなくなった。それどころか、友人である女工員たちの中でも自分ほど素晴らしい結婚相手を見つけられる者が一人でもいるだろうか、などと考えを巡らせたりするほどだ。なのでアッバースとの逢い引きは、彼女らが仕事を終えて家路につく時間帯を選び、彼女らの興味津々な視線や、それに対するアッバースの表情を見ては悦に入っている。ある日のこと、一人が「前に一緒にいるのを見たことがある青年」についてハミーダに質問した。ハミーダは迷うことなく答えた。

「私の許嫁《いいなずけ》よ。理髪店のオーナーなの」

彼女らのうちほとんどは、喫茶店のボーイとか鍛冶屋の見習いと婚約して、それで大喜びするのがせいぜいだろうなと思うとハミーダは可笑《おか》しくなってきた。確かにアッバースは店のオーナーである。

まさに中流階級だ。エフェンディー〔effendi / efendim はエジプトで西洋風のいでたちをした人に対する敬称の一種。トルコ語からの借用〕と呼ばれるにふさわしい。このようにハミーダは現実的な将来に想像を膨らませることはあったものの、決してアッバースのいう夢見心地の世界へ引きずり込まれることはなかった。ただ、稀《まれ》に、わずかな時間、心を動かされることはあり、そのときだけハミーダは確かに恋をしているということができた。まさに、そういうときに、アッバースは彼女にキスをしようとした。彼女は受け入れるわけでも、拒むわけでもない。話にしか聞いたことのないキスというものを味わってみたいとは以前から思っていたのである。アッバースは周りを注意深く見渡すと、薄暮に紛れて、そっとハミーダの唇に自分の唇を重ねた。アッバースはブルブルと震え、吐息がうっとりと目を閉じているハミーダをやさしく包む。

そのうちテレル・ケビール基地に旅立つ日が近づいて、アッバースはハミーダと婚約することを決めた。ハミーダの母に会いに行く際に、彼はドクター・ブゥシーにつき添ってもらった。ミダック横町の住人になにか用がある際には、彼にとってドクター・ブゥシーはいつもいわば使者の役割をしてくれる人なのである。一方、ハミーダの母は、アッバースがミダック横町ではいちばん娘にふさわしい結婚相手だと思っていたので、快く迎え入れた。これまでも、ずっとアッバースのことを「散髪屋の主人」どころか「世間の主人ともなる大物」と思っていたのだが、娘の反抗的な性格からして、そんなことを口にすれば、またもや実りのない言い争いが生じるだろうと恐れていたのである。そんなわけなので、娘がアッバースの件を、軽くなげやりな態度を取りつつも、嬉しそうに受け入れたことには心底驚いていた。この予想外の娘の態度に、母は頭を振ってこう言った。

「これはきっとあの窓を通して起こったことなのね。私の背後のこの窓を通して」

アッバースは、カミルおじさんに頼んで特注のバスブーサ〔小麦粉、バター、砂糖、木の実などで作る東アラブ風のケーキ〕を拵えてもらい、ハミーダの母に届けた。そして、これまでの人生をずっと共にしてきたカミルおじさんにつき添われ、ハミーダの母を訪ねたのである。階段はおじさんにとっては大変で、何度も立ち止まっては、手すりに寄り掛かってフウフウと大きな息をする。最初の踊り場にやっとの思いでたどり着いたとき、おじさんはいたずらっぽく言った。

「婚約を基地から戻ってからに延期できんかね？」

ハミーダの母は二人を温かく出迎え、三人は和《なご》やかに話を始めた。やがてカミルおじさんが切り出した。

「こちら、アッバース・ヘルワは、このミダック横町で生まれ育ち、あなたの、そして私の息子ともいうべき者です。ハミーダに結婚の手を差し伸べたく、あなたのもとにお願いにやってきました」

ハミーダの母はにっこり微笑んで応えた。

「ヘルワなヘルワさん！〔helwaはアラビア語エジプト方言で「甘い、美しい」という意味の形容詞で、ハミーダの母はそれとアッバースの姓であるヘルワをかけたのである〕ようこそ、ようこそ。私の娘はあなたのものです。あなたのもとに娘がいることになれば、すなわちそれは娘が私のもとに居るのも同然ですもの」

カミルおじさんは、それからしばらく、アッバースの温厚な性格について、さらにハミーダの母の誠実な為人《ひととなり》をあれこれ褒めたたえ、こう言った。

「アッバースは間もなく、ここを出ていきます。そしてしばらくしたら今よりずっとお金持ちになって戻って来るでしょう。神のご慈悲が彼とともに！」

ハミーダの母もアッバースのために祈りを捧げた。そしてくるりとカミルおじさんの方に向き直ると、ひやかすような調子でこう言った。

「ところで、カミルおじさん。あなたはいつご結婚なさるのかしら」

おじさんは笑い過ぎて、熟れたトマトのように顔が真っ赤になった。そして巨大な自分の腹をさすりながら言った。

「この難攻不落の砦《とりで》があってはねえ……、だめですな」

三人はコーランの第一章を一緒に唱え〔婚約式のしきたり〕、お茶を飲んだ。

恋人たちはその二日後、アズハル通りで最後のデートを楽しんだ。二人とも言葉を交わさずに歩く。アッバースは温かい涙が胸の奥からじわりと込み上げてくるのを感じていた。ハミーダが尋ねた。

「ずいぶん長くなるの？」

アッバースは悲しそうに静かに答えた。

「たぶん仕事は一年か二年になると思う。でもそれまでに戻ってくる機会はあると思うよ」

このとき急に、ハミーダはアッバースのことが愛おしく思われ、呟くように言った。「まあ、なんて長い間……」

少し予想外だったこの言葉を聞いて、アッバースは飛び上がるほど嬉しかった。だが、それとは裏腹に悲しい声で言った。

「今日はテレル・ケビールに旅立つ前の、最後に君に会える日だ。次にいつ会えるかは神にしかわからない。ハミーダ、僕は今、悲しくもあり、嬉しくもあるんだ。君を残して遠くに行かなければならないのは悲しいが、この長い道のりこそが君との幸せに通じる唯一の道であり、そしてそれを選んだということが嬉しいんだ。あす、僕はすでにテレル・ケビールにいるだろうが、毎朝、君の家の窓のことを思い出すよ。初めて君がその美しい髪を梳いているのを目にしたあの懐かしの窓のことを。あの窓を通して、僕はどんなに君に憧れ続けたことか！　そしてもちろん、二人で歩いたアズハル通りやムゥスキー通りのこともね。ああ、ハミーダ、僕の心はそれらを思い浮かべると、もう粉々になってしまいそうだ。君の美しさをすべて持っていきたいよ。その手を握らせておくれ、そして僕の手も同じくらいぎゅっと握っておくれ。おお神よ、なんて素敵な手だ！　心が震えるよ。僕の大きな心はすっぽりと君の腕の中に入ってしまう。ああ、大好きなハミーダ！　なんて美しい名前だ！『ハミーダ』と口にするだけで僕は気がおかしくなってしまいそうだ」

アッバースの情熱的な言葉でハミーダは夢見心地になっていた。彼女は遠くを見つめるような目をして呟いた。

「遠くへ行くのを選んだのはあなたよ」

すすり泣くような声でアッバースは言った。

「すべて君のためじゃないか、ハミーダ。誰のためでもない、君のためだよ！　僕はこよなくミダック横町を愛している。そして、僕らに素晴らしい生活の糧を与えてくれるアッラーに心から感謝しているんだ。だから、朝《あした》に夕べに祈りを捧げている聖フセインが守るこの街を離れたくなどないに決まっているじゃないか。でもこのままじゃ、君のような女性にふさわしい生活を送らせてあげられないんだ。つまり行く以外の選択肢などない。神よ、我が手を取りて、導き給え」

ハミーダは感動してこれに応えた。

「私もアッラーに祈りを捧げるわ。そして聖フセイン廟《びょう》に行って、あなたをご加護くださるように、あなたが成功するようにお祈りするわ。忍耐は美徳、あなたの門出は祝福されているわ」

アッバースは深いため息をついて言った。

「そうだ、めでたい門出なんだ。だけど、君と離ればなれになるってなんと悲しいことなんだ！」

ハミーダは低い声で言った。

「悲しいのはあなただけじゃないわ……」

ハミーダの言葉にアッバースは激しく心を打たれるあまり、彼女の方を振り向くと、その手をとって自分の心臓に当て、小声で確かめた。

「本当かい？」

近くの商店から漏れる薄明りの中で彼女の美しい顔が「本当よ」と答える。アッバースには今やハミーダ以外のものは何も見えなかった。

「なんて君は美しいんだ。なんて優しいんだ。これこそ愛というものなんだね。愛は優しく、美しいものさ、ハミーダ。愛がなければこの世は一銭の値打ちもないよ」

ハミーダはどう応えていいかわからず、黙り込んだ。彼の言葉はハミーダの耳に快い。その絶頂感に震え、永遠にこの状態が続いてほしいと願った。一方アッバースも情熱のあまり、実際に何を口にしているのやらほとんどわかっていなかった。

「これぞ愛、僕たちのすべてだよ。十分すぎるくらいさ。一緒にいるときは満たされ、離れているときも慰めになる。人生を人生以上のなにかにしてくれる……」

ここで一息ついて、さらに続ける。

「愛を抱いて僕は旅立ち、愛の力でいっぱい稼いで帰ってくるよ」

ハミーダもつられて言った。

「そう、いっぱい稼いで……」

「神のお慈悲と、聖フセインのご加護があれば。そうだ、きっとあの女工の娘《こ》たちも君のことを羨ましがるだろうね」

彼女は嬉しそうに微笑んで言った。

「そうかしら。きっとそうね」

二人は気づかぬうちにアズハル通りの終点近くまで来ていた。楽しく笑いながら歩いてきた二人だが、突然、このデートも間もなく終わりを告げる時間だということに気づいてハッとした。さようならを告げなければならないと思うとアッバースは恐怖を覚えて悲しくなった。そしてまだ通りの終点に着く前にこわごわ尋ねた。

「僕たち、どこでさよならを言おうか」

ハミーダは彼の言葉の意味を悟り、唇を震わせ、やや生返事気味に答えた。

「ここで？」

しかしアッバースは、

「泥棒みたいに、そんなに別れを急ぐことはないよ」

「じゃあ、どこで？」

「僕より少し先に帰って、アパートの階段のところで僕を待っておくれ」


ハミーダは急ぎ足で立ち去り、その後をアッバースはゆっくりと追いかけて行った。彼がミダック横町に帰り着いたときには、店は全部閉まっていた。彼は夢遊病者のように、しかしまっすぐスナイヤ・アフィーフィ夫人の持ち家であるアパートの方へ歩いていく。そして、真っ暗な階段を、息を殺して上り始めた。片手を手すりに這わせ、片手でそっと闇を探る。

二つ目の踊り場まで来たとき、アッバースの指がハミーダの外套に触れた。欲望が突然掻き立てられる。ハミーダの腕を取ると優しく引き寄せた。唇が必死に相手の唇を捜すが、最初は鼻に当たってしまう。やがて、すでに彼の唇を待ち受けるように半開きになった彼女の唇を探し当てた。アッバースがその快感に酔いしれ、ふと我に返ったときには、ハミーダはすでにそっと彼の腕を離れて階段を上り始めていた。その背中にアッバースは囁きかける。

「さようなら」

ハミーダも生まれて初めてこんな感動的な場面に身を置いた。生まれて初めて心から愛情と情熱が溢れ出て、生まれて初めて自分の人生が自分以外の人のためにあるのだということを感じた。

その夜、アッバースはハミーダの母を訪れて、しばしの暇《いとま》を告げ、それから友人のフセイン・キルシャと一緒にキルシャ亭に降りて行き、コーヒーを飲みながら名残を惜しんだ。フセインは自分の説得が功を奏したことに満足して、勝ち誇ったような気分になっており、ややけしかけるような口調でアッバースに言った。

「いっそのこと、このミダック横町の惨めな生活すべてに切りをつけるんだな。そして本当の人生というのを味わってみろよ」

アッバースは黙って微笑んだだけだ。心から愛する娘と、このミダック横町に別れを告げなければならない辛さをフセインに訴えたところでわかってもらえるわけがない。彼はただ黙して、横町に別れを告げなければならない悲しみを押し殺し、みんなの親切な言葉を噛みしめていた。ラドワーン・フセイニ氏もアッバースの幸運を願い、長い祈りを唱えた後にこう忠告を与えたのである。

「生活にどうしても必要な出費を除いては、できるだけ給料は貯金しなさい。決して浪費家になってはいけません。また酒と豚肉にも手を出してはいけません。そしてこのミダック横町の出身だということを絶対に忘れずに。君の帰ってくるべきところは、このミダック横町だけなんですよ」

ドクター・ブゥシーも笑いながら言った。

「頑張って、金持ちになって帰ってくるんだぞ。そうなりゃ、その腐った歯を全部引っこ抜いてやらねばな。そして新しい地位にふさわしい金の義歯をずらりと入れてやるからな」

アッバースはドクターへの感謝の気持ちを微笑みで返した。なにしろブゥシー先生こそは、ハミーダの母のもとへ「特使」として行ってくれた人だし、それに彼の店にあった家具類を適当な額で買い取ってくれたのだから。その金でアッバースは今回の旅の準備をすることができたのだ。

カミルおじさんは、さし迫った親友の出発に心を痛め、みんなの会話を黙って聞いていた。何年も生活を共にし、あたかも分身のごとく思ってきた腹心の友が遠くへ旅立ってしまう。明日からの生活は一体どんな感じになるのだろう。そう考えると、周りの人たちがアッバースの旅立ちを祝福したり別れを惜しんだりするたびに目にいっぱい涙を浮かべてしまう。それを見てまたみんながゲラゲラと笑った。

ダルウィーシュ先生はコーランの中から「王座の章」を引用して、アッバースへの祝福として詠《よ》み、それに続けてこう言った。

「君は英軍のために働きに出ることになったわけですが、そこで君の勇気を十分に示したなら、遠からずイギリスの王様は領土を少し削って君に与え、その領主に任ずるかも知れませんぞ。この『領主』のことを英語でいうと"viceroy"、その綴りはV・I・C・E・R・O・Y……」

次の日の朝早く、アッバースは衣服を束にしただけの荷物を持って部屋を出た。空気は冷たく、ひどく湿っている。ミダック横町中を見渡しても、この時間に起きているのはパン屋のおかみと喫茶店のボーイのサンカルぐらいだ。アッバースは、あの愛しの窓を見上げた。しかし窓はかたく閉ざされている。あまりにも魂を込めて窓を見つめたので、窓枠についた朝露がその熱で蒸発しそうに思えた。アッバースは物思いに耽りながらゆっくりと足を運び、自分の店の前までやって来た。そこには大きな字で「空き家」と書かれたプレートが掛けられている。それを悲しい思いでじっと見つめれば胸がきゅんと締めつけられ、目には涙さえ溢れた。

そんな悲しい気持ちを振り切るように、アッバースは歩調を早めた。しかし、まさにミダック横町を後にしようとしたとき、心だけが彼の身体から飛び出して横町に戻ってしまいそうな気がした。

第14章　フセイン・キルシャの家出

アッバースに英軍キャンプで働くよう説得したのは言うまでもなくフセイン・キルシャだ。そのおかげでアッバースはテレル・ケビール基地に行ってしまい、このミダック横町に彼の名残は何ひとつない。ヘルワ理髪店も年老いた理髪師の店に取って代わった。そうなると落ち着かなくなってくるのはフセイン自身である。ミダック横町と、そこに住む人々に対する憎悪はますます激しさを増してきた。もちろん、ずっと以前からフセインはその憎悪を抱き続けてきたし、ここを出て新しい人生を歩むことを夢見てきたのだが、それを実現するために、これといって決定的な行動を起こそうとしたこともなかったのだ。しかし今や、あのアッバースでさえここを出て行ってしまった。一方で自分は何の希望もなく、こんな汚らしい横町に居残っているではないか！　そんなわけで、どんな犠牲を払ってでも新しい人生を切り開いてやろうとフセインは固く決心した。そしてある日のこと、いつもの激しい口調で母親にこのことをまくし立てた。

「よく聞いてくれ、母さん。俺はもうこんな生活はたくさんだ。もう耐えられない。耐える必要もない」

キルシャ夫人はというと、そういうフセインの話し方にも、彼のミダック横町やその住民に対する憎しみにも日頃から慣れていたし、父親のキルシャ氏同様、息子の頭も相当にいかれていると思っていたので、こういった類《たぐい》の空音《そらね》にはまったく動じることもなく、ただ独り言をいうようにこう呟いた。

「神よ、こんな苦しい生活を我にもう与え給わざれ」

しかしフセインは、その小さな瞳を光らせ、興奮でその浅黒い顔をわずかに蒼ざめさせながら続けた。

「こんな生活にはもう耐えられない。金輪際《こんりんざい》まっぴらだ！」

キルシャ夫人とてもともと我慢強い性質《たち》ではなかったので、それ以上黙って聞いているわけがない。そしてこう叫んだ。その声はまさに二人が親子であることを証明していた。

「一体どうしたって言うんだい？　え？　どうしたって言うんだい？」

フセインは吐き捨てるように言う。

「こんなミダック横町なんか、すぐに出ていかなきゃって言ってるんだ」

母親はフセインを睨んで叱りつける。

「お前、気でも狂ったのかい？　いきなり何を言い出すんだね」

フセインは腕組みをして答えた。

「気が狂ったどころか、長年の狂気からついに正気に戻ったのさ。いいかい、よく聞いてくれ、母さん。俺は思いつきでしゃべっているんじゃない。俺はもう荷物もまとめたし、あとはさよならを言うだけなんだよ。こんな汚らしい家、悪臭のたちこめるミダック横町、そして家畜のようなヤツら、みんなオサラバさ」

キルシャ夫人はフセインの目の色を窺い、彼の決心が固いことを知ると、気が狂ったように大声を上げた。

「何を言うんだね！」

「汚らしい家、悪臭のたちこめるミダック横町、そして家畜のような連中……」と、フセインは自分に語り掛けるように繰り返す。キルシャ夫人は皮肉たっぷりに大きく頷いて言った。

「まあ、なんてことをおっしゃるの、旦那様。キルシャ・パシャのお坊ちゃま！」

「コールタール・キルシャ、笑い者キルシャ、くそーっ、もうたくさんだ！　もう誰もが例の事件を嗅ぎつけているのを知ってるだろう？　どこへ行っても馬鹿にされる。連中は言うのさ、『あいつの姉さんは男ができて駆け落ちしてしまった。そして今度は親父まで男を作って出て行こうとしている』ってね」

　そう言いながらフセインがドーンと床を蹴ったので、窓ガラスがビリビリと共鳴した。さらに興奮の度合いは高まる。

「そうまで言われてなんでこんなところで生きてかなきゃいけないんだよ。俺は荷物を取ってきたらここから出ていくからな！　二度と帰ってくるもんか、こんなところ！」

　キルシャ夫人は手で胸をトントンと叩いて〔嫌悪を示すときにアラブの女性がよくする仕草〕、言った。

「お前、ほんとにいかれちまったんじゃないの？　父親の麻薬中毒がお前にまで及ぶとはね。とにかくお待ち。お父さんを呼びに行って説教してもらうから」

　フセインは見下すように言った。

「呼んできなよ、父さんだろうが聖フセインだろうが。俺は出ていくって決めたんだよ。行くと言ったら行くんだからな！」

　息子が冗談を言っているのではないと悟ったキルシャ夫人は、息子の部屋に行って、その言葉どおり、荷物がまとめられているのを見た。こうなったら、結果はどうなろうとも夫を呼びに行く他はない。なんといってもフセインは彼女にとって人生にたったひとつ残された心の慰めで、まさか彼に見捨てられようなどとは考えたこともなかったのだ。

　フセインはいつだって自分のそばにいるものと信じていたし、それはいつか彼が結婚したとしても変わらないと思ってきた。そういう願いがいとも簡単に裏切られたショックは大きく、自分の不幸を嘆き悲しむように叫びながら、夫を探しに出た。

「私だって、誰がこんな生活……。こんな不幸せ、他人の嘲り、こんな惨めったらしい人生！」

しばらくしてキルシャ氏がカリカリしながらやって来た。

「何の用だ！　また新たなスキャンダルか？　またわしが新しい客に茶を出しているところを見たとでも言うのか？」

キルシャ夫人は大きく手を振って否定した。

「いいえ、この息子のことよ。どこかへ行ってしまわないうちにとっ捕まえてちょうだい。この子は私が大きくした子なのよ」

キルシャ氏は両手を激しく打ち合わせて怒鳴った。

「そんなことで仕事中のわしを呼びに来たのか？　そんなことのためにわしにあの百段もある階段を上って来させたのか？　この気狂いども！　なんで政府はお前らのような奴らは殺してもかまわないという法律のひとつも作らんのだね！」

そして夫人と息子を睨みつけて言った。

「神はわしにお前らを罰としてお与えになったのか！　母さんはいったい何を言ってるんだ？」

しかしフセインは黙っていた。代わりにキルシャ夫人が平静を装って言った。

「落ち着いてちょうだい。今はあんたの癇癪ではなくて、理性が必要なときなの。この子が荷物をまとめてこの家を出て行こうとしているんだから」

キルシャ氏は息子をじっと睨んで、半信半疑のまま尋ねた。

「お前もやっぱりこのクソババアの息子だな！　気でも狂ったのか？」

我慢も限界近くに達していたキルシャ夫人は、夫のこの言葉を聞いて癇癪を爆発させた。

「あのね、あんたを呼んできたのは、この子に説教してもらうためで、私のことをどうこう罵倒してもらうためじゃないのよ！」

そう突っかかってこられたので、キルシャ氏は矛先を彼女に向けた。

「こいつがいかれちまったのも全部、お前の血を引いているせいじゃないか！」

「わかった、わかったわよ。私は馬鹿よ、私の親も馬鹿だったわ。そういうことにしておきましょう。だから、この子が何を考えているのか、ちょっと聞いてみてちょうだいよ」

再びキルシャ氏は鋭い目つきで息子を睨むと、雷鳴のように太く大きな声をあたりに響かせた。

「どうして黙ってるんだ？　おい！　このクソババアの息子！　本当に家出するつもりなのか？」

無論、フセインは父親を怒らせないよう気遣うべきだったろう。しかし彼とてすでに、いかなる犠牲を払ってでもこの生活を抜け出してやると固く心に決めているのである。この期《ご》に及んで躊躇ったり、尻込みしたりはできない。それにこの家に留まろうが出て行こうが、それは彼の勝手であり、誰とて意見を挟むことなどできないではないか、こう思っていたのである。そこで静かに、しかしきっぱりと答えた。

「そうだよ、父さん」

キルシャ氏は怒りを抑えつつ尋ねた。

「なぜなんだ？」

フセインは少し考えたあと答えた。

「ちがう生活をしてみたいんだ」

するとキルシャ氏は自分の顎を摑み、皮肉たっぷりに頷きながら言った。

「そうか、そうか、よくわかった！　お前は自分にもっとふさわしい生活をしてみたいと言うんだな？　お前のような犬畜生はな、ずっと我慢させられ、腹ぺこで育ったもんだから、ちょっと懐が暖かくなると、そうやって戯言《ざれごと》を言うんだ！　そうやってイギリスの金を手にすりゃあ、ちがった生活をしてみたくなるのも当然だ。西洋かぶれにお似合いの生活をな！」

フセインも怒りを抑えつつ言った。

「俺は父さんが言うようなひもじい思いなんかただの一度もさせられなかったさ。だって俺はこのキルシャの家で育ったんだぜ。この家はおかげ様で一度も『飢え』という目に遭ったことはないじゃないか！　俺はそういう不満を言ってるんじゃなくて、ただ、この生活を変えたいと思っているだけなんだ。当然の権利じゃないか！　父さんがそうやって怒ったり嫌味を言ったりするようなことなど何もないだろう？」

キルシャ氏にはわからなかった。息子には自由に好き放題にさせてきた。なのになぜ家を出ていきたがるのだろう。二人の間には口論や嘲り合いが絶えなかったが、それでもキルシャ氏は息子を愛していた。しかしその愛情は、これまでの環境や状況では表に現れることはなかっただけだ。もうずいぶんと長い間キルシャ氏は、このひとり息子を愛していることを忘れていた。そして息子が家を出たいと言い出したこの決定的瞬間まで、その愛情は怒りや絶望の下に影を潜め続けてきた。キルシャ氏にとって、この件は真剣に取り組まなければならないものになってきたようだ。そこで、できる限り皮肉っぽくこう言った。

「お前には自由に使える金がある。その金で酒を飲もうが、ハッシーシをやろうが、ポン引きのところへ通おうが、お前の思いどおりにすればいい。これまでにわしがその金をただの一銭でも無心したことがあったか？」

「いやいや、父さん。俺はそんなことを言ってるんじゃないよ」

キルシャ氏は続けた。

「砂でも土でも目に入るものは何でも欲しがるこの欲張りの母さんでさえ、お前から一ミリームもせびったことはないだろう？」

フセインは父親のことを恥ずかしく思いながら答えた。

「だから、そんなことを言ってるんじゃないって言ってるだろう。本当に俺はただ、こんな生活とはちがった生活をしたいだけなんだって。俺の友達はほとんどみな、電気のある家で暮らしてるんだ！」

「電気だと？　お前は電気のために家出までするのか？　こんな恥さらしな女でさえ我が家に電気を引かなかっただけまだマシだわい」

そんなことを言われて黙っているキルシャ夫人ではない。

「なんてことを！　なんてひどいことを言うの、ほんとに！」

フセインは続ける。

「俺の友達はみんな新しい生活をしているんだ。英語で言えば、いわゆるジェントルマンになっているんだよ！」

キルシャ氏は口をぽかんと開けた。分厚い唇の隙間から金歯が光る。

「何になっているだと？」

フセインがただ顔をしかめただけで答えないでいるのを見てキルシャ氏は言った。

「ジェルマンだと？　何だそりゃ？　新しいハッシーシの類か？」

フセインは軽蔑を露わにしながら答えた。

「清潔で、きちんとした人のことさ……」

「お前のような汚い奴が、清潔できちんとした人になりたいだと？　ええ！　ジェルマン！」

フセインは父親の嘲りに耐えられなくなってきたので、きっぱりとした口調で答えた。

「父さん、俺は新しい人生を送りたい。ただそれだけのことなんだ！　そして、きちんとした娘さんと結婚して……」

「ジェルマンの娘とか？」

「きちんとした両親を持つ娘さんのことだよ」

「ほう、父さんらのように犬畜生らの娘をもらうのは嫌だと言うんだな？」

ここでまた、キルシャ夫人が大声で口を挟む。

「まあ、犬畜生の娘だなんて、とんでもないことを！　私のお父さんは学のある立派な人だったのよ！」

キルシャ氏は夫人の方に蒼ざめた顔を向けて言い返す。

「確かに、学もあるし立派だったよな！　なんせ墓場で『コーラン詠み』をやってたぐらいだからな。一章詠んで二ミリーム稼いでたな！」

夫人は嘆き声を上げながら言った。

「お父さんはコーランを全部暗記していたの。だから当然のことよ」

キルシャ氏はそのぐらいで夫人を相手にするのをやめ、息子の方に数歩歩み寄って、物凄い声で尋ねた。二人の距離はもう腕を伸ばせば届くほどにしか離れていない。

「よし、話し合いはもうこれぐらいにしよう。わしも気狂いども相手にこれ以上時間を無駄にできんからな。さあ、フセイン、お前、本当にこの家を出ていくつもりか？」

フセインは勇気を振り絞って短く答えた。

「出て行く」

キルシャ氏はぐっと相手を睨み、突如、逆上したようにその顔に平手打ちを食わせた。それを受けた息子は、その衝撃にもう我慢がならず、後ずさりしながら叫んだ。

「ぶつなよ俺を！　俺に触らないでくれ！　俺も見るのも今日で最後だぞ！」

キルシャ氏はさらにもう一発食らわせようとしたが、もう半ば諦めていた夫人が二人の間に入ってきて、その一発を受けてしまった。キルシャ氏はしかたなく殴るのをやめて、大声で罵った。

「お前、わしの前に二度とその黒い顔を出すな！　二度とここへ戻って来るな！　わしにとっちゃあお前なんか、とっくに死んで地獄に行っちまったようなもんだ！」

そんな次第で、フセインは自分の部屋へと走り去り、荷物を取ると、一気に階段を駆け下りて、わき目も振らずミダック横町を走り抜けた。しかしサナディキーヤ通りに出てしまう前に、ペッと唾を吐いて、怒りに震える声で叫んだのである。

「フンっ、こんちくしょう！　ミダック横町にも、ここに住む連中にも、すべてに神の祟《たた》りあれ！」

第15章　スナイヤ・アフィーフィ夫人の縁談

ノックの音が聞こえた。スナイヤ・アフィーフィ夫人は満面に笑みを浮かべてドアを開ける。そこにはあばただらけのハミーダの養母の顔があった。スナイヤは心の奥底から歓喜を絞り出すように歓迎した。

「まあ、ようこそ！　ようこそ、いらっしゃい、ウンム・ハミーダ」

二人は篤《あつ》い親愛の情を込めて抱き合った。……か、どうか、ともあれ傍目《はため》にはそう見えた。スナイヤはハミーダの母を客間に案内すると、使用人にコーヒーを淹《い》れるよう命じた。ハミーダの母はスナイヤとソファーに並んで座り、スナイヤの差し出す煙草をうまそうに燻《くゆ》らせた。

プロの仲人であるハミーダの母が再婚相手を見つけてくることを約束して以来、スナイヤは待つということの辛さをずっと味わってきた。実に長い年月にわたる独り暮らしに耐えてきたというのに、なぜこの短い待ち時間がこんなに長々しく思えるのか、スナイヤ自身驚いていた。このわずかな時間、スナイヤはハミーダの母を幾度となく訪れたが、ハミーダの母のほうは例によって、約束を繰り返し、希望をつなげようとするばかりで、スナイヤとしては自分からもっと報酬を絞り取ろうとして故意にじらせているのではないかと訝しく思っていたのだ。にもかかわらず、スナイヤは常に寛容で、あの日以来、ハミーダの母から家賃を取らなかったばかりか、折に触れて、カミルおじさんに特注で作らせたお菓子……などは言うまでもなく、灯油や服地の配給券までも彼女のために持参していたのである。

そうこうしているうちに、ハミーダの母は、娘がアッバースと婚約したと伝えてきた。それを聞いたスナイヤはいかにも嬉しそうな顔をしたものの、心中おだやかな気分ではなかった。自分自身の嫁入り支度もできないでいるのに、なぜハミーダの嫁入り支度を手伝ってやらねばならないのだろう？以来、スナイヤはハミーダの母に対してちょっとした不信感を抱き始めたが、それでも表面上はまだ、できる限り親しく接してきたのである。

ハミーダの母は、今日もまた約束を繰り返すためだけにやって来たのだろうか、それとももしや、待ち焦がれていた良い知らせを持ってきたのだろうか……と、スナイヤは、ハミーダの母の真横に座ってその目をちらちらと盗み見している。その一方で相手に気持ちを見透かされないよう、必死で会話が途切れないように努力もしていた。そのような感じで、いつもとは逆に、スナイヤが話し手で、ハミーダの母が聞き手に回っていた。キルシャ氏の「情夫」の話やフセインの家出、さらにキルシャ夫人の壮絶な復讐、そういった噂話ばかりだ。やがて話題をアッバースに持っていって、ことごとくお世辞を浴びせかけるのだ。

「あの人はほんとに素晴らしい青年ですわ。きっとアッラーはお慈悲をお与えになり、お宅の最高のお嬢様と共に、幸福な人生を送れること間違いなくってよ」

この言葉に対してハミーダの母はにっこりと微笑みを返すと、こう言った。

「あ、そうそう、まずはそのお話ですわ。今日はなんといっても、奥様にご縁談を持ってあがったんですもの」

もしや良い知らせではないかという予感が的中したスナイヤの心拍数は急に高まり、赤面した。それはまるで消えかかっている脈が若さの息吹で蘇《よみがえ》ったかのようである。しかしながら、その動揺を必死に抑えながら、ちょっとはにかみを装いつつ言った。

「いやだ！　なんて恥ずかしいことをおっしゃるの、ウンム・ハミーダ！」

「あら、奥さん、だから縁談を持ってあがったと申してますのよ」

と、ハミーダの母は勝ち誇ったような笑みを浮かべて繰り返した。

「本当？　まあ、どうしましょう！　そうね、確かそう言えば、前にそんなお約束をしたかも知れませんわね。でも私、困っちゃうわ、恥ずかしくて……、どうしましょう」

ハミーダの母はこの大げさ過ぎる仕草に乗じて諭すように言った。

「恥ずべきことでも悪いことでも決してありません。そんな恥ずかしがることはございませんよ。だって奥様はイスラムの教え、預言者ムハンマドの言葉に従って結婚なさるんですもの」

そこでスナイヤはやっと、まんざらでもないという様子でため息をついた。今、相手の言った「結婚なさる」という言葉が耳になんとも心地よく響いたのである。一方、ハミーダの母は煙草の煙を大きく吐き出すと、自信と満足感に溢れた調子で頷いてみせた。

「お相手は文官勤務の方でしてね……」

スナイヤは信じられぬという目つきで相手を見た。文官！　文官なんて、このミダック横町では稀有なる果実ともいえるものだ。

「文官勤務ですって？」

「ええ、そのとおり。文官です」

「政府の？」

ここでハミーダの母はもったいぶって一息置いてから答えた。

「ええ、政府の文官。それも警察署のね」

スナイヤの驚きはさらに増して、尋ねた。

「あのう……、警察署には巡査や警察将校のほかに、どういう人たちがいるのかしら」

ハミーダの母は、わけ知り顔でスナイヤを見て言った。

「署には、いわゆる文官もいますのよ。そういうことは任せてくださいな。私はお役所のことも役人のことも、その階級や給料に至るまでたいていのことは知っています。だって、それが私の仕事ですもの」

スナイヤは信じられぬという表情で、声を弾ませる。

「じゃあ、エフェンディー〔一三五頁訳註参照〕なのね？」

「ええ、ええ、上着を着て、ズボンを穿き、トルコ帽をかぶり、靴を履いた正真正銘のエフェンディーですとも！」

「まあ、さすがだわ、ウンム・ハミーダ！」

「良き人には良き人を選ぶ！　私は人の値打ちの見分け方をよく心得ているつもりです。もし相手の方が仮に九等級以下のお役人なら、私は見向きもいたしませんわよ」

「九等級？」と、スナイヤがやや口ごもりながら尋ねると、

「お役所はすべて等級で決まるんですよ。どの文官にも等級がついていましてね、九等級というのはその一つですの。九等級ったって、奥様、半端なものではありませんわよ」

「まあ、あなたって本当に親切なお友達ですわ！」

ハミーダの母は、自信と勝利に満ちた口調でさらに続ける。

「その方はね、大きな机の前に座ってましてね、机には書類が天井に届きそうなほど積み重ねられているんです。彼には嘆願や陳情をするための訪問者が後を絶たず、そのためにコーヒーの給仕も出たり入ったり。巡査は挨拶に来るし、将校もご機嫌を覗《うかが》いにくるし……」

それを聞くだけでスナイヤは満面に笑みを湛え、夢見心地の瞳をしていたが、ハミーダの母は追い打ちをかけるように続ける。

「給料だって、少なくとも十ポンドはありますわよ！」

スナイヤは息を飲んだ。

「それも全収入のごく一部に過ぎません。文官の給料だけがこの方の収入ではありませんの。ちょっと知恵をひねらせましてね、その倍はお稼ぎになるんですよ。だって生活費、結婚資金、養育費とか、いろいろございますでしょう」

この言葉にちょっと気掛かりな笑みを浮かべてスナイヤは尋ねた。

「あのう、ウンム・ハミーダ、その方、お子様がいらっしゃるのね？　どうすればいいのかしら、私……」

「我らがアッラーにすべてをお任せなさいまし」

「いかなるときも神を讃え、神に感謝……」

「ところで、その方のお歳なんですけどね、三十歳ですの……」

スナイヤは驚愕して大声を上げた。

「まあ！　じゃあ私、十歳も年上だわ！」

スナイヤが明らかに十歳はサバを読んだことにハミーダの母が気づかないわけはなかったが、それは無視して、ただ皮肉っぽい調子でこう言うに留めた。

「アフィーフィ夫人、奥様はまだまだお若いですわ、とはいえ相手の方には一応、奥様が四十代であると正直に申し上げましたところ、喜んで承諾なさいました」

「まあ、本当に？　ところでお名前はなんとおっしゃるの」

「アフマド・エフェンディー・タルバ氏。ハランフィシュ地区のご出身で、お父様のお名前はアル・

ハッジ・タルバ・エーサ〔メッカに巡礼を済ませたことのあるムスリムをアル・ハッジと呼び、尊敬の的となる〕で、ウンム・アル・ガラーム地区で食料品店を経営なさってます。素晴らしい家柄の方で、辿れば聖フセインの末裔だそうですわよ」

「素晴らしいお家柄ね。でも、あなたもご存じのように、私も良い血筋を引いてますのよ」

「ええ、ええ、奥様、それはもうよく存じております。タルバ氏は上流の方々としかおつき合いになりません。でなければ、とっくの昔に再婚なさってたでしょう。ともかく昨今の若い娘たちは礼儀知らずだとお嫌いになるの。だから奥様のお人柄や謙虚さについて、また良いお家柄のご出身でありお金持ちでいらっしゃることなどをお話ししたら、その方ならきっと自分の良き妻になるだろうって、この上なく喜ばれてましたのよ。ただひとつ、当たり前のことでしょうけれど、お願いがあるとおっしゃいまして、そのう、つまり、奥様のお写真が欲しいと……」

スナイヤは赤面して、もじもじしながら言った。

「まあ！　写真だなんて、もうずいぶん長い間撮ってませんわ！」

「古いお写真でもございませんか」

スナイヤは黙って部屋の真ん中の本棚にある一枚の写真の方に顔を向けた。ハミーダの母は大きく体をのけぞらせて、それを手に取るとまじまじと眺めた。その写真は少なく見積もっても六年は前に撮られたものだろう。まだ、スナイヤに瑞々《みずみず》しさが残っている。ハミーダの母は写真と現物を何度も見比べ、そしてきっぱりと言った。

「本物そのものじゃないですか。きのう撮った写真みたい……」

スナイヤは大きく呼吸しながら言った。

「まあ、恐れ入ります」

ハミーダの母はその写真をフレームごとポケットに入れ、差し出された煙草に火を点けて、まじめな口調で言った。

「さあ、これで大体のお話は申し上げたのですが、相手の方のご希望についてもう少しお話しさせていただきますね」

スナイヤは初めて不安げな表情を浮かべて話の続きを待ったのだが、相手がなかなか口を開かないので、弱々しい作り笑いをして尋ねた。

「で、どんなことを希望なさってるのかしら？」

果たしてスナイヤは本当にその答えがわからないのだろうか？　相手の男性がスナイヤの黒い瞳に惹かれて結婚するとでも思っているのだろうか？　ハミーダの母は少しいらいらして、意図的に声を落として言った。

「お嫁入りの支度のことなのですが、ご自分ですべてなさるということになってもかまいませんわよね？」

スナイヤはすぐに本意を理解した。要するに、相手の男性は結婚の支度金を一切支払いたくないという考えなのだ。スナイヤにすべてを賄《まかな》ってほしいというのだろう。もっとも、再婚したいと思い始めたときから、そういう事態になるであろうことは十分に予想できていたし、以前にもハミーダの母がそういうことを仄《ほの》めかしている。なのでこの件に関してはスナイヤにとって何の異存もなかった。

「かまいませんわ」

と、スナイヤがやや打算的な口調で言うと、ハミーダの母はにっこり笑って言った。

「すべては全能のアッラーのご意志のもとに」

ハミーダの母はソファーから立ち上がり、二人は親愛の情を込めて抱き合った。さらに、スナイヤ・アフィーフィ夫人は表の扉を出ると、アパートの階段の手すりから身を乗り出して、ハミーダの母が階段を降り切るまで見送った。そして彼女が視界から消えてしまう前に大声で言った。

「本当に、いろいろとありがとうございます。ハミーダによろしくね！」

スナイヤは若い娘になったかのようにうきうきした気分で部屋に戻った。まるで新しい命が吹き込まれたかのようである。彼女はソファーに腰かけて、ハミーダの母が口にした言葉を一字一句思い出そうとした。自分がなにか少しだけ惨めに思えるところもあったが、この幸せに取って代わるものは何もない。長年、お金によって寂しさを紛らわせてきた。銀行に預けてある金や、象牙の小箱に束にして入れてある現金である。それでさえ、夫となる素晴らしい男に比べたら月とスッポンだ。でも相手の男は写真を見て気に入ってくれるだろうか。そう思うと急に恥ずかしくなって赤面した。そして鏡の前に立つと、右を向いたり左を向いたりして、ついに自分なりに最も魅力的だと思われるアングルを見つけた。その格好で動きを止めると、満足そうな表情を浮かべてこう呟いた。

「どうか、うまくごまかせますように」

そしてソファーに戻り、また独り言を言った。

「お金がなにもかも隠してしまうわ！」

ハミーダの母は相手の男に、私がお金持ちだと伝えたと言っていたではないか。そのとおり、事実、お金持ちなのである。そのうえ五十代なんてまだまだ望みを捨てる年齢ではないし、それもまだ優に十年は残っている。六十代だって、神が病から守り給えば十分に幸福な暮らしを送ることができるだろう。それに結婚すれば、この色褪せた姿も、気だるげな身体も艶《つや》を取り戻すことだろう。

しかしここでふと、スナイヤは眉をひそめて自問した。明日になれば近所の連中は何を言い始めるだろう？　答えは考える前からわかっている。きっとハミーダの母が先頭に立って噂を流し始めるにちがいない。連中は、スナイヤは気が狂って、親子ほども歳の違う男と結婚する、などと陰口を叩くのであろう。また、年齢に削り取られたものを取り戻すのにいかほどの費用が掛かるとか、その他、考えるだけでも悔しいようなことを、あれこれと噂し始めることだろう。ともあれ、連中には言いたいように言わせておけばいい。これまで独り身でいたときから連中はいつもスナイヤの悪口を言ってきたではないか。彼女は肩をすぼめ、深いため息をついて言った。

「おお神よ、我を他人の邪気に満ちた視線から守り給え」

そのとき急に、スナイヤはあるいい考えを思いついて、それをすぐに実行に移そうと思った。アフダル門にいるラバーハ婆さんのところへ行って、運命を占ってもらい、さらに幸運を呼んでもらおうと思い立ったのだ。今スナイヤに必要なのは、出来のいいヒジャーブ〔イスラム教徒の女性が頭や身体を覆う布〕と薫《かお》り高い香水だけではない。

第16章　ザイタの淫夢

「これは大したもんだ。あんたには何か畏怖《いふ》を感じさせるものがあるぜ」

言われたとおり背を伸ばして突っ立った老人の顔を見上げながらザイタはこう言った。確かに身なりは貧しく、身体も窶れ果ててはいるが、ザイタの言葉どおり、その老人にはどこか畏敬の念を抱かせる雰囲気があった。頭は大きく、髪は白く、顔は面長《おもなが》だった。その眼差しは温厚で謙虚な光を放っている。背の高さ、きりりとした威厳のある表情は、退役軍人のそれにも似ていた。ザイタは座って、薄暗いランプの光のもと、この男をじっくりと観察して、またも感心しながらこう言った。

「いや、ほんとにあんたは威厳のある人だ。ほんとに物乞いになんかなりたいのかい？」

老人は実に静かな口調で答えた。

「私はすでにもう乞食をやっております。しかし如何《いかん》せん、稼ぎが悪いのです」

ザイタは痰《たん》を切って床に吐き捨て、真っ黒に汚れたガラビーヤのへりで口を拭ってから言った。

「あんたのその弱々しい手足は、絶対に苦しい手術に耐えることができない。二十代を過ぎてから偽《にせ》の不具になるための手術を受けるのは大変なんだ。あんたは偽の不具も本当の不具同様、簡単にできると考えているかも知れんが、骨がまだ柔らかいうちなら、一生プロの乞食になれるようにしてやることを保証するけど、アンタはもう先も長くない爺さんじゃないか？　いったい俺に何ができると言うんだね」

そう言ってザイタはじっと考えた。何か物事を深く考えだすと、ザイタは口をぽかんと開けて、蛇のように舌をすばやく出したり入れたりする癖がある。こうしてしばらく考え込んでいたが、突如、目を輝かせて声を上げた。

「そうだ！　その威厳こそが一番の武器じゃないか！」

老人はやや戸惑った様子で尋ねた。

「先生、それはどういう意味ですか」

この言葉に、ザイタの表情はさっと曇り、吐き捨てるように言った。

「先生だと？　俺に葬式で経を唱えろとでも言うのか」

ザイタが急に怒り出したのに驚き、老人は両手を開いて許しを乞う仕草をして、吃りながら謝った。

「そんなつもりでは。申し訳ありません。あなたへの敬意を示そうと思ったまでで……」

ザイタは二度唾を吐いて、誇らしげに言った。

「エジプトで一番の医者だって、俺がやるような手術はできやしないんだぞ。偽の不具を作るというのは、本当の不具を作るより千倍も難しいということを知ってるかね。本当の不具を作るなんて、あんたの顔に唾をひっかけるよりも簡単さ」

老人は宥めるように言った。

「どうか、どうかそのように気を悪くなさらないでください、旦那」

ザイタの怒りは鎮まり、再び老人をじっくりと見て、まだいくぶん威嚇するような調子でこう言った。

「だから俺が言いたいのは、あんたのその威厳が一番の武器になるってことだ」

「どのようにですか、旦那」

「あんたのように、どことなく威厳があれば、一風変わった乞食としてきっと成功するだろうってことさ」

「威厳……ですか？」

ザイタは棚の上のブリキ製のカップに手を伸ばし、そこから半分に切った煙草を取った。そしてカップを戻すと、ランプのガラスの隙間から煙草に火を点けた。深く煙を吸い込むと、ぎらぎらした目が細くなり、今度は静かな口調で言った。

「あんたに必要なのは、不具者に見せかけるということじゃない。むしろ、もっと知性に溢れ、上品に見せることだ。まず、そのガラビーヤをきれいに洗濯して、なんとか中古品でもいいからトルコ帽を手に入れるんだ。そして常に上品に、威厳をもって振る舞うようにする。それから、喫茶店の前に座っている連中のところへ物悲しそうに近寄っていって、怯えた様子で横に立ってやれ。そして黙って手を差し出すんだ。一言もしゃべらず、目だけで訴えるんだぜ。目で訴えるってこと、あんたわかるかい？　そうすりゃ、連中はあんたの眼差しに驚いて、こう言うさ、『かわいそうなお方、きっと元は高貴な家のご出身なのでしょう』と。よもやプロの物乞いなんて誰も思いやしないさ。どうだい、俺の言うことがわかったかい？　あんたのその威厳をもってすりゃ、偽の不具なんかの倍は稼げるってものだ」

そしてザイタは男に、その場で芝居をやってみるように命じた。ザイタは立ち上がり、煙草を燻らせながら、鋭い眼差しで見守る。やがて少し考え込んだあと、苦々しそうに言い放った。

「ところであんた、俺が何も手術をしなかったからといって一銭も払う必要がないなんて思ってないだろうな。ああ、そうだよ、まあそのとおりだよ。払う必要ない。あんたの好きなように商売してくれればいいさ。ただ、よそでやってくれよな。フセインモスク近辺ではやらんでくれ」

老人は、そんな下心はまったくない、と痛切に言った。

「私に幸運をもたらしてくれた方を裏切るようなことがどうしてできましょう？」

こうしてザイタは「診察」を終え、老人の手を引いて表まで送って出た。そして小部屋に戻ろうとしたとき、マットの上にひとり座り込んでいるホスニーヤに気づいた。ガアダのいる気配はない。ザイタはホスニーヤを見掛けたら、いつも一言二言交わす話題を何か作り出そうとする。ホスニーヤと親しく話をしたいと思っていたし、また彼女に対する密かな憧憬を伝えたいとも思っているのだった。

「今の老人を見ましたかい？」

「ああ、また不具になりたいって類なんでしょ」

と、ホスニーヤは関心なさそうに答える。ザイタは笑って一部始終を話した。ホスニーヤも笑って、ザイタの悪知恵に対して悪態をついた。そしてザイタは奥の小部屋に通じる木戸の方へ歩んでいったが、木戸の手前でちらりと振り返って尋ねた。

「ガアダはどこへ行ったんですか？」

「ハマーム〔公衆浴場〕よ」

これを聞いたとき、ザイタは最初、このあたりではあまりにも悪名高い自分の不潔さに対してホスニーヤがきつい冗談でも言っているのかと思い、用心深く相手を見つめた。だが、すぐに本当のことを言っているのだとわかった。年に二度しか行かないガマリーヤの風呂屋にガアダが出かけているのが本当なら、夜中ごろまでまず戻ってくることはない。となれば、ホスニーヤとしばらく座って談笑したところで何のさしつかえもないではないか。ザイタは相手が自分のする話を面白がって聞いてくれたことにいくぶん勇気づけられていたのである。そこで彼は木戸にもたれかかって座り、木炭のような細い脚を投げ出した。ホスニーヤは明らかに驚いた様子だったが、ザイタはそれを無視した。奥の小部屋の大家として、二言三言挨拶を交わす以外は、ホスニーヤも他のミダック横町の住人たちと同様に彼を扱っていた。その関係は決して変わることがないと思っている。よもやザイタが自分たちの私生活の一挙手一投足を観察しているなどとは思いも及ばぬことである。事実、ザイタは小部屋とパン屋を仕切る木戸に小さな穴を見つけ、初めは好奇心混じりだったが、だんだんと淫乱な空想を掻き立てられるようになっていった。やがてザイタは、彼女が働いたり休んだりしている様子を覗き見しているうちに、自分もこの家族の一員であるかのように思えてきた。とくに彼女が夫のガアダを殴っているときの表情が好きだった。夫がほんのちょっとした失敗をしただけでホスニーヤは殴るのである。ガアダは一日中、何かとヘマをやらかしていたので、しょっちゅう殴られているという始末だ。殴られるのがガアダの仕事といってもいいくらいである。あるときは黙ってホスニーヤの攻撃に耐え、またあるときは大声でわめき散らし、泣き叫んだ。しかしパンを焼くことに関しては決して失敗したことがない。ガアダは焼いたパンの一部を失敬して仕事の合間にこっそりと食べたり、配達分の集金の一部をごまかしてはバスブーサを買ったりしていたが、それをうまく隠しきれず、結局ホスニーヤの殴打を受けるのを避けられないのである。ザイタは、ガアダのそういう屈従性、臆病さ、単純さに呆れかえっていた。面白いことに、ザイタはガアダを汚らしい男だと思い、その醜い顔をいつも嘲っていた。ガアダはとてつもなく背の高い男で、腕が長く、下顎が出っ張っており、分厚い唇をしていた。いつもザイタの欲望を掻き立てるホスニーヤは、ガアダの妻としてはもったいないと常に思っていた。だから彼はガアダを憎み、軽蔑し、パン粉や薪と一緒にこの男を窯の中に放り込んでやったらどんなに気持ちいいだろうと思っていた。そういうわけなので、ガアダが留守だということは、ホスニーヤと話ができるというまたとないチャンスだったのである。しかしながら、急に木戸の前で足を投げ出して座り込んだことに彼女が驚き、同時に嫌悪感を覚えていることまでは気づかなかった。ホスニーヤは持ち前の性格で、ザイタを恐れることもなく、地鳴りのような声でザイタに叫んだ。

「あんた！　なんでそんなところに座り込むのよ」

ザイタは独り言のように言った。

「神よ、彼女の怒りを鎮め給え」それに続け、親しみを込めてホスニーヤに言った。

「奥さん、あっしは客人なんだから、客に対してはもうちょっと……」

「馬鹿言ってないで、とっととその穴ぐらに這っていってちょうだい！」

ザイタは黄ばんだ歯をみせて笑いながら、静かに言った。

「あっしだって人間ですから、一生、乞食やゴミや蛆虫《うじむし》たちの間で過ごすわけにもいきますまい。ときには楽しいものや美しい人を目にしなくては」

ホスニーヤは吐き捨てるように言い返した。

「つまりその汚い姿と臭いにおいで他人に迷惑を掛けようってんだね？　ああ、いやだ、いやだ！　さあ早くそっちへ入って扉を閉めてちょうだい」

「だけど奥さん、あっしよりももっと汚い、もっと臭い奴だって、ほら、いるでしょう？」

ホスニーヤはすぐに、ザイタが暗に夫のことを言っているのだということに気づき、顔を真っ赤にして怒った。

「あんた！　誰のことを言ってるのよ、ええ？　この蛆虫が！」

怖いもの知らずのザイタは答えた。

「我らが良き友ガアダの旦那のことですよ」

ホスニーヤは怒号を上げた。

「言葉に気をつけなさい、このドブネズミ！　ぶん殴って真っ二つにしてやろうか！」

ザイタは身に迫る危険を感知せず、なれなれしい調子で続けた。

「奥さん、客人を侮辱してはいけない。奥さんだって、ちょっとしたことでガアダをいつも殴っているわけだし、奴を憎いと思っているからこそ悪口を言っているんじゃないですか」

「あの人の爪の垢だって、あんたのその首より値打ちがあるわよ！」

「奥さんならあっしの首の千倍もの値打ちがあると思いますが、ガアダはねえ……」

「あんた、ひょっとして自分のほうがうちの人よりもマシだとでも思ってるの？」

この言葉にザイタは明らかに当惑した様子で、口をぽかんと開けた。それは自分のほうがガアダより当然マシだと思っていたからではなく、自分とガアダを比較するという侮辱を受けたことに対してであった。自分ほどの有能な人間がどうして、よりによってこの世で最も下等な動物と比べられなければならないのだろう。ザイタはこの予想外の展開にびっくりしてホスニーヤに尋ねた。

「奥さん、あなた何てことを言うんですか？」

「本当のことをそのとおりに言ってるだけよ」と、きっぱりホスニーヤは答える。

「あの下等動物が……？」

ホスニーヤが怒鳴りつける。

「うちの人は人間よ！　そのあたりの男どもとはちょっと違うんだから」

「野良犬のように扱っているあの動物を人間だと言うんですかい？」

ホスニーヤはザイタの言葉尻にガアダに対する嫉妬を感じ取り、それが実に爽快であった。ここですぐにザイタを殴り飛ばしても面白くない。できる限り嫉妬させてやろうと思った。

「それはあんたなんかにゃわからないのよ。私のこのパンチがどれほどいいものか。あんたはそんなこともわからずに死んでいくのよ」

ザイタもけしかけるように言った。

「奥さんのパンチなら一発食らってみたいもんですな」

「あんたみたいな蛆虫にはもったいないわよ！」

ザイタはしばらく考え込んだ。ホスニーヤはあんな下等動物と本当に肌を合わせているのだろうか。彼はいつもこの疑問を自分自身に問いかけては、そう信じることを拒否し続けてきた。結局ホスニーヤとて、妻として夫を庇わざるを得ないので、自分に対してそんな口のきき方をするのだろう。きっとホスニーヤは心に正直に語っているのではない。そう思ってザイタは、彼女の巨大で豊満な肉体を、淫《みだ》らな視線でじっと見つめた。すると自分勝手な思い込みはますます激しくなり、部屋に二人きりでいることも手伝って、ザイタの豊かな想像力と性欲はいよいよ昂《たかぶ》ってきた。

一方ホスニーヤは、ザイタと二人きりであることなどまったく恐れず、彼の嫉妬心を弄《もてあそ》んで楽しんでいる。自分の腕力に絶対的な自信を持っていたのである。そして意地悪そうに言った。

「とにかく、あんたのようなミミズは、まずその身体中にこびりついた垢をきれいに洗い落としてから来るのね。そこで初めて人様と口をきけるってものよ」

ホスニーヤは本当に腹を立てていたわけではない。もし本当に彼女が怒っているなら、ザイタはその恐ろしい腕力から逃れるよしもなかったであろう。ただザイタをからかっているだけなのである。この時とばかり、ザイタは好機を逸しなかった。

「奥さん、あなたは泥と砂金の区別さえできないんですな」

「じゃあ、あんたは自分が泥だってことを否定できるの？」

ザイタは軽蔑するように肩をすぼめて答えた。

「我々はみんな泥ですよ！」

ホスニーヤは蔑むように吐き出す。

「馬鹿言うんじゃないよ！　あんたは泥の中の泥、ゴミの中のゴミ、健全な人間をそうやって不具者に化けさせるのにはぴったりよ。他人《ひと》を自分のレベルに引きずり降ろして喜んでいるんだからね、まったく！」

そう言われて、ザイタはますます調子に乗り、ニタリと笑みを浮かべて答えた。

「そう言いますがね、あっしは善良な人間ですよ。普通の乞食なんて今どき一銭も稼げやしない。とところが、あっしがちょっと手を加えりゃ金を秤《はかり》にかけることだって夢じゃないんですぜ。それに男は見た目じゃ判断できない。とはいえ、我らが兄弟のガアダときた日にゃね……見てくれも中味もね……」

ホスニーヤは野太い声で警告した。

「またその話に戻る気なのかい？」

ザイタは彼女の警告に気づかぬふりをしてやり過ごしながらも、話題を変えたほうがよいと見てこう言った。

「ところで、あっしの客はみなプロの物乞いなんですよ。そんな連中をこぎれいにしてやって、路頭に迷わせろってんすか？　不具者を哀れむ善良な人が山といるのに」

「あんたは悪魔だよ！　身も心も悪魔だよ！」

ここでザイタは同情を誘うように、わざと大きなため息をついて言った。

「だけど、かつては王様だった……」

ホスニーヤは馬鹿を見るように頷きながら尋ねた。

「悪魔の王様だろ？」

彼女と同様に人を小馬鹿にした口調でザイタは答える。

「とんでもない、人間様のですよ。我々はみな、この世に生まれてくるときには、王様の中の王様のように迎え入れられる。でもやがて、不幸が容赦なく襲いかかってくるんです。人生とはうまくできているものですな。もし初めっから、そういう将来が待ちかまえているってことがわかっていたら、誰だって母親の子宮から出てくるのを嫌がりますからね」

「よく言うわよ、あんたみたいな蛆虫が、そんなこと！」

しかしザイタは熱弁を振るうのをやめなかった。

「つまり、あっしだって、かつて生まれてきたときには幸せ者だった。愛情溢れる腕に抱かれ、優しくあやされていた。奥さん、これでもまだ、あっしが昔は王様だったってことを疑いますかね？」

「とんでもございません、陛下！」

今やザイタは自身の弁説に陶酔しつつあった。

「特にあっしの場合は神の恵みそのものだった。あっしの両親はプロの乞食をやっておりましてね。他人から子供を借りてきて、そいつを母親が抱いて物乞いに回ってたんですよ。ところが、神が両親にあっしをお授けになったもんで、もう他人様の子供を借りて歩き回る必要がなくなり、二人はこの上なく喜んだんですから！」

ホスニーヤは大声で笑い出した。それがまたザイタの感情を揺さぶる。

「ああ、ガキの頃はなんと幸せだったことか！　歩道の脇のあの寝床、今でも覚えてますよ。あっしは縁石まで這っていき、そこにあるゴミ溜め用の水溜まりでよく遊んだもんだ。ありとあらゆるゴミ屑と虫がうようよしてましたよ。おお、なんと美しい光景！　水の中にはゴミがいっぱいに溜まり、水際にはトマトの皮や、果物の芯、豆かすなどの七色のカスが浮かんでましたよ。そこへ蝿が群れを成してたかってくるんです。その蝿が止まって重くなった瞼《まぶた》をあっしは徐《おもむろ》に持ち上げて、そのゴミの水溜まりで夏を楽しんだんですぜ。これ以上の幸せは考えられませんね」

「まあ、なんてあんたは幸せ者だったんでしょう！」

と、ホスニーヤは皮肉たっぷりな調子で言ったが、彼女がそうやっていかにも楽しそうに自分の話を聞いていることが、さらにザイタの悦《よろこ》びを搔き立て、勇気を与えた。

「皆が忌み嫌う泥やゴミをあっしが好きなのは、そういう秘密が隠されているからですよ。人間なんてどんなに変なものでも、好きになろうと思えば好きになれるんです。だから、あっしは恐れているんだ。奥さんがあんな獣《けだもの》と一緒に暮らしているってことをね」

「また、その話をしなきゃなんないのかい？」

「いけませんかね？　人間は何事にも正直でなきゃならんでしょう」

「あんたはもうこの世を諦めてんだねえ」

「今言ったように、あっしはかつて子供の頃に、この世の平穏と悦びを味わった」と言いながら、ホスニーヤのいる部屋の方に向かって大きく腕を伸ばしてこう続けた。

「そして今また、我が心はこう語りかける……新たな悦びを味わうときが来たと……、それも、この部屋の中、あっしの目の前で！」

と、ホスニーヤに向かって卑猥な目配せを送った。当のホスニーヤはザイタの厚かましさにカッときて、身体を乗り出しながら怒鳴りつけた。

「いい加減にしなよ！　この恥知らず！」

「そうだよ、奥さん、恥知らずがムラムラきたときにゃ、もうどうしようもないってんだよ！」

と、ザイタは身体を淫夢で震わせながら言った。

「あんたっ、その首根っこをへし折ってやろうか！」

「かまやしないよ、奥さんにならへし折られたって気持ちいいに決まっている」

そう言うと、ザイタはすっと立ち上がり、やや後ろへ下がった。ほぼすべてを手中にしたと感じたのである。ホスニーヤもきっと自分の思いどおりになるだろうと……。

そして感情はいよいよ昂り、ザイタは泥だらけのガラビーヤをするりと脱ぎ捨てて真っ裸になった。ホスニーヤは一瞬言葉を失ったが、次の瞬間、そばにあった重いカップを力いっぱいザイタに向けて投げつけた。カップは下腹部に命中し、ザイタは痛みのあまり唸り声をあげながらその場に倒れ込んでしまった。

第17章　オルワーン社長の一大決心

ある日のこと、いつものようにサリーム・オルワーン社長が自分の椅子に座っていると、ハミーダの母が買い物にやってきた。オルワーン社長はいつも彼女がやって来ると愛想よく挨拶をして迎え入れることにしているが、その日に限っては、そんないつもの愛想だけでは物足りぬという感じで、席のそばのソファーに招き、彼女の求めている香水をわざわざ従業員に取りに行かせるほどだった。ハミーダの母も社長の親切に喜び、やや大げさに感謝した。しかし、こうやってハミーダの母を愛想よく迎え入れるのは前々から計画していたことで、急に思い立ったわけではない。オルワーン社長は一大決心をしていたのである。人間にとって心乱れることを常に抱えたまま暮らしていくというのは楽ではない。解決がままならぬ諸問題のせいで、ただでさえ曇りがちなオルワーン社長の人生が、さらに暗い色合いを帯びてきたし、それが息子たちの心配の種にもなっていたのである。

一つは貯め込んだこの富をどのように使うかということだ。噂によれば、戦争が終わると通貨の価値が下落するという。またベイの称号を獲得するという件も、諦めようとするたびに正体不明の腫瘍のように社長にまとわりついてくるのである。妻との関係についても心労が絶えない。妻は若さも活力も完全に衰えてしまっているのではなかろうか。もう一つの重大な悩みは、常に社長につきまとい熱くさせる例の欲望である。断固としてその欲望を断たねばならぬという気持ちと、欲望に身を任せたいという気持ちとの間を揺れ動く痛みは計り知れなかった。とにかくその悩みからまずは解き放たれたい。そうすれば他の悩みも自然と解決されていくような気がした。とはいえ、そうしようとすればどんな結果が待ち受けているか想像がつかない。ひとつ問題が解決できたところで、より困難な問題がまた出てくるということは十分に考えられる。しかしこれは、いわゆる「性欲」の問題である。この欲望がオルワーン社長を根本から支配し、それを満たすことで、さまざまな夢の実現のハードルが下がるのではないかと思い始めた。

「わしの妻は女としてもう終局を迎えている。かと言ってわしはこの歳で不倫の道を歩むわけにもいくまい。心配事はもうたくさんだ。アッラーが許し給うことを我慢する必要などない！」

こうしてオルワーン社長は自問自答に終止符を打って、欲望を満足させるという決心を固めたのだ。そういう次第で、ハミーダの母をソファーに呼んで座らせ、この重大な相談をもちかけようとしたのである。だが、すこし戸惑いもあった。それは、この期に及んでまだ決心がつきかねるというのではなく、自分の地位を省みて、ハミーダの母のような女を、はて、信用してもよいのだろうかと迷ったのである。ちょうどそのとき、従業員の一人が、例の燕麦と鳩麦からできた昼食を持って入ってきた。もうミダック横町ではあまりにも有名な食べ物となっている。それを見たハミーダの母の唇にニタリと笑いが浮かんだのを社長は見逃さず、逆にそれを機に、この食事を「ネタ」にして口火を切った。社長は自分の地位や誇りなどは忘れることにして、皿を指さし、やや痛々しそうな口調で言った。

「こいつを見ると不愉快な気分になられるでしょうな」

ハミーダの母は今ニタリとしたところを社長に見られたのではないかと思い、慌てて返事をした。

「どうして、とんでもございません」

オルワーン社長は続けた。

「こいつを食べると、いろいろと問題がありましてな」

「まあ、どういうことですか？」

と、ハミーダの母は社長の意味するところを把握しきれずに尋ねた。

一方、社長は、今自分はプロの仲人と話をしているのだと心を落ち着かせて答えた。

「つまり、その……まず、家内が嫌がりまして……」

ハミーダの母は驚いて、かつてはミダック横町の住人たちが皆、これを一口でも食べてみたいと躍起になっていた頃のことを思い出した。それに社長の妻が、社長がこれを食するのを嫌がるほど控えめな女だったとは！　ハミーダの母は「猫に小判、豚に真珠」と心の中で繰り返し、またニタリと笑みを浮かべると、恥ずかしがる風もなく言った。

「そんなはずはございませんわ」

オルワーン社長は悲しげに首を振った。事実、彼の妻はこの食事をずっと嫌がってきた。まだまだ若さの頂点にあった頃からである。彼女は古風な女性で、いわゆる不自然なことはことごとく嫌いであった。とはいえ、夫を恐れかつ尊敬する気持ちから、その肉欲の強さにもずっと耐えてきたわけである。とにかく夫に不愉快な思いをさせたくなかったのだ。だが、折に触れて、最終的には夫の健康に重大な結果をもたらすであろうその食事をいい加減にやめるよう説得もし続けた。やがて彼女も歳をとり、忍耐がだんだん限界に近づき、性に対する悦びも薄れ始めた。そして昨今では、はっきりと拒絶するようになり、よく家を留守にするようにもなった。表向きは息子たちの家に遊びに行くということであったが、本当は絶倫の夫から逃れたかったのだ。

オルワーン社長は、当然のごとく機嫌を悪くし、妻があまりにも淡泊であることを詰《なじ》った。夫婦の間には摩擦が絶えなくなり、なのに社長はあいもかわらず絶倫で、妻の虚弱さを労《いた》わる気持ちを持たなかった。それどころか、社長が言うところの妻のそういう弱さを、もう一人妻を娶るための口実にしようとまでしていたのである。

　ハミーダの母ほどの女なら、すでにもう察しがついているだろうと思い、オルワーン社長は悲しそうに首を振って言った。

「家内には、このままだと、もう一人妻を娶ると何度も脅しているんです。まあ事実、そうしようかと考えているんですがね……」

　この言葉にハミーダの母は好奇心を掻き立てられ、職業的本能がくすぐられた。そして大切な客を扱うような眼差しで社長を見つめながらも、慎重な物腰で尋ねた。

「まあ、ほんとにそこまでお考えになっておられるのですか？」

　社長は真剣に答える。

「だから、あなたが来られるのをずっと待っていたのです。いや、もう誰かに呼びに行かせようかと考えていたところです。どうですか、あなたのご意見は？」

　ハミーダの母はこの上なく喜んで、歓喜のため息をついた。何しろ、「香水を買いに行っただけで、こんな話にありつけるなんて、まるで棚から牡丹餅《ぼたもち》だったわ」と彼女自身、後に語っていたぐらいだ。

ハミーダの母は微笑みを浮かべて答えた。

「社長さん、あなたは大変立派なお方です。社長さんのような方は、そうどこにでもはいらっしゃいません。奥様となられる方はなんと幸運な方でしょう。どうぞ私に何でもお申しつけください。生娘でも未亡人でも、若い人でも中年でも、またお金持ちでも貧乏人でも、どんな方でもお望みどおりお世話いたします」

　オルワーン社長は濃い口髭を捻じりながら、ちょっと恥ずかしそうな表情をしたが、気を取り直すとハミーダの母をまっすぐに見て、照れ笑いしながら小声で言った。

「いや、わざわざ探していただくまでもないんですよ。私が望む相手は、実を言うと、あなたご自身のお家にいらっしゃる」

ハミーダの母は目を見開き、少し吃りながら訊いた。

「わ、私の家に？」

社長は相手の驚きをちょっと愉《たの》しむかのように続ける。

「まさに。お宅にいらっしゃる。あなたの血肉を受け継いだ人です。実はお嬢さんのハミーダさんのことなんですよ」

ハミーダの母は自分の耳を疑い、完全に言葉を失った。確かに、娘のハミーダ自身から、社長の目がいつも自分を追いかけてくるという話は聞かされていた。しかし、まさか結婚を考えていたとは！この立派な会社の社長がハミーダのような卑しい娘に結婚の手を差し伸べるなど、誰が信じられよう。

彼女は困惑気味に答えた。

「で、でも、私どもはそんな身分ではございません」

しかし社長は優しく言った。

「あなたは立派な女性です。私はあなたのあの美しい娘さんに魅《み》せられた。それだけで十分じゃないですか。金持ちでなければ結婚してはいけないとでもおっしゃるのですか？　お金はもうたくさんです。これ以上あってもしかたありません」

ハミーダの母はただただ驚くばかりで、言葉を失い、社長の言うことに耳を傾けるのがやっとだった。だが、突然、すっかり忘れていた大切なことを思い出した。ハミーダはすでに婚約しているのだ！　それを思い出して彼女は心の底から悔しそうにため息を吐き出した。社長もそのため息を聞いて、思わず訊き返さずにはいられなかった。

「何か……？」

「社長さん、どうかお許しください。残念ながら娘はもう婚約してしまったんです。アッバース・ヘルワさんと婚約を済ませてしまいました。あの人がテレル・ケビール基地に行ってしまう前に……」

オルワーン社長の顔色はさっと曇った。そして薄汚い虫けらの名前でも口にするかのように吐き出した。

「アッバース・ヘルワ？」

「はい、婚約を確認するためコーランの第一章を唱えることまでしました」

そういう彼女の声は後悔や無念さに満ちていた。社長は嫌悪感に顔を歪めて尋ねた。

「あの乞食のような散髪屋と……？」

「アッバースは英軍キャンプで働いて一儲けすると言って、婚約を済ませた後、すぐにここを出て行ったのです」

と、ハミーダの母は本当にすまなさそうに説明した。夢が一瞬のうちに砕かれてしまった悔しさと、アッバースに対する妬みとが一緒になり、オルワーン社長の怒りはいよいよ昂り、噛みつかんばかりに言った。

「あの馬鹿、英軍基地が永遠に尽きぬ金鉱とでも思っているのか！　とにかく奥さん、そんな『作り話』はやめていただきたい！」

「いいえ、作り話などではありません。たった今まで、ふと忘れていたんです。まさか社長さんに、こんな身に余るような光栄なお話をいただけるなど夢にも思ってなかったのですから、アッバースの婚約の申し入れを断る理由がなかったんですよ。社長さん、どうかお気を悪くなさらないでください。あなたはお望みになることは何でも叶えられる方です。しかし、私どもにこんなもったいないお話をいただけるなど夢にも考えたことはありませんでした。しばらくお待ちください。すぐに戻って参ります。どうぞ、そんなにお怒りにならないでください。どうしてそんなにお怒りになるのですか」

そう言われて、社長も必要以上に興奮している自分に気づき、表情を和らげた。まるでアッバースに喧嘩を仕掛けられたかのように思い違いをしているのだ。それを知りながらも社長は続けた。

「怒ってはおかしいですか？」

そういっていったん言葉を切り、表情を再び強《こわ》ばらせながら尋ねた。

「それで、お嬢さんも婚約に同意されたのですか」

ハミーダの母は即座に答えた。

「娘はまったく関与しておりません。ある日のこと突然、アッバースがカミルおじさんにつき添われてやって来て、そこで、私たちと婚約の話を交わし、その確認としてコーランを唱えた。ただそれだけのことです」

「まったく、今どきの若い連中ときたら、何を考えているのかさっぱりわかりませんな。その日暮らしがやっとだというのに結婚はしたがる。挙句には、このミダック横町はゴミを漁《あさ》る子供たちでいっぱいになってしまうでしょうに。とにかく、その婚約の話は白紙撤回してはどうですか」

「よいご意見です、社長さん。しばらくお待ちください。すぐに戻って参りますから」

そう言うと、ハミーダの母はさっと立ち上がって恭《うやうや》しくオルワーン社長と握手を交わすと、従業員が机の上に置いていった香水を持って、急いで出て行った。


椅子に座ったままのオルワーン社長の頭の中は混沌としていた。顔には陰鬱な影が射し、瞳は怒りと苦悩で鉄色の光を放っている。彼の思惑は最初の段階で裏切られてしまったのだ。あんな何の値打ちもない汚らしい散髪屋が自分に挑みかかってくるつもりか！　……と、社長は、まるでアッバース自身を吐き捨てるかのように床に唾を吐いた。近所の連中の陰口がいつにも増して聞こえてきそうだ。きっと妻も、彼がミダック横町のしがない散髪屋の手から小娘を奪い去ろうとしたことを聞きつけて、鋭い非難を浴びせかけてくることだろう。そうだ、妻こそ何度も何度も繰り返し糾弾してくるにちがいない。ここの連中だっていろいろと尾ひれをつけて噂をするだろう。やがて息子たちや娘たち、友人や商売敵の耳にもこの話は伝わるにちがいない。こうなったからにはもう後に退《ひ》けそうもない。しかし今頃動き出したところで、勝負はとっくについているのだ。社長は口髭を捻じりながら敗北に打ちひしがれてうなだれた。しかし、仮に願い叶って、ハミーダを手中に収めることができたら、連中の陰口などどうでもいいことだ。今までだって、例えばあの燕麦のことにしても、好き放題に社長の悪口を言っていたではないか！　連中には言いたいように言わせておけばいいし、自分は自分の思うようにすればいいのだ。

さて、家族についてだが、それも今や社長の富のおかげで全員が裕福な生活を送っているわけだし、問題はないだろう。もう一人妻を娶ったところで、ベイの称号を得るために必要な出費とさして変わりはない。

こうして社長の怒りは鎮まり、そのうち落ち着きを取り戻した。自分は常に頑固一徹でなければならないのだ。恐れと不安に苛まれているだけでは望みを実現することなど決してできない。いとも簡単に実現できることに目を背けるのなら、自分が築き上げたこの莫大な財産はいったい何のためにあるというのだ！　瞬き一つであの娘の身体を手に入れることができるというのに……

第18章　ハミーダと母の夢は叶うか

ハミーダの母は急ぎ足で部屋に戻った。オルワーン社長の事務所から部屋までのほんのわずかな道のりを歩む間に、心が夢いっぱいに満たされた。

ハミーダは部屋の真ん中に座って髪を梳《と》かしていた。あたかも初対面であるかのように、母はハミーダをまじまじと見つめた。身分にも、年齢にも、貧富の差にも関わりなく、この娘があのオルワーン社長を魅了したわけなのである。娘に対して羨望にも似た感情が湧いてきた。とにかく二人を結婚させることによってもたらされる金の半分は、間違いなく自分の懐に転がり込んでくることだろう。ただそういう一攫千金の夢を目の前にしているというのに、心の奥底に何か割り切れない気持ちもあり、それを拭い去ることができなかった。

「父の顔も母の顔も知らないこんな娘に、なぜ運命の女神はこれほどの幸運をもたらすのだろう」

「他人を罵《ののし》っているときのハミーダの声をオルワーン社長は耳にしたことはないのだろうか」

「こんなに気の強い娘だということがばれないだろうか」

「それにしても、女の肉体から目が離せないなんて男って哀れなもんね」

などと、ハミーダの母は独り言を言った。

そして娘をじっと見つめると、こう話を切り出した。

「あんた、幸運の星の下に生まれてきたものだわね！」

ハミーダは髪を梳く手を止めて、笑いながら尋ねた。

「何よ急に。また何か面白いことでもあったの？」

母は外套を脱いでソファーの上に投げ、娘の表情の変化をじっくり観察しながら言った。

「そうよ、あんたに白羽の矢が立ったのよ、お嬢さん！」

娘の黒い瞳がキラリと光った。明らかに興味を示したようである。

「何なの、いきなり？」

「大変な方のお目に留まったのよ。夢を語るばかりのどこかの散髪屋さんとは雲泥の差よ」

ハミーダの脈は激しく打った。大きな目の白い部分もてらてらと輝いた。

「誰なの、その人？」

「当ててごらんよ」

「誰なのよ！」

と、ハミーダは首を激しく振り、眉を上下させて好奇心を露《あら》わにし、答えをせかした。

「われらがサリーム・オルワーン社長よ」

ハミーダは仰天して、手にしていた櫛を力いっぱい握りしめたので、掌《てのひら》の中で櫛の歯が折れてしまいそうになった。

「サリーム・オルワーンって、そこの会社の社長の？」

「そう、あの会社のオルワーン社長。数えきれないほどのお金を持っているあの社長さんのことよ！」

ハミーダの顔には驚きと嬉しさで、さっと明るい光が射し、無意識のうちにこう呟《つぶや》いた。

「なんてひどい知らせ！」

「なんて素敵な知らせ！　でしょ。こんな素晴らしい話が他にあるかい？　私だって社長自らの口から聞かなかったら、こんな話絶対に信じないよ」

娘は櫛を髪にさし込むと、母の真横に走り寄ってきて、その肩を揺さぶりながら言った。

「ねえ、ねえ、それで社長さんは何て言ったの。一字一句違《たが》えず教えてちょうだい」

母がことの一部始終を話すのを、ハミーダは黙って聞いた。胸は高鳴り、顔は赤くほてり、瞳は誇らしげに輝いた。夢に見続けた富がついに手に入るのだ。憧れ続けた名誉と地位をついに手にすることができるのだ。ハミーダの贅沢に対する憧れや権力に対する欲望は病的であり、それを治癒するには莫大な富以外に何があっただろう。そしてその富がもたらすもの……ありとあらゆる贅沢、絶大な力、幸福……。絶体絶命の兵士に突然、強力な武器が与えられたような、絶体絶命のパイロットに奇蹟が起こって翼が生えてきたような、そういう強運をハミーダは感じた。

母が尋ねる。

「どう思う、あんた？」

母としては彼女がどう答えるのか想像がつかなかった。どんな答えであろうと、とりあえずは一戦交えなければならないだろうという覚悟はあった。もし「オルワーン社長」と答えれば「じゃあ、アッバースはどうするの？」と尋ねるつもりだったし、逆に「アッバース」と答えれば「じゃあ、玉の輿《こし》のほうは捨てるのね」と問うつもりであった。だが予想に反してハミーダは鋭い反応を示した。

「どう思う……って」

「そう、あんたはどう思うのよ。ことは重大よ。だってあんたすでに婚約してるでしょ。アッバースと一緒にコーランを詠《よ》んだじゃないのよ」

母の言葉にハミーダの瞳は鋭い光を放ち、その美しさが影を潜《ひそ》めた。そして嫌悪感を込めて吐き捨てるように言ったのである。

「アッバースなんて！」

母は、これほど大事な事柄を娘がいとも簡単に片づけてしまったことに驚いた。アッバースなど端《はな》から存在していなかったとでも言いたげだ。やはりこの子は欲深い娘なのだということを改めて知った。母とて、娘がそういう判断を下すであろうとは見抜いていたが、多少は考えて思い倦《あぐ》ねるだろうと思っていたのだ。娘があれこれと躊躇する、そこで自分が説得してオルワーン社長の申し出を受け入れさせようとする、そういう筋書きになるだろうと予想していた。まさか、即断で、憎悪を込めてアッバースの名前を吐き捨てようとは……！

母はちょっと諭すような振りをして言った。

「そう、アッバースよ。あんたの婚約者だってこと忘れちまったの？」

まさかハミーダがそのことを忘れるはずはない。しかしこの際、忘れてしまったとしても覚えていたとしても、どちらでもいいではないか。母親も反対するわけはないだろう。母の目をじっと見つめると、その批判的な口調は単なる見せかけに過ぎないことを見破った。そしてハミーダは肩をすぼめ、無関心に言い放った。

「野となれ山となれ……」

「でも、人はなんて言うかしら」

「何とでも言わせておけばいいわ」

「とにかくラドワーン・フセイニ氏のところに行って相談してくるわ」

ハミーダはラドワーン・フセイニ氏の名前を聞いて、怯《おび》え、強く反対した。

「私の個人的なことにあの人が何の係わりがあるっていうのよ！」

「うちには男の人がいないんだから、あの人にでも相談するしかないじゃないか」

と言うと、ハミーダの答えを待たずに立ち上がって外套を羽織《はお》りながら、

「相談したら、すぐ戻ってくるわ」

と言い残して部屋を出て行った。その後ろ姿をハミーダは渋い表情で追いかけたが、髪を梳き終えていなかったことを思い出し、機械的な動作で梳かし始めた。彼女の瞳は甘い夢の中をさまよっている。立ち上がって、窓から横町の向かい側にある大きな会社の建物をしばらくの間じっと見つめた後、また椅子に戻って座った。

母親が考えていたのとはちょっと違って、ハミーダは何の迷いもなくアッバースを切り捨てたわけではない。一度は、一生アッバースについて行こうと決心し、彼の考えにこの上なく満足していたのである。そして彼の愛情に唇で応え、また彼の語る将来設計に快く耳を傾けていたのだ。二人の将来は一つであるかのように思っていた。フセインモスクに行って、アッバースのために祈りを捧げることを誓い、その誓いどおりフセインモスクに通っていた。それまでフセインモスクに行ったのは、口《くち》喧嘩《げんか》などをした後、その相手が呪われるようにと祈りに行ったときぐらいだ。ともあれ、ハミーダが普通の娘から一人前の婚約者になり得たのはアッバースのおかげである。乳母《うば》であるキルシャ夫人も昔のように、

「ハミーダ、あんたが婚約できたら、わたしゃこの髪をばっさり切り落としてやるよ」などと嫌味を言うことはできなくなった。

だが、ハミーダはまさに活動停止中の火山のようなもので、ずっと安心して見ていられるものではない。彼女の中には常に何か混乱を引き起こすものがあった。確かにアッバースは、ハミーダの渇望をいくぶんか癒してくれた。とはいえ、彼女自身が結婚相手として望んでいた男では決してない。それがアッバースと逢い引きを始めたときから彼女を悩ませていたことなのだ。ハミーダは現実にしっかりとした夫像というものを描いていたわけではないが、アッバースは、とりあえず、彼女の心を完

全に掌握することはできなかったようである。

一方で、アッバースとの結婚生活は想像以上にきっと幸福なものになるであろうと、ハミーダは自分に言い聞かせていた。が、それとて限界がある。アッバースは実際どんな幸福をもたらしてくれるのだろうか？　自分は楽観的すぎるのではないか？　彼は一儲けして帰ってきたらムゥスキー通りに店をかまえると言っていたが、果たして店を一軒持ったところで今より数段贅沢な暮らしができるものなのだろうか？　盲目的に彼に尽くしたところで、それは報われるのだろうか？　そう考えれば考えるほどハミーダは混乱して、アッバースは結婚相手として不適格なのではないかという危機感に襲われるのだった。アッバースという男に大した興味も持てぬまま、一つ屋根の下に暮らすことなどできるのだろうか？　ああ、それにしても、なにか手に職をつけておけばよかった。仕事さえしていれば、機を見て、好む相手を見つけて結婚することもできただろう。むしろ一生結婚などしなくても生きていけるのだ！　こうしてハミーダの結婚願望は次第に冷め、アッバースへの感情も昔と変わらない程度にまで色褪《いろあ》せていった。ちょうどそんなとき、サリーム・オルワーン社長が求婚してきたのだ。彼女は当然、何の迷いもなく先約の男を切り捨てることができた。心の中に、すでにアッバースは存在していなかったのだから……。

ほどなくして、母はラドワーン・フセイニ氏の家から戻ってきた。顔には真剣な表情を浮かべ、外套を脱ぐやいなや、口を尖らせてこう言った。

「ラドワーン氏は、どうしてもこの件に賛成してくれなかったわ」

そして彼女とラドワーン氏の間に交わされた話の一部始終を聞かせた。ラドワーン氏は二人の男を比べてこう言ったそうである。

「アッバース君は若いが、オルワーン社長は年老いています。アッバース君なら、娘さんと同じような階級だが、オルワーン社長はまったくちがう。あなたの娘さんとオルワーン社長のような方を結婚させれば、結局いろんな問題が生じてきて、娘さんはきっと不幸な思いをすることでしょう」

また、こうも言ったそうだ。

「アッバース君は実にいい青年です。彼が一儲けしようと旅立っていったのも、すべて二人の結婚のためです。そういう彼こそが娘さんにふさわしい相手だと言えましょう。とにかく今は耐え、お待ちさない。そんなことはないでしょうが、万一アッバース君が一文なしで戻ってきたなら、そのときはあなた方の望む相手と結婚なさったらいいでしょう」

ハミーダは母の話を黒い瞳に敵意を露わにして聞いていたが、話が終わると、聞き苦しいかすれた声で悪態をついた。

「ラドワーン・フセイニ氏は確かに聖人かも知れないわ。少なくとも、自分自身ではそう思っているでしょう。だから自分の意見を言うときには、人の気持ちなんて眼中にないのよ。だって、そうでしょ、自分ほどの聖人はいないって思い込んでいるんだから……。私の幸せなんてどうでもいいのよ！あの人、コーランの読み過ぎなんじゃないの！　ああして髭《ひげ》を伸ばしている人にはありがちの話よ。あんな人に私の結婚のことを相談しないでちょうだい。そんなことするぐらいなら、コーランの解説でもしてもらえばいいのよ。だって……、だって……、あの人が本当に善人なら、アッラーが息子らを全員あの世に連れていったりするわけないでしょ！」

母はびっくりして言った。

「あんた、それがこの世でいちばん善良な方に対して言う言葉かい？」

ハミーダは思い切り悪意を込めて言い返す。

「善良だと言いたいならそれでもいいわ。聖人だというならそれでもいい。預言者だって言いたけりゃそれでもいいじゃない。だけど、とにかく、私の幸せの邪魔をするようなことだけは絶対に許さないからね！」

母は娘がラドワーン氏を罵る様子に心を痛めた。ただそれはラドワーン氏の意見を擁護しようと思う気持ちからではない。彼女も腹の底では、ラドワーン氏の意見には賛成できなかったのだから。そう思っていたにもかかわらず、娘をもっと怒らせて、この際いつも口喧嘩の仇《かたき》を取ってやろうという気になった。

「だけど、とにかくあんたは婚約してしまったんだからね……」

ハミーダはケラケラと笑った。

「女は結婚してしまうまでは自由なのよ。私とアッバースの間に交わされたのは、ちょっとした口約束とバスブーサだけじゃないの」

「でも、コーランも唱えたわ」

「寛容は美徳……」〔コーランの言葉から〕

「神のお言葉であるコーランを軽んじるのは大罪よ！」

ついにハミーダは叫んだ。

「何よ！　そんなに言うならコーランを水に浸して、その汁でも飲めばいいじゃない！」

母は拳で自分の胸を叩きながら言った。

「なんて恐ろしいことを！　あんたは毒蛇の娘だよ！」

ハミーダはしかし、母の瞳が明らかにラドワーン氏に関する彼女の指摘を是認しているのを見逃さず、笑いながら言った。

「じゃあ、お母さんがアッバースと結婚する？」

母はこれを聞いて、手を打って笑いながら巻き返した。

「それじゃ、あんた、バスブーサを一皿売って、それと交換に燕麦《えんばく》を一皿買おうってつもりなんだね？」

「あら、私、年寄りを取って、若いほうを譲ってあげようってのよ」

母はカラカラと笑って、

「年寄りはいい脂《あぶら》が乗ってるわよう」

と言うと、ソファーに足を組んで座り、娘と見せかけの口論をしていたことなどすっかり忘れ、ケースから煙草《たばこ》を取り出して火を点けた。こんなおいしい一服は久しぶりだというように、ゆっくりと煙を燻《くゆ》らせる。それを見たハミーダは腹立たしげに言った。

「お母さん、本当はこの縁談を私以上に喜んでいるくせに。わざと私をいらいらさせようとしてたのね！」

母はハミーダをじっと見つめて意味深な言葉を吐いた。

「サリーム・オルワーン社長のような方が、若い娘と結婚するというのは、その娘の家族全員と結婚するということなのよ。ちょうどナイル川がいったん氾濫したらエジプト中が水浸しになるみたいにね。私の言いたいことがわかるかい？　あんた、まさか、この私をスナイヤ・アフィーフィ夫人の善意に委《ゆだ》ねたまま、自分だけ夢の宮殿へさっさと引っ越してしまおうってんじゃないだろうね？」

「アフィーフィ夫人の善意と、『ハミーダ・オルワーン夫人』の善意よ！」

「そうこなくっちゃ！　ハハハ、それにしても大したものよ、孤児《みなしご》のあんたがねえ。父親だってどこの馬の骨だかわからないのに」

ハミーダはケタケタと笑い続けた。

「そうよ、そうよ。たしかに父親はどこの誰かさえわからないわ。でも父親なんていたって何かの役に立つかしら？」

次の日の朝、ハミーダの母は上機嫌でオルワーン社長のもとへ行った。娘との婚約を結ぶため、改めてコーランの第一章を詠み上げるつもりである。だが、会社にオルワーン社長の姿はなかった。尋ねれば、その日は出社しないということだ。上機嫌だった彼女は家に帰っていらいらと待つ羽目になった。

そして正午になるかならないかの頃、ミダック横町にある知らせが走った。オルワーン社長が前夜、心臓発作で倒れたというのである。今は生死の境をさまよっているそうだ。ミダック横町は悲しい靄《もや》に包まれた。だが、ハミーダとその母にとっては靄どころか、まさに青天の霹靂《へきれき》だった。

第19章　政治集会の夜

ある朝のこと、ミダック横町の人々は大きな物音や人の声で目を覚ました。サナディキーヤ通りに面した、ミダック横町の入口とちょうど反対側の空き地に、人夫たちが大きなテントを立てているのだ。葬儀のテントを立てているものと勘違いしたカミルおじさんが例の甲高い声でわめいた。

「おお、天上に坐《ましま》すアッラーよ。我らは皆あなたのもとへ帰っていきます。ああしかし、こんな朝っぱらからなんて騒ぎだ！」

そして通りを歩いている青年に、誰が亡くなったのかと大声で訊いた。青年は笑いながら答えた。

「このテントは葬式用ではありませんよ。今度の選挙戦に備えてのパーティーを開くんです」

カミルおじさんは頭を左右に振って、ちょっと口ごもりながら尋ねた。

「また、サアドとアドリーかね」

カミルおじさんは政治にはまったく関心がなかった。知っていることといえば、二、三の政治家の呼び名ぐらいで、それとて意味もわからず口にしていただけである。なるほどおじさんの店の中には、ムスタファー・ナッハース〔Mustafa an-Nahhas Pasha、ワフド党の政治家、サアド・ザグルール（八七頁訳註参照）を継いで同党党首になり対英完全独立政策を打ち出す一方で、親英路線を辿り、一九三六年には英埃条約を締結させた。首相を五回務めている〕の大きな写真が掲げてあったが、それもある日のことアッバースが、どこかでナッハースの写真を二枚買ってきたものを一枚もらい受けたに過ぎない。政治家の写真を掲げるというのは、装飾のひとつ

郵便はがき

料金受取人払郵便

麹町支店承認

6246

差出有効期間
2024年10月
14日まで

切手を貼らずに
お出しください

1 0 2 - 8 7 9 0

1 0 2

［受取人］
東京都千代田区
飯田橋２－７－４
株式会社 作品社
営業部読者係　行

【書籍ご購入お申し込み欄】

お問い合わせ　作品社営業部
TEL 03(3262)9753／FAX 03(3262)9757

小社へ直接ご注文の場合は、このはがきでお申し込み下さい。宅急便でご自宅までお届けいたします。送料は冊数に関係なく500円（ただしご購入の金額が2500円以上の場合は無料）、手数料は一律300円です。お申し込みから一週間前後で宅配いたします。書籍代金（税込）、送料、手数料は、お届け時にお支払い下さい。

書名	定価　　円	冊
書名	定価　　円	冊
書名	定価　　円	冊
お名前　　　TEL　（　　　）		
ご住所　〒		

フリガナ
お名前

男・女　　　　歳

ご住所
〒

Eメール
アドレス

ご職業

ご購入図書名

●本書をお求めになった書店名

●ご購読の新聞・雑誌名

●本書を何でお知りになりましたか。

イ　店頭で

ロ　友人・知人の推薦

ハ　広告をみて（　　　　　　）

ニ　書評・紹介記事をみて（　　　　　　）

ホ　その他（　　　　　　）

●本書についてのご感想をお聞かせください。

ご購入ありがとうございました。このカードによる皆様のご意見は、今後の出版の貴重な資料として生かしていきたいと存じます。また、ご記入いただいたご住所、Eメールアドレスに、小社の出版物のご案内をさしあげることがあります。上記以外の目的で、お客様の個人情報を使用することはありません。

としてどこの店でもよくやっていたことなので、カミルおじさんもナッハースの写真を掛けることに何の抵抗もなかった。例えばサナディキーヤ通りの食料品店ではサアド・ザグルールとムスタファー・ナッハースの二人の写真を飾っていたし、キルシャ亭の壁にはアッバース二世総督〔Abbas Hilmi Pasha、最後のエジプト総督。総督はオスマーン・トルコ政府がエジプトの太守に与えた称号。一九一四年にエジプトがイギリスの保護国になったと同時に退位した〕の肖像が掛けられていた。

カミルおじさんは、人夫たちが着々と大テントを組み立てていく様子をぼうっと眺めながら、これは騒々しい一日になるなと覚悟した。大テントはあっという間に完成していく、柱がいく本も立てられ、その間にロープが渡され天幕が張られていくのだ。床は砂できれいに覆われ、中央の舞台に通じる通路の両側に椅子が置かれていった。そしてフセインモスクとグーリーヤ通りの間の道には、あちこちにスピーカーが設置された。何よりも素晴らしかったのは、大テントの入口が大きく開かれていて、ミダック横町からテントの中の行事が完全に見えるということだ。パーティーの様子もよく見えることだろう。舞台の一段高いところには首相の写真が掲げられ、その下にこの地域の人なら誰でも知っているイブラーヒーム・ファルハート候補の写真があった。ファルハート氏はナハシーン通りの商人だった。二人の青年がポスターを近隣の壁に貼り歩いていた。そのポスターには色とりどりの文字でこう書かれていた。

「サアド・ザグルールの遺志を継ぐ、
我らが候補者イブラーヒーム・ファルハート（無所属）に投票しよう。
暗黒の圧政に終わりを告げよう。
今こそ正義と繁栄の時代だ」

青年たちはカミルおじさんの店にもポスターを貼りたいと言ってきたが、アッバースがいなくなって以来どうも塞《ふさ》ぎ込みがちになっていたので、おじさんは強く拒否した。

「坊やたち、ここには貼らんでくれ。なんとなく寿命が縮むような気がするんじゃよ」

青年の一人が言った。

「とんでもない。かえって寿命が延びますよ。それにファルハート氏がポスターを見たら、おじさんのお店にあるバスブーサを倍の値で全部買い上げてくれますよ、きっと」

昼には作業も終わり、周辺はまたいつもの静けさを取り戻した。やがて夕方近くになって、支持者たちに囲まれてイブラーヒーム・ファルハート氏がテントの出来具合を見にやってきた。ファルハート氏は決してケチというわけではなかったが、なんといっても商人なので、必要以上の出費は認めず細かい予算を組んでいた。ずんぐりむっくりの男で、ジュッバ〔袖口が広く裾の長い上着。カフターンのようにすっぽりと上から被るのではなく前で合わせる〕とカフターンを着て、人々の先頭に立ち、やや気取って歩いてきた。丸い顔は褐色で、つぶらな瞳をしていた。彼のゆったりとした歩き方は自信に溢れ、周りをキョロキョロ見渡す目は正直で善良な性格を表していた。全体の感じとしては、腹が頭よりもずっと目立っていた。

ミダック横町一帯はファルハート氏が現れたことで騒がしくなった。この人こそはまさに「時の人」だったのである。前回の選挙で、タズキーヤ地区からの候補者が大勝利を収めたというショックからまだ完全に立ち直れていなかったということもあって、近隣の人々はファルハート氏に密かな期待を寄せていた。彼の後ろには若者たちを従えたエフェンディーが続き、雷鳴のような大声で、

「我らの声を代弁する者は」

と叫べば、若者たちが声を揃えて、

「イブラーヒーム・ファルハート！」

と返す。また、

「我らの地域に根差した者は」

と叫べば、

「イブラーヒーム・ファルハート！」

と声を揃える。そんなシュプレヒコールを繰り返す若者たちでサナディキーヤ通りは溢れた。そのうちの多くが大テントの中に吸い込まれていく。手を挙げてシュプレヒコールに応えていたファルハート候補は、親衛隊を従えて、ついにミダック横町の方に上がってきた。親衛隊の連中は、ダッラーサ・スポーツクラブの重量挙げ選手のような男たちばかりである。ファルハート氏はまず、アッバースの後を引き継いだ老理髪師に近づき、手を差し伸べて挨拶した。

「こんにちは、アラブの同志よ」

そして深々とお辞儀をすると、今度はカミルおじさんの方へやってきた。

「いやいや、どうぞそのまま。わざわざお立ちにならなくても結構です。お元気でいらっしゃいますか。アッラーフ・アクバル、アッラーフ・アクバル〔Allahu akbar、アッラーはもっとも偉大なりという意味のアラビア語〕。おお、これはなんとおいしそうなバスブーサだ。今夜のパーティーのお客さんたちに出せば喜ぶでしょうな」

こうして会う人会う人に挨拶しながらキルシャ亭までたどり着いた。ファルハート氏はキルシャ氏に挨拶をして座り、喫茶店の客たちにも声をかけた。それを見聞きしたミダック横町の人々も我先にとキルシャ亭に入ってくる。そこにはパン屋のガアダや不具づくりのザイタの姿さえあった。ファルハート氏は満足げに人々を見渡し、キルシャ氏に向かって言った。

「皆さまにお茶を出してさしあげてください」

あちこちからお礼の言葉が聞こえてきて、ファルハート氏はいちいちそれに笑顔で応えた。

「ご主人、あのテントでのコーヒーの賄《まかな》いをお願いしてもよろしいでしょうか」

キルシャ氏はちょっと邪魔くさそうに答える。

「ご指示どおりにいたします、先生」

しかしファルハート氏はキルシャ氏のうっとうしそうな表情を見逃すことはなく、さらに口調を和《やわ》らげて言った。

「私たちは皆、この地域の出身です。すなわち私たちは皆、兄弟なのであります」

事実、ファルハート氏の本当の目的は、キルシャ氏のご機嫌を取ることだったのである。先だって、彼はキルシャ氏を呼んで、仲間の喫茶店主そしてその従業員たちの支持を得ようとした。仲間たちに対するキルシャ氏の影響力は大きい。ファルハート氏は十五ポンドを差し出したが、キルシャ氏は、自分はエル・フワールに勝るとも劣らないと言って受け取ることを拒《こば》んだ。エル・フワールというのはダッラーサ地区にある喫茶店のことで、そこの主人が二十ポンド受け取ったと伝わっていたのだ。結局ファルハート氏は追加を約束してその金を握らせたのだが、キルシャ氏がいつ裏切るかと気が気でなかったのである。実のところキルシャ氏は、「政治屋」がなかなか好きになれなかった。だから、約束どおりの金がもらえないならば、自分の意地を通してやろうと考えていたのだ。

かつては「政治」のこととなると目の色を変えていたキルシャ氏であった。例の悪癖で有名になる以前、若かりし頃、彼は政治の世界でも有名だった。一九一九年の革命〔対英暴動のこと〕の放火を企てたのはキルシャ氏であるとさえ言われている。また、アルメニア人とユダヤ人相手に暴動が起きたときには、アラブ人側の勇士として立ち振る舞った。そういう流血騒ぎが鳴りを潜めると、騒ぐ血を治めるにはやや物足りない感じはあったが、今度は選挙運動に意欲を注ぐようになった。一九二四年の選挙では、縁の下の力持ちとしての働きが買われ、明くる二五年の選挙では、ワフド党側に立ちながら、政府側の候補者から賄賂を受け取ったという陰口を叩かれつつも、一目置かれる存在となっていた。シドキー・パシャ〔八七頁参照〕の国民投票のときも一役買って出ようと思った。投票をボイコットして賄賂を得ようとしたのである。しかしこの頃すでに国は臨戦態勢で、キルシャ氏のような人間には目を光らせていたので、彼は同僚たちとともに選挙管理委員会の車に軟禁されたのだ。それでキルシャ氏はしかたなくワフド党支持を諦めたのである。最後に政治に係わったのは一九三六年で、それを機に政治とは縁を切って商売に身を入れることにした。以後は選挙があっても、相場でも見るかのように、儲かる話にだけ耳を傾けた。つまり「いちばん太っ腹の候補者」を支持するようになったのである。政治を諦めた理由として、キルシャ氏は自身の政治生活の破綻を指してこう言うのだった。

「権力争いする者の目的は結局カネなんだから、自分のような貧しい有権者の目的がカネだとしても別にかまわないじゃないか」

それ以降のキルシャ氏はどんどんと退廃への道を辿《たど》り、生気も失せ、ただ欲望の赴《おもむ》くままに生きてきた。昔日《せきじつ》の勇ましい革命魂などすっかり消え失せ、たまに暖かい火鉢にあたって心地よくなったときにぼんやりと思い出す程度である。気高き人生を全《まっと》うする気持ちなどかけらもなく、ただハッシーシと肉欲に耽るのみだ。彼の言葉を借りれば、それ以外のことは「何の意味もないこと」なのだ。

もちろん今は、ユダヤ人も、アルメニア人も、イギリス人でさえも憎いとは思わなくなったが、逆に人を愛するということもなかった。にもかかわらず、今度の戦争にだけは何か惹《ひ》きつけられるものがあった。彼はドイツ側に立っていたのである。戦火がどんどんと激しくなる中、キルシャ氏はよく自問していた。

〈ヒトラーを取り巻く情勢はどうなのだろう？〉

〈果たして、本当にドイツはこの戦争に負けるのだろうか？〉

〈ソ連と一方的な不可侵条約を結んで正しかったのだろうか？〉

キルシャ氏がヒトラーを好きなのは、他ならぬ、その残忍さと野蛮さが気に入っていたからだ。ヒトラーこそは未曾有の暴れ者だと思っていた。そしてこの独裁者に対してアンタラやアブー・ザイド〔Antarah、Abu Zaid、両者ともアラブの武勇伝に現れる想像上の英雄〕に抱くような夢を託していた。

そういう過去を持っていたので、キルシャ氏はいまだ地元の選挙ともなれば一目も二目も置かれる存在であった。少なくとも、毎夜ラドワーン・フセイニ氏のアパートの屋上の掘っ立て小屋で開かれていた例の「寄り合い」においては、喫茶店の主人たちの中でもいちばんの長老であったし、もちろん、店で働くボーイや従業員たちに対しても大きな力を持っていた。そんなわけで、イブラーヒーム・ファルハート氏は、多忙中の貴重な時間を割《さ》いて、キルシャ氏のご機嫌取りに、わざわざ店にやって来たのである。

ファルハート氏はちらちらとキルシャ氏の表情を見ていたが、ついにこう耳打ちした。

「ご主人、ご機嫌のほどはいかがでしょうか」

キルシャ氏は唇にわずかな笑みを漏らし、慎重に言葉を選びながら答えた。

「おかげさまで。あなたはとても寛大なお方ですのでね、先生」

ファルハート氏は囁《ささや》いた。

「もちろん、必ずやお礼のほうは十分にさせていただきますので」

この言葉に気をよくしたキルシャ氏は、周りの人々を眺め渡して言った。

「先生ならきっと、我々の希望を叶えてくださると思いますが……」

人々は異口同音にこれに応じた。

「もちろんそうですとも！　ファルハート先生こそ我らが町の代表者！」

ファルハート氏は自信いっぱいに演説し始めた。

「皆さまもご存じのとおり、私は無所属ではありますが、サアド・ザグルールの真の路線を全うしたいと思っております。政党など、私たちに何の利益をもたらしてくれましょう。連中の無意味な言い争いをお聞きになったことがあるでしょう。まったく連中ときたら」このときファルハート氏は「連中ときたらまったくの阿呆です」とすんでのところで言いそうになった。しかしまさに今、自分はそういう阿呆たちを相手に話をしているのだということに気づき、その言葉を飲み込んだのだ。「……

ま、とりあえず、そのような話は横に置いといて、私はいかなる政党にも属さないことにしたのです。ですから、誰に気兼ねをすることもなく真実を語ることができるのです。決して大臣や党総裁に忖度《そんたく》することもありません。当選の暁には、議会で、ミダックの、グーリーヤの、サナディキーヤの人々の名の下に発言するつもりです。実益のない口論や偽善だけの時代はもう終わりました。もっと身近な問題を話し合うことのできる時代の到来です。つまり、例えば、布地の値上がりについてとか、砂糖、灯油、オリーブ油などについても同じ。その他、無添加のパンや食肉の高騰問題などもあるでしょう」

ある男が真剣な表情で質問した。「では、先生はこのような問題を明日にでも解決してくださるんですか」

ファルハート氏は自信をもって答える。

「無論です。それこそが革命の真髄ではありませんか！　ちょうど昨日も首相を訪れまして」と、ここでまた、ついさっき「私は無所属だ」と言ったのを思い出して、「いや、つまり首相は自分と政策の異なる候補者たちともいろいろ面談しているのですが……、自分の在任期間を繁栄と発展の時代にしたいと語っておりました」

ここで唾を飲み込んで、さらに続けた。

「奇蹟、また奇蹟、それに続く奇蹟、というような変革を皆さまは目《ま》の当たりにすることでしょう。私が選挙に勝ったその暁には、皆さまにも必ずや『見返り』があることをお忘れにならないでいただきたい」

ここで歯医者のドクター・ブゥシーが水を差した。

「その『見返り』は、先生が選挙に勝つまで待たなければならぬわけですか」

この質問に、ファルハート氏はちょっとどぎまぎしながら答えた。

「いや、無論、結果が出る前にも……」

今度はダルウィーシュ先生が、いつもの忘我の状態から覚めてこう言った。

「前にも後にも。嫁入り道具と同じことですな。……ああ、だがしかし、わが愛しの聖女ファーティマよ。あなたは違う、あなたに嫁資《かし》など必要ありません。あなたを慈《いつく》しむがゆえに、我が魂は天上よりあなたをお連れ申すことでしょう」

ファルハート氏はむっとしてダルウィーシュ先生の方を振り返った。だが、この言葉の主が上着をはおり、ネクタイを締め、金縁の眼鏡をかけているのを見て、これは神の道を歩む聖なる人であるということに気づき、慌ててその丸い顔に優しい笑みを浮かべて言った。

「これは、これは、先生。ご機嫌はよろしゅうございますか」

しかしダルウィーシュ先生は何も答えず、再び忘我の状態に入った。するとファルハート氏の親衛隊の一人が大声で言った。

「聖なるアッラーの書、コーランに誓って、皆さまの希望は必ずや叶えられることでしょう」

数人がそれに応じて唱和した。

「必ずや」

続いてファルハート氏は一人一人に、投票用紙を持っているかどうか尋ね始めた。カミルおじさんに尋ねると、

「わしは投票用紙なんか持っとらんよ。生まれてこのかた一度も投票など行ったことがないからね」

と答えた。それでファルハート氏は尋ねた。

「おじさんの出生地はどちらですか」

おじさんは関心なさそうに答えた。

「知らんよ」

この言葉で一同はどっと笑った。ファルハート氏も一緒に笑いながら、
「まあそれじゃ、用紙は私から当地域の僧長にお願いしておきましょう」
そのとき、ガラビーヤを着た少年が、手にたくさんの小さなビラを持って店に入ってきた。人々が多く集まっているのに乗じてビラを配ろうとしたのである。ほとんどの人は、それが選挙用の宣伝ビラだと思い、ファルハート氏のためにもらおうとして受け取った。当のファルハート氏も一枚手にしたが、それにはこう書かれていた。
「あなたの夫婦生活には何かが欠けている。
サナトリーを一服飲みましょう。
サナトリーを一服
科学的に調合され、有害物質もゼロ
保健省の製造認可番号百二十八号を取得
回春、滋養強壮に抜群の効果！
たった五十分であなたはみるみる若返ります。
【摂取法】コップ一杯の特別に甘くしたお茶に一粒サナトリーを入れる。
それだけで身体に元気が湧いてきます。その四分の一だけでも、
一回の「お務め」には十分です。どんな強壮剤よりも確実。
電流のように血管の中を駆け巡る若さ！
このビラに載っている取扱店で、ぜひ一瓶お求めください。
なんと、たったの三十ミリーム！　たったの三十ミリームで、
あなたに悦《よろこ》びがもたらされる。お試しの方々のお意見も承ります」

一同が再びドッと笑ったので、ファルハート氏は少し落ち着かない気分になった。親衛隊の一人がファルハート氏の気分をほぐすために思い切って言った。

「これもきっと何かの吉兆ですよ」

そして耳元でこう囁いた、「先生、そろそろ参りましょう。まだまだ回らなければならない地区がたくさん残っています」

そこでファルハート氏は立ち上がって、キルシャ亭に集まった人々にこう挨拶した。

「アッラーのご加護が皆さまと共にありますように！　また近いうちにお目にかかりましょう。私たちすべての願いが成就いたしますように……」

そしてダルウィーシュ先生の方にちょっと躊躇《ためら》いがちな視線を投げかけ、店を出る間際にその肩に手を置いて言った。

「我らが師よ、どうぞ私のためにお祈りください」

ダルウィーシュ先生は腕を大きく広げて言った。

「アッラーの祟《たた》りあれ！」


陽が沈む頃には、大テントは人でいっぱいになった。政界の大物が重要な演説をするという噂で出足が伸びたのであろう。舞台には吟遊詩人や喜劇役者たちも出るという噂が流れていた。間もなく、舞台に朗唱者が現れコーランの中から平易な章を詠唱した。それに続いて美しく刺繍の施された衣装をまとった楽士たちによる国歌演奏があった。スピーカーから聞こえる音楽に引き寄せられるようにサナディキーヤ通りは近辺の若者たちでいっぱいになった。国歌演奏が終わると、満場の喝采が起こったので楽士たちも舞台からなかなか退くことができず、まるで政治家たちが楽団の演奏に合わせて演説を始めるのではないかとさえ思われた。そこでいく人かがトーンと音を立ててステージの床を蹴り、やっと喝采は収まった。次に、よく名の知れたモノロギストが民族衣装を身につけて現れると、群衆はその目の動きを見ただけで笑い出しそうになった。拍手が収まると、モノロギストが語りを始めた。それに引き続いて半裸のベリーダンサーが舞台に上がり、腰を何度もくねらせながら、

「イブラーヒーム・ファルハート、イブラーヒーム・ファルハート！」

と叫んだ。それに合わせて男が拡声器を使って叫んだ。

「イブラーヒーム・ファルハート！　代議士は『イブラーヒーム・ファルハート』、マイクロフォンは『バハルール』！」

歌や踊りはさらに続き、まさに地域全体がお祭りのようだった。

さて、ハミーダがいつもの夕方の散歩から帰ってきた頃には、パーティーはまさに最高潮に達していた。ミダック横町の住人たち同様ハミーダも、その夜の催しは意味もわからない文言ばかりの長ったらしい演説やシュプレヒコールしかない単なる政治集会だろうと思っていたが、パーティーがたいへんな盛り上がりを見せているのを目の当たりにして、心がうきうきと弾んだ。

ハミーダは目をパチクリさせて舞台を覗き見た。こんな楽団も踊りもそれまで一度も目にしたことがない。通りを埋め尽くした若者たちを掻き分け、やっとの思いでミダック横町の入口までたどり着いた。そして理髪店の壁に塗りこめられた大きな石によじ登って座った。こうすれば大テントの中の催しが完璧に見える。ハミーダの周りの人込みは若い男女の押し合いへし合いだった。中には子供を腕に抱いたり、肩車したりした女たちもたくさんいる。歌声に喝采が、話し声に叫び声が、笑い声にわめき声が混じり、混沌とした状態だった。楽しいお祭りの雰囲気にハミーダの心は浮き立って、笑い声に魅力的な瞳はさらに美しい輝きを見せ、普段は無表情な冷たく薄い唇にさえ真珠の粒のようにキラキラした微笑《ほほえ》みが光った。そのうちハミーダは立ち上がった。小麦色の顔、膝より下の脚、烏《からす》の濡れ羽色

の前髪以外は外套に覆われている。心身ともに軽やかに弾み、踊り、熱い血が体中を駆け巡った。こんな面白いモノローグは見たことがなかったし、ベリーダンサーの美しさには嫉妬さえ覚えたが、決してハミーダの気分を害するようなものではなかった。

こうして彼女は日が暮れゆくのも忘れて、ステージの興奮に淫していた。すると突然、左方に彼女の感情に呼びかけてくる、えもいわれぬ感応を覚えた。ハミーダが視線をゆっくりと舞台から左側にずらしていくと、そこには、こちらをじっと見つめている傲慢な瞳があった。ハミーダの目は一瞬、その視線の主に注がれたが、すぐにまた舞台の方へ戻された。だが、もうそれまでのようにステージには集中できず、再び、挑戦的なあの視線の方向に振り向きたいという思いにかられた。そして再び左側に向き直ったときには、やはりさっきと同じ鋭い視線がこちらに注がれており、ハミーダは激しい動揺を覚えた。さらにもう一度振り返ったときには、その瞳はなぜか微笑みかけているようにも見えたのだ。ただそれ以上はもうその方向を見るのも憚《はばか》られ、諦めにも似た憤怒《ふんぬ》を覚えながら首を元の位置に戻した。自信過剰とも一種挑戦的とも取れるあの不思議な微笑みがハミーダの感情に火をつけたのである。火のついた感情はすぐに燃え上がり、何かに……そう、できればあの視線の主である男の首筋にでも、鋭く爪を立ててやりたいとまで思った。もう無視しようといったん決めたのだが、肩のあたりに横柄な視線を感じて落ちつけず、さきほどまでの楽しい雰囲気は完全に吹っ飛んでしまい、逆に激しい敵愾心《てきがいしん》がぐつぐつと沸き立ってきた。

男はそれだけでは飽き足らないのか、あるいはハミーダの怒りに満ちた視線を読み取れないのか、今度は舞台を見つめる彼女の視野に割り込んできた。わざと彼女の視野を妨げるつもりだ。男はその場で、こちらに背を向けて立った。背が高く痩せており、肩幅が広く髪の多い男だった。緑がかったスーツを着て、頭にはトルコ帽もハットもつけておらず、そのきちんとした身なりはおよそその場にそぐわなかった。驚いたハミーダは、今度は激しい好奇心に囚われ、考え始めた。

〈あんな立派な身なりをして、このミダック横町にいったい何の用があるのかしら〉

〈さて、この人ごみの中でも、もう一度私に振り向く勇気はあるかしら〉

しかし男はあっさりと振り返って、まっすぐにハミーダを見つめてきた。男の顔は細く少し間延びした感じで、眉は濃かった。アーモンド型の目は強引で、ずるがしこそうな性格を物語っていた。ただ顔を見ているだけでは飽き足らないのか、ついに男はハミーダの頭のてっぺんから履き古したスリッパのつま先までを嘗《な》めるように眺める。ハミーダは硬直してしまい、相手が自分に対してどのような印象を抱いているのか、それをその目の表情の中に求めた。そこで二人の視線はまたぶつかり合った。やはり彼の瞳には、鼻っ柱の強さが漂っている。この目から出る光線に負けてはならないとハミーダは思った。そう思うと彼女の血はぐつぐつと煮立ち始め、この群衆の面前で男を思い切り罵倒してやろうかという衝動が頭をもたげた。その衝動をハミーダは必死に抑え、無念を覚えながらも石から飛び降り、ミダック横町の奥へ逃げ込んだ。そしてアパートの敷居を跨いだところで急にまた戻りたくなった。だが、同時に男の小馬鹿にしたような顔を思い出し、思い留まった。しかし階段を上りながら、自分の甘さが悔やまれた。

そして寝室に戻ると、外套を脱いで窓際に行き、閉じた鎧戸《よろいど》の隙間から外をのぞき見た。するどい彼女の目はすぐに、ミダック横町の入口に立っているあの男を見つけた。注意深く、通りに面したすべての窓を見上げているようだ。その瞳には先ほどまでの微笑みや自信はうかがえなかった。明らかに、ハミーダが立腹した理由を解《げ》せないようで、それこそが彼に対する反撃になったと彼女は納得した。

男はきっと教育を受けた、中流階級の出で、アッバースやオルワーン社長とはまったく違う雰囲気を醸《かも》し出していた。なぜ、ハミーダはあの男に対して、あんなに腹を立てたのであろう。疑う余地もなく、ハミーダは彼に惹きつけられていたのだ。あの傲慢で無遠慮な視線のおかげで、なんと血の沸き立つような戦いをさせてもらったことか！　それにしても、あの瞳の中に光っていた自信はどこからくるものなのだろう？　自分をなにかの英雄か王子様とでも思い込んでいるのだろうか？　ハミーダは嫌悪と快感の入り混じった気持ちで、もう一戦交えてみたいとまで考えている自分に気づいて驚いた。

しかし男のほうは、こちらの姿を捜すのを諦めてしまったようで、このまま人ごみに紛れていってしまうのではないかと彼女は恐れた。すこし躊躇もあったが、注意深く鎧戸に身を隠しながらそっと窓を開けた。そうやってパーティーの様子をうかがうふりをしたのである。男はこちらに背を向けていたが、そのうちまた振り返って自分の姿を捜し始めるだろうとハミーダは確信していた。その予測どおり、男は再び頭をもたげて窓から窓へと視線を巡らし始めた。そしてついにわずかに開かれたハミーダの部屋の窓を見つけてしまったのである。その瞬間、彼はさっと明るい表情を浮かべ、まるで銅像のようにしゃんと背を伸ばした。そして次の瞬間には、またあの不思議な笑みが男の唇のまわりに漂い始めたのだ。さっきよりもずっと傲慢で、自信過剰に見える。そのときになってハミーダは初めて、姿を見せてしまうなんてとんでもないヘマをしてしまったと我に返ったのである。再び彼女の中に憤怒が蘇ってくる。自分を呼び戻そうとするあの挑戦的な微笑み、今までに出会ったことのないあの不思議な眼差し、まるでそれはもう一戦交えようではないかと誘いかけてくるようだった。今や、男は自信あふれる歩調で、ミダック横町を奥の方へと上ってくる。部屋まで上がってくるのではないかとハミーダは恐怖感を覚えた。だが、男はくるりと曲がってキルシャ亭に入っていった。そしてキルシャ氏とダルウィーシュ先生の間にある椅子に腰かけた。その場所は、アッバースが以前、毎晩のように、鎧戸に映るハミーダの影を求めて座っていた場所である。そんな場所に座ることで、男はハミーダに先制攻撃を仕掛けてきたわけだ。

一方、ハミーダも引き下がらなかった。その場に留まったまま、舞台の方に目を向けた。もっとも、心そこにあらずの状態ではあったが……。男の視線がサーチライトのように突き刺さってくる。結局、政治集会が終わり、彼女が窓を閉めるまで、男はずっとそこに座っていた。

その夜のことを、ハミーダは一生忘れないだろう。

第20章　ハミーダとあの男

その夜以来、男は毎晩ミダック横町にやって来るようになった。夕方になるとキルシャ亭にふらりと現れて、決まった席につき、茶を飲みながらゆっくりと水煙草を燻らすのである。きちんとした身なりの男が突然毎晩のようにキルシャ亭に現れるようになったことに住人たちは当初驚いたが、日が経つにつれ慣れてしまい、やがて何の関心も示さなくなった。もともと喫茶店というものは、地域以外の人も多く訪れるところなのだから、彼のようなエフェンディーが喫茶店の常連というのも何ら不思議ではない。ただ、勘定の時にいつも高額紙幣を出すのでキルシャ氏は困っていたようである。時には一ポンド紙幣を出したりもするのだから！　一方、ボーイのサンカルは今まで手にしたこともない多額のチップをもらえるので大喜びであった。

さて、ハミーダは毎晩、男の様子を覗き見している。瞳も心もいつになく興奮し、期待がどんどんと膨《ふく》らんでいた。当初は、みすぼらしい身なりであることを恥じて、いつもの夕方の散歩は控えていた。普段とは違う自分のそういう気の弱さに苛立《いらだ》ったが、どうすることもできず、ただ部屋にじっと閉じ籠っていた。そして、男がサンカルに差し出す紙幣を見て、ハミーダは当然のように、えもいわれぬ魅力に囚われていたのだ。おそらく「金に魅了される」などという言葉は「よそ」では死語と化したものなのかも知れないが、ここミダック横町ではまだまだ現役で通じる言葉だったのである。

　男はキルシャ亭に通うようになった理由を悟られないよう十分に注意していたが、それでも機会を見つけては、迷わずハミーダの部屋の窓を盗み見た。また水煙草を吸うときも、吸い口につける唇を少し尖らせて吸った煙を天に向けてフーッと吹き出す動作が、まるでハミーダに投げキスを送っているようにも見えたのだ。それをじっと見つめるハミーダの瞳には、喜びと怒りが入り混じっていた。もし散歩の途中で男が話しかけてきたら……間違いなく話しかけてくるだろうが……思いつく限りの罵声を浴びせ、そして自分自身には、夕方の散歩をこれまでどおり続けるべきだと言い聞かせていた。もし散歩の途中で男が話しかけてきたら……間違いなく話しかけてくるだろうが……思いつく限りの罵声を浴びせ、あの鼻っ柱をへし折ってやればいいのだ。そうすれば男は今後一生、ハミーダの恐ろしさを忘れないだろう。あの礼を欠いた眼差しと、自信ありげな笑みに、それぐらい報いてやってもよいではないか！　人をいったい何だと思っているのだ？　どんなに罵ってやっても罵りきれないほどだ！　ああ、それにしても、新しい服と靴さえあれば……、すぐにでもそれを実行に移すことができるのに……！

　ハミーダがやり場のない無念を心に抱いていたときに、彼女の人生に割り込んできたのがあの男である。サリーム・オルワーン社長は、ほんの一日半、ハミーダに夢を抱かせた後、今は病床に伏して生死の境をさまよっている。同時にそれは、ちょうど彼女のアッバースに対する想いが冷え切っていたときのことでもあった。もちろんオルワーン社長が快復したとしても、また結婚話を持ち掛けてくるはずもないので、ハミーダはいやいやアッバースとの婚約を継続する羽目になったが、今やアッバースに対しては軽蔑しか感じていなかった。ハミーダはそうやってただ不幸に屈してしまう自分に苛立つばかりで、母親に八つ当たりするのだった。母があまりにハミーダの幸運や、オルワーン社長の富を羨《うらや》むあまり、神がハミーダの運命を変えてしまったと言うのである。ちょうどそんな頃に、あの男が彼女の人生に割り込んできたわけだ。男の尊大な態度はハミーダを怒らせると同時に惹きつけもした。だが、その立派な風采と男らしい整った顔にはただならぬ魅力を感じていたのである。これまでの男に見出《みいだ》すことのできなかった力、魅力、闘争心などを彼は持ち合わせているように思えた。

しかし、彼に対するハミーダの感情ははっきりしなかった。大きな魅力を感じながら、それでいて、何としても彼の首を絞めあげてやりたいとも思っていたのだ。夕方の散歩にまた出掛けるようになれば、この不安定な状態から抜け出せるのではないか？　そうすれば、彼の挑戦を受けて立ち、この鬱積した怒りを解放して、さらに奥深くにある感情、つまり自身の闘争心と彼への憧憬に従うことができるようになるかも知れない。

そうしたある日の夕方、ハミーダは慎重に衣装を選んでまとい、さらに外套をすっぽり被り、何げない風を装って部屋を出た。そして脇目もふらず、ものの一分でミダック横町を抜け出た。だが、サナディキーヤ通りに出たところで、はっとある危惧に襲われた。こんな風に出掛ければ、彼はきっと誤解するに違いない。自惚《うぬぼ》れの強い男のことだから、自分に会うためにハミーダが部屋から出てきたのだと勘違いしないだろうか？　ハミーダが以前は毎夕のように散歩に出掛けていたことを彼は知らないし、またここ何日間も、ハミーダが外出するところを彼は見ていないのである。いずれにしても彼はつけてくるだろう。そして道で声を掛けてくるに違いない。それなら彼女の行動を彼がどう思おうがどうでもいいことだ。自惚れであれ何であれ、ハミーダの罠に引っ掛かったらそれまでだ。一戦交えることへの期待で足取りも軽やかになった。

ゆっくりと歩を進めたにもかかわらず、ほどなくゲディーダ通りまで出てしまった。男はきっとさっとキルシャ亭の椅子から立ち上がり、後をつけて来ているだろう。今ごろはハミーダを見失わないように、じっとこちらに目を据えているにちがいない。まるで背後に目がついていて、彼の長身の身体がはっきり見えるように思える一方で、通りを行きかう人や車や馬車などは何一つハミーダの目に入ってこなかった。自分が出掛けるところを男は果たして見たのだろうか？　そしてまたあの挑戦的な笑みを浮かべているのだろうか？　あんな男は地獄へ落ちてしまえばいいのだ！　ともかく、絶対に後ろを振り向いてはいけない。たった一度でも振り返ってしまえば、それですべて終わりだ。おそらく今、二人の距離はほんの数歩というところだろう。それにしても一体何をしているのだ？　ただ犬のように後をつけてくるだけのつもりだろうか？　あるいはハミーダが振り向くまで待っているのだろうか？　それともまずは横に並んで歩調を合わせてから話しかけてくるつもりなのか……？

ハミーダは慎重に警戒しつつ歩調を緩めた。その目は前を歩く人、追い抜く人すべてを捉えている。すると、そのときすぐ後ろに近づいてくる足音が聞こえた。ハミーダは急な胸の高鳴りを覚え、後ろを振り向きたい衝動に駆られた。だが、そうしてはならないという頑《かたく》なな抑制に支えられていた。

そのとき、前方から来る工員の娘たちが目に入った。ハミーダの緊張はすぐに解け、口元に明るい微笑みが浮かんだ。挨拶を済ませると、どうして何日間も姿を見せなかったのかと娘たちが尋ねたので、体調が良くなかったと嘘をついた。そしてそのついでに、いま来た道をちらりと振り返った。それから娘たちと楽しく話したり、じゃれ合ったりして歩きながらも、目では道の両側をあちこち見渡した。男はいったいどこにいるのだろうか？　きっと彼女には見えない所からこっちをじっと見ているにちがいない。いずれにしても、男に礼儀作法を教えてやる機会は今日のところ諦めざるを得ない。ハミーダは、男が自信満々に近づいてきたところを一蹴してやることを夢見ていたのだ。だが、男はうまくハミーダの爪から逃れ、もはや姿を消している。工員の娘たちの後をつけて来ているだろうか？　この場に至って、もうその願望に逆らうこともできなくなり、彼女は後ろを振り返って背後を慎重に見渡した。

男の姿はない。前にも後ろにも、右にも左にも。多分、キルシャ亭を出るのに手間取ってハミーダの姿を見失い、今ごろは道の真ん中できょろきょろしているのだろう。ハミーダは緊張が解けると同時に、元気も失せてしまった。

やがてダッラーサ地区の入口まで来たとき、アッバースが以前そうしたように、男も話し掛けてくるのではないかと思った。そして工員の娘たちと別れる間際には、希望も新たになり、緊張感も戻ってきた。ハミーダは来た道を戻りながら通りの隅々に視線を配った。しかしどこにも人影はない……いや、少なくとも彼女の求めていた人影はない。すっかり気落ちして家路を急いだ。

ミダック横町を上りながらキルシャ亭を覗き見る。キルシャ氏の外套、その左肩がハミーダの視野に入り、やがて心地よく居眠りしている頭全体が見えた。そして……、その横に男はいたのだ。水煙草のパイプをくわえて座っている。それを見たハミーダの心臓は急に鼓動を速め、血が一度に頭に昇ってきて顔が真っ赤になった。そして脇目もふらずアパートに駆けこんだ。今までに感じたことのない恥ずかしさを覚え、慌てふためいたのである。呆然として階段を上がり部屋に戻るや、外套を床に脱ぎすて、煮え返るような怒りを覚えながらソファーに身を投げ出した。

毎夜、毎夜、男はいったい誰が目的でキルシャ亭に来ているのだろうか。あの投げキスは誰に送っているのだろうか。彼女の心の中で羞恥と絶望と怒りが交差した。つまり、男が毎日キルシャ亭に現れていることと、彼女が密かに想像を巡らせていることとは何の繋がりもないというのか？　それとも、ハミーダにそれを思い知らせてやるために、やきもきさせて苦しめるために、わざと今夜は後をつけてこなかったのだろうか？　それではまるで大人が子供相手に遊んでいるようなものではないか！　彼女は悔しくて、そこにある水差しをあの男の頭めがけて投げつけてやりたいとまで思った。それまでに経験したことのないような苦々しさを味わっている。だが同時に、決して否定できない想いも抱いていることを自覚した。つまり、ハミーダは男が後をつけてきてくれることを望んでいた、という想いを。

だが、ではどうすればいいのだ？　この憤懣《ふんまん》や嫌悪感は何なのだろう。なぜこれほどにまでハミーダの癪《しゃく》に障《さわ》るのだろう。あの挑戦的な笑みがすべての原因だ。けしかけてくるようなあの薄ら笑いに立ち向かってやろうではないか。いかにも男らしく、勇敢で、そしてずる賢そうなあの男と力比べをしてみたいものだと、ハミーダの闘争心はめらめらと燃えていたのである。

こうしてハミーダは最悪の気分でソファーに身を沈めていたが、そのうち窓の方を向き、なにか思い立ったかのようにゆっくりと鎧戸の影まで這《は》っていった。そして部屋の奥深くまで入り込んでいる影に身を隠しながらキルシャ亭を見下ろした。男はこの上なく平和そうに、満足した様子で、静かに座って水煙草を吸っている。自分だけの世界に浸っているようで、その表情にはあの高慢な笑みはうかがえない。ハミーダがこんなに怒りに燃えてカリカリしている間も、男はあのようにのんびりと座っているのだ！　ハミーダはじっとその場に立って男を見ていたが、男を見れば見るほど、怒りが溶岩のように込み上げてくる。その夜はいかにして彼に報復してやろうかと考え詰め、まんじりともできなかった。

目が覚めると、次の日はさらに気落ちしていた。不安を抱きながら、いらいらしながらも、夕方になるのを待った。前夜は、まちがいなく男がつけてくると踏んでいたが、きょうはその確信は持てない。ハミーダは一日中、太陽の光がミダック横町を横切って、やがてキルシャ亭の壁の向こうに沈んでいくのを見ていた。もし男がキルシャ亭にやって来なければどうしようという焦りもあった。というのも、いつもの時間になっても現れなかったからである。一分、そして一分と時間は過ぎ、ハミーダはなぜか安心して口元に微笑みを浮かべた。ここで彼女が安心しなければならない理由はないのだが、男が今日わざと姿を見せないからには、つまり昨夜もわざとつけて来なかったのだと本能的に理解したのである。もし、そういうわけであったなら、何も昨夜のようにカリカリする必要はなかったのだ。

ハミーダのその一人合点を裏切るように、男は全知能を働かせて、まさに戦闘態勢に入っていた。すでに戦場に現れていたのだが、その姿が見えなかっただけである。

一方、ハミーダは勝手な解釈に気をよくして、再び男に一戦を挑もうとしていた。時間が迫るにつれてうずうずしていたハミーダは、外套をはおると、昨夜のように念入りに服装のチェックなどすることなしに部屋を出た。夕方の冷たい空気は新鮮で、昼間の悶々《もんもん》とした気分を吹き飛ばしてしまう。彼女は歩きながら独り言を言った。

「私ってなんて馬鹿なの！　なぜあんな苦々しい気分になる必要があったのかしら。あんな男、この世から消えてしまえばいいのよ！」

ハミーダは歩調を速めた。しばらく行くと、いつもの娘たちに出会って、そこからみんなで道を戻り始めた。娘たちはハミーダに、間もなく仲間のひとりが結婚すると伝えた。相手はサイダホム食品店とやらで働くザンファルという青年だそうだ。ひとりの娘が言った。

「あなたのほうが、あの娘《こ》より先に婚約したけれど、あの娘の方が先にお嫁にいっちゃうわね」

ハミーダは少しむっとして答えた。

「だって、私のフィアンセは、私たちがいい暮らしを送れるようにと、遠くまで出稼ぎに行ってるんですもの」

ハミーダは、そうやっていやいやアッバースのことを口にしたのである。と同時に、サリーム・オルワーン社長の件も思い出した。もうあんな人はどうでもいい。さっさと死んでしまえばいいのだ。……ハミーダの心は痛んだ。人生なんて、本当にどう対処しようもない憎き敵《かたき》でしかない。

いつものようにダッラーサ地区の入口で彼女たちと別れ、来た道を戻り始めた。ほんの数メートルも歩んだろうか、ハミーダは見たのだ……男が待ち受けているかのように歩道に突っ立っている。まぎれもない、あの男だ。ハミーダはショックで一瞬、男をじっと見たまま動きを止め、そのまま呆然として歩み始めた。なんとも、これは予期せぬことだった。男はもうずっと以前から、このような出逢いになるよう計画を練っていたに違いない。つまり、彼女に不意打ちを食らわせる機会を狙って静かに待っていたのだろう。ハミーダは必死であの怒りを呼び戻そうとした。なによりも、注意深く身なりのチェックをして来なかったのが悔やまれる。

薄暮の空気は濃い茶色を帯びて、通りの人影もまばらである。男は柔和な表情を浮かべて、ハミーダが近づいてくるのをじっと待っている。あの挑戦的な微笑みはうかがえない。彼女がその横を通り過ぎようとしたとき、男は低い声でこう話しかけてきた。

「待てば海路の日和《ひより》あり、か……」

彼はハミーダから視線を逸らさずにもごもごと呟くように言ったので、言葉尻ははっきり聞こえなかった。ハミーダは何も答えず、先を急ぐ。男の低い声は追いかけてきた。

「ねえ、もしもし、ねえ君。ゆうべは君を追いかけていくことができなくてさ、ほんとに気が狂いそうなほど残念だったよ。だって、喫茶店の人たちになんて思われるかわからないでしょう。毎日毎日、僕は君が家から出てくるのをじっと待っていたんだよ。そして昨日ついにそのチャンスが来たっていうのに……、僕は追いかけて行くことができなかった。本当に気が狂ってしまいそうだったよ」

男の表情はただ優しく、ハミーダを怒り狂わせていたあの挑戦的で、人を小馬鹿にしたような笑みはまったくない。それどころか、その言葉はまるで恋人の囁きのようではないか！　いったいどうすればいいのだろう？　このまま無視して、歩き去ればいいのだろうか？　だがそうすれば、もうすべてが終わりになってしまうのではないか？　そうすることは簡単だ。でもどうしてもその勇気がない。最初に彼を見た日から、自分はまるでこの出会いを待ち続けてきたかのような気もするのだ。今のハミーダは、自分自身の気持ちすらはっきりと把握できない女だった。

一方、男のほうは役割を巧妙に演じている。言葉を慎重に選んで組み合わせていく。前夜のように恐れるべきものは何もなかった。前夜は彼の感性と経験で、まだ彼女を追いかけるべき時ではないことを悟っていたのである。同様に、今夜も感性と経験で、優しく下手《したて》に出るのが得策とわかっているのだ。彼はハミーダに追いついてきた。

「ねえ、君、もう少しゆっくりと……、話があるんだから……」

ハミーダは男の方に向き直ってその言葉を遮った。

「何よっ！　さっきから。急に話しかけてきたりして！　見ず知らずの人が！」

男は静かにやさしく答える。

「どうしてそんなことを言うんだい？　僕たちはもう古い知り合いじゃないか。この数日の間、僕は君のことを、近所の人たちがこれまで見てきた以上に、ずっと見ているんだよ。君のいちばん親しい人たちよりも、ずっと、ずっと君のことを考えていたよ。見ず知らずなんてことがあるもんか……！」

彼の言葉は甘く、そして迷いがなかった。ハミーダは一言、一言、忘れまいと、注意して聞いていた。と同時に、男を真っ向から罵ってやりたい気分にもなってきた。今や人生を否定的にしか捉えていないハミーダにとって、そうすることが唯一、自分の気持ちを表す方法なのだ。どうやら彼女はなかなか「見せかけと実体の法則」から抜け出せそうにない。そこでハスキーな地声を悟られないように、少し声を高くして言った。

「どうして私の後をつけてくるの」

男はおどけたような表情をして答えた。

「どうしてだって？　じゃあ聞くけど、毎日毎日、仕事もそこそこに、どうしてあの喫茶店に行って、あの席に座り、君のいるあの窓を見つめていたと思う？　いつもの生活を捨てて、なぜミダック横町までせっせと通ったと思う？　そして、どうしてこんなに長い間待つことができたと思う？」

だが、ハミーダはしかめ面《つら》をして言った。

「そんな馬鹿げた質問を受けるために口をきいたんじゃないわ。とにかく後をつけられるのは嫌なのよ」

男も怯《ひる》まずに自信ありげな口調で言った。

「男が美しい女性を追い求める、それは万国共通のことさ。君のように美しい娘さんが放っておかれるとしたら、それは何かの大きな間違いだ。この世の終わりも近いということだ」

そこまで彼が話したとき、二人はハミーダの知り合いが何人か住んでいる地区にさしかかった。彼女としては、知り合いたちが、男ぶりのいいエフェンディーと自分が歩いているところを目撃してくれればいいのにと思った。やがてフセイン広場に近づいてきたので、ハミーダは男を追い払おうとした。

「私から離れてちょうだい。このあたりには知り合いがたくさんいるんだから」

ハミーダが自分との一言一言の駆け引きを楽しんでいるのが男の目には明らかだった。すると例の不気味な微笑みが浮かんできた。もしそれにハミーダが気づいていたら、烈火のごとく怒り出したであろう。

「でも、この辺は君の住んでいる地区ではないよ。親戚だっていないだろう？　君はちがう……この辺の人たちとは……君はこんな所にいてはいけない人なんだ」

この言葉は、今まで彼の口から発せられた言葉の中でもっとも心地よかった。男は顔を歪《ゆが》めて続ける。

「ほんとに、君のような人がどうしてこんな連中と暮らしていけるんだい？　ここには君にふさわしい人など誰一人としていない。君はちょうどボロをまとったお姫様のようだ。でもこの辺の連中ときたら、けばけばしい格好ばかりの……」

「あなたに何の係わりがあるのよ？　あっちへ行って！」

「いや、君から絶対に離れない」

ハミーダの口調はだんだんと激しさを増す。

「いったい何が欲しいのよ！」

「君が欲しい。それ以外は何もいらない！」

男のあまりにも率直な表現を聞いて、ハミーダは言葉に詰まりそうになった。

「地獄にでもお行きなさい！」

「なんてことを……。なぜそんな風にぷりぷりするんだ？　この世に生まれてきたのは幸せになるためじゃないか？　僕は君を救い出してあげようというのに……」

何軒かの店の前を通り過ぎたとき、突然ハミーダは男の方を向いて大声で言った。

「やめて！　もうこれ以上はついて来ないで。さもないと……」

男は薄ら笑いを浮かべながら尋ねた。

「さもないと……？　僕をぶん殴るとでも言うのかい？」

ハミーダの心臓は早鐘のように打った。

「そのとおりよ」

男は悪魔のような笑みを満面に湛《たた》えて言った。

「さあどうかな。今日は残念ながらここでお別れだ。だけど、これからも毎日、君のことを待ち伏せするよ。もうキルシャ亭には行かないから、ミダック横町の人は誰も僕を怪しんだりしないだろう。でも僕は毎日君を待っている。来る日も、来る日も……。さよなら、君はこの世でいちばん美しい……」

ハミーダは男の言葉の余韻にうっとりとしながら家路を急いだ。彼は言った、「君はちがう」と……。そしてこうも言った、「君はこんな所にいてはいけない人なんだ」「僕は君を救い出してあげようというのに……」と。また「僕をぶん殴るとでも言うのかい？」とも言った……。ハミーダは恍惚とした表情で歩き続け、部屋に戻ってからやっと正気に返った。

それにしても、口もきいたことのなかった人と、何も恥ずかしがることなく言葉を交わすなんて驚きだ。企てていたとおりに男を鼻であしらってやったのを思い出し、可笑《おか》しくなり大声で笑い始めた。そういえば、初めて会ったあの夜にも男の首に爪を立ててやりたい衝動に駆られたなということも思い出して、それが実現できなかったことが少し悔しかった。しかし、あの挑戦的な笑みを浮かべながら話しかけてきたのならまだしも、あんなに腰を低くして優しく話しかけてきたのだから仕方あるまい。ともあれ、男の本性は虎であること、隙を見せたらきっと襲い掛かってくることくらいは世間知らずのハミーダにも察しがついていた。だから待とうではないか、男が本性を露わにするまで。それから……？

それから先は……。

ハミーダは悪魔のように不気味な笑みを浮かべた。

第21章　金の義歯床

歯医者のドクター・ブゥシーが部屋を出ようとしたちょうどそのとき、スナイヤ・アフィーフィ夫人の女中がやって来て、夫人が会いたいと言っていると伝えた。ドクター・ブゥシーの顔はさっと曇った。

〈はて、何の用なのだろう？　まさか家賃の値上げだろうか？〉

だが、その考えは即座に打ち消した。さすがのアフィーフィ夫人も戦争が終わるまで家賃の値上げをしてはならぬという戒厳令を冒してまで値上げを強行することはないはずだ。彼は浮かぬ顔のまま、大アパートの階段を上がっていった。ドクター・ブゥシーもこのアパートの住人のご多分に漏れず、大家のスナイヤ・アフィーフィ夫人を毛嫌いしており、折に触れてはその守銭奴ぶりを非難していた。

「あの婆さん、アパートの屋上に部屋を建ててそこに移り住み、自分が今住んでいる部屋を人に貸して、さらに儲けようって魂胆らしいぞ」

などと、あちこちで言いふらしていた。

ドクター・ブゥシーが何よりもスナイヤを嫌っていたのは、ただの一度も家賃の支払いを待ってくれたことがないからだ。スナイヤは何かことあるごとにラドワーン・フセイニ氏のもとへ相談に行っていたので、ドクター・ブゥシーも何かの用でラドワーン氏の部屋に出向く際には、スナイヤと鉢合

わせになるかも知れないと思うだけで足取りが重くなる始末だった。スナイヤの部屋のドアをノックする前に、

「神よ、どうかあらゆる災難を我から遠ざけ給え」

と短い祈りを唱えた。ノックをするやドアの向こうから足音が聞こえ、スナイヤ自らがムッとするような香水の匂いを漂わせつつドアを開けて、彼を客間に通した。ドクター・ブッシーはソファーに座り、女中が持ってきたコーヒーを飲んだ。飲み終えたところでスナイヤが言った。

「ドクター・ブッシー、お呼び立てしてごめんなさい。ちょっと私の歯を診ていただけないかと思って……」

彼の瞳がきらりと光った。これはうまくいけば一儲けできるぞと思ったのである。ドクター・ブッシーは初めてスナイヤに好感を抱きながら尋ねた。

「どこか痛みますか」

「いいえ、おかげさまで。ただ奥歯が何本か抜けていて、他の歯にも虫食いがあるのよ」

そういえば、スナイヤ・アフィーフィ夫人は近々結婚するという噂だったな、とドクター・ブッシーの商売根性が頭をもたげた。

「それでは、新しく義歯をひと揃い作るのがいちばんでしょうな」

「私もそう思ったのよ。でもそれには随分と時間もお金もかかるのでしょう？」

ドクター・ブッシーは立ち上がって、スナイヤの側へ近づきながら言った。

「お口を開けてみてください」

スナイヤは大きく口を開け、その中をドクター・ブッシーは目を細めて念入りに診た。驚いたことに、片手の指で数えられるほどの本数しか歯が残っていない。それらの歯もひどく虫が喰っている。だが、ドクター・ブッシーは注意深く駒を進めた。

「まず、この歯を全部抜いてしまうのに数日かかりますでしょうな。それから歯茎を十分に休ませて、よく乾いてから義歯床を作りますので、まあ六カ月は見ておいていただかないと……」

スナイヤはびっくりして、下手くそに描かれた両眉を吊り上げた。遅くとも、ここ二、三カ月のうちには結婚式を挙げるつもりだったのである。

「とんでもないわ！　急いでいるのよ。一カ月ぐらいで片づけてしまいたいのよ」

「一カ月ですって、アフィーフィ夫人？　そんな無茶な！」

とドクター・ブゥシーが答えると、スナイヤは素っけなく言い放った。

「そう、わかったわ。じゃあ、もういいわ！　さようなら！」

そこでドクター・ブゥシーは、わざと数秒間の沈黙を置いてから言った。

「どうしてもとお望みなら、ひとつだけ方法はありますがね」

スナイヤは相手が駆け引きをしているのに気づいていらいらしたが、再婚の日はさし迫っており、背に腹は代えられない。

「どんな？」

「つまり、金製の義歯床を作ることです。金なら抜歯のすぐ後に入れても大丈夫です」

金の義歯床！　考えただけでも恐ろしい。一体どれほど費用がかかるのだろうか？　スナイヤは即座に断ろうとした。だが、さし迫る結婚式を延期することはできない。このような歯抜けのまま、どんな顔して花婿を迎え入れることができよう。このままでは新郎に微笑みかけることすらままならない。その上、ミダック横町の住人の間では、ドクター・ブゥシーの作る義歯はたいへん安いということで通っている。あんな馬鹿げた値で売っても元が取れるほど安い金を一体どこから手に入れてくるのか誰も知らなかったし、誰もそれを訪ねたことがなかった。とにかく安いのだからそんなことはどうでもよかったのである。とはいえ、腐っても鯛、「金の義歯床」である。スナイヤは驚きを隠すために、無関心を装って訊いた。

「それだと、おいくらぐらいかかるの？」

スナイヤがわざと無関心を装っていることぐらいとっくにお見通しのドクター・ブゥシーは、さらりと答えた。

「十ポンドというところですかね」

スナイヤとて金製の義歯床が平均的にいくらぐらいするものなのか見当がつかなかったが、金額を聞いただけで思わず鸚鵡《おうむ》返しに叫んでしまった。

「十ポンド！」

ドクター・ブゥシーはムッとして説明を加える。

「技術を売り物にしている歯科医連中が作ったなら五十ポンドは下りませんぞ。わしらのような者はいつも貧乏くじばかり引いてましてね……」

そこから二人の値段交渉は始まった。ドクター・ブゥシーはなかなか譲ろうとしないし、かたやスナイヤは必死で値切ろうとする。結局、八ポンドで手打ちとなり、ドクター・ブゥシーは、〈老婆が無理やり若づくりして何になる！〉と心の中で悪態をつきながらスナイヤの部屋を後にした。


このところ、スナイヤ・アフィーフィ夫人はまるで生まれ変わったかのように生き生きとしていた。夢にまで見た幸福はほどなく訪れようとしているし、今でもときどき襲ってくる孤独感とも間もなく完全におさらばである。それにしても「金のかかる幸せ」だ。嫁入り道具を揃えるのに、アズハル通りの家具屋やムゥスキー通りの服屋で、一体どれほどの金を費やしたことだろう！　長年しこしこと貯め込んできた金に羽が生えてどんどん飛んでいってしまう。スナイヤは今回に限ってはまったく出費の記録を取っていなかった。

この婚礼準備の間、ハミーダの母は四六時中スナイヤにつききりで気の利いた進言を細やかに与えてくれていた。スナイヤにとって、今やハミーダの母はかけがえのない人になっていたが、その分出費もかさむ人だった。またハミーダの母自身もこの仕事がいよいよ終わりに近づきつつあることを承知しているので、なんとかスナイヤを手中につなぎ留めておこうと必死になっていた。

家具や衣装ばかりが出費の対象ではない。家もあちこち修理しなければならないし、なかんずく花嫁自身に相当ガタが来ているので、念入りな修理が必要だ。ある日、そのことについて、スナイヤはハミーダの母に照れ笑いしながら相談した。

「ウンム・ハミーダ、こう悩みが多くては白髪も増える一方ですわ」

ハミーダの母は、スナイヤの白髪が増えるのは悩みや心配事のせいでないのは百も承知だが、

「そんなもの！　染めちゃえばおしまいですわ。今どき髪を染めていない女性なんてめったにいませんわよ」

スナイヤが嬉しそうに言った。

「まあ優しいお言葉！　あなたがいらっしゃらなかったら私の人生はどうなっていたことかしら……」

ここでちょっと間をおいて、胸を撫《な》でながらため息をついた。

「でもね……、あなたの見つけてくださった若いお婿さんは、この乾いたギスギスの身体に満足してくださるかしら？　胸もなけりゃお尻もないし……、殿方を惹きつけるようなものは何もないわ……」

「ご自分のことをそのように卑下なさってはいけません。このごろは痩せているほうがもてるんですよ。まあ、どうしてもとおっしゃるなら、あっという間に肥えられる食事を作ってさしあげますけど」

ハミーダの母は、染みだらけの顔を誇らしげに膨らませながら言った。
「このウンム・ハミーダがあなたについている限り、何も怖いものはありません。ウンム・ハミーダは開かずの扉を開いてみせる魔法の鍵です。あす、私と一緒にハマームへ参りましょう。私の素晴らしい垢すりをご覧に入れますわ」

こうして結婚準備の日々はあっという間に過ぎていった。息をつく暇もないほどの数々の買い物、もちろんその間もスナイヤは楽しくて嬉しくてしようがない。髪を染めたり歯を抜いたり、そのあとに金の義歯をはめ込んだり、それはそれは大変な苦労でもあり、そしてなんといっても物入りだった。ケチで名高いスナイヤも、待ち焦がれた明日からの生活のために、長年爪に火を灯すような生活をして貯め込んできた虎の子の貯金を景気よくはたいていった。なにしろ、フセインモスクに献金したり、そこに屯《たむろ》している貧乏人たちに施しをしたり、聖シャアラーニ廟《びょう》に四十本もの蠟燭《ろうそく》を寄付したりしたぐらいだから。

スナイヤが急に気前よくなったのには、ハミーダの母もただただ驚くばかりで、こう独り言を言うのであった。
「男なんてそうまでして手に入れたいものかねえ。おおアッラーよ。あなたの英知は永遠なるや。我ら女に、男に仕えよとお命じになったのはあなたなのだから……」

第22章　オルワーン社長の生還

聞き覚えのある鈴の音でカミルおじさんはいつものうたた寝から目覚めた。目をパチクリさせて耳を澄ます。そして店の外へ首を突き出した。ミダック横町の入口に見慣れた馬車が停まっている。それを見たカミルおじさんは思わず喜びの声を発した。

「おお、なんと！　サリーム・オルワーン社長の生還だ！」

駅者《ぎょしゃ》は急いで席を立ち、社長が馬車から降りる手助けをする。一方、社長は駅者の腕にしっかり寄り掛かりながらゆっくりと立ち上がった。やがてトルコ帽が、次に前屈みの身体が現れた。やっとの思いで社長は地面に降り立つと服のしわを伸ばした。厳寒のころ急に病に襲われた社長は結局、春先まで病床に伏したままだった。冬の厳しい寒さは、今や暖かい春風にとって代わり、生きとし生けるものが喜びに満ち溢れ踊っているようだ。とはいえ、オルワーン社長は本当に回復したのだろうか？以前の血色のいい社長は見る影もない。カフターンやジュッバが張り裂けそうなほど豊かだった太鼓腹はすっかりぺたんこになっていたし、血色良くまん丸だった顔も小さくなってしまっている。頬はげっそりと痩《こ》け、頬骨が突き出て、顔色も蒼ざめていた。瞳はかつての輝きを失い、陰鬱な眉に埋もれてしまいそうである。

視力の弱いカミルおじさんは最初、オルワーン社長がすっかり窶《やつ》れてしまったのに気づかなかったが、社長が近づいてくるにつれ急激に年老いたのを見て驚愕した。おじさんは、その驚きを隠すように、深々と頭を下げて社長の手を握りしめ、こう言った。

「ご快癒おめでとうございます、オルワーン社長。ああ、今日は実にいい日だ。アッラーに誓って、聖フセインに誓って、社長さんのいらっしゃらないミダック横町なんて『タマネギの皮』にも値しないほどですよ」

握手した手を引きながら社長は答えた。

「ありがとう、カミルおじさん」

そして杖をつきながらそろりそろりと歩いていく。その後ろからぴったりと馭者が介護し、さらにその後ろを象のようなカミルおじさんがよたよたとついていく。馬車の鈴の音でオルワーン社長がやって来たのがわかったのか、従業員たちもみな事務所の入口に出てきた。さらにキルシャ氏とドクター・ブゥシーも店から出てきて、皆で社長を取り囲み、快癒を感謝する祈りをそれぞれ口にした。しかし馭者は大声で叫んだ。

「皆さん、道を開けてください。まず社長に腰かけていただいて、それからご挨拶なさればいいでしょう」

人々が開けた道を、社長は絶望と憤怒に顔を歪めながら通り抜けた。できることならこの連中の顔は二度と見たくなかったのだ。自分の椅子に座るや否や、従業員たちが部屋にどっとなだれ込んできた。社長としてはひとりひとり手を握り、挨拶のキスを交わすほかはない。頬に感じるそれぞれの唇の気持ち悪さに耐えながら彼は心の中で思っていた。

〈お前ら、なんという偽善者どもだ！　わしがこうなってしまったのもすべてお前らの妬《ねた》みのせいだ……〉

従業員たちが部屋から退散すると、今度はキルシャ氏が入ってきて握手を求め、言った。

「わがミダック横町の主人よ。お帰りなさい」

社長はキルシャ氏に礼を言った。次に入ってきたドクター・ブッシーは社長の手の甲にキスをして演説調に言った。

「本日、我らが望みは叶えられました。我らの心はやっと安らぎを覚えています。我らの祈りがついに聞き入れられたのです」

社長は込み上げてくる嫌悪感を隠しながら「ありがとう」と言った。もとより、この小さい丸い顔をした歯医者を軽蔑していたのである。

この二人も出ていってやっと一人になれたオルワーン社長は、弱ってしまった肺から浅いため息を吐《つ》いて、ほとんど聞こえないような声で独り言を言った。

「犬畜生どもが！　どいつもこいつも犬畜生だ！　あの妬みに満ちた目がこのわしの人生に噛みついたのだ！」

社長はじっと座って、込み上げてくる絶望感や怒りや嫌悪感を追い払おうとした。そこへ間もなく、番頭のカーミル・エフェンディー・イブラーヒームがやって来たので、すっかり仕事のことを忘れていた社長は、帳簿に目を通さねばならないことを思い出し、きびきびした口調で言った。

「帳簿！」

番頭が帳簿を取りに出ていこうとしたとき、大切なことを思い出したかのように慌てて彼を引き留めた。

「みんなに言ってくれ。金輪際、煙草は匂いさえも嗅ぎたくない、とな」社長は医者に喫煙をかたく禁じられていたのである。「それからイスマーイールにも言ってくれ、これからはわしが『水をくれ』と言ったときは、カップに湯と水を半分ずつ混ぜて持ってくるようにと。いいか、社内は絶対禁煙だぞ！　じゃあ、すぐに帳簿をここへ！」

番頭は腹の中でぶつくさ文句を言いながら、新しい社内規則を伝えに回った。哀れなことに、彼自身も愛煙家だったのである。やがて番頭は帳簿を持参したが、病後の社長のひどい窶れようを見て心が痛んだ。と同時に、今後はいろいろと厄介な問題から免れ得ないという恐れも自覚した。

さて、番頭を正面に座らせ、オルワーン社長は一冊目の台帳を机の上に広げ、二人で収支の検算を始めた。社長は、こと商売にかけては細かい人間だったので、どんな小さな誤りも見逃さない。一冊、一冊、疲労も省みず、丁寧《ていねい》に目を通していった。次に数名の従業員を呼んで、連絡簿に記載されていることと、彼らの言い分の両方を比べながら、勤務状態についての訓示を行った。その間、番頭はしかめっ面をしながらも、不平を言うこともなく、我慢強く待った。彼の頭を占めているのは、検算を早く終えたいということだけではなかった。晴天の霹靂のごとく下った社内禁煙の「おふれ」についてあれこれ考えを巡らせていたのである。この社長命令が下ったということは、社屋内で煙草を吸えなくなるというだけに収まらない。折に触れては社長からもらっていたトルコ製の上質の煙草にももうありつけなくなるということなのだ。彼は帳簿に没頭している社長をまじまじと見て、悲しく、そして腹立たしくなり、心の中で呟いた。

〈ああ、神よ。オルワーン社長はすっかり変わってしまったじゃないですか！　まったくの別人じゃないですか！〉

しかし、その口髭に目をやったときにはさらに驚かざるを得なかった。危険な病気と闘ったため顔の輪郭はすっかり変わってしまったのに、口髭だけは以前と同じで巨大だったのだ。ちょうどそれは、砂漠の真ん中にあるたった一本のナツメヤシの木に似ている。また、こうまで思った。

〈誰のせいでもない。社長自身が悪いのだ。アッラーは人間を不公平に扱ったりしない……〉

三時間もかけて、社長はすべての帳簿に目を通し、疑り深い視線を投げかけながらも帳簿を番頭に返した。その視線には暗に、帳簿に一度目を通したぐらいではまだまだ信用しないと語っているようだ。事実、社長は思っていた。

〈もう一度、いや何度でも、帳簿を調べなおしてやる。連中はきっと何かを隠しているはずだ。犬畜生のような連中だからな。皆で寄ってたかって、わしを騙《だま》そうとして。信頼のおける奴など一人もおらんのだから……〉

そして大声で念を押したのだ。

「カーミル・イブラーヒーム君、忘れるなよ。禁煙の件と水とお湯を半分ずつ混ぜる件を」

しばらくすると、商売仲間や知人たちが全快の祝いに現れ、その中には改めて商売の話を持ち出す者もいた。また、中には、もう少し養生したほうがいいのではないかと言う者までいたが、社長はあっさりと言ってのけた。

「わしは体の不調を押してまでわざわざ出社したりはせんよ」


一人になると、またあれこれと妄想に囚われ始めた。このところ社長は誰を見ても良からぬ感情を抱くのである。以前は、皆が自分のことを羨ましく思っていると自負していた。つまり、社長の富を、健康を、あげくには馬車や例の燕麦さえも、人々は羨んでいると思っていたのだ。と同時に、人々を腹の底から軽蔑していた。病と闘っている間も社長はいろんな妄想に囚われ、時には、自分の妻まで妄想の対象にしていた。ある日、オルワーン夫人がベッドの横に座っていたとき、弱々しいが機嫌の悪い声で言ったことがある。

「お前も腹の底では笑っているはずだ。ずっと前から、もう燕麦を食べる齢ではないとわしに言い続けてきたからな。お前までがわしの健康を妬んでいたわけだ。これでお前の思う壺だな……」

オルワーン夫人は、夫のこの言葉に大きなショックを受けて、その場に言葉もなく立ちつくした。

しかし社長の虫の居所は最悪で、夫人に当たり続けた。

「皆がわしを妬む。お前までが！　わしの息子らの母親であるお前までが……」

　このように社長が正常な思考力を失いかけていた頃、死はすでに彼の眼前まで迫っていたのである。社長は、あの発作に襲われた時のことを今後一生、忘れようにも忘れられないだろう。うとうとと寝入り始めたその時、突如、胸に強烈な圧迫を感じたのである。慌てて、深く息を吸い込もうとしたのだが、深くどころか普通に呼吸することさえままならぬのだ。息を吸うなり吐くなりしようとすれば耐え難い痛みが体中を駆け抜ける。すぐに医者が呼ばれ、それなりの処置は施されたが、何日間か意識は朦朧《もうろう》として、生死の境を行ったり来たりしていた。気がついたときには、自分を取り囲んでいる妻や子供たちの顔がぼんやり見えた。みんな泣きはらした赤い目をしている。その後、社長は身体と理性を支配する機能をすべて失うという、世にも不思議な状態に陥った。断片的な記憶が次々と蘇るのだが、そのひとつひとつがどれを取っても鮮明なものではなく、また互いに繋がりのないものばかりだった。

　意識が戻ってくるわずかな間、社長は〈わしは死ぬのだろうか……〉と自問した。このように家族全員に取り囲まれて……。ついに死ぬことになったのだろうか。しかし人間というものは普通、愛する者たちの手から奪い取られるようにしてこの世を去って行くものだ。その者たちへの愛情は、死にゆく者たちにとって何になるというのだろう。そう考えたとき、彼は神に忠誠を誓って祈ろうとしたが、すでにその力さえ失せていた。祈ろうとすると、ただ焦る思いが込み上げ、乾いた口の中がわずかに湿るだけだった。社長は信仰に篤《あつ》かったとはいえ、死の世界を垣間見たその時のことを忘れさせるほどのものではなかった。どうしようもなく、身体を神の思うがままに任せた。その一方で心は死を恐れ、必死で生にしがみつこうともがいた。そして助けを求める目から涙がはらはらと流れ落ちた。

　しかしその時期は過ぎ去り、危険も去った。ゆっくりとではあるが、生の世界へ彼はまた戻ってきたのだ。とはいえ、医者が忠告し、警告したことは、以前の社長の高らかな希望を跡形もなくぶち壊すようなことばかりだった。なにせ、まず、余命いくばくもないというのであるから……。確かに、死から逃れることはできた。だが助かった今、社長はまったくの別人で、身体はぼろぼろ、心も病んでいる。日が経つにつれ、心の病はさらに重くなり、短気に、不信感に苛《さいな》まれるようになっていった。そのように健康や幸福が一瞬にして暗転してしまったことに社長はただただ驚くばかりで、神はなぜこのような仕打ちをするのだろうかと自問し続けた。もともと社長は、何事についても他人の言い訳をすぐに信じる性質《たち》で、常に他人のやり方を尊重して、短所からは目を背けがちな心の持ち主であった。彼は人生をこよなく愛し、莫大な財産で自分と家族を十分に潤《うるお》してきた。また自分なりに神の定める道を守り、感謝してきた。だが、そのとき突然、あの恐ろしい病が彼の健康だった身体を台なしにしてしまったのである。

一体これは何の仕打ちなのだ？　このような仕打ちを受ける覚えはまったくない。自分をこんな状態に追いやった奴は、まぎれもなく、敵対する者たちだ。連中の妬みによって、こんな不治の病がもたらされたのだ。それからというもの、以前は甘く素晴らしいと思っていたものすべてが苦々しく眉をひそめるだけのものになってしまった。結局、社長の罹《かか》った心の病は、身体が患った病とは比べものにならないほど重かったのである。

オルワーン社長はいつもの席に座って考え続けた。自分に残された人生は、ただこうやって帳簿に目を通すだけの毎日なのだろうか？　銅像のごとくここに座っていると、人生はますます苦々しいものに思えてきてしかたがない。そうやって、どれほどの時間、社長は物思いに耽《ふけ》っていただろう。ふと、事務所の入口に人の気配を感じた。社長が顔を上げると、染みだらけのハミーダの母の顔がそこにあった。挨拶をするときの社長の表情は、この世のものとは思えないような不思議なものだった。彼の心は半分もそこにあらず、ハミーダの母とは何の関係もない古い記憶の合間をさまよっていたのである。

それにしてもなんと不思議なことだろう。オルワーン社長はハミーダのことを、まるで端から存在しなかったかのごとく、きれいさっぱり忘れてしまっていた。峠を過ぎ、徐々に回復していく時期には何度かハミーダのことが頭を過《よぎ》ったが、すぐにまた消え去った。そのうち、ハミーダに対して大変すまないことをしてしまったと思うようになった。だが、それさえも最近ではすっかり頭の中から抜け落ちてしまっていたのだ。ハミーダは、かつて社長の身体の中を巡っていた健康な血液のようなものだ。つまり、健康をすっかり損ねてしまったと同時に、彼女への欲望も雲散霧消してしまったと言っていい。

社長の不思議な表情は消え、瞳はいつもの陰鬱な影を映し出していた。ハミーダの母にわざわざ訪れてくれたことを感謝し、椅子に腰かけてもらった。突然の彼女の訪問は社長を慌てさせ、嫌悪感に似たようなものを感じさせた。まず、どんな目的で彼女は訪ねてきたのであろう。ただ見舞いの言葉をかけるためだけに来たのだろうか、それとも例の件を蒸し返そうというつもりなのか。

ところが、ハミーダの母には、これっぽっちの悪意もなかった。社長のことなどとっくの昔に諦めてしまっていたのだから……。

ともあれ、社長は弁明するかのようにこう言った。

「我々の考えとアッラーの思《おぼ》し召しとはくい違っていたようですな」

ハミーダの母は、含意をすぐに読み取り、慌てて答えた。

「いいえ、社長さん、あなたは何も悪くありません。私たちは社長さんのご健康のみを神にお祈りしているのですよ」

そう言うと、ハミーダの母は挨拶をしてそそくさと出て行った。一人残されたオルワーン社長はさらに機嫌を損ね、胸がむかむかとした。ちょうどそんな時、ひとりの従業員が化粧品の箱を運ぶ手を滑らしたので社長は大声で怒鳴った。

「もうじきここは店じまいするからな！　お前たち、新しい食い扶持《ぶち》を探しておいたほうがいいぞ！」

激しい怒りに身を強《こわ》ばらせながら、最近息子たちに進言されていることを思い出していた。一日も早く会社を解体して隠居せよというのである。それを思い出すと怒りがまた倍増した。結局、息子たちとて、気にかけているのは父親の健康のことではなく、この財産のことなのだと自身に言い聞かせていた。そういえば以前、社長がまだ健康だった頃にも同じような進言を受けたことがあったではないか。そうだ、やはり財産なのだ。息子たちが心配しているのは社長の身体のことでも会社のことでもない……。彼は怒りのあまり、仕事の虫のまま、一生を金儲けのために捧げるのは嫌だと言い出したのが他ならぬ自分だった、ということも忘れてしまっていた。持ち前の頑固さゆえに、息子たちや妻をも含め、誰に対しても怨念を抱くようになってしまったせいだろう。

怒りがまだ冷めやらぬうちに、これぞ本当の同情から出たものと思える優しい声を耳にした。

「本当に、お元気になられてよかった。お久しぶりです。オルワーンさん」

社長が声の主の方を振り向くと、そこには背が高く立派な体格をしたラドワーン・フセイニ氏が立っていた。ラドワーン氏の顔は、心底喜んでいることを表すかのように輝いている。社長もそれは同じであった。初めて人の訪問が嬉しいと思った。社長が立ち上がって迎えようとすると、ラドワーン氏は社長の肩に手を置いて言った。

「どうぞ、そのまま。お立ちにならないで……」

二人は親愛の情を込めて抱き合った。ラドワーン氏は、社長がまだ病床にあったときも何度かその邸宅へ見舞いに訪れていた。そして面会ができなかった時には、心からの見舞いの言葉を伝えて帰った。ラドワーン氏は社長の横に腰かけ、二人は温かい雰囲気で話を始めた。社長は実に嬉しそうに言った。

「私が治ったのは奇蹟のようです」

深く、静かな声でラドワーン氏は応えた。

「すべて慈悲深いアッラーのおかげです。本当に、あなたが回復されたのは神の秘蹟であり、今こうやって生きておられるというのも秘蹟です。人間はほんの一秒でもこの世に生きるのに偉大なる天の力を必要とするのです。いかなる者の命も、すべて、天の秘蹟の賜物《たまもの》と思わねばなりません。全人類と、さらに、神がお創りになった生きとし生けるものの命の数は一体どれほどになるでしょう！　それを考えただけでも、私たちは朝に夕に神に感謝をしなければなりません。天の恵みに感謝を捧げるのは本当に大切なことです」

オルワーン社長は暗い瞳をして黙ってラドワーン氏のいうことに耳を傾けていたが、やや悲しそうな口調でこう言った。

「病は実に恐ろしい、忌むべき悪魔です」

それを聞いて、ラドワーン氏は微笑みを湛えながら言った。

「確かにそうかも知れません。しかし見る角度を変えてみれば、天が与えた試練とも考えられるでしょう。そういう意味ではよかったかも知れません」

ラドワーン氏のそういうものの考え方は、社長にとって少しも慰めにならなかった。それどころか、急に相手への敵愾心《てきがいしん》が湧き上がってきて、わざわざラドワーン氏が見舞いに来てくれたことも逆効果になりそうだった。社長はこの悲しい気持ちのやり場に困り、先ほどよりも明らかに不服げに質問を投げかけた。

「しかしこのような罰を受けるとは、私はいったい何をしたというのでしょうか？　私はこれから一生この病につきまとわれる定めなんですよ」

ラドワーン氏は顎鬚《あごひげ》を撫でながらちょっと批判的に言った。

「私たち人間の浅はかな知恵で、天の英知の何がわかりましょうか。確かにあなたは善良で、寛容で、敬虔な方です。しかしアッラーは預言者にさえも試練を与え給《たも》うたのですよ。ですから絶望なさったり悲しまれたりせずに、常に神に忠実でいらっしゃれば、きっと福音が訪れることでしょう」

だが、社長の機嫌はますます悪くなる一方で、カリカリとしながら言い返した。

「あのキルシャ氏でさえ、まるでロバのように元気ではないですか！」

「病を患っておられるあなたのほうが、健康そのもののキルシャ氏よりずっと値打ちがありますよ」

この言葉を聞いて社長の怒りはついに心頭に発した。鋭い視線でラドワーン氏を睨むとこう言った。

「ラドワーンさん、あなたはそうやって平穏で満ち足りておられるからそんなことが言えるのです。あなたは私が経験したような苦しみを味わったこともないし、私のように大きな損失をこうむったこともないじゃないですか！」

ラドワーン氏は、オルワーン社長が存分に言い終えるまで視線を落として待った。そして目を上げると優しい微笑みをいっぱいに湛え、汚れのない瞳でまっすぐに社長を見つめた。すると社長の怒りは潮が引くように退《ひ》いていった。ラドワーン氏こそが、アッラーの敬虔な僕《しもべ》であるにもかかわらず、他人には計り知れないような辛酸を嘗めてきた人だったということを社長はそのときまですっかり忘れていた。そして目をしょぼつかせて、蒼い顔を少し赤らめながら弱々しく言った。

「ごめんなさい。許してください。もう限界に近いほど疲れているようです」

ラドワーン氏は相変わらず優しい笑みを浮かべながら言った。

「あなたは少しも悪くありません。神の力と平和があなたと共にあらんことを。神のことを思い出しましょう。そうすれば心に平安がもたらされます。絶望のあまりに神への信仰を失ってはなりません。真の幸福というものは、我々が信仰から離れるにつれて遠ざかっていくものです」

しかし社長は手で顎を強く握りしめ、再び腹立たしげに言った。

「皆が私を妬んでいたのです。私の財産を、健康を妬んでいたのです。わかりますか、ラドワーンさん。妬んでいたんですよ〔アラブには、他人の妬みが不幸をもたらすという考え方がある〕」
「妬みは病よりも恐ろしいものです。しかし人は仲間のちょっとした幸運でさえ妬んでしまうのです。気を落とさず、悲しまず、慈悲深いアッラーに救いを求めようじゃありませんか」

　二人は長い時間話していたが、やがてラドワーン氏は暇乞《いとまご》いをして立ち去った。オルワーン社長はしばらく落ち着いた気分になったが、次第にまたラドワーン氏の訪問前と同様に、虫の居所が悪くなってきた。まず、ずっと座っていることに疲れたのですっと立ち上がってみた。そして後ろ手に組んでゆっくりと事務所の入口の方へ歩いていった。太陽はちょうど南中し、外の空気は暖かく新鮮だった。この時間のミダック横町は人影もなくなり、ただダルウィーシュ先生だけがキルシャ亭の前で日向《ひなた》ぼっこをしている。しばらくその場に立っていた社長は、かつてよくそうしていたように視線を上げ、そしてあの窓の方を眺める。窓は開け放たれ、そこに人影はなかった。社長は立っていたせいで気分が悪くなり、すぐにその場を離れ、苦虫を噛み潰したような顔で席に戻った。

第23章　ハミーダとファラグ

「もうキルシャ亭には行かないから、ミダック横町の人は誰も僕を怪しんだりしないだろう……」

二人が別れ際に交わした言葉である。ダッラーサ地区の入口で男と出逢った日の翌朝、ハミーダはその言葉を思い出していた。男のことを思い浮かべると彼女の心はうきうきとわき立ち、〈今日も会いに行ってやろうかしら……〉と、自問した。答えは無論、肯定であったのだが、理性としては頑固にもそうするのを否定するのだった。

〈いいえ、まずはあの人のほうからキルシャ亭にやって来るべきよ〉

というような状態で、ハミーダはいつもの時間になっても出て行くのを差し控えた。そして窓辺に立ち、外の様子を窺《うかが》っていた。

夕暮れ時も過ぎ、夜がその翼を大きく広げた。すると男がミダック横町をこちらへと上ってくるではないか。ハミーダは鎧戸の隙間からじっと見ている。彼はいつもの席につきながら「しようがないなあ」というような微笑を作ってみせた。ハミーダはえもいわれぬ勝利の快感に酔いしれ、同時にムゥスキー通りでの不意打ちに対して復讐を成し遂げたのと同じ類《たぐい》の満足感を覚えた。二人の視線はぶつかり合い、そのままかなり長い時間、互いをじっと見つめていた。ハミーダは視線を逸らすことも、窓辺から引き下がることもしない。やがて男の微笑みは顔全体に広がっていき、ハミーダも自分では気づかぬうちにニタリとしていた。

〈あの人はどういうつもりなのか……〉

それは馬鹿げた疑問に思えた。ここまで自分を追いかけ回すのだから目的は一つしかない。かつてのアッバース、病魔に襲われる前のオルワーン社長と同じだ。今度の男は、前の二人に比べ、数段に魅力的ではあるが、目的はきっと同じだろう……？　でなければ、どうして「この世に生まれてきたのは幸せになるためじゃないか？」だとか、「僕は君を救い出してあげようというのに……」などと口にすることができようか。

すなわち「結婚」以外に意味するところがありえようか？　ハミーダの夢への道に障害となるものはない。どうしようにも抑えがたいその自意識が、権力欲が、そして強力な自尊心が彼女を駆り立てる。何の羞恥心も躊躇もなく、こちらをまっすぐに見つめてくる男の視線に対して、ハミーダは鎧戸の後ろから鋭い視線を投げ返していたのである。彼の瞳は、深淵から滲み出るように語りかけ、ハミーダの感覚は鋭敏になって本能に火がついた。あの政治集会の夜に初めて二人の視線がぶつかり合い、男が挑戦的な微笑みを投げかけてきたとき以来、ハミーダは知らず知らずのうちにこの不思議な視線に魅了されていたのである。ハミーダは闘いを挑まれるかのように彼に惹きつけられていったのだ。

実際、彼の視線により彼女自身の多くが暴かれてしまったような気がした。彼女はこれまでの人生をこれといった目的もなく生きてきたのだが、アッバースの謙虚な眼差しやサリーム・オルワーンの莫大な富を前にしてもなにか心に引っ掛かるものがずっとあった。しかし今キルシャ亭に座っているこの男こそがハミーダを追い求めてきた相手ではないかと思うと、心がわくわくしてきて、そういう自分に驚いた。それは方位磁石の針が極に振られるようなものだ。

彼がハミーダに貧困や節約に耐えることを要求する一文なしの乞食でないことは火を見るより明らかだ。彼の格好やその財布から出てくる紙幣を見ればわかる。彼女はうきうきした気分で彼をそのままじっと見つめていた。だが、やがて男はコーヒーを飲み終え、「またね」とでも言いたげなかすかな微笑みを浮かべてミダック横町を下っていった。彼が横町を出て夜の闇に吸い込まれるまで目で追いかけたハミーダも呟いた。

「また明日ね」

次の日の夕方、期待と、戦いの前の武者震いと、人生の喜びが混じりあった感覚でハミーダは部屋を出た。サナディィキーヤ通りから離れるや否やほんの数十メートル先、グーリーヤとゲディーダ通りの交差点のところに男が立っているのを見た。彼を見つけるやハミーダの目はきらりと光り、不思議で曖昧《あいまい》な衝動が湧き上がってきた。それは喜びと、闘いを眼前にした獣のような欲望とが入り混じった衝動だった。彼の横をこのまま通り過ぎれば、後をつけて来てダッラーサ通りの人目が少なくなってきたところで話しかけてくるだろう。それで、まるで彼にはまったく気づいていないかのように何の躊躇《ためら》いも恥ずかしさも見せず男に近づいていった。だが、男の横を通り過ぎようとしたとき、まったく予期せぬことが起きたのだ。男はハミーダのすぐ側に寄ってきて、恐るべく大胆にも、人目を一切に気にせずに彼女の手を握ってきたのである。そして静かに言った。

「こんばんは、愛しの人」

ハミーダは仰天してその手を解《ほど》こうとしたがうまくいかなかった。それ以上無理に手を解こうとするとかえって人目についてしまうのが怖かった。彼女はジレンマに陥ってしまった。ここで怒りを爆発させてしまえば、不名誉な醜聞を引き起こしてしまい、すべてが元の木阿弥になってしまうだろう。一方ここで諦めてしまえば、男の言いなりになったことになり、負けを認めたのも同然である。憤懣やるかたないハミーダは男に嚙みついた。

「なんてことをするのよ！　今すぐこの手を放して！」

まるで友だち同士が夕方の散歩に出かけているかのように、男はぴたりと彼女の横を歩き、静かに言う。

「落ち着いて、落ち着いて、友だち同士は喧嘩をしちゃいけない……」

怒りに声を震わせてハミーダはその言葉を遮った。

「人が見てるでしょ！　道の真ん中よ！」

「ここを歩いてる人たちのことなんて気にしなくて大丈夫さ。みんなお金にしか興味ないんだから。頭の中には紙幣しか詰まっていない。それよりも一緒に金細工屋に行こうよ。美しい君にぴったりの装飾品を選ぼうじゃないか」

人の目に対する男の無関心ぶりがさらにハミーダの怒りを増長させた。そして警告するように言った。

「あなたは自分が怖いものなしだとでも言いたいの？」

「君を困らせようなんて気持ちは少しもないよ」と、まだ笑みを浮かべながら静かに言った。「一緒に散歩しようと君を待っていただけじゃないか。どうしてそんなに怒るんだい？」

彼女は腹立たしげに答えた。

「こうやってつきまとわれるのが嫌なのよ。最後の警告よ。本気で私を怒らせたら……」

ハミーダの表情は真剣だった。が、男は願うように言った。

「一緒にちょっと歩くだけだから、ね、いいだろう」

「いいわけないじゃない。手を放して！」

そこでやっと男は手を放したが、一歩もそばから離れず、ハミーダを宥《なだ》めすかすような口調で言った。

「君はなんて頑固で意地っ張りな娘なんだ。手を放したからと言ったって僕らは離れ離れにはならないよ。そうだろう？」

「なんて自惚れに溢れた田舎者《いなかもの》なの！」と、ハミーダは吐き出すように言い放った。

男は黙って微笑みながら彼女の罵声を受け入れ、二人はそのまま歩き続けた。ハミーダは、ここ数日、こうやって二人でまさにこの通りを歩くことを夢見ながら床に就いていたことを思い出し、特に彼から離れようとする素振《そぶ》りは見せなかった。そしてさっき無理やり手を解いてしまったことばかりを考えていた。もしもう一度手をつないできたら、次はもうそうはしないだろう。そもそもきょう散歩に出た唯一の理由は、彼に会えるかも知れないと思ったからではないか？　いずれにせよハミーダに苦々しい思いをさせているのは、男が自分よりもずっと大胆で自信に満ちているという点なのだ。そこで彼女も、周りの人に何と思われようと平気だと言いたげに、並んで歩くことにした。ああ、ここで工員の娘たちが現れたらなあ、この人の姿を見てどれほど羨ましがるだろう、そう考えるだけでハミーダは優越感と、人生やアバンチュールへの欲望に満たされるのであった。

男はまた話しかけてきた。

「僕の不躾《ぶしつけ》な態度を許しておくれ。でも頑固な君の前で僕に何ができただろう。僕が心からの愛情と君を思いやる気持ちを伝えようとしているのに、君は何がなんでも僕にひどい仕打ちを食らわせてやろうとしている」

男に何をどう答えればいいのだろう。彼と話したかったはずなのに、自分が先ほど放った言葉が罵声だったので次にどんな言葉を口にすればいいのか見当もつかなった。そう考えを巡らせていると、工員の娘たちが前からやって来るのが見えた。困りきった振りをしながらハミーダは声を上げた。

「いやだ、友だちが……」

男は目線を上げ、近づいてくる工員の娘たちを見た。みな興味津々でこちらを見ている。ハミーダは優越感を隠しながら、苛立たしげに言った。

「私に恥をかかせたわね！」

それでもまだ彼女が一緒に並んで歩き、友だち同士のような口をきいてくれることに気をよくした男は、軽蔑を込めてこう言った。

「あの娘たちなんか何の関係もないさ。気にすることなど全然ないよ」

娘たちはもうすぐそこまで来ていた。ハミーダに意味ありげな視線を送ってくる。かつて娘たちの話していたアバンチュールのことをハミーダは思い起こした。娘たちが小声で囁いたりクスクス笑ったりしながらすれ違っていくのを見て、男は意地わるそうな口調で続けた。

「あれが君の友だちだって？　冗談じゃない、君とは全然違うじゃないか。あんな娘たちが自由を謳歌しているというのに君みたいな人が家に閉じこもってるなんて世の中どうかしているよ。あの娘《こ》らがきれいな服を着て闊歩《かつぽ》しているというのに君はそんな着古した黒いコートをはおっているなんて、いったいこれはどういうことなんだ！　運命だからしかたがないとでも？　君はなんて我慢強く心の広い人なんだろう」

ハミーダは赤面し、心の声を聞こうとしていた。その衝動を表すかのように、瞳はきらきら輝いていた。男は自信満々に語り続けた。

「君はスターのように美しい人だ」

この言葉を聞いて、彼女はなにか言い返そうと思った。いつものような大胆さで笑みを浮かべ、意味もよくわからぬまま聞き返したのだ。

「スターですって？」

男は優しく笑って答えた。

「そうだよ。スターだよ。君は映画を観に行かないのかい？　きれいな女優さんたちのことを『スター』と言うんだよ」

ハミーダは母と連れ立ってときどきオリンピア・シネマにエジプト映画を観に行ったことがあったので、男がいう「スター」の意味はわかった。その言葉は彼女をうっとりさせ頬を赤く染めた。

沈黙の一瞬の後、彼は尋ねた。

「君の名前は何ていうんだい？」

なんの迷いもなく彼女は答えた。

「ハミーダ」

「そして君の目の前にいるこの傷心の男の名はイブラーヒーム・ファラグ。僕たち二人がそうであったように、名前というものはだいぶ後になって明かされるものだ。お互いが本当に信頼できるとわかってから名乗りを上げるものだよ。そうでしょう、僕の可愛い人」

言い争いをするときのようにすらすらと言葉が出てくればどんなによかっただろう。ファラグは優しく語りかけてくるのだが、それに対してハミーダはどうもうまく受け答えができなかった。それが彼女を苛立たせた。というのは、彼女は普通の娘たちのようにずっと受け身の役を演じることができなかったからである。性格的に、黙って静かに待つということができないのである。自分の曖昧な感情を表現することが難しいとわかると、ますます情緒は不安定になり、その結果相手の目を見つめること以外は何もできなくなる。さらに苛立たしいことに、もうすぐ通りの終点に着いてしまう。時間が過ぎゆくことを忘れていたハミーダは、もう目の前にマリカ・ファリーダ広場が迫っていることに驚き、そして言った。

「もう戻りましょう」

「戻る？」とファラグは驚いた。

「ここでこの通りは終わりよ」

「でも世界はムゥスキー通りの端で終わっているわけじゃない。広場を少しぶらぶらしようよ」

「遅くなりたくないのよ。お母さんが心配するから」

「それならタクシーに乗ればいいじゃないか。ものの数分で帰れるよ」と誘いかけてくる。

タクシーですって！　その言葉はハミーダの耳に不思議な響きをもたらした。これまで馬車にしか乗ったことがなかったので、タクシーという言葉の響きがなかなか消えていかない。かといって見知らぬ男とタクシーになど乗れようはずもない。だが激しい冒険心には抗《あらが》いようもない。自分自身でもその無謀な冒険心に驚いていた。それが彼女の心をかき乱すこの男のせいか、それとも冒険そのものへの憧れなのか、よくわからなかった。おそらくどちらも、もともと同じ欲望なのだろう。まだずる賢そうな笑みの残るファラグの方を彼女は見返したが、ふいに気持ちが変わった。

「遅くなりたくないの」

ちょっと残念で悲しそうな顔をしてファラグは訊いた。

「君はこわいのかい？」

ハミーダはカリカリと怒って答えた。

「こわいものなど何もないわ」

彼はすべてわかったと言いたげに表情を明るくして言った。

「じゃあ、タクシーをつかまえよう」

彼女はそれを拒否することもなく、近づいてくるタクシーをぼうっと眺めていた。タクシーは停まり、ファラグがドアを開けてくれた。ハミーダは心を弾ませて、外套の裾を掴みながら屈んでタクシーに乗り込んだ。ファラグも〈これで基礎工事数日分は稼いだな〉と心の中で嬉しそうに呟きながら乗り込んできた。

ファラグは意外な行先を口にした。

「シャリーフ・パシャ通りへ」

シャリーフ・パシャ！　ミダック横町ではない！　サナディキーヤでもグーリーヤでもムゥスキーでもない、シャリーフ・パシャだ！　でもなぜシャリーフ・パシャ通りなのだ？

「どこへ行こうとしているの？」と、ハミーダは尋ねた。

「ちょっと一回りしてから帰るんだよ」と、ファラグは肩を寄せながら言った。

タクシーが動き出したので、男が肩を触れ合わせようが何をしようが、もうしばらくは何もかも忘れてしまおう。タクシーの窓ガラスの外にゆらめくさまざまな光はこの上もなく美しく、ハミーダの目はうっとりとその景色を楽しんでいた。タクシーの揺れは心と身体に少なからぬ影響をもたらし、知らず知らずのうちに彼女は陶酔感を味わっている。現実よりもずっとずっと高いところを飛ぶ飛行機に乗っているかのようだ。目は輝き、口は開いたままだった。

馬車、自動車、トラム、人々の合間を縫ってタクシーはゆっくりと進んだ。ハミーダの思いもタクシーのようにさまざまな光景の中を巡った。今やいつもの気の強さは影を潜め、身体を巡る血液のように心は陶酔し、感情が喜びで小躍りしていた。そのときファラグが耳元で囁いたのでハミーダは我に返った。

「ほら見てごらんよ、おしゃれな人たちを。みんな最高の出で立ちだろう」

まさにファラグの言うとおりだ、通りを行く女性たちは銀幕のスターのように美しく揺蕩《たゆた》い弾んでいる……なんて美しい人たちなのだろう、なんてすばらしい！

そのときになって初めてハミーダは、自分が着古した外套で、ぼろぼろのスリッパを履いていることに気づき気分が落ち込んだ。まるで蠍《さそり》の一刺しを食らったかのように甘い夢から覚めたのだ。悔しくて下唇を噛みしめると、また対抗心がふつふつと湧き上がってきた。気づかぬ間にファラグはぴったりと身体を寄せており、その手を少しずつ彼女の肩に這わせようとしている。それを見て激怒したハミーダは意図したよりもずっと強い力で彼をはねのけていた。彼は一体何があったのかというような顔で見つめ、ハミーダの手を取るとそれをそっと自分の両手の間に挟んだ。そして彼女は案外ガードがきつくないと思ったのだろう、ファラグの唇がハミーダの唇を求めてきた。彼女は一瞬背後に身体をのけぞらせたが、ファラグはそれが見せかけの抵抗だと知り、唇を重ねてきた。ハミーダは怒りに身体を震わせ、血が出るまで相手の唇を噛んでやろうかという狂気が心に蘇ってきた。そう、それは誰かに闘いを挑むときにいつも感じる狂気である。しかし、その狂気的な本能を実行に移すには至らなかった。ならば彼の首筋に鋭い爪を立ててやろうかと思ったそのとき、優しい声でファラグが言った。

「シャリーフ・パシャ通りに着いたよ。僕の家はこのすぐ先にあるんだ。ちょっと寄っていくかい？」

苛立つばかりのハミーダはファラグが指さす方向を見たが、そこには天を衝《つ》くような高層マンションの一角が見えるだけで、どれが彼のいう家なのか見当もつかなかった。運転手に停まるように命じた後、ファラグは言った。

「この建物だよ」

そこにはミダック横町の入口よりもずっと広い玄関のある建物がそびえていた。戸惑いながら建物から目を逸らせたハミーダは、ほとんど聞こえないほどの小さな声で尋ねた。

「何階なの？」

ファラグは微笑みながら答えた。

「二階だよ。遠慮せず気軽に立ち寄っていけばいいさ」

ハミーダは軽い嫌悪感を覚えつつファラグを見つめたが、彼は続けた。

「なんて怒りっぽい人なんだ、君は！　初めて君を見た日から僕は何度も君のところを訪ねていったじゃないか。だから一度ぐらい僕の家に来てくれてもいいだろう」

この男はいったい何を望んでいるのだろう。いいカモを引っ掛けたとでも思っているのだろうか。ちょっと唇を許したぐらいで、その先のもっと危険なことをできるとでも思っているのだろうか。自惚れと自信過剰で自分が見えなくなっているのではないか。そしてこうやっていつもの感覚を失いつつある私はもしかしたら恋に落ちてしまったのだろうか。ハミーダの中で燃え盛る怒りは、全神経を集中させて闘いの準備をせよと命じていた。その強烈な本能に身を任せ、どこであろうと彼のいう場所まで行ってやろうじゃないか、そして激しい一撃で自分の誤りに気づかせてやればいいじゃないか。反抗的な性格は、まっすぐに戦場へ突き進むことを望んだ。相手に闘いを挑んでおきながら、相手からの挑戦を受け入れることを拒むことなど果たして可能なのだろうか。ハミーダをいらいらさせているのは、倫理的な問題でも恥ずかしさでもなかった。そんなことで腹が立ったのは一度もない。そうではなくて、自身のプライドや自分の持っている力への信頼が損なわれることや、罵詈雑言を叩いて思い切り闘いたいというコントロールできない感情のせいであった。とはいえ、タクシーに乗り込んだときの冒険心もまだ残ってはいた。

ファラグは彼女を見つめて独り言のように言った。

「僕のかわいい娘さんは触れるとすぐに爆発する危険な爆弾だ。注意して取り扱わないと」

そして今度はすがるような目つきで言った。

「よかったらレモネードを一杯飲んでいかないかい?」

「お望みどおりに」

と、ハミーダは挑むような目つきで見返しながら答えた。

ファラグは上機嫌でタクシーを降り、ハミーダも大胆不敵な表情で彼に従った。そして彼が車の窓から運転手に料金を払っている間にビルを見上げた。ついさっきまでミダック横町にいたのに、今はもうこんなビルだらけの街にいるなんて、自分でも予見できなかったこの大胆な冒険に驚いた。こんなこと、誰に予測できただろう。このビルに入っていくところを、もしラドワーン・フセイニ氏が目撃したら何と言うだろう？　そう思うと唇に笑みが浮かんできて、今日こそは人生でいちばん楽しい日になるに違いないと思った。

ファラグは急いで寄ってくると彼女の腕をとり、二人そろってビルの玄関に入った。広い階段を二階へと上がり、長い廊下を歩いて、右側にある扉の前で止まった。ファラグはポケットから鍵を出して開錠すると、〈これで少なくとも一日か二日分は手間が省けた〉と心の中で呟いた。

彼はドアを大きく開けてハミーダを中に入れ、後ろ手にドアをロックした。ハミーダの目の前には長い玄関ホールがあり、その両側に部屋がいくつもあった。どこも眩しいほどの電灯に照らし出されている。しかしこのマンションは無人ではなかった。ホールに入ったときに点いた電灯に照らし出されたドアの向こう側から人の声が聞こえたのだ。複数の声が、話し、叫び、歌っていた。

イブラーヒーム・ファラグは玄関から入って突き当りにある部屋のドアを開けてハミーダを中に入れた。そこは中ぐらいの大きさの部屋で、肘掛け椅子とソファーの中間のような形をした革製の長椅子が置かれており、真ん中には刺繡の施されたラグがあった。部屋のドアと向かい合せに金色に塗られた脚のある長いテーブルがあり、その上には天井まで届く大きな鏡があった。ハミーダの瞳に現れる驚きの表情をファラグは楽しそうに見ながら、やさしく言った。

「さあ、コートを脱いで、腰かけて」

ハミーダは外套を脱がずに椅子を選び、背もたれに身体を伸ばして座り心地の良さを味わった。そして油断してはならぬという口調で呟いた。

「遅くなったらたいへんだわ……」

ファラグは部屋の真ん中にある、魔法瓶の置かれた上品なテーブルに行き、冷えたレモネードを二つのコップに注いだ。そしてその一つをハミーダに差し出しながら言った。

「大丈夫だよ。タクシーに乗れば数分で帰れるから」

レモネードを飲み終わるとファラグはコップをテーブルに戻した。その間、ハミーダは彼の見た目をじっくりと観察し、スリムで背の高い姿に感心していたが、特にその手からは長い時間目が離せなかった。なんというきれいな手をしているのだろう！　繊細で優雅な手をしている。長い指は彼の力強さと美しさの象徴だ。この手を見てこれまでに感じたことのなかった不思議な感情がハミーダに芽生えた。彼は立ったまま見下ろし、勇気と安心感を与えるように優しく微笑んだ。実際、ハミーダにはもう恐怖感はまったくなかった。ただ期待感と心細さと興奮で神経はぴりぴりしていた。そしてマンションの玄関に入ったときに聞こえてきた複数の声をそのときになって急に思い出し、彼に尋ねた。

「さっき人の声が聞こえてきたけど、あれは？」

ファラグはまだ立ったままで答えた。

「ああ、家族みたいなものだよ。そのうちちゃんと紹介するよ。それよりどうしてコートを脱がないんだい？」

部屋に来るように誘われたときにはてっきり一人住まいだと思っていたので、他に人が住んでいる家に自分を呼び入れたということに驚いていた。そして外套を脱げばいいという言葉を無視して、静かに、しかし挑戦的な眼差しでファラグを見上げた。彼はもう一度同じことを言おうとはせず、そのかわり靴が彼女のスリッパにくっつくほどに近づいてきて、前に身体を屈めると両手を取って軽く引っ張りながら言った。

「さあ、ソファーの方に行こう」

二人は大きなソファーに横並びに座った。さっきからずっとハミーダは、恋に落ちそうな男の放つ魅力と、自分を弄《もてあそ》ぼうとしているかも知れないという敵愾心との間で心が激しく揺れていた。少しずつファラグは近づいてきて彼女に触れた。そして腰に手を回した。ハミーダはどの時点で抵抗をしたらいいのかがわからず、これを許してしまった。彼は右手を彼女の顎に添えてその唇を自分の方に向け、あたかも喉が渇いて清水に口を差し出すかのように、ゆっくりと注意深く自分の唇を重ねていく。二人はかなり長い間、そうして恋の夢を見つつ、唇を重ねていた。ファラグは唇に自分の力と情熱のすべてを集中させて思いを遂げようとしている。ハミーダは、まだわずかに警戒感を覚えつつも恍惚とした状態だったが、ファラグの片手が腰から肩まで上がってきて自分の外套を脱がせようとしていることに気づくと、心臓が早鐘のように打ち出し、一瞬で彼の顔を遠ざけると激しく言い放った。

「だめよっ！」

ファラグは、一瞬にしてハミーダの顔にまた頑固で強気な表情が戻ってきたのを見て驚いた。

〈思ったとおりだな、やはり。これは一筋縄ではいかないタイプだ〉

と、きまり悪そうな笑顔を浮かべながら心の中で呟いたが、口に出しては静かにこう言った。

「怒らないでおくれ。ついつい自分を忘れてしまった」

ハミーダは込み上げてくる勝利の笑みを隠すように顔を背けた。だが、その笑みも長くは続かなかった。というのも、目を落とすとそこには自分の手があったからだ。彼の繊細で美しい形の手に比べて、自分の手はなんと荒れた汚い手であることか。彼女は恥ずかしさに息が詰まる思いになり、意地悪く言った。

「どうしてここへ連れてきたのよ？　こんな馬鹿げたことのために！」

ファラグは引き下がらなかった。

「人生の中でも最高のことだよ。どうして僕の家でそんなに遠慮するんだい？　ここは君の家も同然じゃないか？」

そして外套から少しはみ出している髪をじっと見つめ、それを引き寄せてキスしながら言った。

「ああ、なんてきれいな髪をしているんだ。こんな美しい髪は今までに一度も見たことがない」

虱除《しらみよ》けの灯油の匂いを鼻に感じながらもファラグは本心でこの言葉を言った。その誉め言葉にハミーダは気をよくしたが、それでも彼女は訊いた。

「いつまでここにいさせるつもり？」

「お互いのことを知るまでだよ。まだまだ知らなければならないことがお互いにたくさんあるだろう。まだ怖がっているのかい？　ありえないよ。君は何事も恐れない人だから」

ハミーダはこの言葉があまりに嬉しくて、彼にキスしたいと思ったほどだった。これを見たファラグは、彼女の喜ばせ方は心得たという表情で心の中で呟いた。

〈お前のことがわかってきたよ。まるでメス虎のようだ〉

だが、感情をこめた大きな声でこう言った。

「君にはすっかりやられてしまったよ。自分の心には嘘はつけない。愛で結ばれた二人を引き裂くものは何もない。君は僕のもの、僕は君のものだ」

そう言いながらファラグは懇願するような眼差しでハミーダを見つめた。ハミーダはその首を彼の方に傾け、二人は熱烈な口づけを交わした。彼女の唇の圧倒的な力で、口づけというより唇同志が激しくぶつかり合ったかのように感じたファラグは彼女の耳元に囁いた。

「好きだよ、愛しの人……」

ハミーダは深いため息をついて、顔を遠ざけながら息を吸った。彼は囁くような声で優しく言った。

「ここは君の家だよ」そう言った後、自分の胸に手を当てて、「いや、この胸に君はすでに住んでいる」

彼女は短く笑って言った。

「家のことを思い出させてくれてありがとう。もうほんとに帰らなきゃ」

ことは計画通りに進んでいたのだが、ファラグは不審そうに尋ねた。

「家って、あの横町の家のことかい？」

そして蔑《さげす》むような口調で続けた。

「君はあんなところにいてはいけない人だ。罪深いほどに美しく、若く、元気で、輝いている君が、腐った骨しかないあんな墓場みたいなところに住んでいるなんて！　さっきタクシーから見ただろう。みんな着飾って街を歩いているけど、その誰よりも君はずっときれいで魅力的だ。君も高級な服を着て宝石を身にまとい颯爽《さっそう》と街を歩けばいいじゃないか。君の中に隠された宝物を掘り当てるために神は僕のもとに君をよこしたんよ。だから、さっきから言ってるように、ここが君の家なんだ」

彼の言葉はハミーダの心の琴線に触れるものがあった。もう頭では何も考えることができず、目は半開きで、瞳には夢がいっぱいに広がっていた。しかし、まだ彼の意図していることが何なのだろうかと自問してみる余裕は残っていた。彼の言うことは、まさしくハミーダがこれまで憧れとして抱いていたものなのだが、具体的にその夢や望みを叶える方法になぜ言及しないんだろう？　なぜファラグは自分の考えや彼女に何を望んでいるのかをはっきりと言わないのだろう？　彼が口にする言葉で、ハミーダが望んでいること、夢見ていることがすべて明らかにされた。これまで曖昧でベールに包まれたような彼女の夢や欲望が、あたかも彼女自身がそれを彼に語ったかのように、明確に言葉として表現されたのだ。ただひとつだけ言葉にしなかった、というよりヒントさえ与えなかったことが、まさにそれなのだ。大胆で美しい瞳で見つめながらハミーダは尋ねた。

「あなたは私をどうしたいの？」

ファラグは思い描いていたシナリオも佳境に入ってきたことを実感しつつ、誘惑的な口調で答えた。

「つまり、君はもっと自分の値打ちにあった家で暮らすべきだと言いたいんだ。そしてもっと人生を楽しむべきなんだ」

ハミーダは当惑気味に言った。

「何を言っているのか私にはわからないわ」

ファラグは優しく彼女の髪に触れ、考えをまとめるために少し沈黙した後に言った。

「おそらく君は今、なぜ急に僕がこの家に住むようにと言い出したのかを不審に感じているのかも知れない。じゃあ、逆に訊くけれど、なぜあんなミダック横町に君は帰らなきゃならないんだい？　他の娘たちみたいに、どこかのみすぼらしい男が結婚の手を差し伸べてくれるまであんなドブ板横町で待つって言うのかい？　そのみすぼらしい男に、はち切れんばかりの君の若さと美しさを楽しませた後、ゴミ箱に捨てられるのを待つと言うのかい。いいかい、僕は、そのへんにいる頭が空っぽの娘たちに話をしているんじゃないんだよ。君は滅多にいないような美人だ。君の美しさは別格だけど、それさえ君の魅力のひとつに過ぎないよ。美の化身とはまさに君のためにあるような言葉だ。君のような人は、欲しいものがあればそれを口に出して言えばいいんだよ、そうすればすぐに叶えられるさ」

ハミーダは込み上げる怒りで顔色を失い、輪郭は鋭さを取り戻した。

「それはすべて女を弄ぶときに使う言葉よ。私には通じないわ。最初は冗談半分みたいな調子だったのに、何よ急に真剣な感じになって！」

「弄ぶだなんて、とんでもない！　神に誓って、僕は君のことを尊敬しているよ。真剣にならないといけない人に対して僕は決して軽いことは言わないよ。とくに君のように尊厳と愛情に満ちた人に対して、絶対にそんなことはしない。僕の見立てが正しければ、君は野心に溢れた人で、それを実現するにはどんなことでもするだろう。自分の意志に逆らってはいけないよ。僕には人生のパートナーが必要で、君こそはこの世でいちばんのパートナーなんだよ」

ハミーダはきつい口調で聞き返した。

「パートナーって何のパートナーよ？　あなたが本当に真剣だというなら、何をしたいのか言ってみなさいよ！　本当に私と……」

もう少しで「結婚したいのなら」と言うところだったが、その一歩手前でやめて、憤懣やるかたない気持ちでファラグを見つめた。ファラグも彼女が何を言おうとしたのかを覚り、心の中で嘲《あざけ》った。しかしこの時点で引き下がっては何も得られるものはないと思ったので、芝居がかった口調で話し続けた。

「一生ずっとつき合っていきたい恋人兼パートナーが欲しいんだよ。二人で喜びと富と威厳と幸福に満ちた人生を歩みたいんだ。退屈な家事や、妊娠や、子育てや泥にまみれた人生ではなく、来るときに話した映画スターのような人生を送りたいんだ」

ハミーダは驚きと恐怖でぽかんと口を開いた。悲しみで瞳の黒さは増し、顔は血色を失った。怒り心頭に発した彼女は背筋をまっすぐにして立ち上がるとこう叫んだ。

「私をめちゃくちゃにしようと企んでいたのね、この悪魔！　地獄の使い！」

ファラグは大声で笑って言った。

「僕は人間の男だよ」

ハミーダはそれにかぶせるように叫んだ。

「人間なんかじゃないわ、単なる女衒《ぜげん》じゃない！」

彼は大声で笑って言った。

「女衒だって人間じゃないか。そうだよ、可愛い子ちゃん。女衒だって立派な男だよ、明らかに普通の連中とは違うけどね。普通の男は頭痛の種以外、何を与えてくれるって言うんだい？　女衒は幸せの仲買人じゃないか！　それはいいとして、僕は君のことが本当に好きなんだ。こんな諍《いさか》いで僕らの小ロマンスを終わらせたくないよ。君に幸福と愛と力を与えようとしているんだ。君が単なる馬鹿の小娘なら、確かに僕は誘惑していたかも知れない。でも僕は君を尊敬しているし、君に対しては真剣で正直でありたいんだよ。君も僕も同じ種類の人間だ。神は僕たち二人を愛し合い、協力し合うように創ってくれたんだ。君が仲間に加わってくれれば、幸福も愛も力も僕たち二人のものになる。でもここで二人が別れてしまえば、待っているのは苦労と貧乏と惨めさだけだ、少なくとも二人のうちの一人にとっては……」

ハミーダはファラグの目をじっと見つめながら、どうしたらこんなことをすらすら口にできる人間になれるのだろうと考えた。怒りで心臓が飛び出てきそうだったが、自分でも驚くべきことに、これだけ傷ついているのに、まだ彼のことを軽蔑していないし、ほんの一瞬たりとも彼への恋慕の感情は冷めなかったのである。それ以上のストレスには耐えられなくなり、飛ぶように立ち上がると怒りを込めて吐き捨てた。

「私はあなたが思っているような安い女じゃないわ!」

この言葉を聞いてもファラグのビジネス感覚でいう自信は少しも揺らがなかったが、いかにも困惑したように聞こえよがしのため息をついた。そして後悔するように言った。

「君に失望するなんて夢にも思わなかったよ。ああ、君もあの横町で花嫁になってしまうのか。妊娠して、蠅がぶんぶん飛び回る歩道に子供を産み捨てて、食べるものといえば豆しかなく、その前で君もどんどんと太っていき、美しさも色褪せていく。ああ、とんでもない。そんなこと信じられない」

「もう十分よ!」

ハミーダは耐えられなくなって叫んだ。そしてドアに向かって歩いていった。それをファラグがつかまえて優しく言った。

「そんなに急がないで」

そう言いながらも、邪魔はしなかった。それどころか、ドアを開けて一緒に外に出た。

ここに来たときはあんなに喜びと大胆さに満たされていたのに、なんと惨めで混乱した気持ちで出て行くのだ。ビルの玄関で立ったまま待っていると、ボーイがタクシーを捕まえてきた。二人はそれぞれ別のドアから乗り込んで横並びに座った。タクシーはスピードを出して走った。ハミーダは頭の中が混乱したまま黙っていた。ファラグも静かに座って横から彼女を見つめ、今は彼女の沈黙を邪魔しないほうが賢明だと考えて何もしゃべらなかった。タクシーはもうすでにムゥスキー通りを半分以上下ってきた。そこでファラグはタクシーを停めた。彼の声で我に返ったハミーダが窓の外を見て飛び出すようにタクシーを降りようとしたので、ファラグは慌ててドアノブに手を掛け、そしてちょっと躊躇しながら彼女の肩にキスをして言った。

「じゃあ、明日も待っているよ」

ハミーダはドアに伸びたファラグの手をできるだけ避けるようにしながら、短くはっきりと言った。

「とんでもないわ！」

ファラグはドアを開けながらもう一度言った。

「明日も待っているよ、愛しい人、君はきっと来てくれるはずだ」

そしてタクシーを降りた彼女に向かってさらに言った。

「明日のこと忘れないで。新しい人生が始まるんだよ、愛しい人。君を愛している。人生そのものよりも君を愛している」

足早に去っていくハミーダを見送る彼の唇には冷たい笑みが浮かんでいた。

〈あれはなかなかのタマじゃないか。うん、やっぱり俺の勘に狂いはなかった。もってこいじゃないか、まるでそのために生まれてきたようなもんだ。あれは生まれながらの娼婦だ。まさに世にも稀《まれ》なる真珠を手に入れたようなものだな〉

第24章　ハミーダ、ミダック横町との決別

「こんなに遅くまで何してたんだい？」

帰るなり、母が尋ねた。ハミーダはまるで何事もなかったかのように答えた。

「ああ、ザイナブに誘われてね、おうちに行ってたのよ」

ハミーダの母は、間もなく二人そろってスナイヤ・アフィーフィ夫人の婚礼に出席しなければならない、そのためにスナイヤがハミーダにドレスを新調してくれるだろうと告げた。ハミーダはいかにも嬉しそうなふりをして、それからまる一時間母と他愛もない話をした。そして二人で夜食を取り寝室に引き下がった。ハミーダはいつも、古びたソファーで横になって眠り、一方母は床の上にマットレスを広げて身を横たえるや一分と経たないうちに深い眠りに落ちこんでいって、やがて部屋中に響き渡るような大鼾《おおいびき》を立てるのであった。ハミーダは横になったまま、閉ざされた窓の方を眺めた。キルシャ亭から立ち昇る光で鎧戸がぼんやりと闇に浮かび上がっている。彼女は驚きの連続だったその日のことを思い出していた。ひとつひとつの動静を、一言一言交わされた言葉をゆっくりと反芻《はんすう》した。信じがたいような一連の出来事、どうしてあんなことになったのだろう。ちょっとした戸惑いはあったものの、十分に満足だった。怖いと思ったことは何もなかった。この満足感は、彼女の虚栄心と、生来の冒険好きな心が満たされたことによるものだ。同時に、ミダック横町に帰り着いたとき、

「あんな人、初めから出逢わなければよかった……」と独り言を呟いてみたことも、でもその言葉は心の中であまり響かなかったことも思い出していた。結局、ハミーダはその日一日だけで、それまでの人生すべてをかけても知り得なかったことを知ったのである。

ファラグは、ハミーダ自身を映し出す鏡の役割を果たすがために、人生に割り込んできたようなものだ。別れるときに「とんでもないわ！」と返事したが、他にどう返事のしようがあっただろうか。その否定の言葉が意味するところは何なのか、それはすなわち家に籠《こ》もったままアッバースの帰りを待つということなのか？　まさか！　ハミーダの心の中には、もうアッバースが入り込める余地など残されていなかった。彼の面影はことごとく消去され、再び蘇《よみがえ》ることもないだろう。彼から期待できるものといえば、惨めな結婚生活、避けようのない妊娠、出産、そうして産まれてくる子供たちを蝿が飛び回る歩道で育てることぐらいだ。それらすべてからなんとしてでも逃げなければと思った。ハミーダは、普通の女性と違って、母親になることには何の魅力も感じなかった。ミダック横町に住む女たちは口を揃えてそういう彼女の異常さを罵っていた。そのどこが悪いのか彼女にはさっぱり理解できず、思い出すと腹が立っていたたまれなくなり、拳で自分の唇を血が出るまで叩いた。自分の望みや願いが何であるかは明確になってきた。今日の今日までは曖昧でよくわからなかったのだ。しかしもはやそれはベールを上げ、彼女が進むべき道は明らかになったのである。

そうやってソファーに横になっていると、こんなにも簡単に進むべき道を選べるのが不思議だった。これまでの退屈な人生と、これから先にある輝ける未来。自分でも気づかないうちにハミーダはすでに進むべき道を決めていたのである。あの男のマンションに足を踏み入れたその時、すでに彼の掌中に入っていたのだ。顔に出すのは怒りの表情ばかりだったが、内面では喜びに小躍りしていた。瞳は憤怒で白くなっていたが、心の中では夢と希望が新たな人生を目の前にして深呼吸していたのだ。不思議なことに、ほんの一瞬でもファラグを蔑んだことがない。彼こそが自分の希望と力と幸福、そして人生そのものであるはずなのだから。ただ、「君はきっと来るはずだ」と口にできるようなあの自信過剰な部分だけが苛立たしいと思っていた。

そのとおり、自分はきっとまたあのマンションに行くだろう。ただあの自惚れには一矢《いっし》報いてやらねばなるまい。ハミーダの考える恋愛とは、相手を敬うことでも相手に従うことでもなく、終わりなき激しい闘いの連続なのだから。なんと長い間、こんな横町のこんな家に息を潜めてきたことか！　光と、権威と、力を夢見るばかりの年月がどんなに長かったことか！　この忌々《いまいま》しい過去から抜け出せるよう自分の心に火を点けてくれたのはあの男しかいなかった。でも彼女は「あなたにすべてをお任せします。どうか私をあなたのお気に召すように」と叫びながら彼のもとに這っていくような恋愛はしたくない。かといって、弾丸のように彼のもとに飛んでいって、「今日からは私があなたの主《あるじ》よ。私のいうことに従いなさい！」と言いたいわけでもない。とにかく受け身な恋愛は絶対にしたくなかったし、これからもそうである。「私はたくさんの夢と希望を携えてここへやってきたの。だからあなたも持っているものをすべて私にちょうだい。さあ、これからは二人のデスマッチよ。ずっと憧れてきた力と幸せを与えて！」そういう気持ちで彼の前に立ちたいのである。彼のおかげで自分の道は明確に定まった。それは自分の命に替えてでも絶対に見失いたくない道だった。

ただ、更《ふ》けゆく夜に考えを巡らせていると、どうしても彼女の決心を鈍らせる何かがあることに気づいた。横町の人らや、道で会う人たちは、明日からの彼女のことをどう思い、どう言うだろうと自問してみた。思い浮かぶのはたった一言「売女《ばいた》！」だけだ。彼女自身の口から実際にその言葉を発したことがある。それは工員の娘の一人と口喧嘩したときだった。男のように恥ずかしげもなく道をふらふら歩くその娘に「この売女！　売春婦！」と罵ったことがあったのだ。今度は自分が言われる番だ。そう考えると気持ちが少し落ち込んだ。とはいえ、彼女の固い決心を揺るがすほどのものではない。考えに考えて自分の欲していた世界を選んだのだ。今はもう振り返れないほどの勢いで新しい道を進み始めており、その行く手を阻《はば》むものは小石すらない。

一瞬、母のことも考えた。見事な鼾をかいて眠っている。ここで過ごす最後の夜になるまで、母の鼾のことなど気に留めたこともなかった。明日の夜、いつまで経っても戻らない娘を案じて途方に暮れる母の様子を想像してみた。養母であるのに、ハミーダを深く愛して育ててくれた。その愛は、本当の母がいないことを忘れさせてくれるほどに深いものだった。そしてハミーダも、あれだけ口論の絶えたことない養母なのに、心から大切に思っていた。こうした感覚はこれまですっかりどこかに態《なり》を潜めていたのに、今になって急に噴き出てきたという感じだ。

「私にはお父さんも本当のお母さんもいない。この世で頼れるのはファラグだけね」と呟いた。そうでも言わなければ、あっさり過去をなかったことにはできなかった。そうすることで未来にのみ照準を当てて、新しい一歩を踏み出す勇気が出るのだ。いつまで経っても眠くならず、ハミーダの頭と額に疲れが出てきた。逡巡から解放され、早く眠りに落ちてしまいたい。次に目を開けたときには光り輝く明日であってほしい。そう願い瞼《まぶた》を閉じて、少しうつらうつらしたかと思えば、キルシャ亭から男たちの笑い声が聞こえてきて眠りの邪魔をする。ああやって無理に私の眠りを妨害しているのだわ、とハミーダは心の中でミダック横町の住人たちを罵った。

「サンカル、水煙草の水を変えとくれ！」あの声はハッシーシ中毒の汚いキルシャの声だ。

「おお神よ、ほんのちょっとのお菓子を彼女に与え給え」あれは肉の塊《かたまり》のようなカミルおじさんだ。

「それがどうしたって言うんだ？　何事にも原因と結果があるんだ」あれは愚鈍でみすぼらしいドクター・ブゥシーだ。

そのとき急に、キルシャ氏とダルウィーシュ先生との間に座って投げキスを送ってくるファラグの幻を見たような気がして、心が締めつけられた。そしてあのマンションの建物や豪華な部屋を思い出し、耳のそばで彼が囁いているような錯覚に陥った。「君はきっと来てくれるはずだ」ああ、一体いつになったら眠れるのかしら……？

「平和がみなさんと共にあらんことを！」あれはラドワーン・フセイニ氏の声だ。オルワーン社長が発作に襲われる前に求婚してきたときに、断るように強く進言した男だ。さて、私がミダック横町を出てファラグのもとへ行ってしまったという知らせを聞いたら何て言うかしら？　好きなように言わせておけばいいわ。横町の連中全員に呪いあれ！　ハミーダは何回も何回も寝返りを打って不眠と闘っていた。こうして夜は恐ろしいほどゆっくりと流れ、彼女を圧迫し疲れさせた。明日は人生最大の決断を下すべき日なのに、そう思うと眠れぬ夜がさらに苦痛となった。

空が白み始める少し前に深い眠りが襲ってきたが、朝の早い時間にはもう目が覚めてしまった。それまでずっと眠らずに起きていたかのように、また彼女の逡巡が始まった。ただ、もうそこには迷いはなく、日暮れまであと何時間だろうと考えるだけだった。もはやハミーダは一時的にミダック横町を訪れている者に過ぎない。彼女はもうミダック横町に属してはおらず、ミダック横町は彼女の一部でもなんでもない。それはまさにファラグの言うとおりである。ハミーダはソファーから起き上がって窓を開け、母のマットレスを畳み部屋の隅に片づけた。そして部屋の掃き掃除をして玄関先を磨いた。母はいつものようにいくつもの用事が待ち受けていて朝早くから外出してしまったので、ハミーダは一人で朝食を取った。台所に行くと、母が昼食用に水に漬けてあったレンズ豆があったので、その水を捨てて豆をコンロの火にかけた。

「これがこの家での最後の料理になるわ……。もしかしたらこれが人生最後の台所仕事になるかも知れない。レンズ豆なんて次はいつ食べるかしら」

別に彼女はレンズ豆が嫌いなわけではなかった。ただレンズ豆が貧乏人の主食だということも知っていた。かといって金持ちが何を食べているのかもよく知らなかった。きっと肉、肉、肉なのだろうと想像はしていたが。

そう思い始めると、明日からはどんなものを食べて、どんな服を着て、どんな装飾品をつけて暮らすのだろうと、表情がどんどんと明るくなった。

昼前に台所を出てシャワーを浴びた。その後、いつもより丁寧に髪に櫛を入れ、念入りに編むと、それは膝まで届く長い一本のロングテールになった。そして持っている中でいちばんいい服を身につけようとしたが、古びた下着姿にうんざりして小麦色の顔が赤面した。ああ、こんな格好でお嫁入りするなんて、と考えただけで意気消沈してしまった。そしてこのみすぼらしい格好から新品のきれいなドレスに着替えるまでは絶対にファラグに心を許さないと決めた。それはそのとき急に思いついたことだったのだが、その考えで気分は晴れ、再び情熱に満たされるのであった。

窓際に立って、住み慣れたミダック横町を見下ろし別れを告げようとした。パン屋からキルシャ亭、カミルおじさんの店、理髪店、サリーム・オルワーン社長の会社、ラドワーン・フセイニ氏の家とひと通り見渡した。こうした過去の思い出は、ハミーダの未来への想像力というマッチによって点けられた火で一瞬にして目の前で燃え尽きてしまった。

驚くべきことに、そこに立っているハミーダは、横町にもそこに住む人に対しても何一つとして思い入れのない、冷たく意志の固い女だった。もともとここに住む女性たち、たとえば乳母のキルシャ夫人やパン屋のホスニーヤなどとは、ただのひと時も心を通わせたことがない。ラドワーン・フセイニ氏の妻でさえ、ハミーダの鋭い舌鋒から逃れることはできなかった。

ある日のこと、ラドワーン・フセイニ夫人がハミーダの口のきき方はなってないと言いふらしていることを知ってしまった。そこで彼女は毎日フセイニ夫人の行動を注意深く監視し、夫人が屋根に洗濯物を干しに上がったのを見つけるや、大急ぎで自分も屋根に駆けあがった。ハミーダの家の屋根はラドワーン・フセイニ氏の家の屋根と隣り合わせになっているのだ。そこでハミーダは二つの家の屋根を隔てる壁によじ登ってフセイニ夫人に向けて侮蔑的な冷笑を浮かべ、自分をネタにしてこう叫んだのである。

「おお、ハミーダ、口のきき方も知らないなんてなんと哀れな娘。あなたなんて、ミダック横町に住む高貴なご婦人方、パシャの娘たちとは無縁の阿婆擦《あばず》れよね」

こう言われたフセイニ夫人は、ことを荒立てないよう黙り込むしかなかった。

次にハミーダの視線はオルワーン氏の社屋の上で止まった。彼が求婚してきたときのことを思い出した。たった一日半の間、彼女はオルワーン社長によってもたらされるであろう莫大な富に浸る夢を見たのだ。あのときは本当に大きな魚を逃したという悔しい思いでいっぱいだった。だが、同じ男でもオルワーン社長と今の彼とではなんと大きな違いがあることか！　あの莫大な資産を持つオルワーン社長でさえ、ハミーダの心の半分しか動かすことはできなかった。でもファラグはどうだろう。あっという間にまるごと持っていかれてしまった。

次に彼女の目に留まったのは理髪店だった。アッバースのことを思い出した。いつか基地から横町に戻ってきたとき、彼女の片鱗すらなくなっているのを見て彼はどうするだろう。最後に逢った夜の、階段の踊り場での出来事を思い出すと、心臓が止まりそうな気がした。よりによってなぜ彼なんかに唇を許したりしたのだろうと思い出したからである。

ハミーダは窓辺を離れソファーに戻った。出て行く決心はどんどんと固くなる。ちょうどお昼になって母が帰ってきたので一緒に昼食を取った。食事を取りながら母は言った。

「今、豪華な結婚式の準備をしているところなのよ。これがうまくいけば、私たちの未来もかなり明るくなるわ」

関心などまったくなかったが、ハミーダは母にいったいどれほど豪華な結婚式なのかと尋ねた。もちろん母の答えたことなどまったく覚えていない。この手の話はこれまで何度も何度もあったことだ。

そのたび母が持って帰ってくるものといえば、ほんの数ポンドと小さな肉の塊程度のものだった。食事の後、母は横になって昼寝をした。ハミーダはソファーに座り母を見つめた。きょうがお別れの日だ。もう二度と母に会うことはないだろう。そう思いながらこの養母の寝姿を見つめると、初めてちょっと悲しい気分になった。これまで愛し育ててくれた実母同然の人だ。母と呼べる人はこの人しかいないのだ。少なくとも別れのキスぐらいできたらいいのに。

夕方になり、ハミーダは外套をはおりスリッパを履いた。いろんな思いで手は震え心臓は早鐘のように打っていた。養母にちゃんとしたお別れをせずに出て行くしかないのだ。この後どんな不幸に襲われるかも知らず、穏やかな気持ちで横になっている母を見て、ハミーダの心は痛んだ。出発の時間が来て、母をじっと見つめながら言った。

「じゃ、行ってきます」

母は応えた。

「行ってらっしゃい。遅くならないようにね」

アパートを出るとハミーダは緊張した。なにもかも振り切る思いで、最後の最後にミダック横町を通り抜けた。サナディキーヤ通りを抜けてグーリーヤに入る。そしてゲディーダ通りに曲がり、歩調を測るように前に進む。躊躇と不安を感じながら、そっと視線を上げると、やはりそこに、昨日とまったく同じ場所に彼は立っていた。それを見ると彼女の胸の中はまたもや反抗心に燃え、頭に血が上ってくるのがわかった。おとといの仕返しをしてやりたいと強く願ったのだが、それを必死に抑え込み心の平静を保とうとした。そしてうつむき加減に歩きながら、今日もまた彼はあの他人《ひと》を小馬鹿にしたような笑みを浮かべているのだろうと考えた。おどおどして視線を上げると、意外にも彼は真面目な表情で立っており、アーモンドの形をした目には希望と不安の両方が現れていた。それを見て彼女の怒りは収まり、そのまま彼の横を通り過ぎた。昨日と同じように手を握って話しかけてくると思ったのだ。しかし彼はハミーダが近づいてきたことに気づかぬふりをした。彼女はそのまま小走りにゲディーダ通りを進み、カーブのところで姿を隠した。そうすると彼はやっと彼女を探し始めた。きっとおととい痛い思いをしたので、きょうは何もかも慎重になっているのだろう。やがてゲディーダ通りも終点近くまで来たとき、ハミーダは何かを思い出したかのように急に踵《きびす》を返して、不安げな表情で戻っていった。それに驚いて追いついてきたファラグが小声で話し掛けてきた。

「どうしたんだい、急に引き返して」

ハミーダはちょっと戸惑ったが、落ち着かない口調で言った。

「工員の女の子たちが、こっちに来る……」

この答えに安心した彼はこう誘いかけた。

「アズハル通りの方に曲がろう。そうすりゃ誰の目にも留まらない」

まだ距離を保ちつつも、二人はアズハル通りの静寂へと吸い込まれていく。そのときになってハミーダは、これで完全に白旗をあげてしまったようなものだわ、と思った。やがて二人は、一言も口をきくことなくマリカ・ファアリーダ広場に入った。そこから先の道をハミーダはまったく知らなかったので、広場で立ち止まった。タクシーを呼ぶファラグの声が聞こえ、タクシーが停まると彼はドアを開けた。そこへハミーダが乗り込む。このタクシーに飛び乗った瞬間こそが、ハミーダの人生の大きな分かれ目となった。

タクシーが動き出すや否や、ファラグは見事な技術で、わざと声を震わせて言った。

「昨夜、僕があれからどれだけ苦しんだことか、ハミーダ。一睡もしていないよ。人を好きになるということがどんなに辛いか、君にはきっとまだわからないんだろうね。でもこうやってまた会えて本当に嬉しい。嬉しいどころか飛び上がって喜びたいほどだよ、僕の愛しい人。よく会いに来てくれた、本当にありがとう。君の足元を幸せでいっぱいの海にしてあげるよ」そして彼女の首筋を撫でながら、「ああ、君のこの首には大粒のダイヤモンドのネックレスを掛けよう」そして手首にキスをしながら、「ここには輝く金のブレスレットをつけよう、そしてこの唇は艶《つや》のあるリップに覆われる」と言いながら首を傾けて口づけしようとしたが、あえてそこは頰にキスをした。「ああ、君はなんて魅力に溢れた恥ずかしがり屋なんだ！」

そこで息継ぎをしたファラグは唇に笑みを浮かべて続けた。

「さあ、惨めな過去にさようならを言うときだよ。これからは君を不愉快にさせるものは何もない。その胸だって、高級なシルクのブラジャーで包まれたように軽くなる」

ハミーダはもう何を聞いても心地よく、さっきまでの苛立ちはすっかり態を潜めた。そしてタクシーの揺れに身を任せて、過去の人生からどんどんと遠ざかっていくのだ。今夜からの新しい住まいとなる建物の前でタクシーは停まった。二人はタクシーを降りて、足早にマンションの部屋に上がっていく。マンションはおとといと同じで、閉じたドアの向こうからは賑やかな声が聞こえてきた。二人は豪華に装飾された奥の部屋に入った。

「さあ、コートを脱いで。そんなコートはもう燃やしてしまおうじゃないか」

ハミーダは顔を赤らめながらもごもごと言った。

「服も何も持たずに出てきてしまったの」

「よくやった、ハミーダ。過去のものなど何も要らないさ」

ファラグは彼女を肘掛け椅子に座らせ、しばらく部屋の中を行ったり来たりしていたが、やがて背の高い鏡の横にある設《しつら》えのいい扉を開けた。そこには一瞬で心が奪われそうなほど豪華な部屋があった。

「僕たちの部屋だよ……」とファラグは言った。

ハミーダは即座に答えた。

「だめよ、だめ、私……こっち側の部屋で寝るから」

ファラグはじっと彼女を見つめ、しようがないなあという表情で言った。

「わかったよ。でも君は奥のこの部屋で寝ればいい。僕がこっち側の部屋で寝るから」

ハミーダは羊のように売られていくのではないのだと強く自分に言い聞かせていた。負けず嫌いで強気な欲望が完全に満たされるまでは絶対に身体を許さないのだと。ファラグもそれを十分に承知したようで、諦めに近い笑いを浮かべていた。

だが今度は、誇り高く勝ち誇ったようにこう言ったのである。

「ハミーダ、君はきのう僕のことを女衒呼ばわりしたね。でも今日こそは本当の僕を知ってもらおう。君の恋人であるイブラーヒーム・ファラグは、ある学校の校長なんだよ。しばらくすれば君もいろいろわかってくるよ」

第25章　戻ってきたフセイン

ミダック通りの入口で、フセイン・キルシャは呟いた。

「この時間はうちの喫茶店にみんなが集まっている。親父は目が悪くて見えないかも知れないが、連中は目ざとく俺の姿を見つけてしまうだろうな」

夜は更け、横町の店はすべて閉まっていて静まりかえり、キルシャ亭でおしゃべりに興じる男たちの声だけが響いている。

フセインは重い足取りでゆっくりと横町を上って行く。気分は落ち込み、しかめ面をし、その後ろには同い年ぐらいの若い女を伴っていた。フセインは白いシャツとズボンを穿《は》き、大きなスーツケースを持っている。女のほかにもう一人、フセインと同じような格好をした若い男がついてきていた。女は美しい服を着てしゃなりしゃなりと気取って歩いていたが、どこかに出自の賤《いや》しさを匂わせるものがあった。

フセインは、二人の男女を従えてラドワーン・フセイニ氏所有の建物にある実家にまっすぐ進んでいく。キルシャ亭には目もくれず、三人は四階までの階段を上った。フセインは苦々しい表情で家のドアをノックした。中から足音が聞こえ、ドアが開くと、キルシャ夫人が姿を現した。

「どちら様？」

暗かったので自分の前に立っているのが誰かわからなかったのだ。

フセインは低い声で言った。

「俺だよ、母さん、フセインだよ」

「まあ、フセイン！　愛しの息子！」

キルシャ夫人は自分の目と耳を疑いながら息子を抱きしめて頬にキスをし、声を上ずらせた。

「帰って来てくれたのね、フセイン！　ああ、なんと慈悲深いアッラーよ。あなたのおかげで息子は正気を取り戻し、悪魔の誘惑に惑わされずにこの家に帰ってきてくれました。さあ中へお入り、ここはお前の家よ。さあさあ、もうあんたって子は親の言うことを聞かないんだから。いく晩もの眠れない日を過ごしたんだから」

フセインは苦虫を嚙み潰したような顔をしつつも、しおらしく中に入ってきた。そして背後のドアを閉めようとした母の手を押さえ、言った。

「待って、連れがいるんだ。さあサイダ、入っておくれ。君も、アブドゥ。母さん、こちらは僕の妻、こちらはその弟だよ」

キルシャ夫人は言葉を失った。驚きで瞳孔が大きく開いた。あっけにとられたまま後から入ってきた二人をじっと見つめ、しばらくの時間が経ったあと、やっと腕を伸ばして握手をした。啞然とした表情を隠すこともなく息子に尋ねた。

「あんた結婚したのかい、フセイン？　ようこそ我が家へ、うちのお嫁さん。でも私たちに何も知らせることなく結婚するなんて！　父さんも母さんも知らないところでお嫁さんをもらうなんて、二人ともまだ生きているというのに」

フセインは吐き捨てるように言った。

「悪魔には勝てないよ。俺は怒りっぽく、いつも親に反抗して、この場所を軽蔑していた。何もかもが運命なんだ」

キルシャ夫人は壁に掛けてあったランプを手に取り、応接室の窓際に持ってきて花嫁の顔をまじまじと眺めた。

フセインの若妻サイダはすまなそうに言った。

「お二人が結婚式にいらっしゃらなかったのは本当に寂しかったです。でも、どうしようもなかったのです」

弟アブドゥも、申し訳ありませんでした、と言った。まだ驚きから立ち直れない様子のキルシャ夫人はつくり笑顔で言った。

「三人とも、ようこそ、よく来てくれたわね」

だが、苦々しい表情を浮かべたままの息子のことが気になった。家に入ってきて以来たったの一言も幸せそうな言葉を口にしていない。そこでちょっと非難めいた口調で言った。

「それにしてもあんた、やっと母さんたちのことを思い出してくれたんだね」

フセインは激しく首を振って、暗い表情で答えた。

「クビになったんだよ」

「クビ？　あんた今　失業中ってこと？」

彼が答えようとしたとき、玄関のドアを激しく叩く音がした。フセインとキルシャ夫人は目で合図をして応接間を出ると、フセインが後ろ手に応接間のドアを閉めた。

「親父だろうな」とフセインは言った。

「そう思うわ。あんた、というか、あんたたち来るときにお父さんに姿を見られたのかい？」

フセインは返事をする代わりに玄関のドアを開けた。開くなり、キルシャ氏が飛び込んできた。息子を目にしたキルシャ氏は怒りに顔を歪ませて睨んだ。

「ああ、やっぱりお前だったのか？　客らがお前の姿を見たと言ってな、まさかと思うたわ。何しに帰ってきたんだ！」

フセインは小声で答えた。

「奥にお客さんがいるんだよ。ちょっと父さんの部屋に来てくれよ、そこで話をするから」

そう言ってフセインは足早にキルシャ氏の部屋に行き、その後にカリカリしながらキルシャ氏も従い、夫人もそれを追っていってランプの灯を灯しながら嬉しそうに言った。

「あんた、ちょっと聞いてよ。フセインの奥さんとその弟が今応接室に来ているのよ」

それを聞いたキルシャ氏は驚いて眉を上げながら大声を出した。

「はあ！　お前今なんて言った？　こいつが結婚しただって？」

フセインは母親が後先も考えずに何でもしゃべってしまうのが嫌だったので、自分自身で答えた。

「そうだよ父さん、俺、結婚したんだ」

キルシャ氏は怒りで歯軋《はぎし》りしながら黙り込んだ。息子のことを「叱ろう」などとは一度も思ったことがない。というのもキルシャ氏の考えでは、「叱る」というのも愛情のひとつの形だからである。そこで結婚の話は聞かなかったことにして、蔑むように言った。

「そんなことにはこれっぽっちも興味ないんだよ。ただひとつだけ教えてくれ、お前、この家に何しにやってきた。アッラーのご慈悲によりやっとその汚い顔を見なくてすむようになって穏やかに暮らしてたのに、なんでまた戻ってきたんだ？」

フセインは下を向いて顔をしかめながら答えに窮して黙り込んだ。母はキルシャ氏を宥めようと必死で、けたたましい声で言った。

「フセインは仕事をクビになったのよ」

フセインは母のそういう性急すぎるところが本当に嫌いだ。

「おお、お前クビになったのか？　だから何だってんだ。ここは救貧院か？　お前はわしらを見限ってここを出て行ったんだろう。え？　お前はわしらに牙を剝いて出ていったではないか！『清潔な暮らし』とやらのために。水道と電気のある暮らしのために！　さあ、ここにはお前の居場所などない。さっさと出て行け！」

キルシャ夫人は小声になっていった。

「そんな大声出さないで。預言者ムハンマドのためにお祈りを……」

キルシャ氏は彼女の方に振り返り、握りこぶしを振り上げて叫んだ。

「お前はこんなできそこないの息子を庇《かば》おうってのか、このばばあ！　お前ら全員地獄に行って鞭に打たれて火にあぶられてこい。お前は何を言い出すつもりだ？　馬鹿息子とその家族の面倒をこのわしが見てやるとでも思っているのか？　わしが何の苦労も努力もなしにまるでポン引きみたいにあぶく銭を稼いでいるとでも言いたいのか？　とんでもないぞ。お前も知っていると思うが、このごろ警察がわしらの周りをくんくん嗅ぎまわっとるんだぞ。昨日だけでも四人の仲間がしょっ引かれたんだ。わしらの将来は残念ながら真っ暗だぞ！」

キルシャ夫人は、ここは忍耐のしどころだと思い、珍しく優しい声で言った。

「どうか預言者ムハンマドのために祈りを捧げ、唯一無二のアッラーへの信心を約束して」

キルシャ氏は声をさらに荒らげた。

「こいつにされたことを忘れろと言うのか？」

「息子は頭でっかちで世間知らずの馬鹿者よ」と、彼女は一所懸命夫を宥めようとした。「悪魔が彼にとりついて道を迷わせたの。フセインが帰って来られるのはあんたのところしかないのよ」

侮蔑の表情でキルシャ氏は応えた。

「お前の言うとおりだ。こいつが帰って来られるのはわしのところだけだ。調子のいいときはさんざん罵ったわしのところにな。そして手詰まりになったらこうやって這うようにして帰ってくる……」

そしてフセインの顔をまっすぐ見て、腹立たしげに訊いた。

「なぜクビになったんだ？」

キルシャ夫人は大きなため息をついた。そんな質問をするということは、夫が息子たちを受け入れようとする兆しだと本能的に読み取ったからである。フセインは、完全に打ち負かされた惨めさを噛みしめながら静かに答えた。

「俺だけじゃなく、一度にたくさんの人間が解雇されたんだ。もうすぐ戦争が終わるんだってさ」

「戦場では、いよいよ戦争が終わるんだろう。しかしこの家では戦争はまだ始まったばかりだ。どうしてお前は嫁の実家に行かなかったんだ？」

「彼女には弟以外の身内がいないんだ」と、フセインはうなだれて答えた。

「弟の世話になればいいだろう？」

「彼も一緒に解雇されたんだ」

「なるほど。それはようこそって話だな！　全員雁首《がんくび》揃えて、この悪運に苛まれた高貴な家族の二部屋しかない家に……よくもまあ、やってくれるな。それで、貯金はあるんだろうな？」

ため息まじりにフセインは答えた。

「全然ないよ」

「お見事！　王族のように水道と電気完備の御殿でありとあらゆる娯楽を楽しんだ後、ここを出て行ったときと同じように乞食になって戻ってきたか！」

フセインは反抗的に答えた。

「連中は、戦争はずっと終わらないと言ってたんだ。ヒトラーはあと数十年でも戦い続け、いずれエジプトにも攻撃を仕掛けてくると言ってたんだ」

「だが実際には攻撃してこなかったな。それどころかこうやって一文なしの馬鹿者らをほったらかして自分ひとり姿を消しちまった。そして応接間にいる閣下は奥方の弟君でいらっしゃるか？」

「そういう状況だよ」

「すばらしい、すばらしい。お父さんは光栄だ。よし、キルシャ夫人よ！　彼らのために家の設えをせよ。まあこんな質素で不十分な設備の家ではあるがな。じゃあ、わしは水道を引いて、電気も引き込もう。おお、あのオルワーン社長の馬車も彼らのために買い上げようか」

　フセインは大きなため息をついて言った。

「もういいよ、それぐらいにしてくれよ、父さん」

　キルシャ氏はその息子の目を見つめ、申し訳なさそうな顔を作って、嘲るように続けた。

「おお、どうか機嫌を損ねないでおくれ。お気に障ることを言ってしまったかな？　ちょっとした冗談に過ぎんから。運命に裏切られたこの可哀そうな人々に神のご加護あれ。キルシャよ、もっと口を慎め。貴い人々にはきちんとした言葉遣いをせよ……どうぞコートをお脱ぎなさい。それにキルシャ夫人、洗面所に隠してある宝物の箱を開けて、こちらのかわいそうな紳士淑女に差し上げなさい」

　フセインは込み上げる怒りを押し殺して何も口答えをしなかった。それで嵐は去った。キルシャ夫人はその場に立って「神よ、我らを守り給え」と小さな声で祈った。

　次々と罵声を吐くほど怒って興奮していたが、キルシャ氏も実はフセインたちを追い払う気など毛頭なかった。心の中では息子の帰りと、さらにその結婚を嬉しく思っていたのである。そして最終的にはこう言った。

「すべてはアッラーの思し召しだ。どうか私がこの連中のごたごたに巻き込まれせんように」

　そして息子に向かって言った。

「これからどうするつもりだ？」

父親の怒りの嵐がやっと通り過ぎたことを知ったフセインは答えた。

「なんとか仕事を探すよ。まだ奥さんの宝石類は残っているし」

キルシャ夫人は「宝石」という言葉に耳をぴくっとさせ、自分でも気づかないうちに口に出していた。

「奥さんに宝石を買ってやったのかい？」

「一部は俺が買ってやったものだけど、残りは弟が彼女に買ってあげたものだよ」

父の方に向き直ってさらに続けた。

「俺も、そして義弟のアブドゥも仕事を探すよ。それにアブドゥはほんの数日ここに滞在するだけだから」

嵐が鎮まったこの機を逃さじとキルシャ夫人は夫に声を掛けた。

「さあ、あんた。フセインの新しい家族に挨拶をしましょうよ」

夫に見えないようにキルシャ夫人は息子に目配せした。フセインは愛想とか親愛などという感覚から最も縁遠い人間だったので、自分でも背筋が寒くなるほどの丁寧な言葉でこう言った。

「お父さん、俺の家族に会って祝福してくれませんか」

キルシャ氏はちょっと戸惑った後、ぶつくさと文句を言った。

「わしらが立ち会いもしなかった結婚を今さら認めろとでも言うのか？」

フセインが何も口答えしないのを見て、キルシャ氏は唸《うな》りながら立ち上がり、夫人がドアを開けた。全員が応接室に入って紹介を済ませ、キルシャ氏は息子の新妻とその弟を歓迎した。みながキルシャ氏の歓迎と丁寧な挨拶で顔をぱっと明るくしたが、心の中ではまだ探り合いをしている状態だった。

キルシャ氏は、自分がこうやって息子とその家族を受け入れたのはちょっと寛大すぎるのではないかと自問した。会話の間、キルシャ氏の眠そうな目は息子の新妻が連れてきた弟に注がれていた。すると、アブドゥに対する興味のほうがさっきまで渦巻いていた怒りよりも勝《まさ》ってきた。よく見ると彼はまだ若く、明るく、眉目麗しい。キルシャ氏はなんだか嬉しくなって、どんどんとアブドゥを会話に引き込もうとした。キルシャ氏の奥底にある感情にまた喜びの灯が灯り、心が震え出したのである。こうして新しい家族にすっかり心を開いた。それはさきほどと異なり、純粋で熱烈な歓迎だった。そしてフセインに訊いた。

「お前、荷物はないのか？」

「寝具ぐらいだけど、近所に置いてあるんだ」

「じゃあ、早くそれを取りに行ってこい！」

と、命令口調で言った。

それからしばらく時間が経って、フセインとキルシャ夫人が向かい合って座り、今後の話をしていたとき、夫人が思い出したように声を上げて言った。

「そうだ、あんた、びっくりするようなことがあったのよ。ハミーダが失踪したの」

フセインは顔全体で驚きを表した。

「どういうことだよ？」

キルシャ夫人は、嫌悪感を隠そうともせずに答えた。

「おとといの夕方のことなんだけどね、いつものように散歩に出掛けて行ったのよ。そしてそれっきりよ。ウンム・ハミーダはこの近所の家やハミーダの友だちの家を一軒一軒訪ね歩いたんだけど、梨のつぶてよ。ガマリーヤ警察署にも行ったし、カスル・エル・アイニー病院にも行ったけれど、どこにもハミーダの痕跡はなかったの」

「母さんはハミーダに何が起こったんだと思う？」

キルシャ夫人は知らないという風に首を左右に振ったが、口でははっきりとこう言った。

「駆け落ちでもしたんでしょ。間違いないわ。男に拐《かどわ》かされて連れ去られたんじゃないの？　ハミーダは見た目きれいなんだけどね、でも……ほら、あの調子だから」

第26章　ティティが見たファラグの学校

ハミーダはよく眠って充血した瞳を開いた。そこには染みのない白い天井があり、真上には大きな赤い透明のクリスタル製の電灯がぶら下がっていた。ほんの一瞬驚いたが、すぐに昨夜の記憶が戻ってきて、部屋の扉を見た。扉は閉まっていて、その鍵も昨夜置いた場所にそのままあった。そう望んだようにハミーダはこちらの豪華な寝室で、ファラグは向かいの部屋で眠ったのを知り、彼女の顔に微笑みが拡がった。柔らかいさわり心地の掛け布を取ると、シルクとベルベットで縁取られたナイトガウンに包まれた自分がいた。きのうまでの暮らしと比べるとなんと大きな隔たりか！

窓はまだ閉め切られており、太陽の光のほんの一部が射し込んで部屋を優しく照らし出している。その柔らかな日差しからすると午前ももう後半にさしかかっているのだろう。かなり寝過ごしたことに驚きはなかった、というのも、夜明け少し前までまた不眠に襲われていたからである。

そのとき扉を軽く叩く音が聞こえたのでハミーダは面倒くさそうに振り返った。そしてベッドから起き上がると化粧台の前に行き、しばらく鏡の中の自分を見て立ち尽くしていた。

また扉をノックする音が、今度はちょっと強めに聞こえてきた。

「はい、どなた？」

するど低いファラグの声がした。

「おはよう。扉を開けてくれよ」

鏡の中の自分を見ると、まだ髪の毛が乱れており、目は充血していて、瞼は腫れぼったかった。なんということだ。顔を洗う水はないのかしら？　身支度する間、ちょっと待ってくれないかしら。彼はもはやドンドンとノックし始めたが、ハミーダはおかまいなしだ。ダッラーサ通りで初めて逢った夜、なんの身がまえもしていなかったハミーダの前に急に彼が現れて仰天したことを思い出したのだ。起き抜けの今日はそれどころではない。化粧台の上に香水の瓶があるのを見つけたが、そんなものは生まれて初めて見るので、喫緊の問題を解決できるはずもない。その他に象牙製の櫛があったので、それでいそいで髪の毛を梳かすと、ナイトドレスの端で顔を拭き、鏡を覗き込んで腹立たしげなため息をついた。そして鍵を手に取り、扉に向かった。ちょっとした身支度もできなかった不便に立腹しつつ、ふてくされた表情でドアを開けた。ファラグはハミーダの顔を見て嬉しそうに、そして丁寧に挨拶した。

「おはよう、僕のティティ！　どうして僕のことをこんなにずっと置いてきぼりにするんだい？　君は一日中部屋に籠もるつもりかい？　昨夜も僕を避けたように」

ハミーダは一言も口にせず、彼に背を向けて寝室に戻り、彼も唇に相変わらず微笑みを浮かべながらそれに続いた。

「どうして一言も話さないんだい、ティティ」

ティティ？　それって何なの？　何かの愛称？　たまに母がからかう時に彼女をハマドマドと呼んだことはあったが、ティティとはいったい何だ？　どういう由来だ？　ハミーダは不信感でいっぱいの瞳で彼を見て、呟くように言った。

「ティティ？」

彼はハミーダの手を取り、それに何度もキスをしながら答えた。

「君の新しい名前だよ。もうハミーダなんて名前は忘れてしまうといい。ハミーダはもはやこの世に存在しないんだ。名前なんて誰も気にしない、取るに足りない……そういうものではないんだよ。名前こそがすべてを語る。名前がなければ、この世はいったい何でできているっていうんだい？」

ファラグは、ハミーダという名前は古い服のようにぽいっと捨ててすぐに忘れてしまうべきものだと思っているのだ。それもそうだと彼女も思った。なぜミダック横町で呼ばれていたときの名前をこのシャリーフ・パシャ通りに暮らすようになってまで使わなければならないのだ。ハミーダと呼ばれていた過去とはもうすっぱり縁が切れてしまったのだ。そうやって名前みたいに、この荒れて汚い手をファラグのような美しい手と取り替えることができればいいのに。この甲高いハスキーな声も美しい優しい声と取り替えられないものだろうか。それにしてもなぜティティなんて変な名前をつけたんだろう？

「ティティなんて馬鹿げた名前だわ。何の意味もないし」

ファラグは笑いながら答えた。

「すてきな名前じゃないか。なぜすてきかといえば、まず意味がないことだよ。意味のない言葉は、ほとんどすべてのことを意味するんだよ。本当のことを言うとね、ティティというのは古代エジプトの名前でね、イギリス人やアメリカ人がその名を耳にするととても喜ぶんだ。彼らのひん曲がった舌でも簡単に発音できるからね」

戸惑いと疑念がハミーダの瞳の中に現れたが、ファラグは微笑を浮かべたまま続けた。

「愛しいティティ……落ち着いて……そのうち君にもいろんなことがわかってくるよ。近い将来、君は眩《まばゆ》いほどの美しさと名声を纏《まと》った淑女になるんだよ、わかるかい？　この場所はその奇蹟を起こすための施設なんだ。君は天が金やダイヤモンドの雨を降らせてくれるとでも思っていたかい？　とんでもない、天から落ちてくるのは爆弾ばかりだ。さあ、早く身支度をしてドレスメーカーのところへ行こう。あ、その前に、大切なことを忘れるところだった。まずは僕たちの学校に連れて行かなければ。僕はおととい君がそう呼んだように女衒などではなくて、学校の校長なんだ。このローブを着て、スリッパを履いて」

そう言うと彼は化粧台のところへ行き、赤いゴムのチューブがついた金細工の縁どりのある透明なボトルを持ってきて、強烈な香りのする香水をハミーダの顔の周りに噴霧した。最初は驚いて体が震えたが、深く息をして落ち着くと、小躍りしたいような気分になった。彼はローブを彼女の体に優しくすっぽり被せ、スリッパを持ってきた。そして玄関ホールに連れ出し、いちばん端の右側のドアの前に二人は立った。

「いいかい、恥ずかしがったり、緊張したりすることはないからね。君はいつも勇敢で大胆な女性なんだから」

その言葉で我に返ったハミーダは、彼をじっと見つめ、お好きにどうぞという意味を込めて肩をすぼめた。

「ここはこの学校の第一学級なんだ。オリエンタルダンス学科だよ」

ドアを開け、二人は中に入った。そこは中ぐらいの大きさの部屋で、木の床はきれいに磨かれていた。たくさんの椅子が部屋の隅に重ねられているのと、大きな衣装掛けがある以外は何もない部屋だった。二人の若い娘が隣り合わせの椅子に座っていて、その前に白いふっくらとしたシルクのガウンに襷《たすき》を掛けた若い男が立っていた。三人は部屋に入ってきた二人を振り返り、全員が微笑みながら挨拶をした。イブラーヒーム・ファアラグは校長であることを示すかのような威厳のある話し方で言った。

「おはよう。こちらは私の友人ティティです」

二人の娘たちはぺこりと会釈し、若い男は細い女性のような声で言った。

「ようこそ、マドモワゼル」

ティティも少し戸惑いながらも挨拶を返し、その一風変わった感じの男をじっと見た。謙虚でシャイな表情、それに斜視気味の視線が三十歳くらい、いやもっと若く見えた。顔には化粧をしており、カールした髪にはたっぷりとワセリンが塗られていた。ファラグはにっこりして、彼を紹介した。

「彼はスス。ダンスの先生だよ」

ススは自分なりのやり方で自己紹介をしたかったらしく、椅子に座っている娘たちに目配せすると二人は手拍子をはじめ、それに合わせてススは驚くほど優雅かつ軽快な調子でダンスを始めた。眉からつま先まで体中のすべてのパーツが踊り弾み、ときおりにっこり笑って金歯を露わにした。最後はいきなり痙攣《けいれん》するような仕草でパフォーマンスを終え、背筋をまっすぐにして立ち、娘たちも手拍子を止めた。そしてファラグの方を振り返り尋ねた。

「新しい生徒さんですか？」

「そうだね」とティティを見た。

「彼女はこれまでにダンスをしたことがあるのかしら？」

「いや、まったく」

ススは嬉しそうに言った。

「それはよかった、ファラグ校長。ダンスが未経験なら、あたしが望むように彼女を一から仕込めます。間違ったダンスを習った娘たちの変なクセを直すのは大変なのよ」

ススはティティを見て、首を左右に振り、挑むような調子で言った。

「ダンスなんてちょっとした遊びだとか思ってる、可愛い子ちゃん？　あら、失礼、美しき方。ダンスこそは芸術の中の芸術よ。マスターした人はその努力が報いられるの。ほら見てて……」

と言うと、ススはいきなり腰を目にも留まらないような速度で震わせ始めた。そしてピタっと止めると、優しい声で彼女に言った。

「いつまでそのローブを着ているの。さあ脱いであなたの身体を見せてちょうだい」

ここで慌ててファラグが割り入った。

「まだだよ。今はまだ」

ススは口を尖らせて訊いた。

「ティティ、あなた恥ずかしがってるの？　あたしのことはスス姉さんだと思えばいいから。あたしのダンスお気に召さなかった？」

ティティと呼ばれて恥ずかしくて仕方なかったが、できるだけ興味がないような振りをしながら、

「すばらしいダンスでした、ススさん」と微笑みながら答えた。

ススは声を上げた。

「まあ、なんて出来のいいお嬢ちゃんだこと。人生のすばらしさは、親切で心のこもった言葉にあるの。それ以外にずっと残るものなんてあるかしら。瓶入りのワセリンを買ってきたって、自分のものなのか、他人のものなのか、もしかしたら相続人のものか、そんなことさえわからないんだもの」

二人は部屋を、というか「ダンス学科」を後にして廊下に出た。ファラグは横顔に彼女の視線を感じつつ次の部屋に案内した。次のドアの前で彼は囁いた。

「ここは西洋ダンス学科だよ」

ハミーダは彼の後ろに続いた。もはや後戻りは不可能で、過去もすっかり消去されてしまったと感じていた。運命に身を任せたのだから。しかし幸福がどこにあるのかはまだわからなかった。

次の部屋も前の部屋と同じような規模で同じような設えだったが、人々の音と動きはずっと激しかった。蓄音機から吐き出される音楽は聴いたことのない種類のもので、ハミーダの耳には不快だった。部屋ではたくさんの娘たちが踊っており、身なりのきっちりした若い男性が部屋の片側に立って彼女

たちの動きをチェックし、ときどきアドバイスを与えていた。ファラグと男性は挨拶を交わしたが、娘たちはハミーダに不愛想な視線を投げかけつつ、そのまま踊り続けた。ハミーダはこの部屋の雰囲気と踊る娘たちの空気感を楽しいと思った。なんといっても娘たちの身につけている煌《きら》びやかな衣装と美しいメイキャップが素晴らしい。彼女の羨望と希望は、自分を卑下する気持ちと複雑に混じりあっていた。ファラグの方を振り返ると、穏やかで落ち着いた表情をしており、目は優越感と力で輝き、口元は優しく笑っていた。

「どうだい？　ここの雰囲気は気に入ったかい？」

「ええ、とっても」

「さっきとこっちとでは、どっちのダンスがお気に召したかな？」

ハミーダは微笑んだが答えることはしなかった。二人は黙ってダンスの様子を見ていたが、やがてこの部屋を後にして、三番目の部屋に移った。そこでファラグがドアを開けるや否や、ハミーダは驚愕して瞳孔が大きく開いてしまった。部屋の真ん中に裸の女が立っていたのである。ハミーダは驚きのあまり全身が硬直してしまい、目の前の光景から目が離せなくなった。

裸の女は立ったまま、何事もなかったかのように大胆に二人を見ている。そしてあたかも二人に、いやファラグに挨拶するかのように口を半開きにした。そこにいろんな声が聞こえてきて、部屋には他に何人もいることが判った。入って左側に椅子が一列に並べられており、その半分ぐらいに半裸もしくはほぼ裸に近い美女たちが座っていた。そして一人の半裸の女の前に、しゃきっとしたスーツを着た男がポインターを手に立っており、そのポインターの先は女のつま先に当てられていた。ファラグはハミーダの驚いた様子に気づき、落ち着かせるような口調で言った。

「ここでは英語の基本を教えているんだよ……」

凍りついたようになっているハミーダに「落ち着いて、大丈夫だから」というジェスチャーを送りながら、ポインターを手にしている男に言った。

「授業を続けてください、先生」

先生と呼ばれた男は従順そうな口調で言った。

「これはいわば会話のクラスなんです」

そういいながら男はゆっくりとポインターで裸の女の髪に触れた。すると女は不思議なアクセントで「ヘア（hair）」と言った。次にポインターが額に触れると、女は「フォリッド（forehead）」と答えた。そうやってポインターは眉、目、口、そして東、西、上、下といろいろなところを指し、そのたびに女はハミーダがこれまでに一度も耳にしたことのないような不思議な音を発するのだった。この女たちは人前で裸になってどうして恥ずかしくないのだろう、またファラグも目の前に裸の女たちがいるのになぜそんな落ち着いた様子でいられるのか、いくら考えてもハミーダにはわからなかった。その場の居心地の悪さにハミーダの頬は赤くなったが、ちらりとファラグを見やると、彼は出来のいい女たちの答えにいちいち頷きながら「ブラーバ、ブラーバ」と呟いている。そして突然、講師に向かって言った。

「ちょっと口説きのシーンをやってくれないか」

講師は女に英語で話しかけながら近づいて行った。女はファラグがOKを出すまで一文ずつ英語で答えていた。

「すばらしい。ほんとによくできた。ほかの娘たちは？」

と、椅子に座っている娘たちのことをファラグが訊いた。

「はい、なかなかよくやっています。言葉は単語や文を暗記するだけで覚えられるものじゃない、実際に使って経験することでしか覚えられない、といつも言い聞かせているんですよ。英語を学ぶなら居酒屋やホテルがいちばんなのです。私の授業は、間違いやすい箇所を明確にするだけのものです」

椅子に座っている娘たちを見てファラグは答えた。

「そのとおり。そのとおりだ」

ファラグはそう言うと軽く会釈して、ハミーダの腕を取ってその部屋を出た。廊下を、顎を引いて歩くハミーダの瞳には混乱した表情が現れていた。驚愕するようなことばかりで、乱れた気持ちを爆発させたいと思った。無言のままのファラグは二人の部屋に戻ってやっと口を開いた。

「今案内したように、これが僕の学校と各学科だ。どうだい、課程は難しそうだったかい？　うちの学校の生徒は今見たので全員だよ。どの娘も誰一人として君ほど頭も良くないし美しくもない」

ハミーダは負けん気の強い、挑むような視線でファラグを見つめ、冷たく言い放った。

「あの人たちと同じことを私がするとでも思ってるの？」

彼は笑いながら肩を軽く叩いて言った。

「君に命令する者などいない。君に何か無理強《むりじ》いしようとする者などここにはいないよ。決めるのは君だ。僕がしなければならないのは事実を示すことで、選択するのは君だよ。君のように意志が強く、頭も切れ、何よりも美しい人を僕のパートナーとしてアッラーがお授けになった。今日は君に勇気を与えようと思ってあれこれ見せてあげたんだよ。あすは君が僕に何かすてきな考えを与えてくれるかも知れない。もう君のことはよくわかってきたからね、君の考えていることは手に取るようによくわかるよ。自信を持って言うが、君はダンスも英語も誰よりもずっと早くマスターしてしまうだろう。初めて会ったときから、君にはいつも正直でいた。嘘をついたり騙したりはしないようにしてきた。それは正直、君に一目惚れしてしまったからだ。会ってすぐにわかったよ、君を好きなように操ったり騙したりなんて、絶対にできないと。ティティ、君の好きなようにすればいいさ。ダンスをやってみるのもいいし、断るのもいい。勇気をもって始めるのもいいし、始めなくてもいい。ここに居てもいいいし、横町に戻るのもいい。とにかく、決めるのは僕じゃないんだよ」

ファラグのこの言葉が心に響かないわけではない。というのも、ハミーダにはもう心配することもなく、ぴりぴりしていた神経も今ではもう落ち着いていたからだ。彼はハミーダの手を取りそれを自分の手に重ねて優しく握りしめながら言った。

「この人生で君のような素晴らしい人に巡り会えるとは。なんてチャーミングで、なんて美しい人」

彼はハミーダの目をじっと見つめ、ぎゅっと握りしめた手を口元に持ってきた。そして指先に二回キスをした。彼が指先にキスをするたびに、感電のようなショックがハミーダの神経を走り抜け、情熱的な長いため息を漏らした。彼は彼女の背中に手を回して、その若々しくたわわな胸が触れるほどにゆっくり引き寄せた。そして背中をゆっくり優しく撫でた。彼の手が背中を上下する間、ハミーダは彼の胸に顔を埋めた。

次に「唇を」とファラグが言ったので、ハミーダはゆっくりと顔をもたげた。彼女の唇はすでに半開きになっている。押し当てられた唇は熱く、長い濃厚なキスに彼女の瞼は重く垂れ、眠っているかのように見えた。ファラグは彼女を子供のように抱きかかえベッドに連れて行く。スリッパはその場に脱げ落ちた。

ファラグはベッドに優しく彼女を横たえて、まだ掌は背中に置いたまま、赤面した顔を覗き込んで優しく微笑んだ。ハミーダの眼差しはまだしっかりしており、明らかに彼を誘っていた。しかし、ファラグは完全に自分をコントロールできる人間であった。理性が常に本能よりも先にあるのである。彼には心に固く決めた計画があり、そこから逸脱するようなことはなかった。彼は立ち上がり、わずかな笑みを唇の端に見せながらこう言った。

「慌てない、慌てない。アメリカ人の将校なら、生娘《きむすめ》には五十ポンドは軽く払うから！」

それを聞いて驚愕したハミーダの瞳からは先ほどまでの微睡《まどろ》んだ表情は一瞬にして消え去り、ショックと荒々しい決意がこれに取って代わった。彼女はベッドの上にまっすぐに起き上がると、疾風《はやて》のような勢いで床を蹴り、虎のようにファラグに襲い掛かった。今や獰猛《どうもう》な本能を剥き出しにしたハミーダは、力を込めてファラグに殴りかかり、ピシャピシャと殴る音が部屋中に反響した。ファラグは一瞬、棒のようにその場に突っ立っていたが、唇の左側に悪魔のような笑みを浮かべた。そして稲妻のような速さで、彼女の右頬を思い切りはたき、次に左頬を力いっぱいにはたいた。ハミーダは怒りで顔色を失い、唇は震え、身体全体がブルブルとわないた。そして今度は彼の胸元めがけて飛び掛かり、首筋に爪を食い込ませようとした。ファラグはそれに抵抗しようとはせず、その代わり、全力を込めて抱きしめたので彼女はほとんど窒息しそうになった。首筋に立てた爪はだんだんと力を失い肩まで落ちてしまった。まだしがみついたままのハミーダは顔を上げて彼を見つめた。その唇は開いたままで、情熱に震えていた。

第27章　闇夜の盗掘

ミダック横町は暗闇と静寂に包まれていた。キルシャ亭でさえも門扉《もんぴ》を閉じ、客もみな自分の家へと引き上げた後だ。この時間になると、パン屋の奥の木戸をそっと開けて不具づくりのザイタが姿を現す。サナディキーヤ通りをフセインモスクの方向へ歩いていると、向こうからやってくる別の男にもう少しでぶつかりかけた。星明りの下で男の顔がぼんやりと浮かび上がり、ザイタは叫んだ。

「ドクター・ブゥシー！　こんな時間にどこへ行ってたんですか？」

息が上がり気味のドクターは手短に答えた。

「あんたに会いに行こうとしてたんだよ」

「また不具にされたいやつらがいるんですか」

囁くような声でブゥシーは言った。

「そんなしけた話じゃないんだ。アブドゥル・ハミード・ターリビーが亡くなったんだ！」

暗闇の中でザイタの目が輝いた。

「いつ死んだんですか？　もう埋葬されたんですか？」

「ゆうべ埋葬された」

「墓の場所はわかってるんですか？」

「ナセル門とムカッタム山に続く道の間だ」

　ザイタはドクター・ブッシーの腕を取って、その先の道を進んだ。

「この暗闇で場所がちゃんとわかりますか？」

「大丈夫だ。わしは今日、葬列に参加したんだ。墓への道に目印をつけておいた。どっちにしたって、二人とも道はよく知ってるじゃないか。いつもこの真っ暗闇の中を歩いてんだから」

「で、道具類は？」

「モスクの前の安全な場所に隠してある」

「墓は屋根のないやつですか、それとも屋根つきですか？」

「入口に屋根つきの前室はあるが、墓そのものは屋根のない中庭の埋葬地にある」

　ちょっと皮肉を込めた調子でザイタが訊いた。

「死んだ人はドクターの知り合いなんですか？」

「まあ顔見知りって程度だ。エル・マブヤダで小麦粉を商ってた人だ」

「で、数本ですか？　それとも一式？」

「一式だ」

「埋葬する前に遺族が全部取り出しちまったってことはないですよね？」

「大丈夫だ。みんな田舎出身の敬虔な人らだ。そんなことはせんよ」

　ザイタは悲しそうに首を振って言った。

「死者と一緒に宝石類を埋葬する時代はとうの昔に終わっちまいましたからね」

「古き良き時代かな……」と、ドクター・ブッシーもため息をついた。

　二人は暗闇の中、黙ってガマリーヤまで歩いていく途中二人の警察官とすれ違ったが、何事もなくナセル門にたどり着いた。そこでザイタは半分に切った煙草を取り出して火を点けた。ドクター・ブウシーはマッチの火で周りがぱっと明るくなったのに驚いて言った。

「こんなときに煙草を吸うか？」

ザイタは何の反応もせず、ぶつぶつと呟きながら歩き続けた。

「生きてる者らからは何の利益も得られない。それに役に立つ死人も少なくなった……」

二人はナセル門をくぐり、漆黒の闇と陰鬱さに包まれた墓場が両側にある小道に入り込んだ。この小道を三分の一ほど辿ったころザイタが言った。

「そろそろモスクですよ」

ドクター・ブゥシーは注意深く周りを見渡し、耳を澄ませた後、音を立てないように気をつけながらモスクに近づいた。入口の壁近くの地面をまさぐり、大きな石を手探りで探し当てた。石の下に小さな鍬《くわ》と蠟燭が入った包みを隠していたのだ。これを取り出した後、二人は墓地をさらに奥へと進んだ。ドクター・ブゥシーは言った。

「墓は砂漠道路の手前の五つ目だ」

小道の左側を凝視しながら二人は歩調を速めた。ドクター・ブゥシーの心臓はバクバクと音を立てていた。

「この墓だ」と彼は囁いた。そして抑揚のない小声でザイタに指示を与えた。

「この小道は小高い場所にあるので、ここから埋葬場所に入ろうとすると人目につくおそれがある。だから砂漠道路側から回り込んで、墓地の裏塀によじ登って墓場に入るほうがいい」

ザイタはドクター・ブゥシーの説明を注意深く聞き、砂漠道路側に出た。そして墓場の小道が見渡せる砂漠道路のカーブの地点でいったん体制を整えることにした。二人は並んで座り、あたりの地形を見渡してみる。闇は深く、猫の子一匹おらず、条件は完璧だった。二人の背後は見渡す限りの墓そして墓だ。二人にとってこうした作業は決して初めてではなかったが、ドクター・ブゥシーの神経はピリピリと緊張し、心臓は恐怖で早鐘のように打っていた。一方、ザイタは落ち着いていて、小道に何も問題がないことを確認すると相方に指示を与えた。

「ドクター、道具はここに置いて、墓の裏側へ回ってそこで俺を待っててください」

ドクター・ブゥシーは素早く立ち上がると、壁に沿ってゆっくりと手探りで墓の間を這っていった。星明り以外は完全な闇の中、彼は墓の裏塀の数を数えて五つ目の裏に達すると、立ち止まって泥棒のように四方を見回した後、その場に胡坐《あぐら》をかいて座った。周りに何も怪しいものは見えないし何も聞こえなかったが、恐怖心は増す一方だった。間もなくザイタの黒い影が見え、ほんの数メートルの距離まで近づいてきたので、ドクター・ブゥシーは注意深く立ち上がった。ザイタはちらっと塀を見て囁いた。

「ドクター、屈《かが》んでください。俺が塀によじ登りますから」

四つん這いになったブゥシーの背中に乗ったザイタは、手探りで塀の上を掴み、いとも簡単にひょいっと塀に飛び乗った。そして鍬と蠟燭の入った包みを塀の内側に降ろし、腕を伸ばしてブゥシーを引き上げた。その後二人は同時に塀の中に飛び降りて呼吸を整えた。二人の目はようよう暗闇に慣れてきたので、星明りだけで埋葬地の様子もよく見えるようになっていた。すぐ近くに二基の墓標が並んでおり、向こうには今歩んできた道に通じる門があった。その門の両側に前室があるのを見てザイタは尋ねた。

「どっちですか？」

「右側だ」

とドクター・ブゥシーは消え入るような声で言った。

何の躊躇もなく、ザイタは前室に向かって歩んでいった。その後ろを、全身を恐怖で震わせながらドクター・ブゥシーがついていく。ザイタは屈み込んで、まだ冷たく湿っている土の部分を見出した。

そして注意深く鍬を使って土を掘り、掘り起こした土を脚の間に積んでいった。こうした作業はザイタにとっては慣れたもので、首尾よく掘り進め、ほどなく石室のアーチに続く入口に蓋《ふた》をしている板石に到達した。彼はガラビーヤの裾をまくり上げて捻《ね》じると、これを腰の周りに巻いた。そして一枚目の板石の端を全身の力を込めて引き上げ、側に立て掛けた。ブゥシーの手を借り、板石を外に引っ張り出して地面に置いた。同様に二枚目の板石も持ち上げて外に取り出した。これで二人が石室に入るのに十分な空間が確保できた。ザイタは、「俺についてきてください」と言って、先に石室への階段を下りていった。恐怖で全身を震わせつつ、黙したままの相棒がこれについていく。これまで、こうした作業をするときには、ドクター・ブゥシーは階段の中段に座って蠟燭に火を灯し、それを下段に置いた後、目を固くつぶって膝の間に顔を埋めていた。ドクター・ブゥシーは石室に入っていくのをことごとく拒み、ザイタに頼み込んでその過酷なプロセスを担当してもらっていた。しかしザイタは毎回その懇願に反対し、すべて二人で作業を進めることを主張するのだった。そうやってザイタはドクター・ブゥシーを虐《いじ》めて楽しんでいるようだった。

蠟燭の光で石室内部が照らし出された。経帷子《きょうかたびら》に包まれた軀《むくろ》が何体も、石室のアーチの長さと幅いっぱいに横並びに置かれている。その置かれている順番は、まさに歴史そのもの、止まることのない時の流れを象徴している。不気味な沈黙の中、屍《しかばね》たちが「永遠の消滅」という恐ろしさを大声で語り始めるが、それを見つめるザイタの心に反響するものは何もない。ほどなく彼はアーチの入口近くに真新しい経帷子に包まれた死体を見つけ、その側に胡坐をかいて座り込んだ。そして冷酷な腕を伸ばし、死体の頭の部分の経帷子を剝いで、口の部分を露わにした。その口に手を突っ込み、金歯を取り出してポケットに入れると、元あったように遺体を戻して石室の入口に戻ってきた。

石室の下段に蠟燭を灯したまま、ドクター・ブゥシーはまだ脚の間に頭を挟んで座っていた。それを見たザイタは蔑むように言った。

「もう行きますよ！」

ドクター・ブッシーは飛び起きて蠟燭の火を吹き消し、後ずさりするように急いで石室の階段を上がった。ザイタも急いでその後を追ったが、石室のアーチから頭を出した途端、恐ろしい叫び声と、まるで蹴っ飛ばされた犬のように「どうか、どうかお許しを！」と鳴き出すドクター・ブッシーの声が聞こえた。

ザイタはすんでのところで頭を引っ込め、どうすればいいかもわからず石室への階段を駆け下りた。後ずさりすると踵に死体が触れた。階段の側で床に這いつくばって、どこへ身を隠そうかと考えた。そうだ、死体の間に紛れ込めばいいと思いついた。だが、その瞬間目も眩《くら》むようなサーチライトに照らし出され、強い上《かみ》エジプト〔ナイル川上流地域〕訛《なま》りの声が聞こえた。

「出てこぉ！　んだば打ち殺っぞ！」

どうしようもなく、ザイタは命令に従って石室の階段を上がってきた。金歯一式を自分のポケットに入れたこともすっかり忘れたまま。

次の日の夕方には、ターリビー家の墓の石室でドクター・ブッシーとザイタが身柄を拘束されたという知らせがミダック横町に伝わってきた。話の詳細はみなの知るところとなり、驚きと恐怖で人々は震え上がった。中でもスナイヤ・アフィーフィ夫人の驚愕ぶりは尋常ではない。口から金の入歯を取り出すと、叫び声を上げて放り投げ、両頬をヒステリックに叩いた後、その場で気絶した。新しい夫がアフィーフィ夫人の叫び声を聞いたのは、ちょうど風呂に入っているときだった。驚いた彼はバスローブを羽織ると、あたふたと床に伸びた夫人のもとに駆け寄った。

第28章　休暇で戻ってきたアッパース

カミルおじさんは店の敷居のところにおいた椅子に座り、うなだれ、蝿叩きを膝に乗せたまま居眠りをしている。その禿《は》げ頭に蝿がたかったような感触があったので手で払いのけようとした。しかしそれは蝿ではなく人間の手だった。腹を立てたカミルおじさんはその手を掴み、気持ちいい昼寝の時間を台なしにするのはどこの誰だと言わんばかりに唸り声を上げた。

信じがたいことに前に立っていたのは元理髪師のアッバースだった。おじさんは一瞬何が起きたのかわからなかった。しかしすぐに顔全体に喜びが広がり、立ち上がろうとしたがアッバースがそれを制してそのままおじさんに抱きついて嬉しそうに声を上げた。

「元気かい、カミルおじさん！」

「アッバース！　おかえり。わしをずっとほったらかしにして、この馬鹿野郎が！」

眼前に立つアッバースは、にこにこと笑ってこちらを見ている。彼は白いシャツにグレーのズボンというさっぱりした格好をして、頭には帽子も何も被っておらず、癖の強い髪が意志の強さを表している。何もかもが彼によく似合っていた。カミルおじさんは、アッバースの頭の先からつま先までを眺め、感心したようにいつもの甲高い声で言った。

「おお！　ジョニー！　かっこいいじゃないか！」

見るからに上機嫌のアッバースは大声で笑いながら答えた。

「サンキュー。今日から英語を話せるのはダルウィーシュ先生だけじゃないよ」

アッバースは大好きだったミダック横町を見渡し、元は自分の店だった理髪店に目を留めた。新しい主人が客の髭を剃っているところで、アッバースは軽く会釈しつつ目で挨拶をした。次にあの窓を見上げた。まだ閉まっている。彼女は家にいるのだろうか、もし鎧戸を開けて下にいる彼を見つけたらなんと言うだろう。びっくりして彼を見つめて喜ぶだろうか。あの溢れ出る美しさに自分はなんと答えようか……アッバースは思いを巡らせた。人生で最良の日になるはずだ……。

そのときカミルおじさんが訊ねた。

「お前さん、仕事をやめたのかい？」

「ううん、おじさん、ちょっと短い休みを取っただけだよ」

「フセイン・キルシャの身に起こったことを聞いてるかい？　親父さんと諍いを起こし、家出して嫁さんをもらったんだよ。ところがその後基地をクビになってしまい、嫁さんとその弟を引き連れて家に帰ってきたんだ」

アッバースは悲しそうに答えた。

「なんと運の悪いこと。最近、解雇される人が増えてるんだ。それでキルシャさんは息子たちを受け入れたのかい？」

「ずっと文句たらたら言ってるがな。まあフセインも家族も家にまだおるよ」

そこで三十秒ほどカミルおじさんは黙ったが、急に大事なことを思い出したように再び語り始めた。

「ところでドクター・ブゥシーとザイタがお縄になって牢屋に入ってるって聞いたかい？」

カミルおじさんは、ドクター・ブゥシーとザイタがターリビー家の石室を盗掘しているところを現行犯逮捕され、金歯一式の窃盗の罪で起訴されたという一連の話をした。この話にアッバースは心から驚いた。ザイタならそのような恐ろしい犯行にも手を染めそうなものだが、ドクター・ブゥシーまでがそんな悍《おぞ》ましい行為に及ぶとはとても想像できなかったからだ。またテレル・ケビールから戻った際には金歯を入れてやろうとドクターが言っていたのを思い出して、恐ろしさで鳥肌が立ち、気持ち悪さに身震いがした。

カミルおじさんは続けた。

「スナイヤ・アフィーフィ夫人が再婚したよ……」

そして、「お前さんたちももうすぐだな」と思わず言いかけて黙った。カミルおじさんは最近物忘れがひどくなってきたのを自分でも驚いた。アッバースはしかし、自分のことだけで精いっぱいだったので、カミルおじさんの変化には何も気づかず、数歩下がると言った。

「じゃあね、おじさん。また後で」

あの悲しい知らせを今伝えたら、あまりにもショックが大きいだろうと心配したカミルおじさんは慌てて尋ねた。

「どこに行くんだね？」

「キルシャ亭だよ。みんなに会いに」と、答えてアッバースは去っていった。カミルおじさんはのっそりと立ち上がって、重い足取りで親友の後を追った。

まだ夕方前で、喫茶店にいるのはキルシャ氏とダルウィーシュ先生だけだった。アッバースはキルシャ氏と挨拶を交わし、ダルウィーシュ先生と握手した。先生は金縁眼鏡の奥からアッバースを見つめ、にっこりとしたが何もしゃべらなかった。カミルおじさんは側に立っていたが、悲しい出来事をどのように切り出せばいいかと思うと陰鬱な気分だった。だが、ついにこう声を掛けた。

「アッバース、わしの店に戻ってちょっと話をせんか？」

アッバースは親友について行くべきか、ここ数カ月ずっと胸に抱いてきた夢を実現するために早くあの部屋を訪問するべきかちょっと悩んだ。しかしカミルおじさんの機嫌を損ねたくなかったし、ちょっとぐらい戻って話すのもいいと思った。本当はおじさんと世間話なんかするよりしたいことはたくさんあったのだが。

二人は店の前に座って楽しそうに話し始めた。

「おじさん、テレル・ケビール基地の生活は完璧だよ。仕事は山ほどあるし、稼ごうと思えばいくらでも稼げるんだ。でも無駄遣いなんかしていないよ。僕は今までの生活でも十分に満足していたんだ。そりゃあたまにここでもハッシーシを吸ったりはしていたさ。でも向こうへ行くとハッシーシなんてまるで空気か水のような扱いなんだから驚いてしまうよ。ところで、カミルおじさん、こんなものを買って来たんだ。ちょっと見ておくれ」

アッバースはズボンのポケットから小さな箱を取り出して開けた。中には小さなハート型のチャームがついた金のネックレスが入っていた。

「これはハミーダへの結婚プレゼントなんだ。実はね、この短期休暇の間に結婚しようと思っているんだ」

アッバースはカミルおじさんが何と言うか期待して顔を覗き込んだ。だが、おじさんは目をあさっての方向にずらして悲しそうに黙っていた。アッバースはその意外な反応に驚き、そのとき初めて親友の様子がおかしいということに気づいた。カミルおじさんは気持ちがすぐに顔に出てしまうタイプだったのだ。

アッバースは、これは何か大変なことが起きたのだと気づき、ネックレスの箱を閉じてポケットにしまった。親友の表情を見れば見るほど、さっきまでの元気はすっかり消えてしまい、なんともいいようのない、予期さえしなかった恐怖感に襲われて顔をしかめた。カミルおじさんはその沈鬱な表情をもはや少しも隠すことはできなくなっていた。

「どうしたんだよ、カミルおじさん？　いつものおじさんと全然違うじゃないか。何があったんだよ？　どうして僕の目を見ようとしないんだい？」

おじさんはゆっくりと視線を上げ、悲しそうにアッバースを見つめた。話し始めようとするが、言葉がうまく出てこない。アッバースは何か大惨事が起きたことを確信した。ついさっきまでの浮かれ気分が絶望感で跡形もなくなってしまった。彼は大声を上げた。

「カミルおじさん、何があったんだよ！　今、何を言おうとしたんだよ？　思ってることを全部言ってくれよ。黙っていたんじゃ僕は苦しいだけだ。ハミーダのことなんだね？　きっとそうだ！　ハミーダに何かあったんだね？　お願いだから話してよ！」

カミルおじさんは唇を舐めて、囁くような声で答えた。

「ハミーダはいなくなったんだ。もうここにはいない。姿を消してしまったんだよ。彼女がどうなってしまったのか誰一人知らないんだ」

アッバースは一言も発せずおじさんの話を聞いた。ひとつひとつの言葉が彼の脳に重く深く刻み込まれた。彼の心は突然厚く暗い雲に覆われ、熱砂の嵐に巻き込まれたかのようだった。そして震える声で尋ねた。

「おじさん、あんたが何を言ってるのかさっぱりわからないよ。今、何て言った？　ハミーダがもうここにいないって？　それはどういうことなんだよ？」

カミルおじさんは慰めるように言った。

「アッバース、覚悟して聞くんだ。わしが今どんなに悲しい気持ちか、いや、その知らせを聞いたときからどれほど心を痛めてきたか想像つかんだろうが、ハミーダはいなくなったんだ。何が起きたのか誰も知らないんだよ。いつものように夕方の散歩に出掛けたきり戻らなかったんだ。もちろん、みんなであちこち探し回ったが何の手がかりもなく、ついにはガマリーヤ署やカスル・エル・アイニー病院まで尋ねて行ったのだが、何一つわからんのだよ」

アッバースの視線は空《くう》を彷徨《さまよ》い始め、ただ背筋をまっすぐにして座っているだけで、一言も言葉を発せず、瞬きさえもしなかった。そんな悲劇が起こっていようとは！　そんな大惨事が起きることを第六感で感じ取れなかったのか？　いや、何か嫌な予感は少しあった。その予感が的中してしまったのだ。カミルおじさんは今何と言った？　ハミーダが姿を消してしまったと？　そんなことがあり得るのか。人間が針やコインみたいに姿を消してしまうなんてあり得るのか。もしハミーダが死んでしまったとか、誰かと結婚してしまったとか、そういう話なら、自分の苦悩もいつかは終わりを迎えるだろう。絶望のほうが、いつまでも続く疑念よりまだましだ。いったいどうすればいいのだ。絶望することさえも許されない。しかしそうした無気力感が突然収まりはじめ、代わりに怒りがふつふつと込み上げてきた。その怒りに全身を震わせ、カミルおじさんを睨んで叫んだ。

「へえ、ハミーダはここからいなくなった。そうなんだね！　それでみんなは何をしたんだよ？　警察署とか病院とか今言ってたよね？　それはご苦労様だったね！　それで？　その後は何事もなかったかのように普段通りに仕事をしてるのかい？　何もかも終わって、おじさんはこうやって自分の店に戻って商売をし、ハミーダのお母さんはまた人の結婚の世話をしに行ってるのかい？　ハミーダがいなくなったなら僕はもう終わりだ。そうだろう、おじさん！　知っていることは全部話しておくれ。ハミーダの失踪について何でもいいから知っていることを話してくれよ。いつどうやっていなくなったんだよ？」

親友が突然怒り出したことにカミルおじさんは明らかに困惑し、すまなそうに答えた。

「彼女がいなくなったのは今から二カ月弱前のことだ。ここのみんなも彼女の失踪にショックを受けたよ。どれだけみんなであちこち探し回り、手がかりを求めようとしたことか！　でも何の情報も得られなかったんだ」

アッバースは両手を強く打ち合わせた。顔は真っ赤になり、飛び出た目はさらに大きく見開かれた。そして独り言のように呟いた。

「二カ月近くだって！　なんてことだ！　そんなの、遅すぎるじゃないか。今さら見つかるわけもない。ハミーダはもう死んでしまったか、溺れてしまったか、誘拐されたか……、誰も僕を助けてくれないのか？　横町のみんなはどう言ってるんだ？」

アッバースの顔を悲しげな顔でじっと見つめてカミルおじさんは答えた。

「いろんな推理や憶測があったが、最終的には何か事故にあったのだろうと思うしかなかった。今はもう誰もハミーダの話をせんようになったんだ」

アッバースは激しく興奮して叫んだ。

「そうだろう！　そうだろう！　ハミーダは誰の娘でもないし、身寄りもいないんだ！　ウンム・ハミーダさえ本当の母親じゃない。いったいこの二カ月の間に何が起こったんだ？　僕は馬鹿みたいにこれ以上の幸せはないと浮かれていたというのに。恐ろしい出来事がすぐそこに待ち受けているのも知らず夢物語ばかり追い続けていた愚鈍な男の気持ちがわかるかい？　僕が友だちと静かにおしゃべりをしていた時に、ハミーダはきっと車輪の下敷きになったか、ナイル川で溺れてしまったんだ……。二カ月だって！　ああ、ハミーダ！　……アッラーよ、どうか力をお与えください」

地団駄を踏むとアッバースは急に立ち上がり、店を出て行こうとした。

「それじゃっ」

「どこへ行くんだ？」

「彼女のお母さんに会いに行くに決まっているじゃないか」と、アッバースは短くきっぱりと答えた。

ついさっき喜び勇んでこのミダック横町に帰ってきたのに、今はもうこれ以上はないというほどの悲しみに打ちひしがれている、運命の冷酷さに驚いていた。彼は唇をきつく嚙みしめ、突然足を止めた。そして後ろを振り返るとカミルおじさんがまだこちらを見つめており、目にいっぱいの涙を浮かべていた。それを見たアッバースはすぐに店に走って戻り、おじさんの胸の中に飛び込んだ。二人の男はまるで小さな子供のように、すすり泣き、声を上げて泣き、泣きじゃくった。

アッバースはハミーダの失踪という事実について何も疑念も抱かなかったのだろうか。似たような状況の恋人たちの間でよくある疑念や疑惑といったものを感じたことはなかったのだろうか？　実際のところ、そうした疑念を感じたことがなかったわけではないが、そのたびにすぐにそれを打ち消してきたのである。生来、人の良いアッバースは性善説を信じており、心優しくすぐに他人の肩を持ったり、見え透いた言い訳さえ受け入れてしまったりという、今や珍しい部類の人間だった。恋に落ちても、人のいい性格には何も変わりはなく、むしろその傾向は強くなる一方で、仮に疑念や疑惑がかすかに浮かんできたとしても言下にそれを否定するのだ。ハミーダを心の底から愛しており、そのことに一寸の揺らぎもなかった。彼が今までの人生で見たことのある実に小さな世界で、ハミーダこそが完璧な女性だったのだから。

この日、アッバースはハミーダの養母であるウンム・ハミーダを訪ねた。しかし彼女もカミルおじさんから聞いた話を涙ながらに繰り返すだけであった。ただ、ハミーダはいつもアッバースのことを思い、首を長くして彼の帰りを待っていたとつけ加えた。そうした見え透いた嘘がかえってアッバースを傷つけ、来た時よりもずっと心が重くなるのであった。

鉛のように重い足取りでアッバースはミダック横町を後にした。夕闇が迫るこの時間帯は、彼の愛する人がかつて夕方の散歩に出掛ける頃だった。あてもなく、これから自分の身に何が起こるかもわからず、ただ歩き続けるだけで、黒い外套を着た彼女の面影が、その黒い大きな瞳で彼を探しているような錯覚を覚えた。そしてあのアパートの階段の踊り場で交した最後の別れのキスを思い出して胸が締めつけられ、心臓が止まってしまいそうだった。

彼女はどこへ行ってしまったのだろう？　彼女の身に何が起きたのだろう？　まだ生きているのだろうか、それとも貧民窟の墓に葬られてしまったのだろうか？　なぜこれまでに何の凶兆も感じなかったのだろうか。どうしてこんなことが起こったのだろう。なぜ？

道を行きかう人々の流れにより、アッバースのそうした思考は遮られた。そして周りを見渡した。そこはハミーダの大好きだったムゥスキー通りだ。彼女はこの道とそこに面している店々がお気に入りだった。しかしもう彼女はどこにもいない。初めから彼女など存在していなかったかのように跡形もなく消えてしまった。彼はその腫れぼったい目から大粒の涙を流して大声で泣き叫びたいほどだった。しかしカミルおじさんの腕の中で泣きじゃくったことで神経のもつれは多少なりともほぐされていた。今はただ深い悲しさと侘《わび》しさが残っているだけだ。

これからどうしようかとアッバースは思案した。警察署や病院に行くべきだろうか？　しかしそうしたところで何になる？　ハミーダの名前を呼びながら町中を探し回ろうか？　手あたり次第に家々のドアをノックして尋ねてみようか？　ああ、何をしたところで彼女が見つかるはずなどない。この際まっすぐテレル・ケビール基地に戻り、何もかも忘れてしまおうか？　いや、なぜ基地に戻る必要があるのだ？　なぜホームシックに苛まれながら遠く離れた場所で働く必要などあろう？　いったい何のために一所懸命働いてお金を貯めるのか？　ハミーダのいない人生なんて耐えきれない重荷でしかなく、何の目的もない。もはや彼の人生は暗い絶望に包まれた奈落に堕《お》ちたも同然である。人生への情熱は完全に冷めてしまい、残るのは無気力さだけだ。ハミーダを愛することで、生きていく喜びを見つけたのである。もう生きていく意味などない。そうやって混乱した気持ちのまま、あてもなく歩き続けた。

そうした意識とは裏腹に、アッバースの意識にはまだ生への執着が残っていた。というのも、道の向こう側から仕事を終えた工員の娘たちが歩いてくるのを彼の目は見逃さなかったのである。自分でも気づかぬうちにアッバースは彼女らの行く手に立ちはだかっていた。娘たちは一瞬驚いたが、すぐにアッバースであることに気づいた。戸惑うことなく彼は挨拶した。

「こんばんは。急に声を掛けたりしてごめんね。君たち、友だちのハミーダのことを覚えているかい？」

いちばん活発な感じの娘《こ》がすぐに答えた。

「もちろん覚えてるわ。急に姿を消してしまって、もうずっと長い間見かけていないの」

「ハミーダの失踪について何か手がかりになる情報はないかい？」

意地悪そうな目をした別の娘が答えた。

「ハミーダのお母さんが尋ねてきたときに答えたこと以外には何も知らないわ。スーツを着た身なりのいい男性とムゥスキー通りを歩いているのを何度か見かけたということだけ」

アッバースは氷のような悪寒を覚えながら尋ねた。

「スーツを着た男と一緒にいるところを見たって？」

アッバースが苦悶の表情を浮かべたのを見て、娘の目から意地悪さがすっと消えた。娘の一人がやさしく答えた。

「ええ、そのとおりよ」

「それをハミーダのお母さんにも話したのかい？」

「ええ、話したわ」

アッバースは娘たちに礼を述べ、その場を立ち去った。娘たちが家路でおしゃべりに興じる様子が目に浮かぶようだ。きっと、愛するフィアンセのためにテレル・ケビール基地まで働きに出て一儲けしようとしている間、移り気なフィアンセを別の男に奪い去られてしまった哀れな男の話を延々と語り続けるのだろう。自分はなんというお人よしの馬鹿者だったんだろう。ここらあたり一帯できっと嘲笑の的になっているはずだ。これではっきりした。カミルおじさんも、ウンム・ハミーダもこの話の核心を語ろうとしなかった理由が。

「こんなことが起こるのではないかと恐れていたんだ」

今思えば、すぐに打ち消してきたちょっとした疑念が、丸ごと現実だったのだ。

アッバースは唸りながら呟いた。

「ああ神よ！　こんなこと信じられますか？　ハミーダが他の男と駆け落ちしてしまったなんて！まさかそんなこと！」

ということは、ハミーダは生きているのだ。ガマリーヤ署やカスル・エル・アイニー病院に探しに行ったところで何の手がかりも得られるわけがない。駆け落ち相手の男の腕の中で眠っているとなぜ気づかなかったのだろう。いや、しかし彼女とは婚約を交わした仲じゃないか！　はじめから僕を騙すつもりだったのか？　それとも僕への気持ちが一過性のものだったのだろうか……それにしてもどうやってそのスーツの男と知り合ったのだろう。いつからその男と恋に落ちてしまったのだろう？なぜその男と駆け落ちしてしまったのだろう？

アッバースはすっかり顔色をなくし、全身に寒気を感じた。その視線は何かを睨みつけるようだった。そして突然、顔を上げ、そのあたり一帯の窓を眺めて呟いた。

「どの家で、どの部屋で、どんな男の腕にハミーダは今抱かれているのだ」

疑念や疑惑の種は今やすっかり消えてしまい、燃え盛る怒りと憎しみと嫉妬心の混じった気持ちに取って代わられていた。これは失望なのだろうか。自惚れとプライドによって嫉妬心というものが芽生えるのが世の常だが、彼には自惚れもプライドもほとんどなかった。彼が持っていたのは希望と夢だったのだが、今はどちらも無残に壊れてしまった。こうなればもう復讐しかない。それがハミーダに唾を吐きかけるようなことになろうと。今やアッバースの心は復讐に燃え上がり、彼女の不誠実な心臓に一矢報いてやるしかないとまで思った。

今になってやっと、毎夕のように彼女がムゥスキー通りに散歩に出ていた理由がわかった。街を徘徊する狼どもの前でしゃなりしゃなりと歩きながら相手を探していたのだ。いずれにせよ、彼女はそのスーツの男と恋に落ちたのだ。でなければなぜ、アッバースとの結婚を振り切ってそんな売春婦みたいな真似《まね》をするのだ？

そう思いを巡らせると悔しくて悔しくてアッバースは唇を噛みしめた。そのうち一人で歩き続けるのに疲れて踵を返した。ポケットに手を突っ込むとそこには金のネックレスの入った小箱があり、彼は怒りの雄叫びにも近い空笑いをした。ああこの金のネックレスで彼女を絞め殺せたらどんなに気持ちがいいだろう。このプレゼントを買いに行った金細工職人の店で夢見心地になっていた自分を思い出した。

思い出はやさしい春のそよ風のように流れた。しかし荒れ果てた心の容赦ない熱に曝《さら》されて、そのそよ風は荒れ狂う熱砂嵐《シロッコ》になった。

第29章　変わり果てたオルワーン社長

サリーム・オルワーン社長が契約書に署名し終えるや、デスクの向かい側に座っている紳士が握手を求めながら言った。

「よくご決心なさいました、オルワーン社長。超高額の契約ですからね」

その紳士が事務所のドアから出て行くのを社長は目で追った。確かに納得のいく契約だった。オルワーン社長は自社で抱えていた茶の在庫をすべてさっきの紳士に売却したのである。これで大きな利益を得た上に、大きな重荷も下ろしたことになる。とくに闇市場におけるさまざまな試練にもう自分の病んだ神経がついていけなくなってしまった今となっては。それでもまだ彼は悔しげに独り言を言っていた。

「確かに大儲けはできた。だが儲けなんか糞くらえだ。人生自体糞くらえだ！」

周りの人らの言うとおり、かつてのオルワーン社長の面影はほんのわずかしか残っていなかった。日に日に鬱が彼の心身を蝕《むしば》み、四六時中「死」のことばかりを考えるようになった。かつては信仰を忘れたこともないし、臆病者になったことなどもなかった。だが、弱り切った神経が信仰による心の安らぎなどすべて忘れさせてしまった。病に倒れたときの苦しみを一日たりとも忘れることはできなかった。あの胸が突き破られるような激しい鼓動、肺の痛み、急速に狭まりゆく視野。あのとき、身体中のいろいろなところから魂が抜け出ていくのを感じた。爪を剝がれた者は気が狂うというではないか？　生命も魂も抜き取られたら自分はどうなるのだろうか。

彼は心臓麻痺でぽっくり死ねるようアッラーに願っていた。話しているとき、食べているとき、あるいは立っているとき、座っているときに突然電池が切れるように死ぬという類だ。まるで死神の裏をかくように忽然とこの世から姿を消すというのが理想だ。しかし今やそうした理想は決して叶えられないことを悟っている。父や祖父の死に際を思い出せば、どのような死が彼を待ち受けているかは言わずもがなだ。おそらく臨終の前半日ほどもがき苦しむことだろう。それが息子たちを一気に老けさせることになるのだろう。

健康で人生を謳歌していたあのサリーム・オルワーンが死の恐怖に苛まれるようになるなど誰が想像できただろう。死ぬのが怖いというだけではなく、さまざまな熱意が死そのもののように完全になくなってしまったことが恐ろしい。彼はゆっくりと時間をかけて自分なりの哲学であらゆることを分析した。

自身の想像や、過去からの言い伝えでは、人は死んでも感覚の一部が残っているという。臨終を迎えたときに自分を見下ろしている家族の顔が見えるという話をよく聞くではないか？　オルワーン社長自身もその目ではっきりと死の姿を目にしたのだ。永遠の闇に包まれようとしていたのだ。すでに墓の暗さ、そのぞっとするような寂しさ、骨、経帷子、息の詰まりそうな狭さ、そして叶えられぬ今《こん》生《じょう》への執着心をあのとき身をもって感じたのだ。あの時を思い出すと心臓を握りつぶされたような気分になり、手足は氷のように冷えて、顔がほてり出す。また、来世のことを考えるのも忘れたわけではない。最後の審判のこと、天罰のこと……おお神よ、死と天国の間にはなんと空虚な隔たりがあるのだろう。

そんなわけで、生きていることの喜びは何も感じないのにもかかわらず、気持ちはまだ生の縁にすがりついているのだった。彼に今残されているのは売掛金の監査と商売の取引ぐらいしかない。

発作からの回復後、医者の進言に真面目に従うようになった。心臓の状態は回復してきたと主治医は言ったが、それでも十分に体調に気をつけて慎ましやかに生活するようにと忠告されていた。オルワーン社長は不眠やストレスを訴えるようになり、主治医から神経内科医の紹介を受けた。今では神経内科の他、心臓、呼吸器、脳……と病院巡りをしている。その結果、病原菌、症状、診断などという言葉の溢れる世界に没頭することになった。医者や病院を馬鹿にしていたオルワーン社長にとっては考えられないことであるが、今では医学を盲目的に信頼している。

働いているときも休んでいるときも心配事の連続だった。実際、一日中自分自身と闘っているか他人と喧嘩しているかのいずれかだ。従業員の目にも社長はまるで別人のように映った。二十五年間番頭を務めた男は辞めてしまい、残されたわずかな従業員もずっと苦虫を嚙み潰したような顔をしていた。

ミダック横町の住人たちは、オルワーン社長は気が触れてしまったと思っていた。パン屋のホスニーヤも、「きっとあの燕麦を食べ過ぎたせいよ」と言っていた。

ある日のこと、カミルおじさんが冗談まじりにオルワーン社長に、

「社長のために特別なお菓子でも誂《あつら》えますけど、どうですか？　きっと体の調子もよくなりますよ」

と言ったところ、社長は烈火のごとく怒り出して、

「わしに関わらんでくれ、この悪魔が！　見境のない馬鹿者が。あんたらのような犬猫同然の人間は死ぬまで内臓が丈夫で世話がないな」

このとき以降、カミルおじさんはオルワーン社長には一切関わらなくなった。

社長の妻は、それこそいい迷惑であった。四六時中、彼のいらいらとした憎まれ口の対象となり、彼は病気になったのは妻の嫉妬心がすべて原因だと文句を言い続けた。

あるときにはこう言って毒づいた。

「ついにお前、わしに復讐を果たしたな。目の前で倒れたわしを見てさぞかしいい気分だったろうな！　せいぜい今のうちに楽しんでおけ、この執念深い蛇女が！」

妻に対する敵意は募るばかりで、ついには彼がハミーダを娶《めと》ろうとしていたことを察知していたのではないかと疑い始めた。この横町は壁に耳あり障子に目ありだし、噂話の坩堝《るつぼ》でもある。もしかして妻が本当に察知していたなら、健康を害するように呪いをかけていたかも知れない。今の彼は理不尽な気持ちの塊なので、絶対にそうであるに違いないと信じ、今度は自分が妻に呪いをかけてやろうかとさえ思っていた。そんなわけで、ことあるごとに妻を誹《そし》り、罵り、罵倒していたのだが、オルワーン夫人のほうはそうした社長の理不尽な態度にも我慢強く従順に対応していた。社長はそういう辛抱強い態度を見ると余計に腹が立ってきて、どうしても妻をさめざめと泣かせてやりたいと思い始め、ついには、こういう言葉を口に出した。

「もうお前なんかと一つ屋根の下に住むのはこりごりだ。妻をもう一人娶ろうしていたことを知らんだろう！」

それまで夫のことを信じてきたオルワーン夫人はこれにはさすがに言葉をなくし、息子たちの家に逃げていった。そこで息子たちにその話をすると彼らは非常に驚き、父親の言動を心から恥ずかしいと思った。そこで息子たちは父親を訪ね、会社を早々に解体してリハビリに専念するよう進言した。息子たちが本当に恐れていることが何なのかを理解できない社長は、それまでで最も厳しい口調で息子たちを罵倒した。

「わしの人生はわしだけのものだ。わしは好きなだけ働く。お前らの自分勝手な意見など聞きたくもない！」

そして笑いながら、濁った視線を息子たちに向けてこう続けた。

「わしがもう一人娶りたいと思ってたということを母さんから聞いたか？　そのとおりだ。あいつはわしを呪い殺そうとしていたからな、もっと心優しい人を嫁にもらおうと思っているんだ。それで相続人が増えるなどと心配しているなら余計なお世話だ！　お前ら全員の要求を満たしても、わしの財産はまだ余りあるほどあるわ！」

そして今後は自分のことに口出しするな、生きている間はビタ一文父親に頼るなと警告した。

「知ってのとおり、わしの舌は苦い薬の味さえもうわからなくなっているというのに、なんでわし以外の人間がわしの財産を狙う資格があるのだ」

驚いた長男が言った。

「お父さん、僕らはあなたの息子だよ。どうしてそんな物言いをするんだよ」

「今日からお前らはわしの息子ではなく、あの母さんの息子だ！」

そう捨て台詞《ぜりふ》を吐き、その日以来、息子らには何一つ家から持ち出すことを禁じ、豪華で知られた台所からは贅沢品がことごとく姿を消した。そうしたのは家族全員、とくに妻に、自分に課されたのと同じ食餌制限を味わわせたかったからである。それからも再婚願望があるという話をしょっちゅう口にするようになった。それがオルワーン夫人の忍耐を挫《くじ》くのにもっとも効果的だということを知ったからだ。息子たちはそういう父の状態を本当に心配し、自分たちだけでいるときに長男がまずこう切り出した。

「アッラーがお父さんに運命の決断を下すまでお父さんの好きなようにさせるしかないと思う」

それに対して弁護士をしている息子が言った。

「本当に結婚したいと思っているなら別だけど。もし本当に結婚したいと思っているなら、こっちとしても断固たる措置を取らざるを得ないよ。財産にしか目のない人にお父さんを預けるわけにはいかない」

ハミーダの失踪もオルワーン社長に強烈な一撃を加えた。病魔に襲われて以来、ハミーダのことをたまに考えることはあったが、彼女が失踪するまでは、もはや彼の思考の本流にはなかった。だが、失踪の知らせを聞いたときには本気になって心配し、必死になって行方を探そうと手を尽くしたのだ。なので彼女が見知らぬ男と駆け落ちしたという噂が耳に届いたときには天地がひっくり返るほど驚いた。噂を聞いたその日は誰一人として社長に近づけないほど不機嫌の頂点に達していた。夕方家に帰っても神経の苛立ちは収まらず、その夜はまんじりともせずに過ごした。彼の胸は憤りを超え、あの移り気な娘にどんな復讐をしてやろうかと考えるまでになった。処刑台から吊るされて舌がだらりと垂れ下がり、眼球が飛び出たハミーダの姿を想像した。

そしてアッバースがテレル・ケビールから戻ったということを耳にすると、なぜだかよくわからないが、ハミーダに抱いていた憤怒が多少鎮まり、アッバースを事務所に招いたのだ。

アッバースを傍《かたわ》らに座らせ、愛想よく会話を交わし、ハミーダにはまったく触れることなく生活ぶりなどを尋ねたりした。お人よしのアッバースは社長の好意と親切に心から感謝し、信用するあまり洗いざらい自分の不幸な境遇を話してしまった。それを社長は落ち窪《くぼ》んだ目で見つめているのだった。

ハミーダが姿をくらましてしばらく経った頃、大したことではないが、ミダック横町の年代記に記されるべき事件が起きた。

ある朝のこと、サリーム・オルワーン社長が出社してきたとき、反対方向からダルウィーシュ先生が歩いてきた。以前はダルウィーシュ先生のことが大好きで、ことあるごとに何かをプレゼントしたりしていた。だが大病を患って以降は、先生のことを完全に無視するようになった。事務所のすぐ前ですれ違おうとしたとき、ダルウィーシュ先生が急に誰にともなく叫んだ。

「ハミーダはいなくなった！」と。

驚いたオルワーン社長は、ダルウィーシュ先生が自分に対してこの言葉を吐いたのだと思い、

「それがわしに何の関係があるんだ？」

と応えた。

ダルウィーシュ先生は意にも介さずに続けた。

「ハミーダはいなくなったのです。しかもただ単にいなくなったのではありません。見知らぬ男と駆け落ちしてしまったのです。英語ではそれをelopementといいます。その綴りはＥ・Ｌ・Ｏ・Ｐ……」

と、単語のスペルを言い終える前にオルワーン社長の癇癪《かんしやく》が爆発した。

「朝っぱらからあんたの顔を見るなんて、今日はなんと呪われた日だ！　このボケ老人が！　この場から消え失せろ！　神の呪いあれ！」

ダルウィーシュ先生は雷に打たれたかのようにその場に立ち尽くし、目には恐怖に怯える子供の表情が現れた。そして次の瞬間、急に大声で泣き出した。オルワーン社長はそのまま彼を放ったらかしにして事務所に姿を消した。ダルウィーシュ先生の泣き声はもはや叫びに近いものとなり、キルシャ氏やカミルおじさん、年老いた理髪師が何事かと驚いて駆けつけてきた。そして先生をキルシャ亭に連れていって肘掛け椅子に座らせ、キルシャ氏は水を一杯持ってくるように言い、カミルおじさんは先生の背中を撫でて落ち着かせようとした。

「ダルウィーシュ先生、大丈夫ですか。アッラーよ、どうか我らを試みに引き給わざれ。あなたが泣くなどというのは何か大きな不幸が訪れようとする前兆だ。ああ神よ、どうかお慈悲を……」

しかしダルウィーシュ先生は激しく肩と膝を揺すり泣きわめくばかりだ。唇を一文字に閉ざし、ネクタイを引っ張って、木製のつっかけで地団駄を踏みながら。

もうその頃には横町の家々の窓が開き、住人たちが次々と顔を出した。キルシャ亭の前にまず現れ

たのはパン屋のおかみのホスニーヤだった。最終的に先生の泣き声は事務所にいるオルワーン社長の耳にも響いてきた。ああ、早く泣きやんでくれと願ったが一向にその気配はない。何か別のことで気を紛らそうとしたが無駄だった。オルワーン社長からすればまるで世界中が泣きわめいているかのように思えた。ああ、自分としたことが、あの聖人のような老人に悪態をつくなんて！　先生と道です れ違わなければよかった！　むきにならずに礼儀正しくやり過ごせばよかった！

社長は自分自身に説教をした。

「お前のように身も心も病に蝕まれた奴は早く神のもとに帰ればいいんだ。神の道を歩む人に罵声を浴びせかけるくらいなら！」

こうしてオルワーン社長はプライドなど投げ捨てて、キルシャ亭に出向いて行った。驚く人々の目など気にも留めず、まっすぐに泣き叫ぶ老人に近づいていき、その肩にやさしく手を乗せて言った。

「ごめんなさい、ダルウィーシュ先生。どうか許してください」

第30章　アッバース、初めて口にする酒の味

テレル・ケビールから戻って以来、アッバースはカミルおじさんの部屋で身を隠すように過ごしていた。ある日玄関から激しいノックの音が聞こえたのでアッバースがドアを開けると、そこには白いシャツとズボン姿のフセイン・キルシャが立っていた。その小さな目は相変わらずギラギラとした光を放っていた。再会に興奮したフセインは非難めいた口調で言った。

「戻ってきてもう何日にもなろうとするのに、どうして俺に一言も挨拶なしなんだよ！　元気にしてるのかい？」

　アッバースは相手の手を握りしめて微笑んだ。

「フセイン、元気だったか？　ごめん、連絡もせずに悪かったよ。もう疲れ切ってるんだよ。君のことを忘れてしまったわけでも避けていたわけでもないんだ。ちょっと出かけて話でもしようか」

　二人は一緒に出かけた。アッバースは眠れぬ夜と物思いに沈んだ朝を過ごしたので頭が痛く、瞼が重かった。ハミーダの失踪を知った日の苦々しい思いはほとんど成りを潜め、彼女に復讐をしようという考えももうどこにもなかった。その代わりに深い悲しみと絶望だけが彼を支配していた。フセインは言った。

「あんたがここを去ってからしばらくして俺が家を出たという話は聞いたか」

「ええ、そうなのか？」

「ああ、嫁さんをもらって、苦労のない贅沢な暮らしを始めたところだった」

いかにも興味があるような素振りをしてアッバースは応えた。

「神に感謝しよう。それはおめでたい。すばらしい、すばらしい……」

もうすぐグーリーヤに入るというところまで来たとき、フセインは急に地面を蹴って腹立たしげに言った。

「すばらしいどころか！　人生は泥と陰謀に満ちている！　俺、クビになったんだ。そうなりゃミダック横町におめおめと戻ってくるしかないだろう。あんたもクビになったのか？」

「いや、短い休暇をもらっただけだ」

と、アッバースは力なげに答えた。

フセインはその嫉妬を隠そうともせずに言った。

「俺、あんたに英軍基地に働きに行って稼げと進言したよな。でもあんたは全然乗り気じゃなかった。覚えてるだろう？　それが今はどうだ。人生を楽しんでいるあんたの傍らで俺はかわいそうな失業者だ」

フセインのそうした嫉妬深さや意地の悪さはアッバースが誰よりもよく知っている。

「うちのところももう終わりらしい。みんなそう噂している」

その答えにちょっと機嫌をよくしたフセインは言った。

「ああ、なんでこんなにすぐに戦争が終わってしまうんだ。こんなこと誰が想像できただろう」

アッバースは首を横に振った。彼にとって戦争が終わろうが続こうが、仕事があろうがなかろうが、もうそんなことはどうでもいい。フセインと話しているのは退屈きわまりなかったが、一人でカミルおじさんの部屋に籠もっているよりはいいだろうと思った。

「なんですべてがこんなに早く終わってしまうんだ。ヒトラーが最後の最後まで戦い抜いてくれると思っていたのに。戦争が終わってしまうなんて俺たちにとってはとんだ災難だ」と、フセインは嘆いた。

「そうだね」

フセインは憤懣やるかたないといった調子で叫んだ。

「俺たちはなんて哀れなんだ。この国も国民もほんとに惨めだ。ちょっとした幸せが味わえたのは、世界中が血まみれの戦争に巻き込まれているほんのわずかな期間だけだった。この世で俺たちに恵みを与えてくれるのは悪魔だけだったということか！」

ゲディーダ通りから人波が溢れてきたのでフセインは悪態をつくのをやめて黙った。そろそろ日が暮れだした。

フセインはため息をつきながら言った。

「俺も戦闘に参加したかったなあ。次々と戦果をあげていく勇敢な兵士とかに憧れるよな。戦闘機の操縦桿を握っているところを想像してみろよ。戦車からの砲撃で敵がばたばたと倒れていく、そして逃げ惑う女たちを捕まえるんだ。もちろん湯水のように金を使って、飲んだくれて、喧嘩をしまくるんだ！　それこそが人生じゃないか！　まあ、あんたは兵士になりたいと思ったことはないか」

アッバースがサイレンの音ひとつでパニックになり、人生のほとんどを防空壕に隠れて過ごしているということはミダック横町の住人なら誰でも知っていることである。そのアッバースが兵士になりたいなど思うわけがない。彼とて勇敢な男として生まれたかった。勇敢な兵士になりたいという夢はあった。そして自分を傷つけた者すべてに復讐の一矢を報いてやりたい、それで幸せで贅沢な暮らしを送りたいと夢見たことがないわけではなかったので、弱々しく答えた。

「誰だってそんな勇敢な兵士になりたいだろう」

アッバースは視線をあげて通りを見た。通りの光景は昔を思い出させて心を締めつけた。ああ神よ、僕はいつかミダック横町でのあの思い出を完全に封じることができるのだろうか？　この道は彼女が歩いていた道だ。彼女が息をしていた空気だ。すぐ目の前に彼女のスリムでまっすぐな後ろ姿が見えるようだ。忘れようもないではないか。自分にはあまりにも相応《ふさわ》しくなかった相手をいまだに追い求めている心に気づき顔をしかめた。昨日感じた彼女の裏切りに対する怒りがふつふつとまた戻ってきて、アッバースの顔に残忍な表情が現れた。もう彼女のことは忘れよう。さもなければライバルの男の腕の中で幸せそうに眠る彼女のことを想像するだけで自分の心は荒《すさ》んでしまいそうだ。彼は自分の精神力の弱さを呪った。その弱さのせいで、自分の心にも身体にも興味を持っていなかった相手を好きになってしまった。残るのは苦悩と恥ずかしさだけである。

フセインの荒々しい声でアッバースは我に返った。

「このあたりはユダヤ人地区だ」

フセインは手でアッバースの歩みを止めて言った。

「ヴィタという居酒屋を知ってるか？　テレル・ケビールにいる間に酒ぐらいは嗜《たしな》んだだろう？」

「いいや」

「イギリス人と暮らしてて酒も飲まないなんて馬鹿じゃないか？　アルコールを飲めば心が安らぐし、頭もよく切れるようになる。さあ、一杯飲んでいこう」

彼はアッバースの腕を取ってユダヤ人地区の中へと引っ張っていった。ヴィタは地区の入口から遠くなく、見た目は普通の商店のようだった。中くらいの大きさの真四角な店で、片側の壁に大理石の天板を置いた長いバーカウンターがあり、その後ろにミスター・ヴィタが立っていた。彼の背後には長い棚が設えられており、数多くのボトルが並んでいる。バーカウンターの上にはナッツの入った器が二つあり、立ち飲み客のグラスが何脚か並んでいた。客はみな馭者か労働者のようで、裸足《はだし》の者もいれば上半身裸の者もおり、見た目は乞食同然だった。カウンター以外の場所には木製のベンチが何脚かあり、そこには市場の浮浪者と、年齢のせいか泥酔のせいか立つこともできない者が座っていた。

フセインはこの居酒屋の奥にあるテーブルにアッバースを連れていった。アッバースは黙ったまま、その騒々しくがさつな空気に満ちた店を見渡した。店の中には十四歳ほどの少年もいた。背が低く、異常なほどに太っている。顔も服も土で汚れていて脚は裸足だ。立ち飲み客に混じって、なみなみと注がれたグラスから酒を飲んでいた。酔ってもうふらふらで頭が前後左右に揺れていた。アッバースはびっくりしてフセインにそれを伝えた。フセインは特に驚いた様子も見せずに言った。

「ああ、あれはアウカルって奴だ。一日中新聞を売り歩いて、夜はここで飲んでるのさ。あいつはまだガキだが、いい大人でもあのガキほどの値打ちもないのがたくさんいるだろ。な、坊や！」

フセインはアッバースの方に頭を傾けて呟いた。

「グラス一杯一ピアストルのワインで、俺みたいな失業者にもちょっとした幸せが味わえるんだ。ひと月ほど前までは、俺はヴィンシュ・バーでウイスキーを飲んでたんだよ。でも今じゃ何もかも変わってしまった。運を持ってるか持ってないかってことだよ」

そう言ってグラスワインを二つ注文した。バーテンダーはワインとビターナッツの盛られた皿を持ってきた。アッバースは訝《いぶか》しげにグラスを見つめて訊いた。

「これは身体に悪いやつだろ？」

グラスを持ち上げてフセインは言った。

「あんた、怖いのか？　じゃ、飲んで死んじまえばいいじゃないか。地獄じゃ善人も悪人もないさ。乾杯！」

グラスを合わせた後、フセインは一気にワインを飲みほした。アッバースはちょっと口をつけたがすぐにしかめ面をしてグラスを口から離した。舌も喉も焼けてしまいそうな味だ。

「なんだこれ！　苦くて口の中が焼けそうだ」

　フセインは大笑いして、人を小馬鹿にしたような偉そうな口調で、

「もっと男らしくなれよ。人生は酒なんかよりずっと苦いし、酒よりもずっと後味悪いさ」

　と言いながら、グラスをアッバースの唇に押し当てた。

「さあ、白いシャツを汚したくなかったら、一滴も漏らさず飲み干せよ！」

　アッバースはワインをなんとか飲み干して、身震いしながら息をした。胃が燃えるように熱くなり、次第にそれが身体中に拡がっていくのがわかった。恐怖半分と興味半分でアルコールの行く先を追うと、血管を素早く通り抜けて延髄に達した。そうすると、暗かった世界がほんの少しだけ明るくなったような気がした。そこでフセインが皮肉っぽく言った。

「今日は二杯だけにしとくんだな」

　そして自分の分をもう一杯注文すると続けて言った。

「今は親父の家に住まわせてもらってるんだ。嫁とその弟と三人で。でも義弟《おとうと》は武器庫で仕事が見つかったので、今日か明日には出て行くはずだ。親父は俺に月三ポンドでキルシャ亭をやってくれと言ってるんだ。つまり毎日明け方から夜中まで、たった三ポンドの月給で働けと言われているようなもんだ。でもハッシーシでいかれちまったあの親父に何を言っても無駄だ。もう何もかもがいやになっちまったよ。答えは一つしかない。自分の身の丈にあった生活をするか、何もかも捨ててくたばっちまうか」

　丸一日部屋で塞ぎこんでいたのと比べると、不思議なことにアッバースは今驚くほど寛《くつろ》いだ気分になっていた。

「貯金はしてなかったのかい？」とアッバースはフセインに尋ねた。

「そんなもの一銭もしてないさ。エル・ワイリー地区にある電気も水道も完備の清潔な部屋に住んで

たんだ。俺のことを『旦那さま』と呼ぶ使用人も雇っていたし、映画や劇場にもしょっちゅう出掛けてた。山ほど儲けて湯水のように使い果たしたのさ。それが人生ってもんだろう。毎日がどんどんと短く感じられるようになってきたし、金なんて貯める気も起こらなかったよ。とはいえ、死ぬまで金は必要なんだな。嫁の宝石類を除いたら俺にはもう数ポンドしか残ってないさ」

そう言って手を叩くと三杯目のグラスを注文して話し続けた。

「こんな人生最悪のときに限って、先週嫁が吐いたんだよ……」

アッバースは心配する素振りを見せて言った。

「それは……でもきっとそんなに心配するようなことじゃないと思うけど……」

「心配するようなことじゃない？　そうかも知れないが喜ぶようなことでもない。母さんが言ってたがあれは悪阻《つわり》だよ。お腹の子はきっと、自分を待ち受けている人生を見通して、嫌だ、嫌だという気持ちを母体にぶつけてるんだろう」

フセインがあまりにも早口に訳のわからないことをしゃべるので、アッバースはすでに話についていけなくなっていた。さっきまでの寛いだ気分は、また陰鬱な思い出に取って代わられた。フセインはその変化に気づき、こう言った。

「どうしたんだよ、俺の話を全然聞いてないじゃないか……」

「もう一杯頼んでくれよ」とアッバースは唐突に言った。

フセインは気をよくしてアッバースのおかわりを注文した。そして相手の目を覗き込むと、やや躊躇しつつもこう言った。

「何か考えごとをしてるんだろう。それが何だか俺にはわかるよ」

アッバースはドキッとして手短に答えた。

「いや、何でもないんだ。そんなことより君の話を聞かせてくれ。今度はちゃんと聞いてるから」

「ハミーダのことだろ？」

と、フセインは軽蔑するような口調で言った。

アッバースの心臓は、三杯のアルコールを一気に飲み干したかのように激しく打ち始めた。フセインのしかけた罠にまんまと引っ掛かってしまったと思った。

「そうだ、ハミーダのことだよ。誰かと駆け落ちしたらしい」

そう答えたアッバースの声は半分かすれていた。

「そんなに落ち込むことないだろう。駆け落ちしない女と暮らす男の人生のほうが楽だとでも思ってるのか？」

アッバースの鼓動はすこし収まってきた。自分でも気づかないうちにこう尋ねていた。

「ハミーダは今どうしていると思う？」

「男と駆け落ちした女がすることなんて決まってるだろう……」

と、フセインは笑いながら答えた。

「僕を馬鹿にしているのか？」

「いつまでそんなことを引きずるつもりだ？　ハミーダが失踪したというのはいつの話だ？　昨日やおとといの話ではないだろう？　もう彼女のことなんかきっぱりと忘れてしまえよ」

ちょうどそのとき、あの酔っ払いの新聞売りの少年アウカルが、ベンチに座っている人たちの気を引くような面白いことをしたようだ。少年は千鳥足で店の出口に向かい、そこで立ち止まった。瞼はもう半分閉じており、誇らしげに顎を突き出して気をつけの姿勢をした、と思うと叫び出した。

「俺はアウカルだ。この世でいちばんクールな男。男の中の男だ。ああ、酒飲んで酔っ払って気持ちいいが、そろそろ大好きなあの娘の待つ家に帰らなきゃ。んん？　なにかぁ？　ええ、新聞！　しんぶ〜ん、新聞はいらんかーい！『アフラーム』、『マスリー』、『エル・バアクーカ』〔すべてエジプトの日刊紙の名称。『エル・バアクーカ』はすでに廃刊〕「……」

少年は酔客の爆笑を後に姿を消した。フセインは少年が立っていた場所に勢いよく唾を吐くと、思いつく限りの冒瀆的な言葉を叫んだ。もしまだ少年がそこにいたら、きっとフセインの暴力の餌食になっていたことだろう。それほどにまで彼の気性は激しく制御不能だった。そして二杯目のワインを飲み干したアッバースに向き直ると、さっきまでの話題を思い出したかのようにつっかかってきた。

「人生とはこんなもんだ。おままごとじゃないんだ。生きていかなければならない。わかるか、アッバース？」

アッバースは話をまったく聞いてなかった。自分のことを考えるだけで精いっぱいだったのだ。

〈ハミーダはもう戻ってこない。行ってしまったんだ。でももし帰ってきたらどうする？　もしハミーダにもう一度会うことがあったら、顔に唾を吐きかけてやろう。殺すよりもそのほうがあの女にとって屈辱となるだろう。そして男のほうはどうしてくれよう？　首根っこをへし折ってやろうか〉

フセインはしゃべり続けた。

「俺は二度と戻らないつもりであの横町を出ていったんだ。なのに悪魔にまた連れ戻された。あんな横町、火をつけて燃やしちまえばいいんだ。そうしたら永遠に縁が切れる」

「ミダック横町はすてきな場所だよ」と、アッバースが昔を懐かしむような口調で言った、「あそこで平和に暮らしたい、それ以上は何も望まない」

「あんたは脳みそのない羊だ。イード・エル・アドハー〔犠牲祭〕で生贄《いけにえ》にされちまえばいいんだ。なんで嘆くことなんかあるんだ？　仕事があるんだろう？　懐は温かいんだろう。何をそんなに文句ばかり言ってるんだ？」

「文句ばかり言ってるのはフセイン、君じゃないか。それだけしゃべっているのに君の口からはただの一度も『アッラーに栄光あれ』という言葉を聞いたことがない」

この言葉を聞いたフセインが鬼の形相で睨みつけるので、アッバースは平静を取り戻して優しく言った。

「いや、君が悪いと言ってるんじゃない。君には君の信じるところがあり、僕には僕の信仰がある」

フセインがあまりにも高らかに笑い出したので、店全体がその反響で揺れるほどだった。ワインの飲みすぎで彼はもうまともにしゃべれなかった。

「親父の喫茶店なんかでくすぶっているより、ここでバーテンダーをするほうがよっぽどマシさ。がっぽり儲かるし、なんと言ってもただで酒が飲める」

アッバースは半笑いで応じ、この気難しい酔っ払いに掛ける言葉は慎重に選ばなければならないと思った。アルコールによってアッバースの神経は多少癒されはしたが、苦悩を消し去るどころか、むしろ苦しいことばかりを考えさせられてしまう。

突然、フセインが大声を上げた。

「すごくいいことを思いついた！　俺はイギリス国籍を取る！　イギリスではみんな平等だ。パシャもゴミ集めの息子もみんな同じ身分だ。あっちでは喫茶店の息子でも首相になれるんだぜ……」

その考えをアッバースも気に入り、

「すばらしいじゃないか！　僕も英国籍を取ろう……」と叫んだ。

「無理だね！」と、フセインは口元を捻って言った。「あんたみたいな弱腰がイギリス人になれるわけないじゃないか！　せいぜいイタリア国籍でも申請すればいいさ。まあ、どっちにしても似たような方角だ、同じ船に乗ってエジプトを脱出するんだ、さあ出発だ！」

酒代を払い、店を出たところで、アッバースはフセインを振り返って言った。

「さあ、二軒目はどこに行く？」

第31章　叶わぬハミーダの夢

ハミーダにとって過去の人生で唯一懐かしいと思うものがあるとしたら、それは夕方の散歩であった。しかし今、その時間は、金で縁取り装飾のされた大鏡の前に立って過ごしている。

小一時間かけて衣装を身に着け、化粧をし、髪の毛をセットする。するとどうだろう、生まれてからずっと贅沢な暮らしをしてきた女性にしか見えない。頭には白いシルクのターバンを巻き、そこからはみ出た髪は香《かぐわ》しいオイルをつけて色気たっぷりにカールさせている。これまでの経験で、小麦色の肌のほうが連合軍兵士たちには受けがいいことを知っていたので、ファンデーションは塗らなかった。瞼には紫色がかったシャドウを塗り、まつ毛は注意深くワックスで形をつけた。鮮やかな緋色に塗られた唇は、眩いばかりに白い歯と美しいコントラストを成していた。耳には蓮の形をした大粒の真珠がぶら下がったイヤリングを、腕には金の腕時計をはめ、宝石の散りばめられた三日月形のブローチでターバンを止めていた。白いドレスの大きく開いた胸元からはピンク色の下着が少し見えており、丈の短いスカートから形のいい魅力的な脚が伸びていた。また、高価だからという以外には特に理由もなく、派手な色のシルクのストッキングを穿いており、手首、首筋、腋の下から香水が立ちのぼる。身に着けるものだけでも、ハミーダはまったく別の女性になっていた。

ハミーダは自分の意志で新しい人生の道を選んだ。これまでの経験で、今後の人生は楽しさと喜び、それに苦悩と苦々しい失望の入り混じった日々になるであろうということを確信していた。また人生の重大な分かれ目にさしかかっていることも意識していた。しかし今となっては当惑する毎日の連続で、どこで道を曲がればいいのかもわからなかった。

最初の日から、ハミーダは自分に何が求められているのかを理解した。彼女の本能が選んだのはそれに「逆らう」ということであり、実際にそうした。ただそれによって恋人の鉄のような意志を曲げてやろうと思ったのではなく、単に延々と続くバトルを闘いたかったからである。最終的にイブラーヒーム・ファアラグの熱心な説得に応じたのは、実際に自分がそう望んでいたからに過ぎない。ハミーダは何の後悔もせずに新しい人生に踏み出した。「生まれながらの娼婦だ」というファアラグの言葉を具現化したのだ。生来持っているさまざまな才能が花を咲かせた。実際、ほんのわずかな期間で、化粧のしかた、ドレスの着方を身につけた。もっとも、最初のうちは同僚たちに「趣味が悪い」と詰《なじ》られてはいたが。

今ではオリエンタルダンスも西洋のダンスも習得し、それればかりか、「お色気英語」も使いこなせるようになっていた。そんなわけで、ハミーダの人気が上昇するのは時間の問題だった。今では兵士たちの人気ナンバーワンで、貯金もどんどんと増えていた。

これまでの人生でもハミーダは決して素朴で人当たりのいい娘ではなかった。過去の人生には楽しい思い出など何もなかったが、新しい人生を存分に楽しんでいる。その点では同僚の娘たちとはまったく違っていた。彼女らはそれぞれに抜き差しならない理由があって今の生活をしているのであって、ときどき後悔に苛まれてもいた。ハミーダの服、宝石、金そして男に対する欲望は満たされたし、それによってもたらされる力や権威もすでに手に入れた。

結婚する気などまったくないとファアラグに告げられた日の惨めな気持ちをハミーダは思い出していた。しかし自分も本当に彼と結婚したかったのだろうか？　答えは考えるまでもなくノーだった。結婚などすれば、家庭に縛られ、妻として、主婦として、母親として日々山のような家事に縛られる。そうした家事がいちばん自分に向いていないことをよくわかっていた。なるほど、ファラグの先見の明は大したものだなと思うのだった。

にもかかわらず、ハミーダにはまだなにか落ち着かない、満足できないものがあった。性欲、情欲に支配されているわけではない。しかし愛情欲に飢えているのかも知れない。というのも、ファラグに対する腹立たしさや失望とは裏腹になぜか愛情が募るのに、いつまで経っても彼を支配下に置くことができなかったからだろう。

そんなことを考えて鏡の前に立っていたとき、彼女の後ろにファラグが現れた。その顔には大切な取引に取り掛かる直前に商人が見せる表情が現れていた。そこには釣った魚への慈愛はなかった。事実、彼はその自分の肉欲に対してなんの抵抗もしなかった。その夜以来何度も、まる二週間も、これぞ愛情の示し方だという表現でハミーダを官能に溺れさせたが、そのうちだんだんと商売人の顔が……娼婦のヒモの顔が見えるようになってきた。

ファラグ自身は一度も本当の恋愛を経験したことはなかった。愛情のない欲望だけで彼の人生が成り立っているのは不思議なことだ。ものになりそうな女が罠に引っ掛かるたびに、相手が屈服するまで熱烈な恋人の役を演じるのだった。その後しばらくのうちは相手を愛の言葉で口説き続けるのだ。やがて感情的にも経済的にも依存させて、影響力で支配する。ときには相手の過去を警察にばらすなどと脅迫めいたことを言う場合もあった。そうやって自分の任務を終えると、恋人の仮面を脱いで人買の素顔を晒《さら》すのであった。

ファラグの自分に対する関心が急に薄れていったのは、彼のことを慕う女たちにずっと囲まれているからだろうとハミーダは勝手に思っていた。鏡に映ったファラグを見て、彼女は愛情と敵意と疑念の入り混じった感情を抱いた。

ファラグはいかにも急いでいることをアピールするかのように、

「もう用意はできたかい？」

と訊いた。

ハミーダは、自分を商売道具としてしか見ていない彼を無視することにした。愛と称賛の言葉しか口にしなかったあの日々のことを思い出すと悲しくなる。今はもう仕事と金儲けの話しかしなくなっていた。しかしその仕事のおかげで、そして自分自身が満足していることもあって、もうこの仕事はやめられなくなっている。そのジレンマに苦しめられることもあったが、それはどうしようもないことだった。人生を懸《か》けるほどに望んだ自由はもうどこにもなかった。

道に立っているときだけ、あるいは居酒屋で男に媚びを売っているときだけ、力強い自立心を感じるのだった。それ以外は囚われの身の悲しさと屈辱感に苦しめられていた。ファラグに愛されているという確信さえ得られたら、ハミーダはそれ以上のものを求めなかっただろう。彼に対して敵愾心を示すこと以外に今の苦悩から一時的に逃れる方法はなかった。

そうした敵愾心をファラグも感じてはいたが、自分の冷淡な面にも彼女には慣れておいてもらう必要があった。そろそろ潮時だと感じていたので、冷淡な面を知っておいてもらうほうが、いざ別れるとなったときに、彼女の抵抗をできるだけ抑えられる。しかし、とどめの一打を放つまではゆっくりとことを進めるべきだとも思っていた。

「何やってるんだよ、ティティ、時は金なりだよ」

そういうファラグの言葉は相変わらず優しいが、ビジネスライクな口調だった。ハミーダは急に後ろを振り返って言い放った。

「いつになったらその下品な口のきき方をやめてくれるのかしら？」

「君こそ、いつまでそんなつまらないことばかり言うんだよ」

「これからはずっとこういう調子でいくのね？」

と、ハミーダは金切り声を上げた。

ファラグはもうたくさんだという表情で答えた。

「そうだよ……いつまでも同じ話を繰り返したくないだろう。顔を合わすたびに『愛してるよ』って言わなきゃならないのかい？　そんな陳腐な会話のために大事な仕事に遅れたら愛も何もなくなるじゃないか。君のお頭《つむ》がその口ほどに達者ならばいいのに。そして僕もそうしているように、何よりもまず仕事を優先してくれないと」

ハミーダは、その愛情の片鱗も痕跡もない氷のように冷酷な言葉を聞いて青ざめた。こういったやり取りはもう数えきれないほど交わされている。ファラグのやり方は用意周到で、まずちょっとしたことに文句をつけることから始まるのである。ある日彼女の手を見てこう言った。

「ああ、どうしてもっとちゃんと手のケアをしないんだい？　もっと爪も伸ばして磨いてもらわなければ。手は君の弱点の一つだってこと、自分でもわかっているだろう？」

別の時には、激しい言い合いの後、こうも言った。

「気をつけるんだな。今まで気にしていなかったけど君には大いなる欠点がある。その声だ。そういう唸るような声の出し方はやめて口先でしゃべるようにするんだな。そういう『がなる』ようなしゃべり方は本当に下品だ。治さなきゃならない癖だ。いつまでもミダック横町の匂いを引きずってるんじゃないよ。君のお客さんはカイロの中でもいちばん上流の人たちだということを忘れちゃいけないよ」

この指摘はそれまでのハミーダの人生の中で最も恥ずかしいもので、心が深く傷ついた。愛しているのかどうなのかという話を持ち出そうとするとファラグはいつもするりとそれをかわし、仕事の成績の話などで持ち上げようとする。ただここ最近は、そうした見せかけの愛情の言葉でさえ面倒くさ

いのか、

「つべこべ言ってないで早く仕事に出ろよ。愛とか恋とかそういうのはこの世でいちばん馬鹿げた言葉だ」

などと言ってしまうこともある。

ハミーダは激怒して言い返した。

「私にそういう口のきき方をする権利はないはずよ！　他の女の子たち全員を合わせたよりもずっとたくさん私一人で稼いできてあげてるのよ！　それを忘れないでね。あなたのそういうずる賢いところが大嫌いなの。はっきり言ってちょうだい。まだ私のことを愛してるの、どうなの？」

これを聞いたファラグはそろそろ話を切り出すときが来たなと感じた。ハミーダに向けたアーモンド型の彼の目は明らかな怒りを表していたが、今はこれ以上波風を立てないほうが賢明だと感じ、できる限り愛想よく答えた。

「また、その話をしようっていうのかい」

ハミーダは叫んだ。

「あなたが愛してないと言ったからといって私が死ぬとでも思ってるの？」

タイミングがよくない。朝早く仕事を終えて帰ってきたときにその質問をしてくれればいいのに。そうすればもう少し上手に彼女を扱えるのにと思った。ここでもし本当のことを言ったら、一晩分の稼ぎがまるまる失われてしまう。

「愛してるよ、ティティ……」

と、ファラグは彼女の顔をまっすぐに見て優しく言った。

今の彼の口から出る言葉として、これほど汚い響きの言葉はない。ハミーダは悔しさのあまり、仮に彼が自分のもとにまた戻ってくるかも知れなくても、今後ずっと自己嫌悪することになるだろうと思った。ほんの一瞬、自分の人生を犠牲にしてでも彼の愛を得たいと思ったのだが、そんなナイーブな感情は意地悪な感情にすぐに打ち負かされ、彼女はファラグに数歩にじりよった。目はターバンにつけたダイヤモンドのブローチのように爛々《らんらん》と輝いている。そのままこの言い合いに決着をつけようと覚悟したハミーダは続けた。

「愛してくれてるのね？　わかったわ、じゃあ結婚しましょう！」

ファラグは今耳にしたことが半分も理解できていないような表情で応えた。

「結婚したからといって今と何が変わるんだよ？」

「いろいろと変わるでしょう。結婚しましょう。こんな暮らしはもうやめたいわ」

ファラグの忍耐はもう限界に達し、それ以上の我慢はするに能《あた》わないと決断した。今夜一晩の稼ぎは諦めなければならないが、ここはきっぱり率直に物事を処理するしかないし、そういうことに彼は慣れている。彼は大声で笑って言った。

「すばらしいじゃないか、ティティ。結婚して王族のような暮らしをしたいって言うのか。イブラーヒーム・ファラグ、その奥方、そしてお子様たち、完璧だ！　ところで『結婚』というのは何だったっけ？　他の社交儀礼と同様、すっかりそんな言葉は忘れてしまったみたいだ。ちょっと思い出してみるよ……えーっと、結婚……どうやらなんか糞真面目なことみたいだな。男と女を結びつけるもの。婚姻届けを役所に出して、宗教上でも契りを交わして、その他にもいろんな儀式があったっけな？あれ？　俺どこでそんなこと習ったんだろう、コーランだっけ、学校でだったっけ？　どこで習ったのかももう忘れてしまった。ティティ、教えてくれよ、世間のみんなはまだ結婚とかにこだわっているのか？」

ハミーダは頭の天辺《てっぺん》からつま先まで怒りで震えが止まらなくなった。自分を抑えきれなくなって、ファラグに飛び掛かり首に手を回そうとした。そういう攻撃は十分に予測可能だったので、ファラグは落ち着いて彼女の腕を摑み、力を込めて解いたが、口元にはまだ皮肉っぽい笑みを浮かべていた。ハミーダは解かれた腕を振り上げ、力の限り彼の頰を引っぱたいた。もはやファラグは笑っておらず、目には陰険で威嚇的な表情が現れていた。ハミーダもまっすぐその視線に挑み、これから起こる闘いに武者震いした。だが、手を上げてしまえば、今まさに解消したいと思っている彼女との関係が元の木阿弥になってしまうとファラグは思ったので、何の抵抗もせず引き下がることにした。一歩下がり、くるりと背を向け、振り返りもせずに言った。

「ちゃんと仕事に行きなよ、ティティ」

ファラグが扉を抜けて去って行く姿を見て、ハミーダは自分の目が信じられなかった。彼が闘いに挑まず引き下がったことの意味をハミーダもわかっていた。もうあの男を殺すしかない……急にそんな考えが浮かんできた。

ハミーダはすぐにこの家を出るべきだと思った。重い足取りで扉に向かって行く。ついにこの部屋を、二人の部屋を出て行くのだ。別れを告げるように部屋中を見渡すと、気を失いそうなほど悲しかった。おお神よ、なぜこんなすぐにすべてが終わってしまうのでしょう？　この鏡、どれだけ幸せな自分の姿を映してきただろう。そしてこのベッド、めくるめく愛の営み、たおやかな夢を毎晩繰り返した。あの長椅子、彼の腕の中で愛撫を受けながら、いろんなアドバイスを受けていた。化粧台の上には、礼装した二人の写真が置かれていた。そうしたすべての思い出を振り切るように部屋を飛び出した。

街路は焼けつくように暑く、息をするのもやっとだ。ハミーダは「絶対にあいつを殺してやる！」と呟きながら歩いた。自分の命と引き換えではなく、彼の命だけを奪えることができたなら本望である。彼に抱いた愛情は一生大きな爪痕を残すであろう。しかしハミーダはそんなことに左右される女ではない。そう考えると少し楽な気分になり、ちょうど近づいてきた馬車の馭者に手を振った。停まった馬車に飛び乗れば、そうだ、今自分に必要なのは外の自由な空気と休息なのだと感じ、馭者に言った。

「まずはオペラ広場まで行って。そこからはファード一世通りを戻ってきて。とにかく気をつけてゆっくりと走らせてちょうだい」

彼女は真ん中の座席にゆったりともたれ、足を組んで座った。丈の短い白いシルクのドレスを着ていたので、膝上まで脚が露わになった。そして煙草に火を点け、苛立たしげにスパスパと吸った。道行く人々が剝き出しになった腿《もも》に度肝を抜かれているのにも気づかず。

ハミーダはあれこれと妄想を巡らせていた。将来への希望や夢を思い浮かべると少しわくわくするのだが、ファラグを忘れさせるような新しい恋人にはきっと巡り合うことはないだろう。

しばらくしてやっと街の景色が目に入るようになってきた。幌をつけていない馬車はちょうどオペラハウスの前を周回しているところで、遠くにマリカ・ファリーダ広場が見えた。あの広場からムゥスキー通りが延びている。それはゲディーダ通り、サナディキーヤ通り、そしてミダック横町へと続いているのだ。過去に行き交った男女の影がぼんやりと見えるような気がした。そのうちの誰かがもし今の自分の姿を捉えたとしても認識できるだろうか。ティティの名の下に隠れたハミーダを見破れる者などいないだろう。というか、なぜそんなことを今考えなければならないのだろう。もともと自分には実の父も母もいないのだし。ハミーダは吸い終えた煙草の吸殻を馬車から道に放り投げた。

再び座席にのけぞり街巡りを楽しんだ。馬車はやがてシャリーフ・パシャ通りに戻り、いつも働いている酒場の方へ曲がろうとした。ちょうどそのとき耳をつんざくような叫び声を聞いた。

「ハミーダ！」

びくっとして声の方を振り向くと、なんとそこにはアッバースが立っていた。手を伸ばせばすぐ届く距離に。

第32章　ハミーダとアッバースの再会

「アッバース！」

オペラ広場から必死に馬車を追いかけてきたアッバースは、肩で大きく息をしていた。物にぶつかろうが人にぶつかろうが、ぶつかった人たちに怒鳴られようが、なりふりかまわず死にもの狂いで追いかけてきたのだ。彼はフセイン・キルシャと一緒にヴィタの店を出て、特に行くあてもなくふらふらとオペラ広場まで歩いてきた。その広場でフセインが馬車に乗っている美人を見つけたのだ。フセインはそれがハミーダだとはまったく気づかなかった。本能的に美人を見つけて眉を上げ、連れ合いにも「あの別嬪《べっぴん》さんを見ろよ」と言ったのだ。アッバースは近づいてくる馬車に乗った若い女性をじっと見つめた。彼女は何か物思いに耽っている様子だ。あの面影にはなにか見覚えがある気がする。目よりも先に彼の本能がそれを悟った。ほろ酔い気分だったが、彼は声を上げた。

「止まれ！」

馬車は広場を回り切ってアズバキーヤ庭園の方に向かっていく。アッバースは背後で叫ぶフセインを放ったらかしにして、必死に馬車の後を追いかけ始めた。ファアード一世通りは人も車も多く、馬車からかなり離れてしまったが、それでも視界に確実に捉えていた。人ごみを抜けた後、全身の力を振り絞ってまた走り出し、そして彼女が酒場に入ろうとしているときにやっとの思いで追いついて名前を叫んだのである。

ハミーダは振り返って、思わず「アッバース！」と彼の名前を口にしてしまった。

それで人違いなどではなくハミーダであると確信したアッバースは、息切れしそうになりながらも彼女の前に立ちはだかった。しかし目の前のハミーダはあまりにもイメージが違っていた。彼女のほうも、目の前にアッバースがいることへの驚きを隠そうとはしなかった。しかしすぐに平静を装い、彼に目で合図を送りながら、早足で酒場の横にある路地に入っていった。そこには花屋があった。ハミーダはそこの常連客のようで店主から丁寧な挨拶を受け、彼女もそれに応えて、ついてきたアッバースを店の奥へと導いた。花屋の店主は、彼女が連れ合いと二人きりになりたいのだろうということをすぐに察して、そっと彼女をディスプレイの花の陰にある椅子に座らせた。

こうして二人はついに正面から顔を合わせた。アッバースは興奮と困惑で身体を震わせていた。なぜこうやって今、不倶戴天《ふぐたいてん》の敵と向かい合っているのだろう？　ここで会ったところで何になろうというのだろう？　なぜ彼女をあのままうち遣らなかったのだろう？　この期《ご》に及んで何を言えばいいのか、まったく思い浮かんでこなかった。馬車を必死に追いかけているときに、自分はハミーダに見捨てられた男なのだという事実が頭をかすめたのだが、それでも全速力で走るのを止められなくて、ついには息も絶え絶えに彼女の名前を叫んでいたのである。その後は、まるで夢遊病者のように、ハミーダの後をついて花屋に入ってきたのだ。

目の前にいる不思議な格好をした女を見つめているうちに、アッバースはだんだんと自分を取り戻しつつあった。かつて愛したことのある娘のわずかな痕跡すら目の前の女には見当たらなかった。しかし彼は自分の眼前の事実をちゃんと把握できないほど馬鹿でもない。それにミダック横町の噂話を聞いて最悪の事態も予測できていたはずだ。それでも、今目の前で起きていることは彼の想像をはるかに超えていた。人生の理不尽さに我慢できないほどの怒りを覚えたが、不思議なことに彼女に危害を加えるどころか、罵倒する気さえ起こらなかった。

一方、ハミーダは子供が困ったときにするような表情でアッバースを見上げた。彼を目の前にしても何の情けも後悔の念も覚えなかった。湧いてくるのは軽蔑と憎悪だけで、よりによって街頭でこんな人と遭遇するなんて、と自分の不運を呪っていた。

ずっとそうやって黙って睨みあっているのに限界を感じたアッバースは静かに言った。

「ハミーダ！　君はほんとにあのハミーダなのか？　とてもじゃないけど自分の目が信じられない。お母さんも家も捨てて、どうしてこんな姿になってしまったんだ」

気まずさは感じていたが、決して恥じているわけではないハミーダは答えた。

「何も聞かないで。あなたに話すことなど何もないわ。すべてアッラーの思し召し、運命に逆らうことなどできないの」

彼女がそうやって恥ずかしげに、落ち着いて答えたのにもかかわらず、予想に反して、アッバースには怒りと憎しみの表情が広がり、店全体に響き渡るような声で彼は怒鳴った。

「よくもそうやって、いけしゃあしゃあと嘘が言えるな！　どこかの、君と同じように堕落した奴に誘惑されて駆け落ちしたんだろう！　ミダック横町でどれだけ悪い噂を聞いたことか。その厚化粧に趣味の悪い衣装、横町の噂以上にひどいな！」

アッバースが急に怒り出したことでハミーダの毒舌にも火がつき、はじめに少し感じた気まずさも惨めさも完全に吹き飛ばされた。それが部屋を出る前の今日一日の苦悶と相まって、怒りがあっという間に頂点に達する。

「やかましいわね！　私に向かってそんな狂人みたいな声を上げないでちょうだい！　そんなことで私が怖がるとでも思ってんの？　私に何を求めてるのよ、あんたみたいな人が、私にあれこれ言う権利なんてないでしょ！　二度と私の前に現れないで！」

ハミーダがこう言い終わる前に、アッバースの怒りは収まっていた。戸惑いの目で彼女を見つめ、震える声で呟いた。

「どうしてそんなことが平気で言えるんだ。君は……、君は……僕のフィアンセだったのに」

彼女は苦笑いをして肩をすぼめた。

「どうしてそんな昔の話をするの？　もうとっくに終わったことよ」

「そうだよ、とっくに終わったことだ。でもなぜこんなことになったのか知りたいんだ。君は僕のプロポーズを受け入れたじゃないか？　だからこそ僕は、二人の明るい将来のために、遠くまで働きに出たんじゃないか」

この時点でハミーダはもうアッバースに対して何の気まずさも感じなくなっており、〈いつこの人は昔の話を持ち出すのをやめてくれるかしら？　いつになったらちゃんとわかって引き下がってくれるのかしら？〉と苛立たしく思っていた。そして退屈そうな口調で答えた。

「私の思っていたことと運命とは違ってたのよ……」

「だからどうしてそんなことになったんだ？　どうしてこんな薄汚れた人生を選んだんだ？　どこの豚野郎が君の清らかな人生を奪い、売春というドブにはめ込んだんだ？」

ハミーダはきっぱりとした口調で答えた。

「それが私の人生なのよ。あなたと私の間のことはもうとっくに終わったの、ただそれだけ！　今となっては見知らぬ者同士よ。私は過去に戻ることはできないし、あなたも私を変えることはできないわ。以降は口のきき方に注意してね、何か変なことを言えば私は決して許さないから。私は弱い人間かも知れないけど、惨めな人生から必死で逃げようとしているだけよ。私のことは忘れてちょうだい、憎みたければ憎んでもいいわ。ただ、とにかく、私のことは放っておいて」

そのように話す彼女は確かに見知らぬ者だった。自分が愛したあのハミーダはいったいどこに行ってしまったのだろう。それより彼女は一度でも自分のことを愛おしいと思ったのだろうか？　あの踊り場でのキスは何だったのだろう？　目の前にいるこの女はいったい誰なんだ？　本当に何の後悔もないのだろうか？　昔の愛らしさはその影すらない。言い返そうとしても力ない絶望のため息が出るばかりだった。

「君の話を聞けば聞くほど、君のことが理解できなくなるよ。つい先日、僕はテレル・ケビール基地から戻ってきたんだ。横町のみんなが噂していることを僕はとてもじゃないけど信じられなかったよ。なんで今回戻ってきたかわかるかい？」

そう言ってアッバースはネックレスの入った小さな箱を見せた。

「君に渡そうと思ってこれを買ったんだよ。基地に戻る前に君と正式に結婚しようと思ってたんだ……」

黙ってその箱を眺めるハミーダの頭にはダイヤモンドのブローチが光り、耳には大粒の真珠のイヤリングがぶら下がっているのを見て、アッバースは箱を持った手を慌てて引っ込めポケットに戻した。そしてあからさまな質問をした。

「新しい人生というが、そこにはまったく後悔はないのか？」

ハミーダはいかにも悲しそうな声で答えた。

「私、今どんなに惨めな思いをしていることか……」

アッバースは半分疑《うたぐ》るような驚きを見せて言った。

「なんということだ、ハミーダ！　なぜ悪魔の囁きなどに耳を傾けたんだ？　どうして横町の平和な生活がそんなに嫌だったんだ？　なんでまたそんな、そんな……」ここで声を強ばらせて「そんな恥知らずの犯罪者に人生を台なしにされたんだ？　君のやってることは汚らわしい犯罪で、とても天に許しを乞えるものではない」

「私は自分の血と肉を代償に生きているの」

そういう彼女の声は低く、陰鬱な響きをもっていた。

アッバースの心はますます混乱した。ただ、今彼女から引き出した心の告白に不思議な卓越感を感じていた。しかしハミーダは、自分の弱さを簡単に他人に見せるようなタイプではない。彼女の中に悪魔のような考えが浮かんできたのである。自分を冷たくあしらったあの男への復讐にアッバースを利用してやろうと思いついたのだ。アッバースを復讐の道具に使えば自分は何が起きてもその責任を問われることはない。そう考えたハミーダはますます弱気で惨めな女を装ってこう言った。

「私はほんとに可哀そうで惨めな女なのよ、アッバース。私が口にしたことで気分を悪くしないで。ここのところ苦しくて、苦しくて、もう気が狂いそうになっていたのよ。あなたからしたら私は安物の売春婦かも知れないわ。あなたの目にはそう映ってもしかたない。でも私からしたら、私も悪魔のような男に拐されたのよ。なんであんな男の言いなりになったのか私にだってわからない。私はなにも言い訳しようと思っているわけではないし、ましてやあなたの許しを乞おうなんて思っていない。私は罪を犯したし、その償いをしているところよ。こういう性格だからひどい口のきき方をして悪かったわ。気が済むまで私のことを憎んでもらっていいから。私はもうあの悪魔のような男の言いなりの奴隷よ。あいつは私のいちばん大切なものを奪った後、夜の街頭に私を立たせた。あんな奴、憎んでも憎み切れないほどよ。こんな惨めな思いをしているのは全部あいつのせい。でももう遅いの、彼の元から逃げ出す術《すべ》は何もないの」

目の前で傷ついた眼差しを浮かべる女は、ほんの数分前に人を殺《あや》めるような勢いで罵言を吐いていたハミーダとは別人のようだった。芝居じみた彼女の言葉ではあったが、予想通りの功を奏した。

「ハミーダ、なんとひどい話だ！　君も僕もその卑怯な獣《けだもの》のせいでこんな惨めな思いをしなくてはならないのか。残念ながら君の仕打ちは永遠に僕ら二人を引き裂くことになるだろう。苦しいけれど、でも生きていくしかない。ただ、その獣のような男の首をはねることだけは絶対に諦めない」

　この言葉に嬉しくなったハミーダは、その心の内を悟られないようにアッバースから顔を背けた。彼は考えたよりもずっと簡単に罠にはまってしまった。中でも「残念ながら君の仕打ちは永遠に僕ら二人を引き裂くことになる」という言葉にほっとした。彼が自分を許してくれないほうがよいのだ。そのほうが気分的にもずっと楽だ。

「君が僕を捨てたことも、君がその男といるところをいろんな人に目撃されたということも許せない。僕たちの関係はもうこれで終わりだ。僕の愛したハミーダはもういない。ただ、その獣もただでは済まさない。どこに行けばそいつに会えるんだ？」

「きょう彼はこの辺にいないわ。日曜の夜に出てくるといいわ。この通りを上り切ったところにある酒場に来るはずよ。その店で唯一のエジプト人だから判るはず。合図をくれたら私がそいつに顔を向けて教えるわ。でもあなた、何をしようというつもりなの？」

　と、あたかもアッバースのことを心配するような振りをして訊いた。

「その卑屈な獣の頭をかっ飛ばしてやる」

　アッバースに彼を殺すようなことができるだろうか？　もちろん答えはすぐにわかる。しかし少なくともイブラーヒーム・ファラグを法の下に曝すことができればいいじゃないか。そうすればあの男に対する復讐も果たせるし、自分だって自由になれる。そう思うと嬉しくなった。ただ、アッバースに危害が及ぶことがないようにとは願っていたので、優しい声で忠告を与えた。

「でも十分に注意してね。彼を一発殴ったら、あとは警察に任せなさい」

　しかしそんな言葉はまったく耳に入らず、アッバースは下を向いて独り言のように呟いた。

「僕らだけが苦しんで、そいつは知らん顔だなんて絶対に許せない。僕らは二人とももう人生が終わったようなもんだ。どうして女衒野郎だけが涼しい顔して僕らを嘲笑《あざわら》っていられるんだ。首根っこをへし折ってやる！　絞め殺してやる！」

そして視線を上げ、ハミーダを見ると彼は訊いた。

「僕がその卑怯な女衒を処分した後、君はその後の人生をどう歩むんだ？」

それこそはハミーダが恐れていた質問だった。下手に曖昧な答えを言うとアッバースの愛情がまた蘇るかも知れない。静かに、しかしきっぱりと、彼女は答えた。

「過去の世界との縁は完全に切れてしまったわ。宝石類を全部売って、人に馬鹿にされない仕事に就くわ。カイロではなく、どこか遠いところで……」

アッバースは立ったまま黙っていた。その沈黙が彼女を落ち着かなくさせたが、結局アッバースは首《こうべ》を垂れ、聞こえるか聞こえないかのような声で言った。

「僕はやはり……君を許すことはできない……どうしてもできないよ。ただ、ことの決着がつくまでは姿をくらまさないでくれ」

その声の優しさがかえってハミーダを落ち着かなくさせた。ファラグもアッバースも二人とも死んでしまえばいいのにとさえ思った。

いずれにせよ、姿をくらまそうと思えばいつでも簡単にできる。でもファラグへの恨みを晴らすまではそうしないでおこう。すべて片づいたらアレキサンドリアにでも行けばいい。素晴らしいところだと、それこそファラグがよく口にしていた。アレキサンドリアまで行けば、自由に生きられるだろう。寄生虫どもに悩まされることもなく。

ハミーダは静かに優しく応えた。

「好きなようにすればいいわ、アッバース」

それを聞いたアッバースは復讐の決意を固めた、と同時にハミーダへの諦めきれぬ想いで胸が引き裂かれそうだった。

第33章　ラドワーン・フセイニ氏、巡礼への旅立ち

旅立ちには最高の日和だった。ラドワーン・フセイニ氏は、ミダック横町で誰よりも尊敬され、愛されている人だ。彼は今年こそは聖都メッカとメディナへの巡礼を果たしたいと願ってきた。ついにそれを実現する日がやってきた。きょうは彼が二つの聖都に巡礼に出るためにスエズに向けて出発する日だった。ラドワーン氏の家は、それを祝福する人たち、親友、敬虔なムスリムなどいろいろな人たちで満員だった。

普段は宗教に関する寄合をしたり友人たちを招いて話をしていた慎ましやかな部屋が、そうした人たちで足の踏み場もないほどで、皆それぞれに巡礼の話や思い出を語っており、それらの声が部屋の壁に反響し、火鉢から立ち昇る煙と混ざり合っていた。昔日の巡礼と現代の巡礼の違いや、それに関わる言い伝え、巡礼に言及したコーランの一節など、いろんな話が飛び交っていた。一人の男性が抑揚のあるいい声でコーランの中から何節かを唱え、それに引き続きラドワーン氏がその心の清さをそのままに表した長く雄弁な演説を行った。

ひとりの敬虔な友人が言った。

「道中気をつけて、どうぞご無事でお戻りください」

するとラドワーン氏は瞳を輝かせて、格別に丁寧な口調でこれに応えた。

「心優しき友よ、どうか私が巡礼から戻ってくることを願わないでいただきたい。無事に帰宅することを望みつつ全知全能の神アッラーの家を訪れる者に対して、アッラーは祝福を与えず、その者の祈りも受け入れず、幸せを壊しておしまいになるのです。エジプトに戻ってくる途中、もしも天啓を目の当たりにできたら、そのとき初めて家に戻ってくることを考えましょう。しかしその『戻ってくる』という言葉の意味は、慈悲深きアッラーのお許しがあれば、再び巡礼に出るということです。残りの一生を預言者ムハンマドが歩んだ聖なる地で過ごせたらどんなに素晴らしいことでしょう。かの地の空は、かつて天使たちの歌声に溢れ、それに続いてアッラーの啓示が下され、永遠の魂がかの地から舞い上がったのです。聖なる地では、人の心は永遠の天啓を受けるための想いに満たされています。アッラーへの敬愛で身体が震える者たちの想いです。お許しもお恵みも与えられます。わが兄弟よ、私はどれほどにメッカとそこに広がる明るい天国の空を思いこがれてきたことでしょう。メッカのあらゆる街角で、時の息遣いを確かめ、あの聖なる地で迷い子になりたい。ザムザムの井戸〔メッカのハラーム寺院にある井戸〕の水を飲み、千三百年前に預言者ムハンマドがメディナに逃れたときの道を辿りたいとずっと強く願ってきました。また預言者の墓所を訪れ、聖なる庭で祈りを捧げたい。全能なるアッラーからまるで私自身が啓示を受けているかのごとく、コーランの各章を唱えながらメッカの道を歩む自分の姿が目に浮かびます。敬愛すべき預言者がまるで夢のように私の脳裏に現れ、その前にひざまずいている自分の姿も見えます。ああ、それを至福と言わずして何と言いましょう。カアバ神殿の前にひれ伏して罪深いわが身の許しを乞う姿も見えます。欲望によってできた傷や癒しを求める叫びをザムザムの井戸水で清らかに洗い流す姿も想像できます。なんという僥倖《ぎょうこう》でしょう！　わが兄弟よ、どうか私の帰りは願わずに、私のアッラーへの祈りが通じることを祈っていただきたい……」

　その友人は答えた。

「アッラーがあなたの祈りを叶えてくださり、長く幸せな寿命をお与えくださいますように」

ラドワーン氏は顎鬚に掌《たなごころ》を当て、至福に目を輝かせて続けた。

「すばらしい祈りです。私は来世に憧れて禁欲しているわけでもないし、今の人生に決して不満があるわけでもありません。みなさんご存じのように私は与えられたこの人生に大いなる喜びを感じています。だってそうでしょう。この人生そのものが全能の神アッラーによって、その喜びや悲しみと共に授けられたものなのですから。さまざまな感情や感謝の気持ちを与えてくださるアッラーに栄光あれ。美しい色と音、昼と夜、喜びと悲しみ、始まりと終わり、それらすべてに満たされた人の命というのは誠に素晴らしい。動物も植物もすべての創造物が光り輝いています。純粋に善に満たされているのです。悪を見掛けることがあったとしても、それはちょっとした力不足で、陰に隠れている善を見逃しているに過ぎません。心弱き者、病に苛まれる者はアッラーの世界に疑いを持つこともあります。この世で与えられた自分の人生を愛することが信心の半分、あとの半分が来世への憧れだと私は思っています。だからこそ私は、この世の足かせとなる涙や苦しみ、怒りや嘆き、意地悪や悪意、弱きものや病める者たちの不平にも同様に心を痛めるのです。その者たちは人生などなかったほうがよかったと思っているのでしょうか？　『無から創造』などされなければよかったと思っているのでしょうか？　全能なる神の英知を否定するつもりでしょうか？　私自身、罪のない者だと言い切ることなどできません。私だって悲しみに苛まれたばかりに気が狂ってしまいそうになったこともありました。なぜ神は、私の子供が幸せな人生を全うするのを許さなかったのかと自問したこともありました。子供を創造したのは全能で栄光に溢れた神アッラーではなかったのか、と。だとすれば当然のこと、神はお戻しになりたい命はいつでもお戻しになるのだ、と。寿命はすべて神の思し召しによるのです。子供の命を天国にお戻しになったのは、全能なるアッラーの英知ゆえのことなのです。神の英知に勝るものはありません。私も今は亡き子供たちもみなアッラーの思し召しを受けたものです。神の英知は私の悲しみなどはるかに凌駕《りょうが》するということに気づいたとき、心の喜びと平安が私の前に広がったのです。神よ、あなたは私に試練をお与えになったのですね。その試練を信仰の強さで私は乗り切ることができました。これぞあなたの英知です。感謝いたします、と私は呟いたものです。それ以来、どんなに辛く悲しいことに直面しようと、私は心の底から神に感謝を捧げるようになったのです」

「そうするのが当然でしょう。そうやっていくつもの試練を乗り越えて心の平安と信仰に辿りつくたびに、アッラーの全能と英知の素晴らしさを確信してきたのです。こうして私に降りかかった災禍はすべて神の英知に触れる好機となりました。考えてもみてください、私なんて自分の小さな世界の中だけで遊んでいる子供に過ぎません。アッラーは私を叱り、恐れを抱かせるために厳しく扱い、厳格さをもって本当の、永遠に失われないお慈悲のすばらしさを何倍にも大きく感じさせてくださったのです。恋人たちの間でも、どちらかがもう一方の心を試すことがあります。でもそれが単に愛を確かめるためのおとり捜査だと判ったとき、二人の愛情はさらに深まることでしょう。地上にいる間に数々の災禍に見舞われる者は、アッラーにとって最も愛おしい者たちであると私は信じています。神はそうやって試練をお与えになって、その者が本当にお慈悲とお許しに値するかどうかを見ていらっしゃるのでしょう。偉大なるアッラーよ、あなたがお示しになる寛大さのおかげで、私は癒しを求めてくる人々に心の平安を与えることができたのです」

ラドワーン氏は、まるで自分の歌声に心酔している歌手のように、両手を胸に当てて自分の雄弁に有頂天になっているように見えた。そして強い信念を感じさせる口調で続けた。

「私が味わった悲劇は人間の英知を超えた意地悪な運命で、見るからに何の罪もない人に襲い掛かる不幸であると思われがちです。なので、例えば子供を亡くした父親は、自分やその祖先が過去に犯した罪による因果応報だと真剣に考えてしまうことがあるでしょう。しかしアッラーはそういう次元を超えた正義と慈悲の持ち主であり、無垢な者を罪人扱いなどするわけがありません。しかし中にはそれこそが聖コーランに記されているように、アッラーは『全能であり意地悪でもある』ということの証明だという人たちもいます。しかし皆さん、全能である神には人に意地悪する必要などまったくありません。ただ人間に信仰に努めるよう忠告するためにそうした試練をお与えになるのです。アッラーのお言葉にあるように、今世の所業はすべて褒美と処罰という秤《はかり》でのみ審判されるのです。慈悲深き全能の神アッラーの本当のお姿は英知と慈悲そのものです」

「もし子供たちを失ったことが私に値する罰だというのであれば、その考え方に同意しその罰を受けましょう。そうしたところで、きっと私はいつまでも心を閉ざし不平ばかりを言うことになるでしょうし、なぜ心の弱い男の犯した罪のために無垢な子供が罰を受けなければならないのかと抗うことでしょう。そんな私が人に施しや許しを与えることができるでしょうか？　神の英知や善や喜びを発見させるものをなぜ不幸だなどと言えましょうか……」

ラドワーン・フセイニ氏のこの意見には、聖典やその解釈に基づいて反対意見が出てきた。部屋に集まった者の中には、そうした試練こそが慈悲そのものだと主張したし、他の者たちはラドワーン氏よりもずっと雄弁かつ学問に裏づけされた知識を有していたが、ラドワーン氏は議論をするために長々と話をしたわけではなく、ただ単に自分の内に満ちてくる慈愛と喜びを言い表したかっただけである。無邪気な子供のように微笑みながら、明るい顔で目をきらきらと輝かせて続けた。

「みなさん、実は内緒にしていたことなのですが、この際打ち明けましょう。私がどうして巡礼に行くことを決心したのかおわかりですか」

ここでいったんラドワーン氏は黙った。その目は相変わらず輝いている。そしてゆっくりと話し始めた。

「もちろん私はずっと前から巡礼に出たいと願ってきました。しかし毎年、アッラーの思し召しに与《あずか》らず、これまで延期してきました。そして今年、みなさんもご存じのように、このミダック横町で一連の事件が起きました。悪魔によって三人の隣人たちが連れ去られてしまったのです――一人の娘と二人の男です。悪魔は二人の男に盗掘をさせ牢獄に送り込みました。娘のほうについては、悪魔が肉欲の井戸に放り込んで邪悪な行いをさせています。私の胸はこれらの悲しい事件で張り裂けそうです。そして、正直、私は罪の意識を感じました。牢獄に送られた二人のうち一人はパンの欠片《かけら》を食べて生きてきたのです。まるで野良犬がゴミを漁《あさ》るように墓場を掘り返して腐った人骨の中から金になりそうなものを探していたのです。その強烈な飢えを思うと、自分のこの栄養たっぷりに太った体が本当に恥ずかしくなりました。そして胸に手を当てて、彼をそのような苦境から救うために私はいったい何をしたかと自身に問うてみました。悪魔が隣人たちに手ひどい仕打ちをしているというのに、私はどこ吹く風で暖かい幸せに浸っていたのです。自分の世界だけに囚われて、知らず知らずのうちに悪魔の片棒を担ぐようでは善人になど決してなれません。良心の呵責《かしゃく》から、私は悔い改めの大地に赴いて許しを乞うべきだと思ったのです。私は神の王国で精魂込めて修行に励み、清らかな心で戻ってまいります……」

この神の道を歩む者は、自分のための祈りを行い、幸せそうに会話を続けた。

自宅を出たラドワーン氏は、キルシャ亭に行って別れの挨拶をした。キルシャ氏、カミルおじさん、ダルウィーシュ先生、アッバース、フセイン・キルシャが彼を取り囲んだ。パン屋のホスニーヤもキルシャ亭に入ってきてラドワーン氏の手の甲にキスをし、聖地にどうぞよろしくと願った。全員に向かって彼は言った。

「巡礼は、それが能う者すべてに課せられた義務です。自分自身のためだけではなく、巡礼に出られない人々のために行う修行です」

これに対してカミルおじさんが子供のような甲高い声で応えた。

「どうかご無事に巡礼を続けられますよう。私たちにはメッカからお祈り用の数珠《じゅず》を買ってきていただけますか」

ラドワーン氏は笑いながら言った。

「誰かみたいに経帷子を買ってきてあなたを笑い者にしたりはしませんから」

カミルおじさんはちょっと笑ってその話題に応えようとしたが、横にいるアッバースの暗い表情を見て口を閉ざした。だがラドワーン氏はアッバースに話題を向けるため意図的にこの冗談を持ち出したのである。彼はアッバースの方を見ると、同情を込めて、優しく、しかし毅然とした口調で言った。

「アッバース、君同様に分別のある友人として私の意見を聞きなさい。悪いことは言いません、できる限り早くテレル・ケビールに戻りなさい。今後の新しい人生のために一所懸命働いてお金を貯めなさい。もう過ぎ去った不運のことは忘れて。君はまだ二十代後半という若さだし、君の感じた幻滅はどんな男でも人生で一度や二度は経験するものです。子供の麻疹《はしか》がすぐに治るように君もすぐにけろっと不遇を忘れられるはずです。どうか勇気をもって男らしく生きなさい。時が経てば笑って振り返ることもできるでしょう。忍耐と信心を忘れずに今後も頑張りましょう。神は自らを助く者を助けます。存分に働いてお金を貯め、敬虔な心を貫きなさい」

アッバースは何も言おうとしなかったが、ラドワーン氏の目がしっかりと自分を見つめているのを感じると曖昧な微笑みを浮かべてもごもごと応えた。

「何もかもがもう終わりました。まるで初めから何も起こらなかったかのようにです」

ラドワーン氏は、次にフセイン・キルシャの方を向くとこう言った。

「ようこそ、ミダック横町へお帰りなさい。君の祈りが届くようにと私もお祈りします。巡礼から戻ったらお父さんの代わりにキルシャ亭を切り盛りしている姿を見られるかも知れませんね」

ここでダルウィーシュ先生が沈黙を破って、心配そうな表情でこう言った。

「ラドワーン・フセイニさん、あなたがお祈り用の衣装をまとわれた時には、聖家族〔預言者ムハンマド一家を意味する〕

にお伝えください。私の聖なるご一家への熱意がもう枯渇しようとしておりますと。持てる財産も何もかもすべてその空《むな》しい愛のために費やしてしまいましたと。ああ、サイダ・ザイナブよ、いつになればあなたは振り向いてくださるのかと」

ラドワーン氏はみんなに送られてキルシャ亭を出て、スエズまで同行する親族の二人と合流した。その後ラドワーン氏一人でサリーム・オルワーン社長の事務所に入っていった。社長は帳簿の上に覆いかぶさるように仕事に没頭していた。ラドワーン氏はオルワーン社長に挨拶した。

「これから旅立ちます。お別れを言いに参りました」

オルワーン社長は驚いて血色の悪い顔を上げた。ラドワーン氏が巡礼に旅立つことを聞いてはいたが、ほんの少しも興味が湧いてこなかったのだ。他の横町の住人同様、ラドワーン氏も社長の病後の状況のことはよく知っていたが、それでも挨拶もせずに旅立つことは嫌だったのである。社長は自分が見送りに出なかったことを少し恥ずかしく思った。突然ラドワーン氏は座ったままの社長を抱きしめ頰にキスをし、ひざまずくと彼のために長い祈りを捧げた。そして立ち上がりながらこう言った。

「オルワーン社長、来年は一緒に巡礼に行けるよう祈りを捧げましょう」

「アッラーのお望みなれば」

と、社長は機械的な調子で呟いた。

二人はもう一度抱擁し、ラドワーン氏は親族二人と合流した。三人は荷物が山積みになった馬車を停めてある横町の入口へと歩いていった。そして見送りの人たちと握手をして挨拶すると馬車に乗った。

馬車はグーリーヤ通りをゆっくりと遠ざかっていき、アズハル通りに曲がっていった。

第34章　酒場の悲劇

カミルおじさんはアッバースにこう言った。

「ラドワーン・フセイニ氏の忠告に従って、早くテレル・ケビールに戻るんだ。アッラーのご加護を信じて。どんなに長くなったとしても、わしはここでずっとお前さんの帰りを待っているよ。お前さんならきっと成功して帰ってくる。そしてこのあたりでは一番の理髪師になるはずだ」

アッバースはお菓子屋の前に置かれた椅子に腰かけて、友人のこの言葉を黙って聞いていた。アッバースは昨夜起きたことをまだ誰にも話していない。巡礼に旅立つラドワーン・フセイニ氏がキルシャ亭で彼に忠告をしたとき、密かに心に決めていたことをラドワーン氏に打ち明けようと思ったのだ。だが、それを躊躇しているうちに、ラドワーン氏がフセインの方を向いて助言し始めたので、アッバースの気は変わってしまった。もちろんラドワーン氏の忠告は心の中で反芻した。

しかし今となっては、日曜の夜のことで頭がいっぱいになっている。ハミーダとの偶然の再会からまる一日が経ち、その間彼はあの夕刻に起きたことを何度も何度も思い出していた。ハミーダはもう彼の届かないところに行ってしまったが、それでもまだ彼女を愛していることを自覚していた。だが、今考えられるのは憎きライバルにどうやって復讐するかということだけだ。

カミルおじさんが心配そうに尋ねた。

「お前さん、それでどうすることにしたんだい？」

アッバースは椅子から立ち上がりながら言った。

「日曜日まではここにいるよ。その後はアッラーの思し召しにまかせる」

「一所懸命に働けば、すぐに忘れてしまうだろう」

と、カミルおじさんは真心をこめて言った。

アッバースは立ち去りながら応えた。

「そうだね、きっと。じゃあまた」


彼はヴィタの店に行こうと思っていた。ラドワーン氏を見送った後、フセインはきっとヴィタの店に行ったはずだ。アッバースはまだまだ混乱していた。日曜の夜が待ち遠しかったが、かといって実際に日曜になったら何をすればいいのだろう。憎き恋敵の心臓をナイフで一刺しすればいいのだろうか。そんなことが自分にできるのか？　この手で人を殺めるなんてできるのだろうか？　とてもそんなことはできないだろうと頭を振った。

ハミーダと遭遇して交わした会話をフセインに話し、アドバイスが欲しいと思っていた。アドバイスだけではない、どうしても彼の助けが必要なのだ。自分の弱さに気づいた今となっては、ラドワーン氏の「早くテレル・ケビールに戻りなさい」という言葉に従うべきではないのか？　そうだ、もう過去の愛も、それがもたらした悲しみも苦しみもすべて忘れ、勇気をもってストイックに基地に戻り、働けばいいではないか？


いろんな考えで頭が混乱した状態のまま、彼はヴィタの店に入った。思ったとおり、そこにはフセインがまだ素面《しらふ》の状態で赤ワインを啜《すす》っていたので、せっつくように言った。

「もう十分に飲んだだろう。相談があるんだ。僕と一緒に来てくれ」

フセインはしかめ面をしたが、アッバースに脇から抱きかかえられて立ち上がった。

「急いでくれ。どうしても君の助けが必要なんだ」

フセインは唸りながら会計をし、アッバースに引っ張られて店を出た。フセインが酔っぱらってしまう前にどうしてもアドバイスを聞きたかったのだ。ムゥスキー通りまで来たとき、覚悟を決めたようにアッバースは言った。

「フセイン、聞いてくれ。ハミーダを見つけたんだ」

「一体どこで？」

と、フセインは小さな目をぱちくりさせながら訊いた。

「覚えているだろう、きのう馬車に乗った女がいたのを」

まだきょとんとした表情のフセインは言った。

「あんた、俺の目がおかしくなったとでも言いたいのかい？」

アッバースはその女と交わした会話の内容をすべてフセインに聞かせた。

「この話をしたかったんだ。もうハミーダは手の届かないところにいる。完全に失われた。ただ、そのダニのような女衒が何の処罰も受けずにのうのうと暮らしていくことだけは許せない」

フセインはアッバースの言っていることがよくわからずじっと目を見つめた。もともと無鉄砲で無謀なフセインも、驚きが勝ってしばらく口がきけなかった。やがて吐き出すように言った。

「ハミーダなんてクズ同然の罪人じゃないか。男と駆け落ちしたんだろう？　その男に身体を許したんだろう？　どうして男のことばかり恨むんだ。女が男を惹きつけて、男が女を誘惑した。あの女も尻軽だったんだろう、それで男もうまくやったんだ。もともと男は彼女の素質を見抜いて、酒場に解き放ったんだ。ああ、なんて頭のいい奴なんだ。俺だってそんな才覚があったら金に困ったりしなかったのにな。ハミーダなんてもうそのへんの売女じゃないか」

アッバースはこの親友の言うことはもっともだと思ったし、ハミーダの男がしたことがそんなに罪深い行為だと彼が思っていないこともよくわかった。なので、あの男を倫理的な視点で非難することはやめて、別の方法でフセインの被害者意識を目覚めさせてやろうと思った。

「僕らのプライドが傷つけられたとは思わないかい？　それだけでもそいつを懲らしめてやるのには十分だろう？」

この「僕らのプライド」という言葉は、二人の間の兄弟のような関係にも言及していたので、フセインの耳をそのまま素通りすることはなかった。そして自分の姉も似たような醜聞のせいで牢獄送りになっていることをふと思い出し、急に強い怒りを覚え始めた。

「そんなこと知るか！　ハミーダなんて地獄に行けばいいんだ！」

と叫んだ。

しかしそれは本心ではなかった。もしその男が目の前にいたとしたら、きっともう虎のように飛び掛かって深く爪を立てていただろう。だがアッバースはフセインのその言葉を額面通りに受け取ったので、ちょっと嗾《けしか》けるような口調で言った。

「よそから来た得体の知れない男がうちの横町の娘にちょっかいを出してこんなことになったのに、フセインは何とも思わないのか？　確かに悪いのはハミーダで、男は悪くないというのも解るよ。それでも、僕らにこんな屈辱を味わわせておいて、ただで済まされるわけがないじゃないか！」

それを聞いてフセインは大声で怒鳴った。

「あんたもいい加減にしなよ！　あんたはその屈辱に対して激怒してるわけじゃないだろう。単なる嫉妬じゃないか。もしハミーダが戻ってきてもいいと言ったなら、彼女と幸せにやっていけるとでも思ってるのか？　どの面《つら》さげて彼女を迎えるんだ、ほんとに間抜けだなあ！　喧嘩の後に捨てないでくれとしがみつくつもりなのか？　ブラボー！　そうしたきゃそうすりゃいいじゃないか！　ああ、なんて心の広い男なんだ。なんで彼女を殺してやろうと思わないんだ？　俺がもしあんただったら、ひとときも迷わずにそうしてるさ。俺なら彼女を絞め殺し、男もバラバラにして、その場から消えてやるさ……普通ならそうするだろう、このお人好し！」

フセインの焦げ茶色の顔はいよいよ悪魔の表情を見せてきた。彼は続けた。

「俺がこんなことを言うのは、自分が手を下したくないからじゃないんだ。その男にはちゃんと借りを返してもらわなければならない。必ずそうさせる！　ハミーダの指定した場所に行って、奴を殴り倒してやろうじゃないか。それだけじゃない、奴の行きつけの場所すべてで待ち伏せして、何度でも袋叩きにしてやろう。仮に向こうにチンピラ仲間がついていたとしてもな。奴がちゃんとした謝罪金、それも相当な額を支払うまで何度でも襲ってやるさ。そうすれば復讐も果たせるし、金も手に入る」

アッバースはフセインのこの期待以上の反応が嬉しくて、意気揚々と叫んだ。

「さすがだな、フセイン！　そんなことを思いつくなんて」

フセインはこの言葉に満足し、プライドと生来の攻撃性と金欲しさゆえの怒りに溢れながらも、計画を実際どのように運ぶか考え始めた。

「日曜なんてもうすぐじゃないか」と、恐ろしい顔つきで呟きながら。

マリカ・ファリーダ広場まで来たとき、フセインが言った。

「ヴィタの店に戻ろう」

アッバースはちょっと戸惑ってから言った。

「それより日曜日に奴を待ち伏せする酒場に行ってみたほうがいいんじゃないか？　君も場所を確認しておいたほうがいいだろう」

フセインはなぜかその時ずいぶんと悩んだが、その後早足になってアッバースについていった。陽はほとんど沈み、影はだんだんと薄くなっていった。影が消え去るころ、いつものように空は静かでインクを垂らしたような深い藍色になった。建物や街灯の光が灯り、人や車の流れは昼夜の境に関係なく滞らず、その流れが発する音が地面や建物の壁に反響している。路面電車はゴトゴトと走り、自動車のクラクション、行商人の声、大道芸人の管楽器の音などが、人々の喧騒に混じりあっている。ミダック横町からこの通りに出てくると、深い眠りから完全な覚醒状態に置かれたかのように思えた。

アッバースはすっかり上機嫌になり、心を霞《かす》ませていた霧がすっきりと晴れたようだった。フセインという勇ましくも頭のいい親友のおかげで、これからやるべきことがはっきりとしてきたのだ。ハミーダのことは運命が為《な》すようにしかならない。それでいい。自分ひとりでは問題を解決できようもないし、それよりハミーダについて決定的な答えを導くことのほうを恐れていた。そうした今の気持ちをフセインに説明しようと一瞬思ったが、その黒い顔を見るや言葉が出てこなくなった。そのまま歩き続けると、昨日アッバースとハミーダが運命的な遭遇をした場所に着いた。アッバースはフセインの腕をつついて言った。

「ここがハミーダと話をした花屋だ」

フセインは黙って花屋を覗き込んで訊いた。

「それで、ハミーダがそのとき入ろうとしていた酒場はどこにあるんだ？」

アッバースは花屋の数軒隣りにあるドアを顎で指して言った。

「あの店のはずだ」

フセインがその小さく鋭い目で注意深くあたりを見回す中、二人はゆっくりとドアに近づいていった。そして店の前を通り過ぎる際にアッバースが中を覗いたとき、異様な光景が目に飛び込んできた。彼はハッと息を飲み、次の瞬間、顔じゅうの筋肉を硬直させた。

そこから先はあまりにも急にことが展開したために、フセインはただ茫然とその場に取り残されてしまった。店には何人もの兵士に囲まれてハミーダが座っていた。その背後に一人の兵士が立っている。兵士は彼女に覆いかぶさるように上から目を覗き込みながら、グラスにワインを注いでいる。また彼女の脚は向き合って座った別の兵士の膝の上に乗っている。その周りでも制服を着た兵士たちが賑やかに騒ぎながら飲んでいる。

アッバースは一瞬その場に棒立ちになった。次の瞬間、満面朱を濺《そそ》いだようになり、視野が急に狭くなった。店の中はハミーダ以外にも敵がたくさんいるということをすっかり忘れてしまった。そして、

「ハミーダ！」

と雷のような怒声を上げながら店に飛び込んでいった。

ハミーダは恐怖で顔面蒼白となり、ハスキーで下品な声を上げた。

「出ていって！　私の前から消えて！」

彼女のこの叫び声はアッバースの怒りの火に油を注ぐだけだった。普段の引っ込み思案で遠慮がちな性格は完全に消え失せ、この三日間悩み苛まれてきた悲しみ、失望、絶望が凄まじい炎を上げて彼を逆上させた。彼はバーカウンターの上に誰かが飲み干した後のビアグラスがあるのを見つけ、とっさにそれを摑むと、自分でも何をやっているのかわからないまま、怒りと絶望のすべてをぶつけるように力まかせにハミーダに向かって投げつけた。一連の動作があまりにも素早かったので、居合わせた兵士たちも、店の者も誰一人としてそれを止めることができなかった。ビアグラスはハミーダの顔面に命中した。鼻から、口から、顎から鮮血がほとばしり、化粧や口紅と入り混じりながら首へ、そしてドレスへと流れ落ちていった。彼女の耳をつんざくような叫び声とともに、店中の酔っ払いと怒り狂った男たちが、まるで野獣の群のように四方八方からアッバースに襲い掛かった。空中を無数の

グラスが飛び交い、アッバースは居合わせた者たち全員に殴られ蹴り飛ばされた。

店の入口にいたフセインは、アッバースが無防備のまま袋叩きに遭うのを見て、ただ茫然と立ち尽くすだけだった。殴られ蹴られるたびにアッバースは「フセイン！　フセイン！」と叫んでいた。これまでの人生でただの一度も殴り合いから引き下がったことのなかったフセインも、怒り狂った兵士たちの間を縫ってどう割り込んでいいのか見当もつかなかった。恐怖と怒りに包まれたフセインはナイフか何か鋭利な物がないかと必死で周りを見回したが何も見つからず、騒ぎを聞きつけて集まり出した野次馬たちと一緒に力なく立ち尽くすだけだった。野次馬たちは皆、拳を握りしめ、瞳は恐怖に怯えるばかりだった。

最終章　死を恐れる愛など本当の愛ではない

朝の光がミダック横町に降り注ぐ。日差しがオルワーン社長の事務所と理髪店の入った建物に届き始める。キルシャ亭の若いボーイ、サンカルが店先に現れ、バケツに水を汲んでは地面に撒《ま》いて掃除をし始めた。横町はきょうもそのモノトーンな一日のページをめくり、住人たちはいつものように、叫びにも近い大声で朝の挨拶を交わす。カミルおじさんにとってはこの時間はいちばんの稼ぎ時だ。砂糖菓子の皿の前に立って、それを割っては小学生たちに売り、ポケットに小銭を貯めていく。

おじさんの店の向かい側では年老いた理髪師が剃刀《かみそり》を研いでいる。パン屋のガアダは家々からパン生地を持ってくるために走り回っていた。やがてサリーム・オルワーンの会社の従業員たちが出勤してきて事務所や倉庫のドアを開くと横町の騒々しい一日が始まる。キルシャ氏は帳場に座り、寝ぼけ眼《まなこ》で何かを前歯でかじっては噛みを繰り返し、ときどきお茶でそれを流し込んでいる。彼の近くにはダルウィーシュ先生が黙ったまま自分の世界に没頭している。まだ早い時間ではあったが、スナイヤ・アフィーフィ夫人が窓辺に顔を出し、警察署に出勤していく年下の夫を見送っている。

ミダック横町の日常には大きな変化はない。ときおり横町の娘が一人行方不明になったり、ときおりここに住む男が監獄送りになったり、そうした事件は起きるのだが、まるで泡が静かな、というか淀《よど》んだ湖面に消えゆくように、朝に何が起ころうと夕方にはすべて忘れられてしまうのだ。

そうした毎日の繰り返しの中、普段ならばミダック横町の早朝は、一日のうちで最も静かで平和な時間帯なのだ。だが、その日は、しばらくしてフセイン・キルシャが不眠で目を真っ赤にして、陰鬱そのものという表情で戻ってきた。非常に重い足取りで横町を上がってきて帳場にいる父親の真向かいの椅子に倒れるように座り込んだ。そして何の挨拶もなく、かすれた声で言った。

「父さん、アッバースが殺されたよ……」

キルシャ氏は朝帰りをした息子に小言を言うつもりだったのだが、この言葉に何も返せず、目を大きく見開き、ショックで身動きもできなかった。大きく一息ついてから、いらいらした調子で訊いた。

「お前、今なんて言ったんだ?」

フセインはまっすぐ父親を見てハスキーな声で答えた。

「アッバースが殺されたんだ。イギリス人らにやられたんだ……」

彼は唇を舌で湿らせると、昨日ムゥスキー通りを歩きながらアッバースから聞いた話をそのままに伝えた。声は興奮して震えていた。

「アッバースはあの売女がいつもいるという酒場に俺を連れて行こうとしたんだ。その店の前を通ったとき、アッバースは彼女が店の真ん中でイギリスの兵士たちに囲まれて座っているのを見てしまった。それで逆上して店の中に飛び込んでいき、バーカウンターにあったグラスをハミーダの顔めがけて投げつけたんだ。あまりにも急なことで俺は止める暇もなかった。それを見た兵士たちはブチ切れて、大勢寄ってたかって、アッバースが動かなくなるまで袋叩きにしやがった……」

フセインは強く拳を握りしめ、歯をむき出して怒りを露わにしながら続けた。

「地獄そのものだった……。あまりにも多くの兵士がいて俺は手も足も出なかった。はあ、あいつらのうちの一人でもとっ捕まえることができていたら……」

キルシャ氏は両手を打ちあわせて怒りを表しつつコーランを引用した。

「『すべての力はアッラーにある』。それでお前、アッバースはどうなったんだ？」

「警察が来て店のまわりに非常線を張ったけど、時すでに遅しだよ。アッバースは遺体になってカスル・エル・アイニー病院に運ばれていき、あの売女は救急病院に連れて行かれた」

「ハミーダも死んだのか？」

「いや、死んではないと思う。最悪だぜ、アッバースはいったい何のために命を落としたんだ」

「それで、イギリス人の兵隊たちはどうなった？」

　フセインは悲しげに答えた。

「どうもこうも。警察に取り囲まれてはいたけど、奴らに正義なんて期待できないだろう」

　キルシャ氏は再び手を叩き合わせて唸りながらコーランを引用した。

「『我らはみな神の創造物であり、神のもとに帰っていく』。アッバースの親族はこの悲しい知らせを知っているのか？　フルンフシュに叔父のハサンさんが住んでるからすぐに知らせに行くんだ！　アッラーがそのご意志を実行なされるように」

　フセインはすぐに立ち上がってキルシャ亭を出て行った。心配してやって来た人たち全員にキルシャ氏が息子の語った話を繰り返したので、この悲しい知らせは尾ひれがついてあっという間に近隣に広がっていった。

　カミルおじさんは心ここにあらずという状態でふらふらとキルシャ亭に入ってきて、椅子に座ると前を見つめて呆然としていたが、突然ソファーに身を投げ出すと子供のようにわんわんと泣き出した。あの若者が……経帷子を買っておいたなんて冗談を言っていたあのアッバースが……もうこの世にいないなんて、とてもじゃないけど信じられない。一方、ハミーダの養母は家から飛び出て、泣き叫びながら道行く人々にこの知らせを伝えていった。それを聞いた中には、彼女は殺されたほうではなく殺人の原因となったほうのために泣いていると陰口を叩く者たちもいた。

この知らせにいちばん衝撃を受けたのはサリーム・オルワーン社長だった。彼の悲しみはアッバースが死んだことではなく、この横町に死がそうやって押し入ってきたことだ。発作のときの心配事や恐れがまた倍になって襲ってきた。あのときに味わった死との闘いそのものや、脳裏に浮かんだ墓の中の光景が鮮明に蘇ってきた。あまりにも恐ろしくてじっと座っていられなくなり、事務所の中を行ったり来たりしていたが、やがて哀悼の意を込めて窓から何年もアッバースが営んでいた理髪店を見下ろした。昨今は暑い日が続いたので、温かい飲み物を飲むようにという医者のアドバイスをなおざりにしがちだった。しかしこれからは必ず温かいものを持ってくるようにと従業員に指示した。こうしてオルワーン社長は小一時間も部屋の片隅で恐怖に怯えて座っていた。そんなときにカミルおじさんの泣き叫ぶ声が聞こえてきたのである。

これほどに悲しい出来事も、しかし、他の出来事と同様、月日の流れとともに人々の記憶から薄れていき、横町はまたいつものような無関心と忘却の住み家となるのだった。それまでのように、なにか悲しいことがあれば朝のうちに泣き叫び、夜になればまた笑い話に花を咲かせるのだ。そうしている間も毎日のように、通りに面したドアや頭上の窓が軋み音を立てて開いたり閉まったりするのだった。

その間、ミダック横町には特筆すべき出来事は何も起こらなかった。あえて言えば、ドクター・ブゥシーが牢屋に送られるまで借りていた部屋を、大家のスナイヤ・アフィーフィ夫人が強制退去させることを決めたぐらいだ。そこでカミルおじさんは、ドクター・ブゥシーの私物と歯科用の器具を自分の部屋に運びこむことを申し出た。一人暮らしの寂しさに耐えかねて、ドクター・ブゥシーが戻ってきたら一緒に暮らそうと考えたようだ。ドクター・ブゥシーを悪く言う者は誰ひとりおらず、むしろ自分たちのためにあんな恐ろしい犯罪に手を染めてしまったとさえ思っていた。服役期間については、こんな横町の住民たちにとっては、前科とも言えないほどの量刑だった。

一方で、ハミーダの母から娘の様子を聞いては噂を流す者たちもいた。ハミーダは順調に回復しているらしい。娘の大けがという、ある意味母親にとっては天から降ってきたような金蔓《かねづる》をどう利用するだろうと人々はあちこちでひそひそ話をしていた。

そうしたある日、ドクター・ブッシーの家だったところに肉屋の家族が引っ越してきたことで横町の住民たちは突然そちらに関心を注ぐことになる。家族は肉屋の主人と妻、七人の息子たちと、絶世の美人といえる一人娘という構成で、フセインの言葉を借りれば彼女は「輝く月のように」美しいという。

しかしラドワーン・フセイニ氏の巡礼からの帰還が近づいてくると、住民たちはもうその話で持ちきりになり、みんなでランタンや万国旗を吊るし、サナディキーヤ通りまで砂のカーペットを作ったりした。これこそはきっと、誰もが一生忘れることのない喜びと幸せに満ちた夜になるだろう。

ある日のこと、カミルおじさんと年老いた理髪師がキルシャ亭で冗談を言い合っていたところ、ダルウィーシュ先生が突然、天井を見上げて大きな声でこう詠じたのだ。

「人の名は忘れ去られるがためにつけられるのだ。永遠に変わらぬ心など決してない」

カミルおじさんの顔はさっと曇り、目から涙が溢れ出しそうになった。しかしダルウィーシュ先生はそんなことにはおかまいなしに肩をすぼめ、天井を見つめたまま続けた。

「愛がゆえに死ぬ者は、悲劇の死を遂げさせてやればよい。死を恐れる愛など本当の愛ではない」

そして身震いして深いため息をついた後にさらに続けた。

「ああわが愛しのサイダ・ザイナブよ。すべての願いを叶えてくれる方よ。ああ、聖家族たちよ、お慈悲を、お慈悲を。私は命ある限り、我慢強くあなた方の愛を待ち望みます。だって万物には必ず『終わり』があるでしょう？　そうです、何事にも何者にも必ずや『終わり』があるのです。

この『終わり』を英語でいうと“end”、その綴《つづ》りはE・N・D……」

訳者あとがき

ナギーブ・マフフーズは、一九一一年十二月十一日にカイロ旧市街の低中産階級の家庭に産まれました。難産だったそうで、担当だった産科医であるナギーブ・パシャ・マフフーズにちなんで名前が付けられました。

一九三〇年代後半に始まった七十年におよぶ作家生活の中で、三十四作の長編と三百五十作以上にわたる短編を書き上げたエジプトの文壇における第一人者であるばかりではなく、一九八八年には同国初、アラビア語圏初のノーベル文学賞を受賞しています。

マフフーズといえば、「カイロ三部作」（『張り出し窓の街（バイナル・カスライン）』、『欲望の裏通り』、『夜明け』）が最もよく知られた一連の長編小説ですが、それらに先立って一九四七年に出版された本作『ミダック横町』も三部作と同じく、マフフーズ自身が育ったカイロの下町を背景に、個性豊かな登場人物たちによって軽妙なテンポで繰り広げられる物語が人気でエジプト国内外でドラマ化や映画化されています。

舞台は第二次世界大戦が終局を迎えようとしている一九四四年後半から戦後数カ月、ハーン・エル・ハリーリー地区の中でも特に小さな、実在する袋小路を中心に、家族縁よりも優勢な地縁で結ばれた隣人世界の空間をマルチプロットで同時並行的に様々な人物に焦点を当てながら全体のストーリーが展開していきます。

そこにはエジプトが望まずして巻き込まれた第二次大戦という史実が精神的カイロの最深部にある

本作の主人公たちの人生にまで影響を及ぼしているのが読み取れます。

本作の特徴的なところはその文体にあり、一貫して標準文語体である正則アラビア語で書かれているにもかかわらず、会話の部分に日常で用いられるエジプト方言（口語）の表現や言い回しをそのまま標準文語体に反映させていることです。それをマフフーズの得意とする豊かな語彙と高尚な文体に組み入れるというハイブリッドな手法は、当時のアラブ文学においては斬新な試みでした。それにより、登場人物の表情や息遣いが文章の中にいきいきと表現されているのが大衆の目を惹《ひ》き、人気を博した原因のひとつでしょう。

それほどに人気も高く、文学的価値も高い本作が現在に至るまで邦訳されていなかったのは実に意外なことでした。

拙訳が世に出ることに至ったのは誠に光栄であり、その機会をくださった作品社の青木誠也様、折にふれて助言を下さり推薦文をいただいた元大阪大学外国語学部アラビア語専攻准教授の藤井章吾先生、出版への道筋を開き応援を続けてくれた同業翻訳者の杉村貴子様に心より感謝いたします。

香戸精一

二〇二二年十二月十一日

【著者・訳者略歴】

ナギーブ・マフフーズ（نجيب محفوظ／Naguib Mahfouz）

1911年、エジプト・カイロ生まれ。主な小説作品に、『ミダック横町』（1947、本書）、『蜃気楼』（1948）のほか、『張り出し窓の街（バイナル・カスライン）』（1956）、『欲望の裏通り』（1957）、『夜明け』（1957）の「カイロ三部作」、『渡り鳥と秋』（1962）などがある。1988年、ノーベル文学賞受賞。2006年逝去。

香戸精一（こうど・せいいち）

兵庫県神戸市生まれ。1981年、大阪外国語大学（現・大阪大学外国語学部）卒業。1984年、同大学院アラビア語専攻科修了。1983年、文部省（現・文部科学省）交換留学制度の国費留学でエジプト・カイロ大学文学部アラビア語学科の聴講生として1年間受講。卒業後は、主に通信業界で英語の通訳・翻訳者として活動。

ミダック横町

2023年2月10日初版第1刷印刷
2023年2月15日初版第1刷発行

著　者　ナギーブ・マフフーズ
訳　者　香戸精一

発行者　青木誠也
発行所　株式会社作品社
〒102-0072　東京都千代田区飯田橋2-7-4
TEL.03-3262-9753　FAX.03-3262-9757
https://www.sakuhinsha.com
振替口座00160-3-27183

装　画　華鼓
装　幀　水崎真奈美（BOTANICA）
本文組版　前田奈々
編集担当　青木誠也
印刷・製本　シナノ印刷株式会社

ISBN978-4-86182-956-7 C0097

【作品社の本】

悪い娘《こ》の悪戯《いたずら》　マリオ・バルガス＝リョサ著　八重樫克彦、八重樫由貴子訳

50年代ペルー、60年代パリ、70年代ロンドン、80年代マドリッド、そして東京……。世界各地の大都市を舞台に、ひとりの男がひとりの女に捧げた、40年に及ぶ濃密かつ凄絶な愛の軌跡。ノーベル文学賞受賞作家が描き出す、あまりにも壮大な恋愛小説。　ISBN978-4-86182-361-9

無慈悲な昼食　エベリオ・ロセーロ著　八重樫克彦、八重樫由貴子訳

「タンクレド君、頼みがある。ボトルを持ってきてくれ」地区の人々に昼食を施す教会に、風変わりな飲んべえ神父が突如現われ、表向き穏やかだった日々は風雲急。誰もが本性をむき出しにして、上を下への大騒ぎ！　神父は乱酔して歌い続け、賄い役の老婆らは泥棒猫に復讐を、聖具室係の養女は平修女の服を脱ぎ捨てて絶叫！　ガルシア＝マルケスの再来との呼び声高いコロンビアの俊英による、リズミカルでシニカルな傑作小説。　ISBN978-4-86182-372-5

顔のない軍隊　エベリオ・ロセーロ著　八重樫克彦、八重樫由貴子訳

ガルシア＝マルケスの再来と謳われるコロンビアの俊英が、母国の僻村を舞台に、今なお止むことのない武力紛争に翻弄される庶民の姿を哀しいユーモアを交えて描き出す、傑作長篇小説。スペイン・トゥスケツ小説賞受賞！　英国「インデペンデント」外国小説賞受賞！　ISBN978-4-86182-316-9

外の世界　ホルヘ・フランコ著　田村さと子訳

〈城〉と呼ばれる自宅の近くで誘拐された大富豪ドン・ディエゴ。身代金を奪うために奔走する犯人グループのリーダー、エル・モノ。彼はかつて、“外の世界”から隔離されたドン・ディエゴの可憐な一人娘イソルダに想いを寄せていた。そして若き日のドン・ディエゴと、やがてその妻となるディータとのベルリンでの恋。いくつもの時間軸の物語を巧みに輻輳させ、プリズムのように描き出す、コロンビアの名手による傑作長篇小説！　アルファグアラ賞受賞作。　ISBN978-4-86182-678-8

密告者　フアン・ガブリエル・バスケス著　服部綾乃、石川隆介訳

「あの時代、私たちは誰もが恐ろしい力を持っていた――」名士である実父による著書への激越な批判、その父の病と交通事故での死、愛人の告発、昔馴染みの女性の証言、そして彼が密告した家族の生き残りとの時を越えた対話……。父親の隠された真の姿への探求の果てに、第二次大戦下の歴史の闇が浮かび上がる。マリオ・バルガス＝リョサが激賞するコロンビアの気鋭による、あまりにも壮大な大長篇小説！　ISBN978-4-86182-643-6

蝶たちの時代　フリア・アルバレス著　青柳伸子訳

ドミニカ共和国反政府運動の象徴、ミラバル姉妹の生涯！　時の独裁者トルヒーリョへの抵抗運動の中心となり、命を落とした長女パトリア、三女ミネルバ、四女マリア・テレサと、ただひとり生き残った次女デデの四姉妹それぞれの視点から、その生い立ち、家族の絆、恋愛と結婚、そして闘いの行方までを濃密に描き出す、傑作長篇小説。全米批評家協会賞候補作、アメリカ国立芸術基金全国読書推進プログラム作品。　ISBN978-4-86182-405-0

【作品社の本】

アルジェリア、シャラ通りの小さな書店

カウテル・アディミ著　平田紀之訳

1936年、アルジェ。21歳の若さで書店《真の富》を開業し、自らの名を冠した出版社を起こしてアルベール・カミュを世に送り出した男、エドモン・シャルロ。第二次大戦とアルジェリア独立戦争のうねりに翻弄された、実在の出版人の実り豊かな人生と苦難の経営を叙情豊かに描き出す、傑作長編小説。ゴンクール賞、ルノドー賞候補、〈高校生（リセエンヌ）のルノドー賞〉受賞！

ISBN978-4-86182-784-6

迷子たちの街　**パトリック・モディアノ著　平中悠一訳**

さよなら、パリ。ほんとうに愛したただひとりの女……。2014年ノーベル文学賞に輝く《記憶の芸術家》パトリック・モディアノ、魂の叫び！　ミステリ作家の「僕」が訪れた20年ぶりの故郷・パリに、封印された過去。息詰まる暑さの街に《亡霊たち》とのデッドヒートが今はじまる――。

ISBN978-4-86182-551-4

人生は短く、欲望は果てなし

パトリック・ラペイル著　東浦弘樹、オリヴィエ・ビルマン訳

妻を持つ身でありながら、不羈奔放なノーラに恋するフランス人翻訳家・ブレリオ。やはり同様にノーラに惹かれる、ロンドンで暮らすアメリカ人証券マン・マーフィー。英仏海峡をまたいでふたりの男の間を揺れ動く、運命の女。奇妙で魅力的な長篇恋愛譚。フェミナ賞受賞作！

ISBN978-4-86182-404-3

ボルジア家　**アレクサンドル・デュマ著　田房直子訳**

教皇の座を手にし、アレクサンドル六世となるロドリーゴ、その息子にして大司教／枢機卿、武芸百般に秀でたチェーザレ、フェラーラ公妃となった奔放な娘ルクレツィア。一族の野望のためにイタリア全土を戦火の巷にたたき込んだ、ボルジア家の権謀と栄華と凋落の歳月を、文豪大デュマが描き出す！

ISBN978-4-86182-579-8

モーガン夫人の秘密　**リディアン・ブルック著　下隆全訳**

1946年、破壊された街、ハンブルク。男と女の、少年と少女の、そして失われた家族の、真実の愛への物語。リドリー・スコット製作総指揮、キーラ・ナイトレイ主演、映画原作小説！

ISBN978-4-86182-686-3

オランダの文豪が見た大正の日本

ルイ・クペールス著　國森由美子訳

長崎から神戸、京都、箱根、東京、そして日光へ。東洋文化への深い理解と、美しきもの、弱きものへの慈しみの眼差しを湛えた、ときに厳しくも温かい、五か月間の日本紀行。

ISBN978-4-86182-769-3

【作品社の本】

ル・クレジオ、文学と書物への愛を語る

J・M・G・ル・クレジオ著　鈴木雅生訳

未だ見知らぬ国々を、人の心を旅するための道具としての文学。強きものに抗い、弱きものに寄り添うための武器としての書物。世界の古典／現代文学に通暁し、人間の営為を凝縮した書物をこよなく愛するノーベル文学賞作家が、その魅力を余さず語る、愛書家必読の一冊。

【本書の内容をより深く理解するための別冊「人名小事典」附】ISBN978-4-86182-895-9

ビトナ　ソウルの空の下で　J・M・G・ル・クレジオ著　中地義和訳

田舎町に魚売りの娘として生まれ、ソウルにわび住まいする大学生ビトナは、病を得て外出もままならない裕福な女性に、自らが作り出したいくつもの物語を語り聞かせる役目を得る。少女の物語は、そして二人の関係は、どこに辿り着くのか——。ノーベル文学賞作家が描く人間の生。

ISBN978-4-86182-887-4

アルマ　J・M・G・ル・クレジオ著　中地義和訳

自らの祖先に関心を寄せ、島を調査に訪れる大学人フェルサン。彼と同じ血脈の末裔に連なる、浮浪者同然に暮らす男ドードー。そして数多の生者たち、亡霊たち、絶滅鳥らの木霊する声……。父祖の地モーリシャス島を舞台とする、ライフワークの最新作。ノーベル文学賞作家の新たな代表作！

ISBN978-4-86182-834-8

心は燃える　J・M・G・ル・クレジオ著　中地義和・鈴木雅生訳

幼き日々を懐かしみ、愛する妹との絆の回復を望む判事の女と、その思いを拒絶して、乱脈な生活の果てに恋人に裏切られる妹。先人の足跡を追い、ペトラの町の遺跡へ辿り着く冒険家の男と、名も知らぬ西欧の女性に憧れて、夢想の母と重ね合わせる少年。ノーベル文学賞作家による珠玉の一冊！

ISBN978-4-86182-642-9

嵐　J・M・G・ル・クレジオ著　中地義和訳

韓国南部の小島、過去の幻影に縛られる初老の男と少女の交流。ガーナからパリへ、アイデンティティーを剝奪された娘の流転。ル・クレジオ文学の本源に直結した、ふたつの精妙な中篇小説。ノーベル文学賞作家の最新刊！

ISBN978-4-86182-557-6

〈ホームズ〉から〈シャーロック〉へ

偶像を作り出した人々の物語

マティアス・ボーストレム　平山雄一監訳　ないとうふみこ・中村久里子訳

ドイルによるその創造から、世界的大ヒット、無数の二次創作、「シャーロッキアン」の誕生とその活動、遺族と映画／ドラマ製作者らの攻防、そしてBBC『SHERLOCK』に至るまで——140年に及ぶ発展と受容のすべてがわかる、初めての一冊。ミステリマニア必携の書！　第43回日本シャーロック・ホームズ大賞受賞！

ISBN978-4-86182-788-4